KB043025

당신의 눈동자에 건배를

당신의 눈동자에 건배를 3

초판 인쇄 2018년 6월 1일
초판 발행 2018년 6월 12일

지은이 백서하
펴낸이 신현호
편집부장 예숙영
책임편집 이혜영
편집디자인 한방울
영업·관리 김민원 이주형 조인희
물류 이순우 최준혁

펴낸곳 ㈜디앤씨미디어
출판등록 2002년 5월 1일 제117-90-51792호
주소 서울시 구로구 디지털로 26길 111 JnK디지털타워 503호
대표전화 (02)333-2513 팩스 (02)333-2514
전자우편 dncbooks@dncmedia.co.kr
디앤씨북스 블로그 http://blog.naver.com/dncbooks

ISBN 979-11-264-4337-6 04810
ISBN 979-11-264-4334-5 (SET)

당신의 눈동자에 건배를

백서하 장편소설

III

제7장

이미 산산조각이 난 것들(하)

이미 산산조각이 난 것들(하)

"선배. 시에라와 윈체스터 사이에 어떤 밀약이 오갔죠?"

마틸라 선배는 스푼으로 찻잔을 휘젓다가 노크도 없이 들어온 내 모습에 느긋하게 고개를 들었다. 그리고 곧, 그녀가 나를 보더니 눈을 살짝 휘며 입을 열었다.

"스칼렛, 지금 너무 흐트러졌어."

"윽."

나는 할 말을 잃었다. 너무 바빠서 앞뒤 분간 못 하고 뛰어오긴 했는데, 힐끔 옆의 거울을 보니 확실히 내가 지금 당황한 게 너무 티가 나 오히려 웃길 지경이었다. 머리는 잔뜩 엉클어지고, 블라우스의 리본은 반쯤 풀려 있었다. 그런 내 모습을 매섭게 보며 마틸라 선배가 느긋하게 입을 열었다.

"평정을 잃는 순간, 모든 게 다 흐트러진다."

"죄송해요."

"너는 아직 멀었구나."

"그것도 죄송해요."

"이것 봐, 지금 이 순간에도 사과에만 급급하고, 내 말을 받아칠 생각은 못 하잖니."

"선배, 지금 이 상황에서 평정을 유지할 수 있다면 그건 선배밖에 없을 거예요."

"그래, 그렇겠지. 배운 걸 바로 써먹는 건 훌륭한 자세야. 거기 앉아."

내 말에도 마틸라 선배는 단 한 치의 흐트러짐도 없이 찻잔을 들어 차를 마셨다. 그녀가 깊은 곳에 가 자리를 잡으며, 나는 옷매무시를 단정히 했다.

차를 다 마셨는지, 마틸라 선배가 새롭게 차를 두 잔 타서 나한테 왔다. 그 일련의 행동이 너무 지나치게 여유로워서, 나는 그녀가 내 말을 들었는지 듣지 못했는지도 판단할 수 없었다.

"콜린스 왕자한테서 무슨 말을 들었니?"

"제가 왜 콜린스 왕자한테서 무슨 말을 들었다고 생각하세요?"

내가 매섭게 눈을 뜨자 그녀가 흐뭇하게 웃었다. 이내 그녀가 입을 열었다.

"네게 가서 단서가 될 만한 걸 흘릴 사람이 그밖에 없으니까."

"왜요?"

"이런 스칼렛, 지금은 왜요, 라고 묻는 게 아니라, 단도직입적으로 물어야 한단다. 그래서 무슨 일이냐고."

"……."

"어차피 너는 이미 다 판단했잖니. 이미 판단한 걸 굳이 더 확인할 필요 없어. 말은 간단할수록 좋고, 대화는 짧을수록 좋아."

나는 입을 꾹 다물었다. 다른 데서 절대 밀리지 않으려고 바동거리는 나도, 마틸라 선배 앞에서는 가르침을 받는 입장일 수밖에 없었다. 그녀는 언제나 여유를 잃지 않았고, 상대가 감히 저항하지 못하게 하는 힘이 있었다. 나는 웃으며 입을 열었다.

"그래서, 제가 뭘 판단해야 하는데요?"

"그거야 나도 모르지. 네가 뭘 판단해야 하는지는 너 혼자의 몫이지."

"아, 선배."

나는 결국 백기를 들고 칭얼거리듯 물었다. 마틸라 선배와 대화를 하면 언제나 나도 모르는 사이에 주제가 다른 곳으로 튀고, 나도 모르는 사이에 목적이 다른 곳으로 튄다. 항상 내가 원하지 않는 방향으로 그녀는 대화를 이끌고, 결국 끝이 나면 나는 아무것도 갖지 못한 채 그렇게…….

그런 내 마음을 알아차렸는지, 마틸라 선배가 입을 열었다.

"그래서, 뭘 알고 싶다고?"

"……윈체스터와 시에라 사이에 무슨 밀약이 오갔는지요."

나는 기가 싹 빨려 어깨를 축 늘어뜨렸다. 아침에 재스민 필레르와 만나고, 그다음은 콜린스 왕자와 만나고, 그다음에 숨 쉴 새도 없이 마틸라 선배를 찾아온 탓에 몸이 노곤했다. 정신은 더했고.

그런 내 상태를 알아차린 듯, 마틸라 선배가 옅게 웃음을 터뜨렸다. 그러다 입을 열었다.

"나는 모르겠어."

"선배, 방금 콜린스 왕자한테서 무슨 말을 들었느냐고 물은 주제에 그렇게 말씀하시는 건 반칙이죠."

"사실인데."

"시침 뗀다고 될 일도 아니고요."

마틸라 선배의 태도에 나는 직감적으로 그녀가 뭔가를 알고 있을 것이라고 여겼다. 그리고, 마틸라 선배 또한 내가 뭔가를 알고 있다고 판단한 게 틀림없었다. 결국 이러한 팽팽한 싸움 속에서, 나는 결국 내 패를 하나 까는 것으로 상황을 진전시켰다.

"콜린스 왕자가 제게 사과했어요. 제게 암살자를 보내 미안하다고."

"이런."

"그가 시인하든 시인하지 않든 사실 기정사실이었지만, 그가 그 사실을 인정하는 순간 분명 성질이 달라지잖아요."

콜린스 왕자가 인정했다. 공작 영애를 향해. 어찌 되었든 간에 사사로이 굳이 공론화를 시키겠다면 안 될 것도 없는 이야기이다. 하지만 그럼에도 그가 아무렇지도 않게 내게 사과한 이유는 단 한 가지.

시에라 왕실을 대신하여 누군가가 내 입을 알아서 막아 주기에.

그게 누군지는 굳이 말하지 않아도 알리라.

"선배."

"스칼렛."

"저는 대답이 필요해요."

"꽤 단도직입적으로 묻는구나."

"이번 국빈 연회의 목적이 진짜로 외교에 있나요?"

내 물음에 마틸라 선배가 눈초리를 살짝 휘며 소파에 기댔다. 그녀의 얼굴을 빤히 보며, 나는 초조하게 그녀의 대답을 기다렸다.

하나 돌아오는 것은 대답이 아니라, 오히려 질문이었다.

"너는 어떻게 생각하니?"

"……저는, 아니라고 생각해요."

"그럼 다 끝난 이야기잖니."

마틸라 선배는 끝까지 부정도, 긍정도 하지 않았다. 보통 대답을 회피하고 싶을 때, 굳이 저 자신의 대답에 책임을 지고 싶지 않을 때 사람들은 저러한다. 상대의 입에서 대답을 듣고, 그것에 애매한 태도를 지어 상대가 상상하게 한다. 그리고 상대가 '당신이 그랬잖아!'라고 하면, '내가 언제?'라는 태도를 짓는다.

그에 나는 조급해졌다. 확답이 듣고 싶었다. 하지만 마틸라 선배는 굳이 그것에 대해 확답을 해 주지 않았다. 그럼—

나는 혀로 입술을 핥았다.

이쪽이 민감한 사항이라 답하기 곤란하다면, 그러면 다른 방식으로 묻자.

"시에라와의 외교 전략에, 어떤 변화가 있나요?"

내 물음에 마틸라 선배가 무척 흡족한 얼굴을 했다. 그리고 곧, 그녀가 대답했다.

"윈체스터와 시에라가 체결한 평화 협상조약에서, 배상금 조약과 카일라 섬 조약을 면제해 주기로 했다."

마틸라 선배의 말이 떨어지기가 무섭게 머릿속이 차갑게 식었다. 내가 예측한 것이 옳다는 것을 증명이라도 하듯, 내 표정을 살피던 그녀가 우아하게 웃음을 흘렸다. 난 말을 잠시 고르다 그녀에게 물었다.

"대가는요?"

"이런. 그건 혼자 알아봐야지, 스칼렛. 이 정도로 떠먹여 줬으면 그 정도는 혼자 알아서 하는 거란다."

그녀의 타이르듯 이르는 말에 눈을 감았다.

"언제 결정된 일이죠?"

"그저께 저녁."

마틸라 선배는 찔끔찔끔 나한테 정보를 흘리는 것으로 나한테 대답을 해 주고 있었다. 외교 사항에 관련된 일을 마틸라 선배가 모를 리가 없다. 그래서 그녀에게 찾아왔을 뿐인데, 생각 그 이상으로 크게 얽혀 있는 이익 관계에 숨이 멈추는 것 같았다.

그저께 저녁. 그저께 저녁이라면…… 분명 만찬이 있었던 날이다. 그리고 만찬이 끝나고 애프터 디너 타임이 있었고. 그렇다면 이 밀약이 오갔을 법한 시간은…….

문득 머릿속을 스쳐 지나가는 생각에 저도 모르게 입을 막았다. 칼리드와 마틸라 선배, 그리고 어머니는 애프터 디너 타임에 늦게 왔다. 그 중요한 인원들을 모아 놓고 설마 폐하께서 잡담을 나눴다고 생각하지는 않는다. 그럼, 이 이야기는 그때 결정된 것이리라.

윈체스터와 시에라 사이의 밀약, 윈체스터에서는 시에라에 대한 보상 일부를 덜어 버리는 대신 무엇인가를 얻었다. 카일라 섬과 배상금 200만 골드. 그 어마어마한 보상을 포기할 만큼 가치 있는 것.

윈체스터가 급히 시에라를 부른 이유가 있었다. 이 자리는 애초에 윈체스터에서 먼저 만든 것이고, 그만큼 윈체스터가 급했음을 의미했다. 적국이었던 나라와 손을 잡을 만큼.

나는 마틸라 선배를 보다가 곧 온화하게 웃으며 자리에서 일어났다.

"감사해요, 선배."

"별말씀을."

그리고 그런 나를 향해, 마틸라 선배가 어깨를 으쓱했다.

* * *

방으로 돌아오고 옷부터 갈아입은 나는 화장대 앞에서 크라바트를 맸다. 라이나는 드레스를 집어 던지고 갑자기 정장을 차려입는 내 모습을 보고 눈을 동그랗게 떴으나, 곧 아무 말도 하지 않은 채 정장 외투를 깔끔하게 다림질하고 내 어깨에 걸쳐 주었다.

일이 생각 이상으로 복잡하게 얽혀 있었다. 윈체스터에서 시에라와의 조약을 몇 개 면제해 줬다. 그것이 윈체스터의 단순한 배려 따위가 아니라는 것쯤은 나도 알았다. 마틸라 선배가 내게 말해 줄 정도면 이미 확정이 난 것이고, 심지어 공식적으로─

똑똑똑.

상념에 빠진 내 정적을 깨고 누군가가 문을 노크해 왔다. 라이나가 방문을 열자 그 사이로 보이는 인영에 내가 돌아앉았다.

"스칼렛."

걸음을 옮겨 내게 다가오는 그를 보며 나는 입을 꼭 다물었다. 칼리드는 언제나 그러하듯 다정하게 나를 불렀지만, 나는 결코 평소와 같이 순수하게 웃을 수가 없었다. 내 확신에 가까운 추측이 맞다면 칼리드 또한 그 밀약의 현장에 있었을 테니까.

그가 나한테 뭔가를 숨겨서 슬프다거나 하는 게 아니다. 그 정도로 사리 분별이 확실치 않은 사람이 아니었고, 공작으로서 말을 가리는 건 당연하므로 그건 별다른 상관이 없었다.

하지만 조용하게 말이 오갔을 장소에 그가 있었다는 건, 프로디아드 공작가가 확실하게 이익 관계에 얽혔다는 것이므로 어떤 표정으로 그에게 물어야 할지, 아니, 애초에 물음의 여부조차 판단하지 못해 그를 보고만 있었다.

두 나라 사이의 밀약에 어떻게 엮여 있나요? 당신은 대체 위더와 무슨 일이 있었나요?

나는 꿀꺽 침을 삼켰다.

마틸라 선배가 알려 준 공식적인 이유는, 브룩스 켈트의 사건으로 시에라의 백성들의 상황이 악화되었음을 안 윈체스터에서 아량을 베풀어 조약 일부를 취소해 주기로 했다는데, 애초에 이 말을 믿지는 않았다. 나라와 나라 사이의 일이 어디 그렇게 쉽게 결정되는 것이던가.

그러면 남은 건 단 하나. 윈체스터가 조약 일부를 포기할 만큼의 대가를 시에라에서 얻었다. 그것이 무엇인가.

"위더는 알아서 무너질 겁니다."

콜린스 왕자의 말이 진실이라는 전제를 깔고 생각해 보자면, 답은 간단하다.

가문이 온전히 무너지는 이유는 단 하나.

반역.

거기까지 생각이 닿자, 순간 온몸이 오싹해졌다. 그럼에도 내가 그것을 부정하면 부정할수록 점점 강하게 그런 생각이 들었고, 마지막에는 모순적인 감정만이 남았다. 만약 이 가설이 옳다면······.

시에라에서는 위더가 반역한 증거를 원체스터에 넘겼다. 그게 대체 왜 시에라에 있는지는 둘째 치더라도, 원체스터는 그 대가로 배상금 조약과 카일라 섬을 포기하고, 더불어 내 암살 사건마저 덮어 주기로 했다.

그동안 위더 백작가를 열심히 뒤져 보았지만 나오는 건 하나도 없었고, 어쩌면 왕실 또한 마찬가지였을 수도 있다. 아니, 사실 왕실이 찾지 못한 것을 공작가의 정보망이 찾을 수 있을 리 없으니 그동안 내가 아무것도 찾지 못한 것 또한 어쩌면 당연한 것일 수도.

하지만…….

"스칼렛?"

그 시작은 대체 언제부터였나.

나는 고개를 들어 우아하게 웃어 보였다. 가문이 얽혀 있다. 진짜로 그러지 않기를 바랐지만, 만약 정말 위더가 반역을 꾀했다면 그 시작이 언제부터인지 알아야 하고, 어쩌면 그 상황에 따라 나와 이사벨이 친하게 지냈다는 이유만으로도 디르난트는-

"스칼렛, 낯빛이 안 좋습니다."

그리고, 위더와 약혼한 프로디아드는.

다급히 한쪽 무릎을 꿇어 나를 올려다보는 자세가 된 칼리드가 내 얼굴을 만지작거리다가, 곧 나를 품에 안았다. 그의 목을 꽉 끌어안으며 나는 길게 숨을 내쉬었다.

시작부터 잘못되었다. 모든 게 얽히고, 모든 게 엉망이었다.

지금이 바닥인 줄 알았는데 그것보다 더한 것이 기다리고 있었고, 나는 본의 아니게 무대 중앙에 끌려 나가 어릿광대를 연기하는 듯했다. 그것을 보는 사람들의 마음은, 대체 어떠했을까.

반역자일 수도 있는 위더와 엮이고, 지금까지 인연을 맺어 왔다. 비록 최근에 끊어 냈다고 하지만, 그 이유 또한 위더의 반역을 눈치채서 그런 게 아니다.

보통 사람과 달리 디르난트의 수많은 생명을 안고 있는 내가 일이 이 지경이 될 때까지, 주위 사람들이 스푼을 들고 입안에 떠먹여 줄 때까지 아무것도 눈치채지 못했다.

나는, 디르난트 공작의 이름에 어울리나.

단 한 번도 의심해 본 적 없는 문제였다. 그것에 의문을 품기가 무섭게 머릿속이 백지장처럼 하얘졌다.

칼리드가 나를 꽉 안는 게 느껴지자, 나는 눈을 꾹 감았다 다시 떴다. 그리고 곧 입가에 미소를 매달고 입을 열었다.

"오늘, 콜린스 왕자가 나한테 뭐라고 한 줄 알아요?"

내가 묻자 칼리드의 몸이 생생하게 느껴질 정도로 굳었다. 그것을 오롯이 느끼며 나는 쓰게 웃었다.

하지만 굳이 티를 내지 않은 채 새침한 목소리로 입을 열었다.

"나더러 시에라로 오라고 하던데요? 나한테 호감이 있대요."

내 말에 칼리드가 조금 움찔하는 듯하더니, 품에서 나를 떨구고는 내 눈을 보았다. 그가 잔뜩 굳은 얼굴로 내 눈을 보다가 한 자씩 으르렁거리듯 내뱉었다.

"그자가, 그런 말을 했습니까?"

"네. 하지만 거절했어요."

"잘하셨습니다."

내 뺨을 부드럽게 어루만지던 칼리드가 내 대답이 흡족한 듯이 미소를 띠었다. 하지만 언제 그랬냐는 듯이 곧 다시 얼굴을 서늘하게 굴혔다.

"어쩐지 거슬린다 하더니…….'

그의 말에 내가 풋 웃음을 흘렸다.

"왕자한테 청혼을 빙자한 스카웃도 받고, 나 좀 대단한 듯하죠?"

"정신이 있는 자입니까? 당신이 디르난트의 후계자라는 사실은 알고 있는 건지."

"아, 그 점에 대해서는 나도 화냈어요. 그래도 너무 그러지는 마요. 나도 가끔 당신 집에만 딱 있게 하고, 내가 프로디아드를 책임질까 생각하고 있었거든."

물론 나는 진짜로 그것을 행할 생각도 없을뿐더러 진지하게 그것을 말한 적도 없으니 조금 달랐지만. 나는 칼리드를 달래듯 우아하게 웃었다.

내 말에 칼리드가 눈을 크게 뜨더니 곧 내 입에 입을 맞췄다. 립스틱을 바른 입술을 살살 핥던 그가 곧 입술을 파고들었다. 그 애정을 오롯이 받은 나는 그가 입을 떼자 다시 그를 보며 배시시 웃었다. 그에 칼리드가 입을 열었다.

"저도 가끔 그럴 때가 있습니다. 사실, 당신이 위험에 뛰어들 때마다 그런 생각을 하곤 합니다."

그러고 보니 저번 카펠라에서 그런 유의 말이 오간 것 같기도 했다. 가둬 놓고 딱 나만 보게 하고 싶다였던가……. 당시를 떠올리며 나는 화사하게 웃었다.

"흐음, 사랑하면 구속하고 싶은 마음이 드는 건 사람마다 다 같은가 봐요."

"그래도 저는 제 이기심으로 당신을 구속하고 싶지 않습니다."

“나도.”

“…….”

“나도 그래요.”

말을 마치고 나는 다시 웃었다. 하지만 그런 나의 모습에서 이상함을 느꼈는지 칼리드가 내 뒤통수를 살살 쓰다듬으며 입을 열었다.

“위더는, 생각하지 않으셔도 됩니다.”

“그래요.”

“다 해결될 겁니다.”

“알아요.”

그는 내가 여전히 이사벨의 일로 심란하다고 판단했는지, 나를 위로하듯 그렇게 읊조렸다.

하나 내 머릿속은 단순히 이사벨보다는 이사벨과 위더, 시에라, 왕실, 디르난트, 그리고 프로디아드가 같이 얽혀 있어 그렇게 단순하게 생각할 만한 상황이 아니었다.

더군다나 칼리드의 말은 단순한 위로에서 더 나아가 조금 더 깊은 뜻을 가진 암시일 수도 있었다. 나는 이로 인해 그가 생각보다 더 많은 것을 알고 있다는 걸 다시 한번 확신했다.

대체 내가 모르는 사이에 일이 어떻게 흘러간 걸까. 나는 불안한 마음을 안고 입을 꾹 다물었다.

그럼에도 불구하고 그의 위로는 그 어떠한 것보다도 나를 다정하게 위로하고 있어, 나는 결국 편하게 웃으며 그의 목에 얼굴을 묻을 수밖에 없었다.

＊　＊　＊

"위더 영애께서는 방 안에 계시나요?"

"네, 영애님."

이사벨의 방문을 지키던 기사 둘이 내 등장에 예를 표하자, 나는 가벼이 웃으며 그에 응수했다. 나는 어깨에 걸친 코트와 목에 걸린 크라바트를 다시 정리하면서 입을 열었다.

"문을 여세요."

"위험하실 수 있습니다. 함께 들어가겠습니다."

"아니요, 저 혼자 들어갈게요. 그리고 누구도 들어오게 하지 마세요."

내 말에 기사들이 난감한 표정을 지었다. 그도 그럴 것이 이사벨이 방 안에 감금당한 건 '정신이 불안정하다.'는 데에 있었다. 그녀가 혹여 갑자기 난리를 부리지 말라는 법이 없기에 기사들이 걱정하는 것을 이해하지 못하는 건 아니지만, 솔직히 나는 별다른 걱정이 되지 않았다.

내가 느긋하게 팔짱을 끼는 것을 보며 기사들이 곧 서로 눈짓을 보내더니 '그럼, 무슨 일이 있으시면 저희를 부르십시오.'라고 말하며 문을 열었다.

구두의 굽과 카펫이 서로 부딪치고, 나는 이사벨의 방에 들어섰다. 어제저녁에 보았는데 웃기게도 엄청나게 오랜 시간이 흐른 것 같았다.

온종일 너무 많은 일이 흘러서 그런가, 석양이 지는 하늘을 꽁꽁

가린 커튼 틈 사이로 몇 가닥의 빛이 흘러 들어오고, 마치 감옥처럼 우중충한 방 안의 분위기는 절망스러운 그녀만큼이나 처참했다.

안을 쭉 훑던 내가 곧 이사벨을 찾았다. 두꺼운 캐노피가 드리워진 침대에서 이불을 덮고 앉은 이사벨은 굽힌 무릎 사이에 얼굴을 파묻고 있었다. 미동도 없이 가만히 있는 그 모습에 혹시 죽기라도 했나 싶어 내가 눈썹을 까닥였지만, 곧 기척을 알아챈 듯 이사벨이 움찔거리더니 천천히 얼굴을 들었다.

그녀는 얇디얇은 잠옷을 걸친 채 멍한 눈길로 앞을 바라보았다. 아름다운 갈색 머리카락은 빗지도 않아 아무렇게나 늘어져 있었고, 파란색 눈동자는 생기를 잃고 멍하니 방 안을 보고 있었다. 하룻밤 사이에 무슨 일이 있었는지 모를 정도로 처참한 꼴이었다.

나는 그녀의 모습을 찬찬히 보다가 곧 비웃음을 흘렸다. 그 소리를 들었는지 이사벨이 천천히 고개를 돌리더니 내 존재를 눈치채고 두 눈을 홉떴다. 그녀의 눈동자에 경악이 흐르고, 곧 처연함을 담고 서서히 일그러졌다. 난 그 얼굴에서 고개를 돌리고 느긋하게 발걸음을 옮겨 창가로 다가갔다.

한쪽 손으로 커튼을 확 걷어 내자 방 안에 빛이 스며들었다. 나는 고개를 돌린 뒤 이사벨을 보았다. 이사벨의 얼굴 위로 아름다운 석양빛이 비껴졌고 그녀는 갑작스러운 광선이 익숙지 않은 듯 눈을 찌푸리고 있었다.

나는 여전히 여유롭게 웃으며 그녀의 침대와 조금 떨어진 곳에 있는 걸상에 손을 대었다.

끼익- 하는 소리와 함께 걸상이 끌리고, 나는 다리를 꼬아 걸상 등받이에 기댄 뒤, 내가 생각하기에 더없이 화사한 웃음을 지으며 이사벨을 향해 입을 열었다.

"안녕?"

그다지 특이할 것 없는 인사말이었다. 가끔 오다 가다 듣게 되는 그러한 유의 간단한 인사말.

하지만 우리 둘 중 그 누구도 그것이 진정으로 상대의 안부를 묻는 인사라고 여기지 않았고, 그것을 증명이라도 하듯 내가 말을 내뱉는 순간 이사벨의 눈동자가 어김없이 흔들리기 시작했다.

어제 나를 향해 바락바락 소리치던 기세는 어디로 갔는지 현재의 그녀는 지나칠 정도로 온순했고, 그럼에도 눈가에 맺힌 가증스러운 이슬은 그녀가 감정의 소용돌이 속에 서 있다는 것을 증명해 주고 있었다.

잠깐의 침묵이 흘렀음에도 내 말에 이사벨이 아무런 답을 하지 않자, 나는 방금부터 손에 들고 있던 서류뭉치를 몇 번 펼치다가 바닥에 휙 던졌다.

촤르륵- 종이가 펼쳐지고, 그 사이에 선명하게 보이는 말들이 눈에 안겨 왔는지 이사벨의 뺨을 타고 눈물이 몇 방울 떨어졌다.

[정신 상담 소견서]

"나는, 이런 걸 받은 적이⋯⋯."

"꼭 진료를 받아야 소견서가 나오나? 일단 널 방에 가둘 구실이 필요해서 받아 왔어."

내 느긋한 물음에 이사벨이 고개를 들고 나를 뚫어져라 보았다. 그러다 흑흑거리는 소리와 함께 그녀가 두 손에 제 얼굴을 묻고 울음을 터뜨렸다.

"미안해."

"……."

"미안해, 스칼렛."

"지금 와서 말해 봤자 너무 늦었고."

"미안해, 진심으로……."

"더는 네 변명 듣고 싶지 않고."

비록 가설이지만 위더가 반역에 엮였다는 생각이 들고, 거기에 디르난트가 엮여 들어갔을 수도 있다는 생각이 들자, 더는 이사벨을 나를 상처 주는 아이 정도로 단순하게 생각할 수 없었다.

내 앞에 있는 이는 내 친구 행세를 하던 내 적이고, 어쩌면 그 적이 단순히 내 사생활로만 엮여 있는 문제가 아닐 수도 있다고 여긴 순간, 나는 무서울 정도로 침착하게 대응할 수 있었다.

이 말도 백번은 한 것 같은데. 내가 너무 물렀다.

나는 문득 재스민 필레르가 덧붙인 말을 기억해 내곤 쓰게 웃었다.

"그때 연회가 끝나고 위더 영애께서 그러셨어요. 자신은 당신을 이길 수 없다고. 당신은 강하고, 그녀는 너무 약해서 결코 당신에게 대항할 수 없다고."

"……."

"그리고 저한테 그러셨어요. 당신은 그래도 나쁜 사람은 아닐 거라고. 그저 잠깐 유혹에 넘어가 그런 실수를 저지른 것뿐이고, 자신한테 당신은 여전히 친구니 그렇게 미워하지는 말라고."

"그 와중에 착한 역할은 또 알아서 챙기네요."

"그런 말을 듣고 제가 영애님을 어떻게 좋게 생각할 수 있겠어요. 위더 영애가 제 언니 때문에 어떤 고통을 받았는지 알고 있는데.”

재스민 필레르는 진짜 이사벨이 착하다는 설명을 하고 싶었던 것인지, 아니면 나한테 변명하고 싶은 것인지 나를 잡고 구구절절 말을 꺼냈지만 나는 그에 아무런 감흥도 없었다.

재스민 필레르는 곧은 성격이었다. 그런 그녀가 이사벨의 말을 듣고 나를 좋게 생각할 수 없었음은 이해가 되었다. 약자의 편을 드는 건 인간의 공통된 습성이고, 최소한 재스민 필레르의 정보 안에서 나는 엄연히 가해자였다. 비록 지금은 그 오해가 풀렸지만.

나는 이 아이와 관계를 끊어 내면 된다고 여겼는데, 그저 죽을 때까지 보지 않으면 된다고 생각했는데, 정작 내가 그런 생각을 하는 와중에 이사벨은 성심성의를 다해 나를 밀어낼 생각을 하고 있었다.

그것이 재스민 필레르를 이용해서든, 아니면 다른 수단이든. 어쩌면 내가 몰랐던 수많은 곳에서 그녀는 함정을 파고 있었을 것이다.

거기까지 생각이 미치자, 웬만한 사람이라면 혀를 찼을 법한 가정사를 가진 이사벨이 하나도 안타깝지 않았다.

불행한 가정? 그게 행복한 가정에서 호의호식하는 나를 증오할 이유라도 된단 말인가? 웃기지도 않아서.

나는 입꼬리를 말아 올리고 이사벨을 보았다. 오늘 그녀를 찾아온 건 다름 아닌 용건이 있어서였다.

“너는 국빈 연회가 끝날 때까지 이 방에서 한 걸음도 나오지 못할 거야.”

“알아.”

"안다면 다행이고. 그리고 국빈 연회가 끝나고 나올지 말지는-"

나는 이사벨을 쓱 훑었다. 그녀의 가련한 눈동자는 나를 향해 있었고, 무릎 사이에 파묻은 손이 바들바들 떨리고 있었다. 이제는 다시 '원래의 이사벨'로 돌아온 것인가.

"-그 여부는 네 행동에 따라 판단될 거야."

"내…… 행동?"

"이사벨."

나는 낮게 깔린 목소리로 그녀를 불렀다.

"한마디 하자면, 너를 정신병자 취급하는 것도 조금 마음에 걸리긴 해. 어쨌든 정신 질환은 잘못이라거나 틀린 게 아니니까. 그런데 네가 지금 잘못이라거나 틀린 게 없다고 하면, 내가 지금 눈물 나오게 억울할 것 같아."

"나는 정신병이 아니야, 스칼렛. 어제 일 때문에 그러는 거라면, 내가…… 내가 너무 흥분했어. 내가 정신이 없었어. 용서해 줘, 스칼렛. 내가 잘못한 거야."

"응. 네가 잘못한 거야. 그리고 나는 그에 대한 합당한 벌을 네게 내릴 예정이고."

"……스칼렛."

"역겨운 표정은 집어치워. 이 방에는 네 편을 들어 줄 사람이 하나도 없어. 본인을 속이고 싶은 거라면 말리지는 않을게. 그래서 네가 뭘 잘못했다고?"

내 물음에 이사벨이 말문이 막힌 듯 입을 꼭 다물었다. 나는 그녀를 빤히 보았다. 그녀가 무슨 작전을 들고 나올지 감도 잡히지 않았다. 미지의 영역에 있는 적이었다. 그럼에도 차분하게 응수할 수 있는 건 결국 그래 봤자 이사벨 위더였고, 결국 그래 봤자 작은 귀족가의 영애였기 때문이다.

이사벨은 조금 우물쭈물하다가 곧 조심스럽게 입을 열었다.

"네 애인과 관련된 문제는, 네가 아니라 그들을 시험하고 싶었던 것이었어."

나는 비웃음을 흘렸다. 얘는 나를 무슨 백치로 아나.

"나와 그들의 사랑이 얼마나 견고한지 시험하고, 그들이 네 유혹에 빠지면 결국 그런 남자는 나한테 어울리지 않아서?"

"……그……."

"아니면, 뭐— 그 남자가 널 먼저 유혹하기라도 했어? 널 붙잡고 내가 자기를 사랑하지 않는다고 호소라도 했니? 내가 그들을 사랑하는지 하지 않는지 시험해 볼 테니 제발 도와 달라고 손을 잡고 애원이라도 했어? 아, 그들을 시험해 보고 싶다고 했으니 이건 아닌가……."

"그걸……."

"네가 뭐라 말할지 어떻게 알았냐는 얼굴은 하지 마. 대가리가 목 위에 제대로 붙어 있고, 그 안에 뇌가 정상적으로 들어 있으면 다 유추할 만한 이야기야."

"스칼렛, 너는 믿지 않겠지만……."

"나뿐만 아니라 널 빼고 세상 모든 사람이 믿지 않아."

감정과 호소가 듬뿍 담긴 그녀의 목소리와 달리 내 말은 한없이 건조했다. 그리고 그 말도 안 되는 소리를 더는 듣고 싶지 않아, 나는 미간을 찌푸리고 고개를 절레절레 저었다.

"그래, 됐고. 너야, 뭐— 모든 일은 다 나를 위해 한 거고, 모든 잘못은 다 내가 했으며, 모든 나쁜 일은 다 내 탓이지, 뭐. 이러다가 내일 비가 와도 내 탓이라고 하겠어."

"스칼렛, 믿어 줘! 진심이야! 너는 왜 내 말을 믿지 않아?"

"그거야."

울음기가 섞인 그녀의 목소리에 내가 무미건조하게 답했다.

"네가 말 같지 않은 말을 지껄이니까."

"……."

"네가 이런 행동을 하면서 이런 말을 내뱉는 이유는 딱 두 가지 중 하나거든. 네가 진짜 정신병에 걸렸거나, 아니면 네가 연기를 하는 중이거나."

"……."

"나는 그래도 네가 정신병에 걸렸다고 생각하고 싶지는 않아. 그렇지 않으면 내가 너무 억울하거든. 그러니까 뭐겠어. 네가 개소리를 하는 거겠지."

"제발, 스칼렛. 나를 믿어 줘. 내가, 내가 왜 너를 싫어하겠어."

"너도 정신병보다는 조금 맛이 간 정상인이 낫지? 그래야 내 옆에서 딱 붙어 날 상대할 수 있으니까. 네 그 예쁜 얼굴과 옷과 파티와 함께."

그녀의 말을 깡그리 무시한 채 농담을 내뱉듯 혼자 중얼거리자, 이사벨의 얼굴이 창백하게 질렸다. 하지만 나는 그런 그녀의 표정을 완전히 무시한 채 방금부터 계속 내뱉고 싶었던, 그리고 오늘여기로 와서 제대로 확인하고 싶었던 말을 하였다.

"하지만 아무리 불행한 가정사를 갖고 있어도, 결국 맛이 간 건 간 거야."

가볍게 스쳐 지나가듯, 그럼에도 한없이 지독한 말을 던지자, 그 찰나 호소를 가득 담은 그녀의 눈동자가 미세하게 흔들리기 시작했다. 침대를 짚던 팔이 바르르 떨리는 것을 보며, 나는 최소한 오늘 우리의 관계를 만든 것에 그녀의 가정사가 끼어 있다는 사실을 확실하게 확인할 수 있었다.

이런 일로 한 사람의 아픈 곳을 찌르는 일은 썩 유쾌하지 않지만, 나는 이사벨의 근원을 알고 그 끝을 자를 필요가 있었다. 결코 찜찜하게 끝내고 싶지는 않으니.

그래서 나는 우아하게 웃으며 입을 열었다.

"이사벨, 아픈 가정사는 네 면죄부가 아니야."

"나는, 네가, 무슨…… 무슨 소리를 하는지 잘 모르겠어."

이미 어젯밤의 일로 저 자신을 끊임없이 다독였는지 이사벨은 이런 내 말에 크게 흥분하지 않았다. 하지만 떨리는 목소리나 부들거리는 어깨가 그녀의 심정을 충분히 알려 주고 있었고, 나는 그래서 더더욱 차분하게 말을 이었다.

"재스민 필레르를 이용하려고 했던 건 꽤 좋은 시도였어. 먹히지 않아서 그렇지. 중간에 네가 셀린느를 끌고 나가서 그렇게 큰일이 생기는 바람에 우리 둘 다 으르렁대지는 못했거든."

"……나는, 그 영애를 몰라."

"너한테 손수건도 건네줬는데, 이런ㅡ 이렇게 빨리 까먹다니."

아쉽다는 듯이 과장된 손짓을 하며 나는 말을 꺼냈다. 그와 동시에 이사벨의 눈치를 살피는 것 또한 잊지 않고.

내 말에 이사벨은 길게 숨을 들이쉬었다. 그녀도 이미 눈치챈 것 같았다. 내 입에서 재스민 필레르가 나오고 불행한 가정사가 나온 이상, 그녀가 숨기고 싶어 하는 그 웃기지도 않은 구구절절한 사연을 내가 이미 알고 있다는 것을.

나는 내 성격이 나빠도 악랄하지는 않다고 생각했는데, 이 와중에도 이사벨이 가증스럽기 짝이 없다니, 나도 성녀나 선한 사람의 반열에는 끼지 못하는 것 같다.

하긴, 불구덩이에 뛰어들어 시에라의 삼분의 이를 먹어 버린 내가 무슨 '선'이겠는가. 브룩스 켈트의 말을 빌리자면, 한평생 이길 수밖에 없어 아랫것들의 사정 따위 알지도 못하는 귀족 계층일 뿐이지.

완벽한 선이 되지 못할 바에야 그저 치졸함과 유치함을 다 갖춘 인간이 되는 편이 좋지 않은가. 나는 소탈하게 내가 악하다는 것을 인정했다.

"사교계는 소문이 빠른 편이지."

"아니야. 아니야, 스칼렛. 그러지 마."

"네가 난리를 쳐 준 덕분에 내가 위더를 밟을 이유도 생겼고."

"아니야, 제발, 스칼렛. 그러지 마, 응? 내가 잘못했어."

이사벨의 상태는 내가 생각했던 것보다 훨씬 더 불안정해 보였다. 흔들리는 파란색 눈동자에 물기가 서서히 차오르더니 곧 장대비처럼 후두둑 떨어졌다. 그녀는 어느새인가 침대에서 내려와 내 발치에 꿇어앉고 내 손을 잡으려 애를 썼다. 물론 나는 그 손을 쳐냈지만.

이번에는 또 뭐 하자는 건지.

이사벨이 내 앞에서 무릎을 꿇고 우는 장면은 그렇게 드문 모습은 아니었다. 그녀는 내 애인을 빼앗았던 과거에도 몇 번 내 앞에서 무릎을 꿇은 채 울곤 했고, 그때마다 나는 기겁해 그녀를 안고 괜찮다며 토닥여 주었다.

그리고 지금은—

"스칼렛, 미안해. 내가 잘못했어. 내 탓이야. 벌은 달게 받을게. 그러니까, 응?"

"그러니까, 뭘?"

나는 차갑게 되물었다. 내 물음에 이사벨이 부들부들 떨더니 곧 고개를 떨구었다. 하얀 뺨을 스치고 갈색 머리카락이 스르륵 떨어졌다. 하나 이사벨은 눈물범벅이 된 얼굴을 들고 다시 나를 향해 애원했다.

"제발, 제발, 우리 집안만큼은……. 우리 집안만큼은 안 돼."

"이사벨, 네가 언제 집안일에 그렇게 신경 썼다고?"

"안 돼. 부탁이야, 스칼렛. 아니면 난 죽을 거야."

"죽지는 않을걸? 내가 널 살려 둘 거니까."

사실이었다. 이사벨이 죽어서 좋을 게 뭐가 있겠는가. 그런 찜찜한 상태는 별로였다. 마치 내가 괴롭혀서 죽은 것 같지 않은가. 사람들의 동정심은 언제나 가장 최후에 고통스러운 자에게로 향하고, 죽지 않은 자의 상처는 그대로 넘겨진다.

그런 의미에서 나는 그녀를 죽일 생각이 없었다. 애초에 죽일 이유가 없었다. 아직까지는.

하지만 그런 내 말에도 이사벨은 부들부들 떨며 내 옷소매를 잡은 채 눈물만 뚝뚝 흘렸다. 호소 섞인 목소리가 귓가에서 울리자 나는 한숨을 푹 쉬었다.

"이사벨, 일어나."

"나를, 나를 살려 준다면……."

"일어나서 대들기라도 해. 어제처럼 바락바락 소리를 지르면서. 그편이 더 어울리니까."

"나, 나는, 그런 사람이, 아니야."

내 말에 절망스러운 이사벨의 눈길이 내게로 꽂혔다. 하지만 나는 그런 그녀의 눈빛을 전혀 개의치 않은 채, 부드럽게 웃으며 말을 내뱉었다.

"그래? 그럼 그냥 내가 하는 짓을 얌전하게 당하기만 해."

"……."

"그건 잘할 수 있지? 우리 이사벨은 '착하니까'."

내 말에 고개를 푹 숙인 이사벨은 바닥에 무릎을 꿇고 울고 있었다. 마치 악인이 회개라도 하듯 비장한 장면이었지만, 이사벨이 진짜로 반성 따위 하지 않았다고 나는 장담할 수 있었다.

반성? 회개? 그런 걸 할 줄 아는 아이였다면 진즉 했을 것이다.

나는 이사벨을 내려다보다가 그녀의 손에 잡힌 옷소매를 홱 잡아끌었다. 마치 구명줄처럼 나를 잡은 손이 부르르 떨리고, 그녀가 나를 올려다보았다.

이사벨의 눈에는 비참함이 잔뜩 쓰여 있었으나 나는 정작 이런 그녀의 모습을 보고도 기묘한 느낌을 느껴야만 했다. 여태껏 내게 상처를 줄 생각만을 하면서도 정작 내 옆에서 웃고 있던 아이다. 지금 이 모습이 과연 진짜라고 장담할 수 있나?

나는 고개를 저었다.

이사벨은 마치 비극 속의 주인공처럼 저 자신을 가련하게 포장하고 있었다. 과하다 싶을 정도로 일그러진 표정, 비처럼 줄줄 흐르는 눈물.

나는 미간을 찡그렸다. 이 아이는 연기를 하고 있었다. 이 와중에도.

굳이 저를 포장하는 사람과 말을 나눌 필요는 없었다. 나는 기가막혀 고개를 절레절레 저었다. 아직 국빈 연회 기간이고, 나는 처리해야 할 일이 많았다. 그중에서 가장 큰 것.

내 눈길이 이사벨에게로 닿았다.

이 아이는 위더 백작 가문의 진상을 알고 있을까.

넌지시 정보를 흘려 떠 볼까 하다가 나는 그것을 그만두기로 했다. 뭐가 됐든 이렇게 일찍이 굳이 찔러 볼 필요는 없다. 아니라면 괜찮겠지만, 만약 진짜 그런 일이 있다면…….

나는 입술을 꾹 깨물었다. 이사벨은 여전히 연극 속 비련의 주인공처럼 울고 있었다. 나는 이제는 화가 나지도 않아 그녀를 싸늘하게 쳐다보다가, 결국 발걸음을 옮겨 방을 나갔다.

* * *

국빈 연회가 끝나고 며칠간은 꽤 평화로운, 최소한 겉보기에는 평화로운 나날들이 이어졌다. 비올레타와 나는 여전히 콜린스 왕자와 이엘라 왕녀를 에스코트했고, 간간이 사적으로 칼리드를 만난 것 외에는 그다지 이상할 것 없는 시간이 이어졌다.

하지만 겉보기에 평화롭기만 한 이 시간은 사실상 언제 터질지 모르는 폭탄을 안고 가는 것만큼이나 위태위태했다.

위더 백작은 대체 뭐 하는 인간인지 내가 이사벨을 방에 가둔 뒤에도 코빼기도 보이지 않았고, 일부러 입을 닫쳐 주는 것인지 누구도 내 앞에서 이사벨의 이야기를 하지 않았다.

칼리드는 이 며칠간 국왕 폐하와 어머니와 함께하고 있었고, 나는 마틸라 선배와 어머니를 통해 뭔가를 알아내려고 하였으나 번번이 실패하고 말았다.

물론 나도 알았다. 어머니나 폐하는 내가 살아온 세월보다 더 긴 시간을 정치판에서 구른 사람들이었고, 칼리드는 정식으로 공작위를 받은 지 10년이 된 자였다. 마틸라 선배는, 뭐, 말이 필요 없겠지.

그에 반해 나는 후계자로서 교육도 받고 나름대로 외교부에서 열심히 일하긴 했지만, 정작 정치적 암투 같은 것에는 경험이 부족한 게 사실이었다.

어느 정도 짐작은 있었지만, 물증이 없다. 물증이. 심증으로는 이미 완벽한 소설 한 편이 쓰여 있었는데 확신할 만한 증거가 없어서 헤매고 있었다.

나는 한숨을 푹 쉬었다. 데미안은 여전히 아무것도 조사해 내지 못했고, 나는 이미 그쪽으로는 포기한 상황이었다. 공작가의 정보망으론 아무것도 알아내지 못했다.

하나 오히려 그 사실이 위더 백작가가 반역에 연루되어 있었고, 시에라와 내통했을 거라는 가설에 더더욱 힘을 실어 주고 있었다. 무서울 정도로 깨끗한 건 오히려 의심스럽기만 하니까.

그렇게 내가 안 되는 머리와 짧은 견식으로 머리를 쥐어 짜낼 무렵, 나는 갑작스럽게 들려온 노크 소리에 미간을 찌푸렸다. 허락을 표하자 방으로 들어오는 인영에 난 한숨을 푹 쉴 수밖에 없었다.

"영애님을 뵙습니다."

"부인, 오랜만이에요."

문을 열고 들어온 자는 다름 아닌 위더 백작 부인이었다. 초췌하기 짝이 없는 그 모습이 이사벨의 것과 똑같아서, 나는 저도 모르게 몸을 흠칫 떨어야 했다. 하지만 이사벨의 그 꿍꿍이를 알 수 없는 눈동자와 달리 백작 부인의 눈동자는 한없이 맑고 깨끗했다.

나는 자리에서 일어나지도 않은 채 백작 부인을 보았다. 내 굳은 얼굴을 발견했는지, 백작 부인이 잠시 망설이다가 곧 입을 열었다.

"부탁할 게 있어서 왔습니다."

"이사벨을 꺼내 줄 생각은 없어요. 최소한 내일까지는."

내일이면 시에라의 사람들이 돌아가는 날이다. 내 차가운 말에 백작 부인이 눈을 동그랗게 뜨고 나를 바라보았다. 하지만 그 모습이 이사벨의 것과 더더욱 닮아 보여서, 나는 속이 불편해지는 것을 꾹꾹 누르며 입을 열었다.

"그것을 원해서 온 것 아닌가요?"

"영애님, 죄송합니다. 제가…… 전부 제 탓이에요."

"왜 부인의 탓인지 물어봐도 될까요?"

내 물음에 백작 부인은 답을 하지 못했다. 주변의 시녀들이 눈치 좋게 방을 나가고, 정적이 맴도는 이 방 안에서 나는 미간을 찌푸린 채 백작 부인을 보고 있었다.

제 입으로 제 탓이라고 말을 했으면 그 이유라도 알려 줘야 하는 것 아닌가. 스트레스 지수가 팍팍 올라가는 것을 느끼며 나는 고개를 절레절레 젓고야 말았다. 시간 낭비에는 천부적인 재능을 가진 모녀였다.

하지만 내가 그녀를 무시하고 방금 쥐어뜯은 머리를 정리하려고 하는 찰나, 나는 거울 너머로 보이는 백작 부인의 모습에 다시 돌아앉을 수밖에 없었다.

"죄송합니다. 영애님."

"부인, 이게 무슨 일이죠?"

이 모녀는 무릎 꿇는 법부터 배웠나. 나는 주변에 퍼진 그녀의 드레스 자락을 보며 입술을 꽉 깨물었다. 그런 내 눈치를 보던 백작 부인이 곧 고개를 푹 숙이고 어깨를 잘게 떨며 더듬더듬 입을 열었다.

"죄송해요, 영애. 제가…… 제가 견식이 짧아서 그 아이를 그렇게 만들었어요."

"무슨 견식이요?"

"제가, 그 아이에게 증오를 가르쳤어요. 제가, 그 아이에게 다른 사람을 경계하라고 가르쳤어요. 제가……."

"……."

"그 아이에게, 다른 여자들보다 더 사랑받는 여자가 되어야 한다고 가르쳤어요."

나는 미간을 찌푸렸다. 예상 밖의 말이라 뭘 어떻게 대답해야 할지 몰랐다. 이럴 때는 그냥 입을 닫치는 거다. 나는 입을 꾹 다물고 백작 부인을 응시했다. 아니나 다를까, 터진 홍수처럼 백작 부인이 끅끅대며 말을 이었다.

"이 며칠, 쭉 생각했어요. 대체 뭐가 문제일까, 대체 어디서부터 잘못되었을까."

"……그래서요?"

"저는 견식이 짧아요. 윈체스터에선 저 같은 여자가 멸시를 받는다는 것을 알아요. 저는…… 공작 각하처럼 지혜롭지도, 똑똑하지도 못해요. 가진 게 없어서 뭔가를 할 줄도 몰라요."

뭔가 문장이 제대로 이어지지도 않고 떠듬떠듬 말을 이어 갔으나, 백작 부인은 기를 쓰고 힘겹게 자신이 하고 싶은 말을 꺼냈다. 한평생 누구 앞에서 이렇게 강하게 제 주장을 피력해 본 적도 없는 사람일 게 분명했다. 온실 속의 화초처럼, 제한된 공간에서 제한된 세상을 바라본 사람이리라.

그런 사람이 열심히 제 주장을 할 정도로 백작 부인은 지금 필사적이었다. 그 모습이 눈에 안겨 와 나는 결코 그녀에게 화를 낼 수 없었다.

필사적인 사람은 언제나 존중받아야 한다. 그래서 나는 조용하게 그녀의 말을 들어 주었다. 다른 한편으로는 궁금하기도 했다.

"제가, 금방 윈체스터에 와서…… 얼마 되지 않아 이사벨을 낳았어요. 그래서 저는 그 아이에게…… 제가 알고 있는 것만 가르칠 수밖에 없었어요."

"어떤 것을?"

"제가, 제가 그 아이에게 그랬어요. 훌륭한 여자는, 훌륭한 여자는 응당 부드럽고 사랑스러워야 한다고. 그래야 훌륭한 아내가, 훌륭한 어머니가 될 수 있다고."

"틀린 말은 아니네요."

뭐든 온화하고 부드러운 사람 주위에는 사람이 모이기 마련이다. 굳이 여자라는 성별을 꺼내 말해 그렇지, 틀린 말은 아니었다. 가정에 보수적인 윈체스터에서는 단란하고 화목한 가정을 자랑거리로 여긴다. 남자는 훌륭한 남편과 아버지의 역할을, 여자는 훌륭한 아내와 어머니의 역할을.

하지만 그런 내 생각과 애초에 다른 의미의 뜻이었는지, 백작 부인이 거세게 머리를 저었다. 나는 더더욱 미궁 속에 빠져드는 느낌이어서 길게 숨을 내쉬었다.

그리고 곧, 그녀가 입을 열었다.

"저는, 저는…… 그게 인생 전부였어요."

"인생 전부요?"

"훌륭한 어머니와 훌륭한 아내요. 그게, 제 인생 전부였어요. 그래서 견식도 짧고, 아는 것도 없고, 그저 남편을 모시고 딸을 교육하는 게 전부라고……."

"부인. 방금부터 본인 탓이라고 해서 들어 주긴 했는데."

나는 복잡한 기분이 되어 얼굴을 찡그렸다. 예전부터 생각했지만, 백작 부인과 얘기할 때는 어떤 식으로든 이야기가 다른 곳으로 튄다. 기분이 이상해지고, 나와 그녀가 애초에 다른 세계에 있다는 느낌을 지울 수가 없었다.

그래서 나는 내가 아는 상식선에서 최대한 알아듣기 쉽게 입을 열었다.

"부인, 남편을 모시…… 네, 뭐, 이 단어 선택은 조금 이상하긴 하지만, 남편을 내조하고 딸을 교육하는 게 뭐가 나쁘죠?"

"……저, 저는, 그것 외에는……."

"그러니까, 그게 나쁘냐고요."

세상에는 다양한 종류의 사람이 존재한다. 저 자신이 빛나서 가치를 실현하는 존재가 있는가 하면, 타인을 빛나게 해 주면서 저 자신의 가치를 증명하는 자도 있다. 그 실현 방식이 다르다뿐이지, 결국에는 가치를 실현하는 건 같다. 그게 티가 나느냐, 나지 않느냐의 차이지.

물론 콜린스 왕자처럼 몇 번 보지도 못한 상대에게, 심지어 상대방이 이어받을 가문이 있고 외교관이라는 사실을 알고 있음에도 '나를 위해 네가 좀 희생해 줘.' 따위의 말을 내뱉는 건 분명 무례였지만, 그 반대로 본인이 좋다고 하면 사실 이를 질책할 만한 사람은 없었다.

그래, 인정한다. 나는 자신을 희생하며 타인을 빛내 주는 유형의 사람들을 이해하지 못했다. 그리고 가끔 백작 부인과 대화하면서 그런 느낌이 든 건 사실이었다. 그녀는 지나칠 정도로 가정에 집착했으므로. 그럼에도 나는 그것으로 그녀에게 설교를 한 적은 없었고, 단 한 번도 그것을 질책하지 않았다.

사람마다 삶의 방식이 다르지 않은가. 나 같은 삶을 타인의 시각에서 보자면, '쟤는 왜 굳이 저렇게 힘들게 살아?'라는 말이 나올 것이라는 것을 나는 안다.

따라서 서로서로 그렇게 제각기 길을 가는 게 최고였다. 왕실에 빌붙어 한평생 백수처럼 사는 게 꿈이라는 비올레타도 있고, 연금술과 결혼했다고 독신주의를 선언한 올리비아도 있고, 나처럼 수많은 애인을 끊임없이 사귀며 남자 없이 못 살 것처럼 구는 애도 있다. 그리고 이렇게나 다른 우리는 서로 친구였다.

나는 화장대에 팔을 세우고 머리를 기댄 채 백작 부인을 보았다. 백작 부인은 시에라의 사람이었고, 그래, 시에라의 그 전통적인 여성관을 따르는 게 나한테는 무척 이상하게 보일 수도 있지만, 그렇다고 나에게 딱히 피해를 끼쳤다고 생각하지는 않았다. 이사벨이 종종 그런 유의 말을 내뱉어도, 웃으며 고개를 끄덕끄덕할 수 있는 것도 그래서였다.

나는 한숨을 쉬었다.

"부인. 부인의 말은 알 것 같아요."

사랑받는 아내, 사랑하는 어머니가 되기 위해서는 행복한 가정이 필요하고, 그러기 위해서는 훌륭한 배우자가 필요하다. 그러니까 마치 경쟁 같은 것이다. 다른 여자들을 모두 이기고, 그 가운데서 가장 훌륭한 여자가 되어 단 하나의 훌륭한 남자를 쟁취한다. 그러기 위해서는 '적'으로 간주되는 모든 여자를 물리쳐야 한다.

나는 머리를 긁적였다. 한평생 남녀 관계에 대해 진지하게 생각해 보지 못한 나로서는 이해할 수도 없는 논리였다. 인간관계는 경쟁으로 이루어지는 것이 아니다. 최소한의 감정 교류가 전제에 있어야 하고, 귀족 같은 경우 감정보다는 이익이 먼저여야 한다.

하지만 사람들마다 살아남는 방식은 다르다. 그게 그들의 생존 방식이라면, 나는 그것을 비웃고 질책할 자격이 없었고, 그럴 생각도 없었다.

나는 머릿속을 정리했다. 그리고 백작 부인을 직시하고는 느릿하게 말을 이었다.

"하지만 저는, 이 모든 것이 백작 부인의 탓이라고 말하고 싶지 않습니다."

"아니에요, 영애님. 제 탓이에요, 제가 못나서……."

"하지만 이 사이 어디에도 부인의 탓은 없다고 생각해요. 부인은 교육받은 대로 교육했을 뿐이고, 무엇보다도 이사벨은 24살입니다."

"……."

"그 아이는 사교계 활동을 하며 컸고, 수많은 사람을 만나며 옳고 그름 같은 건 혼자 판단하는 능력을 키워야 했죠."

가정 환경은 한 사람의 성장에 큰 영향을 준다. 이것만큼은 부인하지 않는다. 하지만 그렇다고 해서 그것이 전부는 아니다. 행복한 가정에서 사랑을 받고 자라난 내가 이런 말을 하는 게 조금 오만이긴 하겠지만, 나는 진지했다.

가정 환경 때문에 이사벨을 동정해 주기에는, 그녀보다 더 불행한 환경에서 열심히 산 사람들이 너무 억울하지 않겠는가. 하물며 그 거지 같은 시에라의 환경에서도 제 환경을 바꾸기 위해 노력하는―비록 중간에 엇나가긴 했지만― 사람들이 존재했다.

나는 길게 숨을 내쉬었다.

"백작 부인께서 그런 식으로 교육했다는 것은 알겠어요. 하지만 부인께서는 그 아이에게 다른 여자보다 더 훌륭하게 커야 한다고 가르쳤지, 다른 사람의 애인을 뺏거나, 시험을 목적으로 관계를 파탄 내라고 가르치진 않았겠죠."

"그…… 그건……."

"친구의 애정을 이용해 그 관계성에서 제가 원하는 것만 야금야금 빼먹고, 가식적으로 웃으라고 하지도 않았고요."

"그건, 그 아이가 교육 때문에……."

"딸을 구하고 싶은 부인의 마음은 잘 알겠습니다."

나는 차분하게 말을 이었다. 몇 분 전까지만 해도 복잡하기만 했던 머릿속이 환해졌다. 나는 백작 부인에게 말을 건네면서도 한쪽으로 나를 설득하고 있었다.

"하지만 저는 그래도 이사벨의 잘못은 온전히 이사벨이 혼자 책임져야 한다고 생각합니다."

"……."

"그럼에도, 사실 부인께서 말해 주신 내용이 큰 도움이 되었다는 것은 부정할 수 없네요."

나는 우아하게 웃었다. 이 며칠 전전긍긍하면서 고민했던 게 우스울 정도로 생각이 차분하게 흘러갔다.

"이제야 알 것 같아요. 우리의 관계성에 대해. 덕분에."

말을 마친 나는 곧 자리에서 일어났다.

백작 부인은 내 모습에 고개를 떨궜다. 얼마나 시간이 걸렸을까. 이내 그녀가 굽혔던 다리를 펴고, 울고 있던 얼굴을 잘 닦은 채 허리를 살짝 숙였다. 그런 그녀에게 고개를 살짝 끄덕여 준 나는 희미하게 웃어 보였다.

백작 부인이 나가고 다시 화장대 앞에 앉았다. 거울이 비추고 있는 내 모습은 내가 상상했던 그 이상으로 밝았다. 우습게도 고민했던 것들이 조금씩 빛이 보이는 것 같았다.

단순히 불행한 가정사, 외도와 폭력을 쓰는 아버지, 그런 아버지에게 일방적으로 당하는 어머니 같은 것을 생각한 나로서는 백작 부인이 이렇게 찾아왔다는 데서 충분히 크나큰 돌파구를 찾을 수 있었다.

백작 부인의 뜻은 알 것 같았다. 나는 심리학자가 아니라서 이쪽은 쉽게 분석할 수 없지만, 그리고 한 사람의 심리를 속속들이 파헤칠 만큼 지혜롭지도 못했지만, 최소한 이사벨이 사뭇 다른 가정과 외부 환경에서 방황했다는 사실은 쉽게 유추할 수 있을 것 같았다.

그녀는 백작 부인의 인생관을 주입받고, 그것과 확연히 다른 윈체스터의 외부 상황에 당황했을 것이다. 그 과정에서 나와 함께 다니게 되었고, 그러다 보니 만나는 사람은 대부분 나와 가치관이 비슷한 사람들. 이러한 가치관이 충돌하는 상황에서 사람은 둘 중 하나를 선택해야 하고, 이사벨이 선택한 건ー

"스칼렛, 프로디아드 공작 각하는 내가 본 모든 남자들 중에서 가장 강하고, 멋진 사람이야."

이사벨이 선택한 건 일차원적으로 교육받은 그러한 가치관.

그녀는 칼리드를 사랑한다. 최소한 제 속을 내보이기 싫어하는 그 아이가, 나와 칼리드가 키스하는 것을 보며 그렇게 세상 무너지는 표정을 했다는 것만으로도 유추할 수 있다. 하지만 왜 사랑하는지는 조금 생각해 볼 필요가 있었다.

사실 제 신념을 확고하게 갖고 가면 별로 상관없다. 하지만 충돌하는 가치관 속에서 저 자신을 잡는 것은 그 무엇보다도 어려웠고. 어쩌면 이사벨이 세상에서 가장 혐오하는 사람은, 나도, 칼리드도, 그 누구도 아닌 저 자신일 것이다.

그동안 아무도 그녀의 가치관을 질책하지 않았다. 나 또한 그녀의 말을 들어 주며 이해는 해 주지 못해도 고개를 끄덕여 주었다. 내가 비올레타의 그 '원대한 꿈'에 어이없어하면서도 고개를 끄덕여 준 것처럼.

그럼에도 그녀는 그 사이에서 피해망상에 찌들어, 그런 선택을 한 것이다. 저 자신의 삶을, 저가 원하는 삶을 누구보다도 혐오하면서 결국.

그것이 편해서.

모순적이기 그지없었다. 세상에 모순적이지 않은 사람이 어디 있겠느냐마는, 그녀는 더했다. 나도 가끔 내가 말하는 '선택은 자유'라는 가치관을 떠나, 내가 이해하지 못하는 것들에 약간의 의문을 비추거나 타인의 가치관에 간섭하는 경향이 있긴 해도, 그것을 눈치채는 순간 사과하고 뒤로 한 걸음 물러날 정도로 자제는 한다고 자부할 수 있었다.

그녀가 왜 그 일곱 놈을 꼬드겨 그딴 작당을 같이 했는지는…… 뻔하지 않는가.

내가 생각한 게 정말 옳은지는 나도 알 수 없었다. 나도 제한된 정보를 갖고 있으므로 어쩌면 완전히 틀릴 수도 있었다.

하지만 그래도, 나는 조금 홀가분한 기분이 되어 웃을 수 있었다.

* * *

마지막 만찬은 꽤 조용하게 이루어졌다. 윈체스터와 시에라 사이의 밀약에 대해서는 아직 공표하지 않은 상태였으므로 나는 그것에 관해 일절 말을 꺼내지 않았다.

다만 만찬이 끝나고 우연하게 콜린스 왕자와 독대를 하게 되었을 때, 나를 향해 여전히 부드럽게 웃는 그를 보며 조금 복잡한 기분이 들었다. 이 며칠 계속해서 나한테 말을 붙이고 싶은 표정이었던 그는, 일부러 우연을 가장해 나와 독대할 정도로 나한테 뭔가 하고 싶은 말이 있는 듯했다.

그리고 다른 한편, 사실 나 또한 그날 그에게 과민 반응을 한 내 태도가 약간 걸리긴 했다. 뭐가 됐든 외교를 다지려고 온 국빈이 사적으로 실례되는 말을 했기로서니, 부드럽게 타이르지 못하고 정작 화를 내 나 자신을 우습게 만들었다.

그래서 나는 담담하고 솔직하게 콜린스 왕자를 향해 입을 열었다.

"전하. 며칠 전의 제 태도에 대해 사과드리겠습니다."

"……으음, 네?"

콜린스 왕자는 생각지도 못한 내 태도에 놀란 듯 눈을 깜박거렸지만 나는 매우 차분한 얼굴로 그를 보았다. 뭐가 됐든 사람을 상대로 그렇게 쏘아붙이는 건 이성을 잃은 태도이기도 했고, 국빈을 상대로 그렇게 거칠게 말을 내뱉는 것 또한 귀족으로서 품위를 잃은 태도이기도 했다.

내용이 옳아도, 그걸 포장하는 게 좋지 않으면 결국 나쁜 대화라고 트리첼 선배가 말하던 게 생각났다. 어떤 상황에서도 상대에 대한 예의와 나 자신의 품위를 잃지 않는 것. 그것이 중요했다.

나는 조금 느릿하게 입을 열었다.

"왕자 전하의 '제안'에 무례하게 대응한 것 같아 마음이 쓰였어요."

"그 문제로…… 사과를 하실 줄 몰랐습니다."

"저는 전하께서 저를 무시한다고 생각했고, 그래서 조금 예민하게 대응했어요. 뭐가 됐든 제가 언성을 높인 것은 무척 무례한 행동이었다고 생각해요."

콜린스 왕자는 조금 떨떠름한 표정을 짓고 있었다. 언제나 여유로운 미소를 짓던 그의 표정이 약간 깨지고, 나는 어린 소년처럼 당황하는 그의 얼굴을 보다가 고개를 갸웃거렸다.

내 사과가 부족했나?

하지만 그런 내 의문스러운 눈길에도 콜린스 왕자는 '음······.', '어······.' 따위의 감탄사를 내뱉다가, 이내 웃음을 터뜨렸다. 내가 그를 본 이래 가장 소탈한 그 웃음에 이번에는 되레 내가 당황했다.

아니, 갑자기 왜 웃어?

나는 미간을 살짝 찌푸렸다. 내 사과가 웃긴가. 하지만 딱히 웃긴 내용도 없다고 생각한다. 나는 그래서 그가 웃는 것을 멈출 때까지 멀뚱멀뚱하게 서서 그를 보기만 했다.

점차 웃음소리가 잦아들고, 콜린스 왕자가 헛기침을 몇 번 하더니 다시 내게로 시선을 돌렸다. 나는 웃음기가 잔잔하게 깔린 그의 파란색 눈동자를 보며 눈썹을 까닥였다. 그에 콜린스 왕자가 입을 열었다.

"영애님은, 적이 없을 것 같습니다."

"무슨 소리를 하시는 거예요?"

"저라면 딱히 영애님과 적이 되고 싶지 않을 겁니다."

"착각이에요. 성격이 더러워서 주변 사람들 대부분이 저더러 예민하고 생각 많고 복잡하게 산다고 하더군요."

나는 미간을 살짝 찌푸리고 답했다. 확실히, 그건 너무 객관적인 평가라 차마 반박하지도 못하겠다. 하지만 원래 성격이 그래 먹은 걸 어쩌겠나.

그때 콜린스 왕자가 다시 말문을 떼었다.

"솔직히 말하자면, 저는 영애님께서 저를 몰아붙일 때 조금 불쾌했습니다. 아, 저번을 말하는 게 아니라 소렐에서 협상할 때를 말하는 겁니다."

"네, 뭐, 그건 사람이라면 다 불쾌하지 않을까요."

어쨌든 간에 나라가 먹히는 것보다 식민지가 되는 게 낫다는 소리를 내뱉었는데, 좋아할 사람이 어디 있나. 그나마 평화 협상에 두 사람만 남아서 가능한 공격이었다. 내가 휴정을 하고 사람들을 내보낸 것도 그래서였다.

내 말에 콜린스 왕자가 고개를 끄덕이더니 웃음을 흘렸다.

"그런데 그건 그 나름대로 섹시했어요."

"……혹시 단어 이해가 살짝 잘못되지 않으셨나요? 섹시가 그럴 때 쓰는 말은 아닌 것 같은데."

"말하자면, 굉장히 매력적이었죠. 내 편이었으면 좋겠다 싶을 만큼. 아, 물론 그중에는 영애님께서 굉장한 미인이라는 요소도 큰 작용을 했다고 생각합니다."

"아, 네……."

나는 허탈하게 웃었다. 그래, 뭐, 예뻐서 좋다는데 어쩌겠나. 대체 내 그런 모습 어디가 매력적이었는지도 이해가 되지 않지만, 그렇다니 그런 줄 알겠다. 원래 사람은 착각의 동물이니까.

"물론 뭐, 첫눈에 반해 사랑에 빠졌다는 이야기를 한 건 아니었습니다."

"그 정도는 저도 알아요."

"하지만 그것과 별개로 저는 영애님께 호감을 느끼고 있습니다."

"또 그 소리세요?"

나는 기가 막힌다는 듯이 반문했다. 그러나 콜린스 왕자는 이번에는 그다지 당황하지 않은 채 입을 열었다.

"제가, 취향이 조금 특이합니다."

"네, 뭐, 그건 그래 보여요. 아니, 잠깐만요, 저한테 호감이 있다면서 취향이 특이하다고 하시면, 저는 뭐가 되죠?"

"하지만 뭐가 됐든 영애님은 딱히 적이 없을 것 같습니다."

콜린스 왕자의 말은 굉장히 진실해 보여서 나는 떨떠름하게 고개를 끄덕일 수밖에 없었다. 그의 눈빛은 내가 지금까지 접한 그의 모든 모습을 통틀어 가장 솔직해 보였고, 가장 생기로 빛나고 있었다. 그래도 내 태도에 대한 사과가 먹혀서 다행이다, 라고 생각하고 있는데, 콜린스 왕자가 말을 이었다.

"영애님의 사과는 받겠습니다. 동시에, 제 사과 또한 다시 한번 전하겠습니다."

"그 사과는 진즉 받은 걸로 아는데요."

"그날, 그렇게 말씀드리고 우연하게 디르난트 공작 각하와 말씀을 나눌 기회가 있었습니다."

"어머니와요?"

콜린스 왕자가 고개를 끄덕였다. 그에 내가 의문스러운 표정을 짓자 그가 답했다.

"각하께서 저한테 말씀해 주셨습니다. 당신의 가문에 대한 그 긍지, 그 엄청난 명예는 누구도 감히 도전할 수 없다고."

"물론이에요."

"그런데 저는 그런 당신의 긍지와 목표를 아무것도 아닌 것처럼 취급했죠."

"……아시네요."

"그런 의미에서, 저라고 해도 기분이 나빴을 겁니다. 그렇게 생각하니 제가 큰 무례를 저질렀다는 생각이 들었죠. 물론, 저는 아직도 잘 이해를 못 하겠습니다. 과연 여성에게 그러한 것들이 그렇게 큰 가치를 가질 수 있는지.”

나는 한숨을 쉬었다. 그러면 그렇지.

“하지만 그럼에도 사과는 드리고 싶었습니다. 이건 진심입니다.”

그 말을 하는 콜린스 왕자의 얼굴을 보며 절로 미소가 지어졌다.

“오늘이 왕자 전하를 뵌 이래 가장 솔직한 모습 같네요.”

“영애께서 솔직하게 사과를 하시니 드리는 말씀입니다. 오만으로 똘똘 뭉친 사람은 본인의 잘못을 쉽게 반성하지 않습니다. 하지만 영애는 모든 것을 다 갖고 태어났음에도 저 자신을 돌아볼 줄 알죠.”

“어…… 잘못한 걸 사과하는 게 그렇게 칭찬받을 일은 아니라고 생각하는데요.”

나는 떨떠름하게 웃었다. 약간 좀 과하다 싶은데. 요즘따라 왜 아부 섞인 말들이 이렇게 들려오는지. 게다가 내가 무슨 고매한 인격이라도 되는 것처럼 표현해 놓으니, 듣는 사람으로서 조금 민망할 정도다. 비올레타와 올리비아가 옆에 있었으면 아마 폭소를 터뜨렸겠지.

심지어 나는 이사벨의 그러한 상황, 불행한 가정사에 조금의 슬픔도 느끼지 않을 만큼 이기적인 사람이었다. 내 아픔이 먼저인.

거기까지 생각이 들자, 나는 그저 웃을 수밖에 없었다. 어색하게 웃음을 흘리며 마지못해 고개를 끄덕이는 나를 보며, 콜린스 왕자가 묘한 웃음을 흘리다가 곧 길게 숨을 내쉬었다.

$$* \quad * \quad *$$

다음 날 아침, 시에라의 왕족들은 윈체스터를 떠났다. 나는 내 손을 잡고 손등에 키스하는 콜린스 왕자에게 허리를 살짝 굽혀 주었고, 그것을 마지막으로 나는 잠시 시에라와 멀리할 수 있었다.

머지않아 국빈 연회 기간 동안 성사된 외교 사항이 공포되었고, 그로 인해 혼란에 빠진 외교부 부원들 사이에서 나는 조금 느긋하게 앉아 미래를 짤 수 있게 되었다.

그리고 그날 오후, 나와 비올레타, 올리비아는 오랜만에 느긋하게 정원에 앉아 차를 마셨다. 비올레타는 기지개를 켜더니 입을 열었다.

"아, 드디어 끝났네."

"그러게, 끝났네."

"자기가 한 게 뭐가 있다고 좋아해?"

내가 온화하게 대꾸하자, 그 뒤로 붙는 올리비아의 조소에 비올레타가 발끈해서 올리비아를 째려보았다. 그러거나 말거나 올리비아는 여전히 유유자적했고, 나는 그 사이에 앉아 조금 머리를 정리하다 입술을 떼었다.

"그럼, 이제 나한테 알려 줄 때도 되지 않았어?"

갑작스러운 내 말에 비올레타와 올리비아의 눈길이 나에게로 향했다. 하지만 나는 무척 담담하게 한쪽으로 차를 마시며 비올레타를 빤히 쳐다보았다. 그런 내 눈빛을 빤히 응시하던 비올레타가 그제야 생각난 듯 낯빛이 새하얘졌다.

"그래서, 칼리드가 나를 언제 만났다고?"

"그그그그그, 스, 스칼렛. 야아, 야. 아니, 그게……."

내 물음에 비올레타가 말을 더듬었다. 굳이 이렇게 더듬을 필요는 없는데. 사실 별거 아닌 물음인데 이렇게 말을 더듬는 걸 보니 나한테 뭔가 잘못한 게 있긴 한 모양이었다. 나는 눈을 가늘게 뜨고 비올레타를 보며 말했다.

"지금 말해 주면, 화는 내지 않을게."

사실 말 안 해 줘도 화내지 않을 거지만 약간의 협박은 필요한 법이다. 아니나 다를까, 비올레타가 당황한 듯 머뭇거리다가 결국 어깨를 축 늘어뜨리며 입을 열었다.

"놀라지나 마."

"내가 왜?"

"……."

"대체 무슨 폭탄 발언을 하려고."

비올레타가 한숨을 푹 쉬었다. 연이어 세 번이나 숨을 내쉰 뒤, 비올레타는 침을 꿀꺽 삼키고 입을 열었다.

"8년 전 아카데미."

……응?

"8년 전 아카데미. 칼리드는 그때부터 널 좋아했어."

예상 밖의 대답이 나오고, 나는 멍한 눈길로 안절부절못하는 비올레타를 보았다.

뭐야, 이 스케일이 다른 시간대와 생뚱맞은 장소는?

생각지도 못한 대답에 나는 어안이 벙벙해 비올레타를 빤히 쳐다보기만 했다. 8년 전 아카데미라면…… 당시 열여섯 살이던 이사벨이 데뷔탕트를 끝내고 칼리드에게 반했다고 난리 치던 그때였다.

거기까지 생각하고 나는 얼굴을 찡그렸다. 이게 아닌데…… 그럼 칼리드가 나한테 반한 게 먼저라는 건가, 이사벨이 칼리드를 좋다고 쫓아다니던 게 먼저라는 건가. 나는 잠시 머리를 싸맸다.

"그런데 왜 나는 몰랐지?"

"모르는 게 당연하지. 티도 안 냈고, 너는 공작을 본 적도 없으니까."

"……."

"으아, 나도 우연하게 안 거야. 진짜, 진짜."

나는 눈을 가늘게 떴다. 비올레타가 우물쭈물하다가 내 눈치를 보았다. 마치 잘못을 한 아이처럼. 그에 옆에서 우아하게 차를 마시던 올리비아가 길게 한숨을 쉬더니 입을 열었다.

"상식적으로 생각해서, 너는 비올레타 성격에 네가 이사벨의 약혼자였던 남자를 뺏어 왔다면 '어이구, 정말 잘했구나. 장하다, 내 친구' 그럴 줄 알았어?"

"……."

"어디서 그런 말도 안 되는 계집애랑 약혼한 남자랑 사귀느냐고 난리가 났겠지."

나는 침을 꿀꺽 삼켰다. 아니, 나는 비올레타가 이사벨을 어지간히 싫어하니까, 이사벨 엿 먹였다는 생각에 좋아서…….

"비올레타가 이사벨을 왜 싫어하겠어."

나는 침묵으로 올리비아의 물음에 대답했다. 비올레타가 이사벨을 싫어하는 이유는 당연히 나 때문이다.

그런 내가 이사벨의 약혼자와 사귄다는데, 이사벨을 엿 먹일 수 있다곤 해도 내가 상처 받을 여지가 있었다면 비올레타는 분명 반대를 했을 것이다.

비올레타를 감동한 표정으로 보며 나는 말문을 떼었다.

"아, 역시 나한테는 우리 사촌 언니밖에 없구나."

비올레타는 나보다 석 달 일찍 태어난 터라 나한테 사촌 언니가 되었지만, 솔직히 나이가 같아 어렸을 때부터 나도 그녀도 서로를 자매보다는 친구처럼 대하곤 했다.

하지만 내가 갑자기 그 관계를 들춰내자, 비올레타가 잠시 묘한 표정을 짓더니 곧 언제 그랬냐는 듯이 새침하게 답했다.

"알면 좀 잘해. 티라미수도 팍팍 주고."

나는 웃으며 한숨을 쉬었다. 그러니까 칼리드는, 나를 오래전부터 좋아했다는 말이지.

"왜 그때 칼리드가 말하지 않았을까?"

"그거야…… 일부러 너한테 부담 주고 싶지 않아서."

"부담?"

"너 그때 리스터랑 사귀고 있었거든."

나는 눈을 깜박거렸다. 리스터와 사귀고 있었다면, 18살에서 19살로 넘어가던 그 시점인가? 3학년 2학기쯤?

"그때가, 너랑 리스터가 사귀기 직후라 불이 붙은 때였어. 가을쯤."

"……아."

"그거 보면서 공작이 어떻게 너한테 좋아한다고 고백을 하겠어. 하물며 너는 공작이라는 사람을 보지도 못했는데."

나는 침을 꿀꺽 삼켰다. 그러니까 칼리드는 그때 모종의 계기로 나를 좋아하게 되었고, 당시 나는 리스터와 사귀는 중이었다.

그러면, 그때 칼리드와 리스터가 만났을 때 형성된 그 묘한 분위기는, 설마……!

"어쩐지 칼리드가 리스터를 경계하더라니!"

"응? 둘이 만났어?"

나는 저도 모르게 손으로 입을 막고 얼굴을 찡그렸다. 하지만 그런 내 중얼거림에 비올레타가 손에 든 쿠키를 땅에 떨구면서 경악에 가득 찬 표정을 했다. 옆에서 조용하게 우리의 대화를 듣던 올리비아가 피식 웃음을 흘리고, 나는 망했다는 표정을 지으며 입을 열었다.

"저번에…… 왕궁에서, 나랑 리스터가, 우연하게 만나서……."

"심지어 둘이 있는데 칼리드가 본 거야?"

"야, 너는 무슨 말을 그렇게 해?"

"아니, 그렇잖아! 전 남친과 재회하는 내 애인! 우아, 이거 치정극이야. 올리비아, 먹기만 하지 말고 좀 들어 봐, 치정이라니까."

"호들갑은. 그리고 쟤네 이야기는 언제나 치정이었어. 이사벨이 얘 애인을 뺏을 때부터."

비올레타가 과장스럽게 호들갑을 떨며 올리비아를 마구 흔들자, 그녀는 입술을 삐뚤어지게 올리고는 고개를 저었다. 하지만 그런 그녀와 달리 나는 결코 재미있게 웃을 수가 없었다.

비올레타의 말에 따르자면 칼리드가 나를 좋아하기 시작한 건 18살의 가을, 그리고 이사벨이 사교계 데뷔를 한 건 그해 초겨울. 칼리드는 내게 호감을 품고 있는 상황에서 그다음 해에 이사벨과 약혼하고, 그리고 전쟁터로 나갔다.

칼리드는 분명 이사벨을 사랑하지 않는다고 했으니, 약혼은 분명이익 관계가 얽혔을 게 분명하다. 그러면 과연 무슨 이익 관계였을까. 나는 혀로 입술을 핥으며 말했다.

"위더와 프로디아드가 약혼함으로써 양쪽 집안에 무슨 변화가 있었나?"

"변화? 글쎄, 딱히. 아, 위더가 프로디아드에서 여러 가지 사업을 가져간 건 있었지만, 약혼한 가문에선 자주 있는 일 아냐?"

"말고. 공작가에서는 왜 위더와 약혼했지?"

사실 이 문제는 예전부터 쭉 생각해 온 것이었다. 하지만 그때는 무슨 이유가 있을 것이라고 그저 생각하고 넘겼었는데, 이 관계에 나를 끼워 놓고 생각하자 그렇게 단순해 보이지 않았다.

프로디아드 공작가라면 보통 못해도 왕가의 방계 혈통을 가진 가문의 귀족과 결혼한다. 원래라면 뮐레르나 디르난트 정도의 공작가나 왕녀와 결혼한다고 해도 이상할 것 없는 상황임에도, 프로디아드는 위더 백작가와 아무런 이득도 없는 약혼을 감행했다.

심지어 칼리드가 나한테 호감을 품고 있었음에도-

나는 입술을 꽉 깨물었다. 이렇게 멍청할 수가 있나.

저도 모르게 얼굴이 창백해졌는지, 방금까지 깔깔거리던 비올레타와 올리비아가 나를 보며 어리둥절한 표정을 지었다.

"비올레타."

"으, 응······?"

"너 혹시, 칼리드가 나한테 그런 호감을 느끼고 있다는 사실을 누구한테 흘린 적 있어?"

"어······ 어?"

"예를 들면······."

당황함이 다시 번지기 시작하는 비올레타의 눈을 보면서 나는 서늘하게 식은 표정을 한 채 말을 이었다.

"폐하라든가."

그에 비올레타가 침을 꿀꺽 삼켰다. 그러고는 이를 꽉 깨물고 망했다는 표정을 지었다.

나는 뱁새눈을 한 채 비올레타를 노려보았다. 그 눈빛에 비올레타가 우물쭈물하다가 곧 울상을 하고 입을 열었다.

"나, 나도 모르겠어…… 말, 안…… 했지 않을까? 말 안 했을 거야."

"날 생각해 주는 건 사촌 언니밖에 없다는 말 취소."

"아니, 내, 내 기억에는 없단 말이야."

"그래, 네 기억에는 없겠지. 다른 사람 기억에 있는지 몰라 문제지."

내 말에 비올레타가 울 것 같은 표정을 짓더니, 나에게 물었다.

"그, 혹시, 진짜로 아바마마와 모종 연관이 있다면, 그거 공작과 연관 있는 문제가 되는 거야? 이사벨이랑 엮일 수도 있고?"

"다행히 우리 왕녀님이 머리는 안 나쁜 모양이네."

나는 한숨을 길게 쉬며 고개를 저었다. 옆에서 올리비아는 이미 눈치를 다 챘는지 비웃음을 지었다. 나는 관자놀이를 짚었다. 대충 상황이 눈앞에 그려졌다.

내 눈치를 살피던 비올레타가 입을 다물고 어깨를 축 늘어뜨렸다. 사실 말하자면 비올레타의 탓은 아니었다. 그리고 그녀의 탓을 하고 싶은 마음도 없었고. 다만 묘하게 맞아떨어진 상황에 나는 혀를 내두를 수밖에 없었다.

이제 남은 건 한 가지.

그래서 위더가 진짜로 반역을 저질렀는지, 반역을 저질렀다면 그 시간은 언제부터인지.

가장 중요한 문제였다. 그 시간에 따라 디르난트와 프로디아드가 얽힐 수도 있었고, 아니, 사실은 이미 얽혀 들어갔고, 문제는 그래서 디르난트와 프로디아드가 어떤 식으로 어떻게 엮여 있느냐는 것이었다.

그때 내 머릿속을 스쳐 지나가는 생각에 나는 머리를 털었다.

"스칼렛, 사람들이…… 나를 계속 무시해. 우리 집안도 추밀원에 들어가면 더 이상 무시당하지 않을 수 있을까?"

왜 갑자기 이 순간 이사벨의 그 말이 떠올랐는지는 둘째 치고, 나는 얼굴을 서늘하게 굳혔다.

지금으로부터 9년 전의 일이었다. 내가 아카데미에 다녔을 그쯤. 정확히 그녀가 나를 찾아왔는지, 아니면 방학을 맞이해 내가 집으로 갔을 때인지 기억은 나지 않았지만. 만약 그때부터, 애초에 모든 게 그때부터 시작되었다면…….

잇새를 타고 헛웃음이 흘러나왔다. 그러면 이사벨은 진짜로 뭔가를 알고 나한테 그런 말을 했단 말인가?

설마. 최소한 나에게 있어 가문이 어떤 존재인지 아는 한, 그럴 수는 없었다. 내 인생에서 가장 건드리지 말아야 할, 내 목숨보다도 소중한 그 명예감과 긍지감을 누구보다 잘 알고 있는 게 그 아이였다. 한데 일부러 나에게 그런 말을 건넸다고?

그건 이미 누군가를 싫어한다의 문제가 아니었다.

내 인생을 송두리째 뒤흔드는 것, 내 존재 가치에 대한 도전.

내가 그때 이사벨의 말을 들어주고, 위더 백작가가 진짜 그때 반역을 했더라면 어떻게 되었을까?

디르난트는 분명 그 속에 휘말려 들어갔으리라. 최소한 못해도 가문의 명예가 바닥으로 추락하는, 반역을 동조해 줬다는 오명에서는 벗어나기 힘들겠지.

내 모든 것을 걸고 지킨 것이 무너지는 것이다.

여기까지 생각하자 순간 식은땀이 쭉 흘렀다. 내가, 자칫하면—

"스칼렛, 너 얼굴이 왜 이래?"

"……괜찮아?"

비올레타와 올리비아가 나를 흔들자, 나는 그제야 상념에서 벗어날 수 있었다. 하지만 이미 창백해진 얼굴은 어쩔 수 없는지, 비올레타가 걱정스러운 얼굴로 나를 향해 물었다.

"무슨 일이야? 뭐 생각난 거 있어?"

"비올레타."

그녀의 말에 대답해 주는 대신 나는 그녀를 불렀다. 이사벨이 어떤 상황인지는 알 것 같다. 하지만 나 개인에서 벗어나 진짜로 가문이 엮여 있다면, 이미 단순히 내가 용서하고 말고의 문제가 아니었다.

문득 위더 백작이 찾아왔던 것이 생각났다. 위더와의 연계를 끊기 위해 금광 사업을 파기한 날, 백작은 다른 일이 없느냐고 물었고, 그건 분명히 찔리는 무엇인가가 있음을 의미했다.

그럼, 그게 혹시 자신의 반역에 대해 디르난트의 반응을 찔러 보는 것이었다면, 그러면 답은 명확하지 않은가.

나는 이를 꽉 물었다.

관계가 이렇게 거지같이 얽혀 있었단 말이지.

"이사벨은 아직 방 안이지?"

"응. 풀어 주라는 소리는 안 했잖아."

시에라의 사람들이 본국으로 떠난 뒤 나는 이사벨의 생각은 아예 머릿속에서 지워 버렸다. 그리고 지금, 다시 그 사실이 생각났다.

"이사벨 풀어 줘."

"뭐?"

내 말에 비올레타가 기겁한 표정을 지었다. 옆에 있던 올리비아도 의외라는 눈빛을 하며 나를 보았다. 하지만 그러거나 말거나 나는 무척 진지했고, 그것을 증명하기라도 하듯 그들에게 활짝 웃어 주었다.

이를 보던 비올레타가 약간 미간을 찌푸리더니 조금 큰 목소리로 내게 물었다.

"야, 기껏 처넣고 왜 풀어 줘?"

"풀어 주라니까."

"그러니까 왜?"

비올레타는 물론 올리비아마저도 한 가닥 의심의 눈을 하고 나를 보았지만, 나는 피식 웃을 뿐이었다.

원래는 며칠 더 넣고 위더 백작 쪽을 찔러 보려고 했는데, 애초에 딸이 감금당한 상황에서 코빼기도 보이지 않는 걸 보니 그쪽은 조금 무리인 것 같았다.

그녀를 미친 사람 취급하며 내 분이 조금 풀리긴 했지만, 그렇다고 해서 단순히 방에 감금시키면서 혼자 희열을 느끼는 건 좀 변태 같지 않은가.

그래서 나는 조금 다른 방법을 쓰기로 했다.

"내가, 하고 싶은 게 좀 있어서 그래."

내 말에 비올레타가 이해 못 하겠다는 듯이 입을 뿌루퉁하게 내밀었다. 옆에 있던 올리비아가 잠시 인상을 쓰더니 한숨을 내쉬며 물었다.

"기껏 구실 만들어서 방 안에 처넣은 애를 다시 빼내서, 그래서 하고 싶은 게 뭔데?"

그녀의 물음에 나는 눈동자를 데굴데굴 굴렸다. 글쎄, 하고 싶은 것? 이 시점에서 하고 싶은 거야 명확하지 않은가.

내가 그동안 믿었던 것들이 산산조각 났다. 그것들을 다시 조각조각 붙이면서 추억에 젖어 동정을 일삼으며 눈물을 짜낼 바에야, 차라리 가루가 되도록 부숴 버리는 게 더 확실하다.

나는 곧 화사하게 웃으며 답했다.

"사냥."

제8장

누구를 위한 사냥인가

누구를 위한 사냥인가

사냥은 대성공이었다.

* * *

[친애하는 나의 친우, 아비게일 발터르 영애께 드립니다.

어느덧 시간이 가을로 접어들고, 낙엽이 지는 계절이 왔습니다. 카펠라에서 영애의 도움을 받은 지가 어제 일 같은데, 어언 석 달이 지나갔네요. 그때 제가 영애께 드린 디르난트의 공작저로 초대하겠다는 약조를 기억하고 계신지요.

그동안 영애께서 제 사적인 일에 많이 마음을 써 주신 것을 알고 있으며, 그 무엇보다도 감사하게 여기고 있습니다.

그런 의미에서 이 편지가 영애님께 발신된 날짜부터 이 주 뒤, 디르난트의 공작저에서 조촐한 낭독회를 열어 그동안 귀한 연을 맺은 지인분들께 감사의 표시를 하려고 합니다.

영애께서 꼭 참석하여 자리를 빛내 주시기를 기대하는 바, 그럼 이만 펜을 놓고 영애님과의 만남을 기다리도록 하겠습니다.

감사합니다.

당신의 친우, 스칼렛 디르난트로부터.]

낭독회란 원래 아카데미 출신의 귀족들이 한데 모여 책을 읽고 그 책에 관련한 감상을 나누고 교류하는 것으로, 독서 모임과 성질이 비슷하지만 그것보다 조금 더 사교 성질을 가진 모임이었다.

내가 갑작스럽게 낭독회를 연 이유는 첫 번째, 일단 국빈 연회 때문에 나도 다른 사람들도 파티나 화려한 물건에는 지쳐 버렸고, 둘째, 이사벨의 학식 수준으로는 아카데미 출신들이 바글바글한 곳에서 쓸데없이 입을 놀릴 수도 없는 노릇이며, 셋째로는 낭독회를 통해 내가 알고자 하는 것을 알아내기 위함이었다.

나는 낭독회에 초대된 사람들을 쭉 훑으며 미소를 띠었다. 추밀원의 가문들과 중앙 귀족 가문은 전부 초대되고, 그 아래 하위 귀족들의 이름이 군데군데 들어갔다. 참고로 왕실 가족으로는 비올레타 외에 로젤리아를 초대해 실제로 참석하겠다는 답장을 받은 터였다.

나는 명단을 쭉 훑다가 칼리드의 이름을 발견하고 입을 꾹 다물었다.

비올레타에게서 말을 전해 들은 뒤에도 나는 일부러 칼리드에게 정확히 언제 나한테 호감을 느꼈고, 왜 호감을 느낀 상태에서 이사벨과 약혼했는지, 그 사이에 어떤 이익 거래가 있었는지 묻지 않았다. 그의 대답 여부와 무관하게 나는 이 문제를 나 혼자 해결하고 싶었기 때문이다.

군이 왜 그렇게 힘든 길을 걷느냐고 묻는 사람들이 있을 수도 있지만, 그럼에도 나는 디르난트의 후계자였다.

가문은 내 모든 것이고, 공작의 이름은 내 꿈이었다. 그것이 부서지면 나에겐 아무것도 존재하지 않는다.

내가 그저 한 남자를 사랑하는 여자나, 한 남자의 사랑을 받는 여자로 살 수 있을 리가 없다. 그건 애초에 칼리드 또한 알고 있을 게 분명했다.

그리고 무엇보다도 진짜로 위더가 반역을 꾀했다면 그때는 더 이상 단순한 문제가 아니었다. 나는 이 기회를 빌려 나 스스로를 증명하고 싶었다.

내가, 이 이름에 어울리는지.

실은 나도 잘 모르겠다. 나는 완벽한 인간이 아니었고, 가끔은 지나칠 정도로 이성적이고 가끔은 지나칠 정도로 감성적이었다. 그래서 일을 그르친 적도 한두 번이 아니었다. 반대로 일을 성사시킨 적도 많았지만.

어찌 되었든 어떤 평가에도 목을 매지 않은 채, 그저 나 자신을 직시하기로 했다.

나는 연극이나 소설 속의 주인공이 되지 못하는 사람이다. 절대적인 선도 아니고, 악도 아니었다. 역사서에서 한 구절쯤으로 언급될 만한 어느 한 귀족 영애, 그뿐이었다.

여기까지 생각하자 나는 조금 마음이 놓였다.

한 걸음씩 가면서 보는 거다.

일단, 위더부터, 이사벨부터.

내가 이사벨을 풀어 주기로 결정한 뒤, 사교계는 한바탕 뒤집어졌다고 한다. 물론 이 또한 비올레타의 입을 통해 들었을 뿐 직접본 것은 아니라 확실한지는 몰라도, 그 모습이 내가 예상한 것과 그다지 다르지는 않으니 그리 허황된 소식은 아닐 것이다.

일단 디르난트를 위시한 몇 개 가문과 나와 친분을 유지하는 사람들은 볼 것도 없이 나를 동정하는 쪽으로 여론을 몰고 가는 중이었다.

그리고 그다음으로는 나와 이사벨 둘 사이의 일을 그저 간간이 전해 듣는 무리. 그들의 눈에 나와 이사벨의 관계는…… 이사벨이 내 애인을 지속해서 빼앗다가 어느 날 내가 그녀의 약혼자를 빼앗았고, 더불어 위더와의 관계를 끊어 버리는 것으로 이사벨과의 관계를 청산하고 있는 중, 그 정도였다.

이 무리는 애초에 나와 이사벨 사이의 관계를 그저 사교계의 가십거리 정도로 생각하고 있으니, 굳이 신경 쓸 필요는 없을지 모른다.

그리고 마지막. 이건 의외인데, 이사벨은 그동안 사교계 생활을 그래도 대충하지는 않았는지 그녀의 편을 드는 무리가 꽤 있다고한다. 솔직히 친구의 애인을 7번 뺏은 사람 편을 든다는 게 웃기기도 하지만, 이사벨은 그 말발로 나도 설득시킨 사람이었고, 재스민필레르도 이용한 사람이었다. 불가능한 일은 아니었다.

거기까지 생각하자 모든 게 평온해졌다. 내가 노리는 건 일단 하나, 이사벨을 자극해 그녀의 입에서 위더와 관련된 일을 내뱉게 하는 것.

그래서 어떻게 자극을 할 것이냐면…….

나는 책상 위에 놓인 초청장을 보았다.

뭐, 고전적인 방법이 가장 잘 먹히겠지.

* * *

"그럼 이 문제는 제2기사단에 넘기는 걸로 하고, 빠른 시일 내로
처리해."

"알겠습니다."

허리를 굽히고 인사를 한 뒤 발걸음을 옮기던 기사가 나를 발견
하고 눈을 동그랗게 떴다. 그런 그를 향해 검지로 입술을 눌러 조용
하라는 손짓을 한 채, 나는 발꿈치를 들고 천천히 그에게 다가갔다.

그리고-

"뭐 해요?"

나는 창문가에 서서 훈련장을 내려다보는 칼리드를 향해 일부러
얼굴을 들이밀었다. 그런 내 행동에 칼리드가 부드럽게 웃으며 고
개를 돌렸다.

"스칼렛."

"좀 놀라 주는 척이라도 하면 어디 덧나요? 거참, 재미없는 남자
일세."

말은 그렇게 했지만, 몸은 알아서 그의 품에 안겼다. 나는 웃음
을 터뜨리며 그의 팔을 끌어안고는 머리를 톡 기댔다. 오늘따라 즐
거운 내 얼굴을 발견했는지, 칼리드가 고개를 숙여 내 이마에 입을
맞추었다.

"무슨 좋은 일이라도 있습니까?"

"짠."

그의 물음에 내가 손에 들린 하얀 봉투를 내밀었다. 내 손에서 그것을 전해 받은 그가 봉투를 열고 위에 쓰여 있는 글을 읽었다.

"낭독회?"

"꼭 와야 해요? 공작 영애가 주최하는 낭독회니까."

"이 주 뒤라."

"혹시 바빠요?"

"가겠습니다."

입을 삐죽이며 칼리드를 보자 그가 부드럽게 웃으며 내게 입을 맞췄다. 나는 활짝 웃으며 그의 목을 끌어안고 다시 그의 품에 기댔다.

칼리드는 나를 오래전부터 좋아했다고 한다. 이건 그가 나한테 직접 말해 준 것이니 틀린 말은 아닐 것이다.

그리고 비올레타가 말해 준 8년이라는 시간. 순간 그것이 생각나서 나는 혀로 입술을 핥았다. 구체적으로 꼬치꼬치 캐묻는 것까진 아니어도, 이 정도는 물어볼 수 있는 것 아닐까? 그렇게 생각한 내가 칼리드를 향해 입을 열었다.

"예전에 그랬잖아요. 날 오래전부터 봐 왔다고."

"네."

"그거, 언제쯤이었어요?"

조심스러운 물음에 내 등을 토닥이던 손길이 살짝 멈칫하더니, 다시 어깨를 쓸어내리기 시작했다. 칼리드는 내 물음에 약간 대답을 주저하는 듯하다가 곧 길게 숨을 내쉬고 답했다.

"꽤 오래전입니다."

"내가…… 아카데미에 있을 때부터?"

내 물음에 칼리드가 나를 내려다보고는 품에서 나를 뗀 채 나와 눈을 마주쳤다. 그의 적갈색 눈동자가 나를 직시하자 나는 기묘한 느낌에 입을 꼭 다물었다. 어떻게 알았느냐는 기색이 흐르는 그의 얼굴을 보며 나는 해맑게 웃었다.

"6년 동안 전쟁이 났을 때는 기회가 없었을 테고. 그전이라면 내가 아카데미에 있을 때니까……."

내 대답에 칼리드가 눈에 띄게 안도한 표정을 짓더니, 이내 고개를 끄덕였다. 그리고 그가 다시 나를 품에 안고 말을 건넸다.

"네, 그때부터입니다."

"어, 어떻게요?"

나는 조금 기겁한 표정으로 물었다. 진짜로 비올레타가 말한 8년 전이고, 리스터와 내가 알콩달콩 사귀고 있을 때였다면…… 저번에 나와 리스터가 같이 서 있을 때 칼리드 눈에 그 모습이 어떻게 비쳤을까.

그 생각을 하자 숨이 막혔다. 나는 칼리드와 이사벨이 둘이 서 있는 모습을 우연히 지나가다 보는 상황을 상상해 내곤 그 끔찍함에 몸부림쳤다. 하물며 나는 이사벨과 칼리드가 사랑했던 그 장면을 본 적도 없지만, 칼리드는 달랐다.

이거 좀…….

그런 내 마음을 눈치를 챘는지 눈치 못 챘는지, 칼리드가 담담하게 내 눈을 직시했다.

"당신은 변한 게 없어 보입니다."

"네?"

"아카데미 적과 변한 게 없어 보입니다."

나는 눈을 깜박거렸다. 아무리 그래도 아카데미 때는 10대고, 지금은 20대다. 변한 게 없다는 건 말이 안 된다. 그럼에도 칼리드는 나더러 변한 게 없다고 한다.

그에 나는 기묘한 느낌이 되어 그의 얼굴을 만지작거렸다. 그는 나를, 스칼렛 디르난트를…… 어떤 스칼렛을 사랑하나?

거기까지 생각이 들자 저도 모르게 홀린 듯이 말이 나왔다.

"어떤 모습이요?"

"모든 게."

"……그럼, 내가 변했다면, 나를 여전히 사랑할 건가요?"

내 물음에 칼리드가 미간을 찡그렸다. 내 질문이 무슨 뜻인지 생각하는 듯하던 그가 이내 나에게 물었다.

"혹시 지금, 추억에 젖어 당신의 진짜 모습을 외면하는 건 아니냐고 물으시는 겁니까?"

"으윽, 그렇게 말하지 마요. 그…… 그렇게 말하니까 기분이 이상해."

뭔가 과거의 나를 질투하는 것 같은 게…… 멍청한 것 같고. 쪼잔한 것 같고.

내가 이렇게 속이 좁은 애였던가. 예전에는 아무렇지도 않은 척 나 싫다는 남자들을 뻥뻥 차 버리며 도도하게 굴었던 것 같은데, 지금은 한없이 약한 모습을 보이고 있었다. 무섭고, 두렵고, 끝없이 사랑을 확인받고 싶고.

이건 뭔가, 기분이 이상했다.

그런 내 기분을 느꼈는지 칼리드가 웃었다. 하여튼 사람 정곡 찌르는 데는 뭐가 있는 사람이다.

칼리드가 웃음을 멈추고 다정스레 눈을 맞춰 왔다.

"저는 당신이 좋습니다."

"나도 알아요."

"그리고, 현재의 당신이 제일 사랑스럽습니다."

그의 말에 나는 입을 삐죽이다 다시 그의 품에 콕 안겼다.

"그렇지 않다던데…… 막 추억이 보정되고 미화되고, 그런 거 아니에요?"

"저번 생일에 보일 것 다 보여 놓고 보정, 미화라는 단어를……."

"으윽, 입, 입 다물어요. 그리고 그거랑 이게 어디 같아요?"

칼리드의 웃음기 섞인 목소리에 나는 기겁하며 그의 입을 막았다. 그에 그가 낮게 웃음을 터뜨리더니 조용히 속삭여 왔다.

"그냥, 그대로 있어 주십시오."

"……흠음. 가끔 생각하는데, 우리 둘은 밀고 당기는 게 없어요. 좀 밋밋하지 않아요? 막 싸우고, 뜨겁게 화해하고."

"싸우는 단계는 건너뛰고 뜨겁게 화해만 하면 안 됩니까?"

"……."

그의 어깨를 톡 친 나는 입을 꾹 다문 뒤 그를 흘겼다. 미간만 찌푸리면 주변에서 다 알아서 길 것처럼 싸늘한 인상이, 언제나 나를 보면 풀어진다. 그리고 집요하리만치 내게 사랑을 주는 게 못내 좋기도 해서, 나는 그를 흘기면서도 입안에서 나오는 웃음에 헛기침을 할 수밖에 없었다.

"이러니까 우리가 밀고 당기는 게 필요하다는 거예요."

"그럼 당신이 열심히 밀고, 제가 열심히 당기는 겁니다."

"내 뜻은 그게 아니잖아."

내가 결국 너털웃음을 지으며 그의 품에 안겼다. 웃음소리가 허공에 퍼지자, 칼리드가 옅게 웃으며 다시 나를 꽉 끌어안았다.

나는 길게 한숨을 쉬었다. 아직도 칼리드와 이사벨의 그 어떤 관계 점을 찾지 못하고 있었다. 하지만 그럼에도, 그럼에도 그러면 어쩐지 끝까지 내 편이 되어 줄 것 같아서…… 안심이 되고 말았다.

"낭독회는 꼭 참석하는 거죠?"

"네."

칼리드의 대답에 나는 고개를 끄덕이며 말을 이었다.

"내가, 당신을 조금 이용할 거예요."

"흐음…… 어떤 면에서?"

"아마, 여러 면에서?"

내 답에 칼리드가 피식 웃는 듯했다. 그의 웃음소리를 반주 삼아 잠깐 눈을 감자, 순간 이마 위로 뜨거운 무엇인가가 닿았다 떨어지고 그와 함께 그의 낮은 목소리가 들려왔다.

"기꺼이 이용당해 드리겠습니다."

당신이라면.

그 다정스런 말에 나는 희미하게 웃고 말았다.

* * *

며칠 뒤, 나는 근 1년 만에 공작저로 돌아왔다.

"전 영애님이 하도 오지 않으시길래 수도에서 살림이라도 차리신 줄 알았어요."

반갑게 나를 맞이하는 고용인들과 몇몇 가신들 사이에서 우아하게 나를 향해 말하는 오드리를 보며, 나는 울지도 그렇다고 웃지도 못할 표정을 지었다. 예전부터 든 생각이지만, 오드리의 독설은 묘하게 정이 가기도 하고, 뼈가 있기도 했다.

하지만 그런 것 다 제쳐 놓고서라도 오랜만에 공작저에 돌아온 것이 기뻐서 나는 그녀에게 활짝 웃어 주었다.

"그래서, 갑자기 웬 낭독회예요?"

"사냥을 좀 하려고."

"어머, 사냥이요?"

내 말에 오드리는 고개를 갸웃거렸다. 그도 그럴 것이 나는 어렸을 때부터 사냥이라면 무서워서 벌벌 떠는 사람이었고, 아버지가 토끼 한 마리를 사냥해 왔을 때는 펑펑 울면서 토끼가 불쌍하다고 '아빠, 미워!'를 외치던 사람이었으므로.

하지만 이번에는 토끼나 동물을 사냥하는 게 아니었다.

"이번에는, 사람을 좀 사냥해 볼까 해서."

내 말에 오드리가 눈을 동그랗게 뜨더니, 곧 알았다는 듯이 눈가를 곱게 휘었다.

"얼마 전에 데미안이 자료를 바리바리 싸 들고 올라가던데, 그것과 연관되어 있군요?"

"눈치도 빠르지."

"그래서 위더는 어떻게 하실 생각이세요?"

아무리 수도에서 사교 활동을 하지 않는 그녀라도 눈과 귀가 되어 줄 수족은 많았기 때문에, 오드리는 오히려 나보다도 사교계 정세에 눈치가 빨랐다. 아니나 다를까, 정확하게 핵심을 잡아내는 그녀의 물음에 나는 어깨를 으쓱하고는 입을 열었다.

"글쎄, 너 같으면 어떻게 할 것 같아?"

"저 같으면, 위더를 아예 재기 불능으로 만들어 놨을 것 같아요."

그녀의 대답에 나는 웃을 수밖에 없었다. 그래, 뭐, 그럴 수도 있지. 하지만 지금 와서 이런 대답이 과연 쓸모가 있을까.

문득 이런 생각이 들었다. 어머니는 나와 이사벨이 가깝게 지내는 것을 보며 어떤 생각이 들었을까, 폐하는 과연…… 한심했을까? 아니면 멍청하다고 안타까워했을까.

하지만 뭐가 됐든 두 분 다 그럼에도 내 행동을 제지하지 않았다는 데서 나는 그래도 약간의 희망을 보았다. 최소한 내가 선을 넘는 행동을 했다면, 어머니가 내 손을 잡았을 테니까.

"오드리, 넌 예전부터 이사벨을 봐 왔지."

"그렇죠."

"네 눈에 그 아이는 어떤 아이였어?"

오드리는 잠시 고개를 갸웃거렸다. 나는 희미하게 미소를 지으며 그녀의 대답을 기다렸다.

"그냥, 착했어요."

"……."

"평범한 여자아이였죠. 최소한 제 눈에는 그랬어요. 14살 전까지는."

14살이라면 이사벨이 처음으로 내 애인을 뺏었던 때였다. 그때 뺏앗긴 사람은 다름 아닌 세인트 백작가의 차남이자 내 두 번째 사랑이었다.

꽤 자상하고, 부드럽고, 날 배려해 줄 줄 아는 그런 남자. 아버지처럼 부드럽고 자상한 그런 남자가 이상형이던 내게 딱 맞춰 재단된 듯한 그런 사람.

그리고 그런 사람이 나를 배신했다.

웃기지만 그랬다. 그 당시 내 하늘이 얼마나 무너졌는지는 가히 상상하지도 못하리라.

이사벨은 내게 그 모든 것들이 스치듯 가벼운 인연인 것처럼 묘사했지만, 우습게도 나는 매 순간순간이 진심이고 사랑이었고 인생이었다. 그리고 헤어지면 한동안 아파하다가 다시 새 사랑을 찾고, 그렇게 저 자신을 치유해 나갔다.

이사벨 눈에 내가 어떻게 보였는진 모르겠다. 애인을 수시로 바꿔 대는 모습이 한심했을까, 아니면 오히려 그녀의 세계관에서 이해할 수 없어서 그렇게 나를 몰아붙였을까. 내 사랑이 겉보기에는 가볍다는 것을 나도 안다. 실제로 칼리드도 어느 순간에 사랑하게 되었는지 나 자신조차 모르니까.

시작은 충동이었지만, 그 충동에 맞춰 나 자신을 흘러가게 하다 보니 어느새 칼리드가 좋아졌다.

사실은, 그저 그러했다. 대부분이 그러하지 않은가. 열정적이고 열병을 앓듯 절절한 사랑보다는, 어느 순간엔가 좋아하게 되고 어느 순간엔가 빠지게 되고, 그리고 돌이켜 보니 결국 사랑하게 되고.

나는 입을 꾹 다물었다. 그런 내 모습을 가만히 지켜보던 오드리가 문득 고개를 갸웃거렸다.

"그런데 이번에 초대된 명단에 프로디아드 공작 각하도 있던데."

"아, 그래. 있어."

"두 분 사이는 어떠세요? 듣기로는 알콩달콩 보기 좋다던데. 행복하신가요?"

오드리는 진심으로 나와 칼리드의 사이가 어떤지 묻고 있는 것 같았다. 그녀도 귀가 있는 이상 나와 그가 어떻게 만났는지는 알고 있을 게 분명했다. 그럼에도 이렇게 묻는 것은-

나는 그녀를 보며 고개를 끄덕였다. 그리고 더없이 행복하다는 표정을 지으며 그녀에게 웃어 주었다.

"응. 행복해."

* * *

낭독회는 내일 오후부터 나흘 동안 지속하는 것으로 예정된 터라 나는 바삐 움직여야 했다. 그럼에도 한편으로는 오랜만에 어머니의 사랑스러운 애완동물인 시씨와 리리 남매를 찾아가 머리도 쓰다듬어 주고, 몇 달 들르지 않았다고 꽤 생소해진 공작가를 쭉 둘러보면서 여운에 잠겼다.

그리고 다음 날 아침, 나는 일찍 일어나 나 자신을 깔끔하게 치장하고, 조만간 올 손님을 맞이하러 1층 홀의 현관문 앞에 섰다.

제일 처음 온 손님은 아니나 다를까, 아카데미에서부터 시간 관리가 철저하기로 소문난 니콜라스와 에드리안이었다.

니콜라스와 에드리안은 각각 법무부와 재무부의 인원으로서, 나와는 아카데미 때부터 꽤 친하게 지내던 동기였다. 코르켈을 비롯해 비올레타, 올리비아, 그리고 발타르 영애, 이렇게 우리 7명은 수업뿐만 아니라 평소에도 꽤 붙어 다니는 편이었고, 그중에서 니콜라스와 나는 같은 전공의 차석과 수석으로 경쟁 관계에 있기도 했다.

어쨌든 니콜라스와 에드리안은 현관문을 열고 들어오기가 무섭게 나를 보더니 동시에 웃음을 씩 지으며 입을 열었다.

"생뚱맞게 낭독회를 연다고 했더니, 무슨 꿍꿍이가 있긴 한가 봐?"

"무슨 그런 실례되는 말씀을. 단순한 교류의 장소인데."

그들의 놀리는 듯한 말투에도 나는 시침을 뚝 뗐다. 그러자 그들은 곧 서로를 보며 고개를 절레절레 젓다가 '도움이 필요하면 청해라.' 따위의 말을 하고는 게스트 룸 쪽으로 향했다.

다음으로 도착한 사람은 나와 얼마 면식이 없는 귀족 가문의 영식이었다. 뒤이어 발터르 영애, 재스민 필레르 또한 내 초대에 응해 줬고, 셀린느와 코르켈이 의외로 함께 왔으며—이쯤 되면 둘 사이에 뭔가 없는 게 더 이상했다— 그렇게 내가 초대한 사람들이 계속해서 공작저에 도착하기 시작했다.

그리고…… 나는 밀려드는 인파 속에서 생글생글 웃고 있는 이사벨을 발견하고는 부드럽게 웃어 주었다.

이사벨은 내 웃음에 잠시 멈칫했으나, 이내 다시 미소를 띠고는 나를 향해 입을 열었다.

"초대해 줘서 고마워, 스칼렛."

"글쎄."

"나를 꺼내 줘서 고마워."

"감사는 너무 이른 것 같은데."

그녀의 말투는 사실 꽤 다정한 편이었지만, 나는 결코 그 호의를, 아니, 호의처럼 가장한 무엇인가를 받고 싶은 마음이 없었다.

이사벨은 내 대답에 묘하게 웃더니 한 떨기 백합처럼…… 아니, 이러지 말자, 백합은 무슨 죄인가. 여하튼 예쁘게 웃으며 발걸음을 옮겼다.

"대단하다, 진짜."

이제 막 도착했는지 비올레타와 로젤리아가 나에게 다가왔다.

로젤리아는 이사벨 쪽을 힐끔 보더니 입을 열었다.

"저건 아직도 제거 못 했어?"

"아쉽게도."

"흐음…… 내가 제거해 줄까?"

로젤리아의 말에 나는 웃음을 터뜨렸다. 이사벨 하나 제거하는 것쯤이야 내가 진짜 못 하겠니. 그녀가 가장 소중히 여기는 그 지뢰, 그 가장 연약한 부분을 내가 잡고 있는데. 다만 지금은 조금 더 멀리 내다볼 필요가 있었다.

불행한 가정사를 잡고 사교계에 살짝 소문만 내 주어도 위더 백작이 외도했다는 건 순식간에 퍼질 거고, 곧 위더 백작가는 먹물을 뒤집어쓰게 되리라. 물론 이 부분에서 이사벨은 피해자일 뿐이지만, 가문과 명예를 함께하는 귀족인 이상 그런 흠집 있는 가정에서 자란 아이의 소문이 어떤 식으로 퍼질지는 뻔하지 않은가.

하나 나는 여전히 그 문제 자체는 이사벨의 탓이 아니라고 생각하고 있었다. 그리고 그런 방식으로 복수 따위를 한다고 해서 속이 풀릴 것 같지도 않고.

나는 이사벨이 사라진 곳을 보며 미소를 지었다.

우정이란, 얼마나 취약한 것인가.

그때 비올레타가 나의 상념을 깨고 질문을 던져 왔다.

"공작은 온대?"

"응."

나는 고개를 돌리며 그녀의 물음에 답하는 동시에, 마침 보이는 마차의 문양에 얼굴을 활짝 폈다. 그에 비올레타가 뒤를 돌아보지도 않은 채 고개를 끄덕였다.

"공작이 왔나 보네."

나는 치마를 잡고 조금 빨리 뛰어서 칼리드한테 다가갔다. 그에 그가 잠깐 놀란 표정을 짓더니 곧 나보다 더 빨리 걸음을 옮긴 뒤 품에 뛰어드는 나를 안아 들었다.

"와 줘서 고마워요."

"누구 초대인데 감히."

"그래도 고마워요. 아, 내가 공작저 구경시켜 줄게요."

칼리드는 내 허리를 잡고 이마에 입을 맞추는 것으로 답을 표했다. 그 모습을 빤히 보던 비올레타가 웃음을 흘리며 고개를 절레절레 젓자, 로젤리아가 눈을 빛내며 물었다.

"언니, 곧 결혼 소식 듣는 거야?"

"넌 칼라일이랑 같이 있더니, 옮았니?"

"아니, 뭐- 요즘 슬슬 얘기가 나오길래."

로젤리아의 말에 나는 눈을 동그랗게 떴다. 무슨 얘기? 그에 로젤리아는 진짜 몰랐느냐는 듯이 어리둥절하게 나를 보다가, 조금 어색한 표정으로 입을 열었다.

"고모님과 아바마마께서 언니 혼사를 논하고 있어."

"아니, 결혼은 내가 하는데 왜 나는 몰랐지?"

"그거야…… 원래 그렇지 않을까?"

나는 고개를 들어 칼리드를 보았다. 그는 조금 묘한 표정을 짓더니, 곧 내 뺨을 만지작거리며 입술을 떼었다.

"싫으시면 거절해도 됩니다."

아니, 그렇게 말하니까 마치 내가 결혼하기 싫어하는 것 같잖아. 나는 조금 쑥스러운 느낌이 되어 고개를 저었다.

"아니, 싫은 건 아니지만."

진지하게 고민해 본 적이 없다. 물론 나는 칼리드를 사랑한다. 하지만 결혼은 다른 문제다. 단순하게 내가 좋고, 내가 행복해서 할 수 있는 게 아니란 말이다.

칼리드는 그런 내 마음을 알아차렸는지 부드럽게 내 머리를 쓰다듬었다. 그 손길에 나는 조금 편안한 마음이 되어 미소를 지을 수 있었다.

"영애님."

그때 뒤편에서 들려오는 소리에 나는 칼리드의 옆으로 고개를 쑥 내밀었다. 그리고 곧 마차에서 내리는 플로테 후작 영애와 그 옆에 함께 따라오는 다리아 리스를 보며 고개를 끄덕였다.

"오셨군요."

"초청해 주셔서 감사합니다. 영애님. 이쪽은……."

"기억나요, 다리아 리스. 맞지?"

내 말에 다리아 리스는 감격스러운 표정으로 응시하고 있었다. 이전에 사교 클럽에서 스치듯이 만난 내가 자신을 기억해 줄지 몰랐는지 그녀는 조금 상기된 표정으로 나를 보다가, 나를 안고 있는 칼리드를 한번 보고 얼굴을 더더욱 붉혔다. 그 모습에 나는 헛웃음을 흘렸다.

그래, 뭐. 봐라. 잘생긴 거 보고 얼굴 붉히는데 나더러 어쩌라고.

하지만 다리아 리스의 수줍음 포인트는 그쪽이 아닌 것 같았다.

"두 분, 잘 어울리세요."

"저도 그렇게 생각해요, 저번 국빈 연회에서 뵀었지만, 어쩜 두 분이 함께 있으니 정말 잘 어울리네요."

다리아 리스의 말에 플로테 후작 영애가 맞장구를 쳤다. 그에 대해 난 감사의 인사를 전했다.

곧 사람들이 삼삼오오 떼를 지어 몰려오는 걸 본 나는 오드리에게 칼리드와 왕족들을 손수 접대하라고 이른 뒤, 다시 손님들을 맞이했다. 초청한 사람들이 대부분 공작저에 도착하자, 나는 발걸음을 옮겨 저택 안쪽으로 들어갔다.

오랜만에 맞이한 손님들 덕분에 공작저는 삽시에 시끌시끌해졌다. 고용인들은 갑작스러운 손님맞이에 제정신이 아니었고, 나와 함께 온 라이나와 시녀들 또한 조용하지만 빠르게 걸음을 옮기며 내 시중을 들기에 여념이 없었다.

시간은 그렇게 흘러가고 나는 준비한 책들을 다시 한번 확인한 후, 옷을 단정하게 정리한 채 숨을 크게 들이켰다.

후아, 이거 은근 긴장된다.

이런 내 긴장된 마음을 기다려 줄 새도 없이 낭독회가 열리는 홀의 문이 열렸다.

그리고 나는 대부분 깔끔하고 수수하게 입은 사람들 중에서, 혼자 결혼이라도 하듯 화사하기 그지없는 옷을 입고 주인공처럼 앉아 있는 이사벨을 발견하곤 얼굴을 일그러뜨릴 수밖에 없었다.

현재 내 심정을 말하라면 딱 하나.

"정말 어이없다."

비올레타는 내 마음에 들어갔다 나오기라도 한 것인지, 내가 생각하는 것을 그대로 읊으며 깔깔 웃었다. 이제 그녀는 이사벨을 욕하기도 지친 것 같았다. 하지만 로젤리아만큼은 끈질기게 이사벨을 노려보고 있어서, 나는 그런 그녀의 어깨를 톡톡 건드려야 했다.

"쟤 저번에도 저렇게 입고 오지 않았나?"

"뭔가 기시감 드네."

어느새 내 옆에 온 니콜라스의 말에 에드리안이 맞장구를 쳤다. 그러고 보니 저번에 종전 협상을 기념하는 뜻에서 열린 연회에서, 나와 칼리드가 이사벨을 붕괴의 변두리에 몰아넣은 그 연회에서도 이사벨은 저렇게 새하얀 색을 입고 왔었다.

마침 발터르 영애도 그게 생각났는지 갑자기 입을 열었다.

"어머, 위더 영애는 오늘도 아름다우시네요. 마치 저번 연회가 생각나요. 그때 정말 아름다우셨는데."

아, 영애, 알겠어요. 또 교훈도 없이 시허연 걸 입고 왔으니 이번에도 엿 좀 먹이라는 말이죠?

나는 발터르 영애의 화사한 얼굴 뒤에 숨겨진 뜻을 읽어 내고는 웃고야 말았다. 그리고 고개를 돌려 이사벨을 보았다.

저 아이는, 설마 진짜 저런 걸로 나를 상대할 수 있다고 믿는 걸까.

나는 고개를 갸웃거렸다. '왜 나보다 더 예뻐!'라고 생각하며 기분 나빠하기에는 나는 20년 동안 저 아이와 친구였다. 조금 슬픈 사실이긴 하지만 이사벨은 거적때기를 써도 나보다 예뻤고, 애초에 저런 걸로 질투하고 혼자 전전긍긍하기에는 나는 예쁜 것에 약했다.

난 이사벨 못지않게 아름다운 얼굴을 하고는 되레 막사는 비올레타를 보았다. 무슨 극과 극을 달리고 있어. 비올레타는 정말 전형적인 '그 미모 그렇게 쓸 거면 제발 나 좀 줘.'를 외치고 싶을 정도로 얼굴에 신경을 쓰지 않는 편이었다. 물론 그래도 예뻤지만.

나는 코를 찡그렸다.

흠, 아름다운 건 좋지만, 아름답지 않다고 죄가 되는 건 아니다. 그 전에 설마 저 아이는 미모가 근본적인 권력이라도 되는 줄 아는 걸까. 아, 내가 이렇게 말하는 것도 웃기지만.

뭐, 생각은 제 하기 나름이니 나는 거기서 신경을 껐다. 하지만 내가 신경을 끄는 것과 별개로 다른 사람들은 기분이 꽤 나쁜지 이사벨을 힐끔거리며 얼굴을 일그러뜨리고 있었다.

나는 입꼬리를 말아 올렸다. 저런.

애초에 낭독회에 어울리는 차림은 정장이다. 그래서 대부분의 사람들이 셔츠나 블라우스를 입고 온 것이다. 그럼에도 이사벨은 저렇게 입고 왔다.

장소에 어울리는 차림이 가지는 의미는 대단하다. 장소가 사람을 만들고 사람이 장소를 만드는 것처럼. 초대된 장소에 어울리는 차림을 하는 건 주최자인 나를 존중하고 이 행사가 무사하게 진행될 수 있도록 협조하겠다는 것이었다.

한데 이사벨은 지금 이 행사의 주최자인 나를 무시하고, 이 낭독회가 무사하게 진행될 수 있도록 저 자신을 다듬은 사람들의 성의를 전부 깨 버렸다.

물론, 가끔 철이 없어 사교계의 모든 장소에 가장 튀게 보이느라고 열심인 사람들도 있었다. 하지만 이사벨은 아니었다. 철이 없는 것도 아니고, 사교계를 그렇게 들락거렸다면 다 알 법도 한데……

나는 이내 고개를 저었다. 정신이 진짜 나갔나.

그렇게 생각하며 한숨을 푹 쉬는데, 갑자기 한 무리의 사람들이 이사벨의 주위에 모여드는 것을 보고 나는 미간을 찡그렸다.

"저건 뭐야?"

비올레타는 쿠키를 아삭아삭 씹다가 내 눈길이 닿는 곳에 함께 고개를 돌리곤 얼굴을 구겼다.

"저건 뭐야?"

그건 내가 물은 물음이잖니.

비올레타마저도 모르는지 그녀는 어리둥절한 얼굴을 하며 고개를 저었다. 하지만 대답은 생뚱맞은 곳에서 들려왔다.

"피트 백작가, 이슨 자작가…… 귀족가의 자제들이네."

"그건 나도 알아. 내 말은 왜 이사벨 주위에 모여들어서 저러는 거냐 말이야."

로젤리아는 내 물음에 눈동자를 데구루루 굴리더니 답했다.

"이사벨이 사적으로 친하게 지내는 무리들. 언니 몰랐어? 아, 몰랐겠다. 언니랑 사교 범위가 겹칠 만큼 대단한 사람들이 아니니까."

나는 이사벨의 위대함에 혀를 내둘렀다. 그렇다는 건 저 사람들이 이사벨 동정론의 주요한 참여자라는 것이겠군. 소문으로 듣긴 했지만 진짜로 그런 사람들이 있을 줄 몰랐다.

하긴, 나도 이사벨한테 홀라당 넘어가서 해 줄 거 못 해 줄 거 다 해 줬는데, 뭐 세상에 호구 병신이 나 하나뿐인 것도 아니고.

이사벨은 다른 건 몰라도 모든 일을 저한테 유리하게 말하는 재주가 있었다. 하물며 내가 그녀를 방 안에 가두기까지 했으니 그것까지 더해서 불쌍한 척하는 건 그다지 어려운 일은 아닐 수도.

물론 사교계에 이사벨이 어떤 식으로 내게 발악질을 했는지 퍼지긴 했지만, 진실에서 귀를 막은 사람은 어차피 믿지 않는다. 나처럼.

나는 그제야 이사벨의 의도를 알아챘다. 어차피 이 자리에서 내가 그녀를 꾸지람하거나 그녀의 옷차림을 지적한다고 해도 그녀는 무서울 게 없었다. 나는 그녀가 예전에 했던 비슷한 종류의 짓거리를 암묵적으로 동의해 주었고, 이제 와서 이런다는 건…… 내가 앙심을 품고 일부러 꼬투리를 잡는다고 저 자신을 위해 변명할 수 있으므로.

물론 내 지위가 지위니만큼 사람들은 앞에서 그런 말을 하진 않을 것이다. 하지만 뒤에서 어떤 말이 어떻게 오갈지는 뻔하지 않은가. 그건 내가 공작가의 영애고 왕녀가 내 편이라고 해도 바꿀 수 없는 문제였다.

나는 이사벨을 보며 입꼬리를 말아 올렸다. 그녀가 시허연 걸 입고 왔든, 시꺼먼 걸 입고 왔든 별 상관하고 싶지는 않지만…… 그녀의 만행에 불편함을 느끼고 있는, 내 편이 될 수도 있는 사람들의 비위까지 상하게 하고 싶진 않았다. 하물며 내가 이사벨을 꾸짖을 이유가 없는 것도 아니고.

하지만, 조금 수가 필요할 것 같다.

그렇게 생각하며 내가 물컵을 드는 순간이었다.

"영애님, 오늘 정말 아름다우세요."

나는 간드러진 목소리로 내게 인사를 하러 온 다리아 리스를 보고 미소를 지어 주었다.

그녀는 한껏 상기된 표정으로 나를 보고 있었고, 무엇인가 기대하는 눈빛으로 나를 향해 웃고 있었다. 나는 플로테 후작 영애가 나를 향해 눈을 찡긋하는 것을 보며 허탈하게 웃었다.

아, 그럼…… 이용해 볼까?

"너도 아름다워. 저번에 드레스를 입을 때도 예뻤는데, 오늘은 더 예쁘네?"

"어…… 제가 뭘 입었는지도 기억나세요?"

"내가 원래 친한 사람들에게 신경을 많이 쓰는 편이라."

내 말에 들어 있는 함의는 명백했다. 너는 나와 친한 사람이다. 이렇게 해서 상대방에게 내 울타리 속으로 들어올 수 있다는 암시를 건넨다. 나와 관계를 맺지 못해 안달 난 사람에게는 더없이 좋은 기회다. 내 눈에 들기 위해 무슨 짓이든 할 게 뻔했다. 하물며, 플로테 후작 영애가 그녀를 내게 보낸 이유가 뭐겠는가.

낭독회는 술이 금지되어 대부분 주스밖에 없었다. 나는 테이블 위에 놓인 주스 잔을 들어 그녀의 손에 쥐어 주었다.

"마셔."

"고맙습니다."

발갛게 얼굴을 물들이는 모습이 꽤 사랑스럽다. 나는 그런 그녀를 보며 활짝 웃어 주었다.

"예쁘구나."

"그래도 영애님께서 더 아름다우세요."

"내가 아무리 예뻐 봤자 타고난 미모를 이기겠어?"

내 말에 다리아 리스가 눈을 동그랗게 떴다. 그리고 그녀가 고개를 돌려 이사벨을 보고는 뾰로통하게 입을 내밀었다.

"그래도 저는 장소에 맞게 입는 게 가장 중요하다고 생각해요."

"훌륭하게 배웠구나."

"장소에 어울리지 않는 차림은 주최자에게 실례라고 배웠어요.

더군다나 오늘 주인공은 영애님이잖아요.”

“그래.”

“……괘씸해요.”

나는 온화하게 웃었다. 그녀의 험담에 굳이 동조할 필요는 없었다. 누구를 말하는지 짐짓 모른 체하며 나는 그저 고개를 끄덕일 뿐이다. 내가 미쳤다고 내 입으로 그런 대화에 맞장구를 치겠나. 다만, 나는 조금 차분하게 그녀를 바라보며 입을 열 뿐이었다.

“사실 나는 괜찮아. 주최자니까. 게다가 나는 그런 실례나 잘못 정도는 넘어가 줄 수 있거든.”

“역시 영애님은…….”

“하지만, 나는 아니더라도 다른 분들은 조금 불쾌할 수 있어.”

내 말이 무슨 뜻인지 깨달은 다리아 리스가 살포시 웃었다. 눈치 빠르고 사근사근하게 구는 게 귀엽다. 플로테 후작 영애가 데리고 다니는 데는 다 이유가 있는 것이다.

나는 그녀를 보며 웃어 주었다. 다리아 리스는 나를 보며 입을 움찔거리더니, 곧 조용하게 속삭였다.

“그런데 저는 보잘것없는 남작가의 영애라…….”

단순하게 이용당하고 버려지는 일은 하지 않겠다 그건가? 그래, 좋다. 나는 그녀의 얼굴을 보며 웃어 주었다.

“그게 무슨 상관이 있어? 내가 디르난트의 핏줄인데.”

내 말에 다리아 리스는 눈동자를 굴리다 곧 허리를 굽혀 내게 인사했다. ‘고맙습니다, 영애님.’이라고 속삭인 그녀는 곧 플로테 후작 영애에게 다가갔다. 저한테 오는 다리아 리스의 머리를 쓰다듬어 주던 플로테 후작 영애가 눈가를 휘며 나를 향해 곱게 웃었다.

그에 나는 손에 든 물컵을 살짝 들어 주곤 입을 열었다.

"쟤 귀엽다. 그렇지?"

"흠, 저는 안 귀여우세요?"

"어린애들이 더 귀엽지, 당연히."

비올레타와 나란히 앉아 케이크를 먹던 셸린느가 새침하게 묻자 나는 그녀를 보며 웃고 말았다. 조금 늦게 온 그녀는 곧장 비올레타한테 끌려갔는데, 주요 업무는 비올레타 옆에서 함께 디저트를 먹어 주는 것이었다.

나는 계속해서 디저트를 입에 넣는 셸린느에게 말했다.

"그만 먹어. 너 얘 위에 맞추려면 배 터져서 죽어."

"괜찮은데요. 아, 코르켈 선배도 하나 드실래요?"

"아니, 난 됐다."

옆에 있는 코르켈에게 쿠키를 하나 집어 주며 셸린느가 묻자, 코르켈이 고개를 절레절레 저었다. 그런 그들을 보며 나는 입술 끝을 비스듬하게 올렸다.

"너희 둘은 언제 그런 사이가 되었어?"

"풉."

내 물음에 셸린느가 사레가 걸렸는지 콜록거리니, 비올레타가 나를 흘기며 쏘아붙였다.

"야, 너는 참, 꼭 먹을 때 그러냐."

"아니, 갑자기 둘이 너무 자주 보이길래."

나는 대수롭지 않게 웃으며 자리에 앉았다. 하지만 거기에 되레 당황한 건 셸린느였다. 그녀는 당황한 눈빛으로 나를 보며 손사래를 쳤다.

"말도 안 돼요, 제가 무슨……. 제가 왜 선배랑……."

물론 나는 그것을 깡그리 무시한 채, 당황한 표정으로 물을 마시는 코르켈을 향해 장난조로 말을 걸었다.

"야, 넌 내 집무실에서 제일 예쁜 애 하나 빼 갔으면 너희 집무실에서 가장 잘생긴 애 하나……."

"하나……?"

하지만 그때였다.

내 말끝을 잡고 들려오는 목소리에 나는 망했다는 표정을 지었다. 그에 방금까지 당황해서 말도 바로 못 하던 셀린느가 구명줄을 만난 듯 반갑게 내 뒤를 향해 미소 지었다.

"각하, 오셨어요?"

칼리드는 언제 왔는지 내 뒤에 서 있었다. 한쪽으로 내 허리에 손을 감으며 그가 고개를 살짝 숙인 채 귀에 속삭였다.

"제일 잘생긴 애 하나를 어쩌라는 말씀이십니까."

우, 우아, 소름. 소름 쫙 돋았어.

나는 귓가에 들리는 낮게 깔린 목소리에 숨을 쉬는 법도 잊고 어색하게 웃었다. 그러고는 칼리드 쪽으로 고개를 돌리지도 못한 채 말을 이었다.

"자, 잘생긴 애 하나를 아껴야 한다는 거죠. 잘생긴 사람은 흔하지 않으니까."

그러자 칼리드가 잔잔하게 웃음을 흘리더니 곧 내 뺨에 입을 맞추었다. 나는 그런 그의 품에 머리를 기대면서 말했다.

"당신밖에 없는 거 알죠?"

"압니다."

"어우, 짜증 나. 짜증 나서 못 보겠네."

비올레타가 호들갑스럽게 고개를 도리도리 저으며 양팔을 감쌌다. 이에 셀린느가 푸스스 웃음을 터뜨렸다. 나는 계속해서 코르켈과 그녀의 관계를 팔까 생각하다가 그저 웃으며 넘기기로 했다.

낭독회를 시작할 시간이 다가오자, 나는 오드리의 말에 고개를 끄덕이며 옆에 놓인 책을 하나 집어 들었다. 오늘의 시작을 여는 건 유명한 시인 브로이스의 책으로서, 자유와 사랑에 관한 내용이 담겨 있었다.

책을 짚는 내 모습을 보며 비올레타가 먹는 것을 멈추고 손을 털었다. 나는 곧 시작을 알려야겠다고 생각하며 손을 올렸다.

그러나 내가 손을 올리고 입을 열기도 전에, 갑자기 귀를 찌르는 소리가 울려 왔다.

쨍그랑―

유리가 산산이 부서지는 소리. 나는 소리의 근원지를 향해 고개를 돌렸다. 하지만 그 전에, 다리아 리스의 간드러진 목소리가 들려오는 게 더 빨랐다.

"어머, 죄송해요. 손이 미끄러졌어요."

뭐야, 이 식상하고 진부하기 짝이 없는데 왠지 재미있는 일이 있을 것 같은 대사는.

나는 미간을 살짝 찌푸리다가 다시 입꼬리를 말아 올렸다.

유치하지만 마음에 든다.

다리아 리스에게 건네준 주스가 흐르는 하얀색 드레스를 보며 나는 의미심장하게 웃었다.

간혹 사교계라 함은 화려한 드레스와 턱시도를 입은 숙녀와 신사들이 하하 호호 웃으며 서로 험담하는 그런 장소라고 생각하지만, 사실 실제로 말하자면 대부분은 험담보다는 칭찬을, 헐뜯는 것보다는 치켜세우면서 제 이익을 챙겨 가는 경우가 많았다.

이 좁은 바닥에서 입을 잘못 놀렸다가 어떻게 말이 퍼질지도 몰랐고, 굳이 그렇게 사적인 감정 때문에 긁어 부스럼을 만들 필요가 없기 때문이다.

그런 의미에서 다리아 리스가 한 행동은 저질스럽다면 저질스럽고, 과감하다면 과감한 행동이었다. 무엇보다도 내가 준 주스를 전부 하얀색 옷 위에 부어 버린 덕에, 이건 아무리 봐도 '실수로' 한 게 아님이 빤히 드러났다.

나는 숨을 길게 들이쉬고는 다시 고개를 돌렸다. 흥미진진하다는 표정을 지으며 다시 쿠키를 씹기 시작한 비올레타가 나와 눈을 맞추고는 오오- 하는 표정을 지었다. 그에 고개를 으쓱한 나는 다리아 리스와 엉망이 된 드레스를 잡고 어찌할 줄 모르는 이사벨을 보았다.

"어머, 어떡해요, 어머, 어머."

다리아 리스는 정말 얄밉게 호들갑을 떨며 손수건을 꺼내 이사벨의 드레스를 닦았으나, 애초에 그게 닦아질 리가 없었다. 결국 더 큰 흔적과 자국을 내고 마무리가 지어진 채, 다리아 리스가 진심으로 아깝다는 표정을 지으며 입을 열었다.

"죄송해요, 영애님."

"리스 영애, 이게 무슨 짓이죠? 아무리 시골에서 올라와 법도를 모른다고 하나, 이런 짓을 저지르다니."

"죄송해요, 영애님. 저는…… 정말 실수였어요."

이사벨 옆에 서 있던 한 백작 영애의 말에 다리아 리스는 눈가에 눈물까지 달고 그렁그렁한 눈빛을 한 채 이사벨을 보고 있었다.

나는 그에 감탄하고 말았다. 세가 없는 작은 귀족으로서 고위 귀족의 눈에 들기 위해서 눈물 따위 쉽게 짜내는 것은 기본 소양인 건가. 이건 뭐, 새로운 버전의 이사벨이 따로 없었다.

다리아 리스는 진짜 안타까운 표정을 하고 눈물을 훔치며 이사벨에게 잘못을 구하고 있었다. 나는 그녀를 보며 피식 웃었다. 조금 과장스럽긴 하지만…….

"괜찮아요, 영애. 고의가 아니신걸요."

이사벨은 떠는 게 분명히 보이면서도 다리아 리스를 향해 웃어 보였다. 하긴, 저 정도 내공은 되어야 나도 속여 넘기고, 이 상황에서도 제 편을 끌어들이는 것이다.

나는 입을 꾹 다물고 이 '재미있기 그지없는' 광경을 구경했다. 마치 내 일 아니라는 듯이.

이사벨은 입을 꼭 다물고 속상한 표정을 지었다. 가녀리기 짝이 없는 모습에 저런 표정까지 지으니, 확실히 불쌍해 보이긴 했다. 아끼는 드레스가 망가져서 슬프다는 표정을 짓는 그녀의 어깨를 감싸며, 옆에 있던 한 이름 모를 영식이 말을 건넸다.

"하지만 리스 영애, 방금 지나갈 때 보니 일부러 그 주스를 쏟은 것 같은데."

"어머, 저는, 진짜……."

"그렇지 않습니까, 하크 영애?"

"맞아요. 세상에, 저는 왜 이러는가 했어요. 어쩜, 연기는 그만 집어치우세요. 주스를 들고 갑자기 위더 영애의 앞을 지나가고, 심지어 실수라고 하기에는 너무 많은 양이라고요."

하크 영애라고 불린 사람의 말에 주변에서 고개를 끄덕였다. 순식간에 궁지에 몰린 다리아 리스는 입을 꼭 다문 채 고개를 푹 숙이고 있었다.

나는 한숨을 쉬었다. 하긴, 아무리 대단해도 이런 광경은 또 처음이리라. 사람들이 무리를 지어서 저를 공격하는 상황이, 시골에서 자랐을 게 분명한 16살짜리의 영애에게는 분명 곤혹일 터였다.

나는 손으로 팔을 감싸고 이사벨을 보았다. 그래서 너는, 어떻게 행동할까.

"저는…… 괜찮아요."

"영애."

"하지만 조금 아끼는 드레스라서, 솔직히…… 조금 속은 상해요. 하지만 괜찮아요. 리스 영애께서 제가 마음에 들지 않았을 수도 있죠."

"영애, 이렇게 넘어가면 안 돼요."

"괜찮아요, 리스 영애, 저는 괜찮으니 울지 마세요. 영애께서 마음에 들지 않으셨을 수도 있어요. 제가 오늘…… 조금 눈에 띄어서…… 마음에 안 들었죠?"

나는 풋 웃음을 흘렸다. 이건 또 뭐야. '나 마음에 안 들죠?'라니……. 대단도 하다.

아니나 다를까, 다리아 리스는 순식간에 이사벨의 미모가 마음에 들지 않아서 이런 짓을 저지른 유치하고 치졸한 사람이 되었다. 나는 이럴 줄 알았다. 이사벨에게 왜 옷을 이렇게 입고 왔느냐고 꾸지람하면 사람들이 뭐라고 하겠는가. 분명 나를 그녀의 미모를 시기하는 걸로 몰고 갈 게 뻔했다.

하지만.

나는 조금 떨면서 당황한 기색이 역력한 다리아 리스를 보았다. 내가 도와주겠다고 했으니, 도와줘 볼까?

그렇게 생각하며 나는 한 걸음 나섰다. 그런 나를 흥미진진한 눈빛으로 보는 사람들에게 웃어 주다가, 곧 다리아 리스의 옆에 다가간 뒤 그녀에게 손을 내밀었다.

"리스 영애, 일단 일어나세요."

"영애님."

궁지에 몰려 어느새 바닥에 주저앉아 있던 다리아 리스는 내가 내민 손을 잡고 일어났다. 그리고 뒤에 몸을 숨겼다.

나는 길게 숨을 내쉬며 이사벨을 보았다. 그녀는 가련한 눈빛으로 나를 보고 있었으나, 내가 어떻게 나올지 가늠하고 있다는 느낌을 지울 수가 없었다. 뭐, 이건 어디까지나 내 착각일 수도 있고.

나는 그녀와 그녀 주변의 사람들을 한차례 보고 입을 열었다.

"이사벨, 실망이야."

애프터 디너 타임에는 시에라의 국빈들이 있으니 그녀와 거리를 유지한 척했지만, 지금까지 굳이 영애, 영애 부르면서 가식적으로 굴 필요는 없었다. 오히려 그게 더 독이 될 수도 있었고.

그래서 나는 조금 엄격하지만, 실망스러운 표정을 지으며 계속해서 말을 이었다.

"나는 너를 배려한다고 생각했어."

"스, 스칼렛……?"

"그런데 20년 동안이나 나와 친구였다는 네가, 어떻게 내 생각을 그렇게 몰라줄 수 있니?"

내 말에 이사벨이 미간을 살포시 찌푸렸다. 무슨 뜻인지 모르겠다는 뜻이었다. 그에 나는 무척이나 실망스럽고, 슬프게, 호소를 잔뜩 담아 목소리를 토해 냈다.

"국빈 연회 날, 나는 제1기사단에게 부탁해 너를 정중히 모셔 달라고 했지."

"갑자기 왜 그 이야기를…… 그리고 그건 네가 나를 정신병자라고 몰고 간 것이잖아."

"정신병자라니, 무슨 그런…… 진짜 그 말을 곧이그대로 믿었니?"

이사벨은 미간을 움찔거리며 내가 하는 말을 듣고 있었다. 그에 나는 속으로 웃을 수밖에 없었다. 불쌍한 척, 가련한 척, 피해자인 척, 그건 뭐 네 전매특허라도 되는 줄 아나 본데, 아쉽게도 그건 너뿐만 아니라 나도 꽤 잘한단다.

"나는 너를 그렇게 말하면서 가슴이 찢어지는 줄 알았어."

"스, 스칼렛?"

"네가 나에게 상처를 주려 했다는 걸 알아. 나를 싫어하는 것도 알고. 하지만 그날은 보는 사람이 너무 많았고, 내게 무례를 범한 너는 벌을 받아야만 했어."

"그래서 네가 나를 정신병자로……."

"하지만 나는 설사 그랬다고 해도 네게 큰 벌을 내리고 싶지 않았어. 왜? 네가 내게 상처를 준 것은 확실하지만, 그럼에도 너는 20년 동안 내 친구였으니까."

"……."

"나는 그저, 네가 정신이 불안정한 것 같다고…… 그렇게 너를 보호하고 싶었을 뿐인데."

이사벨은 내가 무슨 말을 할지 비로소 깨달은 듯했다. 하지만 이미 늦었다. 나에게 대화권을 준 이상 넌 여기서 가루가 되도록 밟혀야 해. 네 입에서 모든 감정이 줄줄이 나올 때까지.

그렇게 생각하며 나는 계속해서 말을 이었다.

"그래, 네가 원망스럽긴 했어. 그럼에도 결국 우리는 20년 동안 친구였고, 그 감정은 쉬이 무너지지 않아. 하지만 나는 공작가의 후계자고, 귀족의 질서를 바로잡을 의무가 있어. 그래서 나는…… 그런 선택을 할 수밖에 없었어."

나는 인간적인 귀족임과 동시에 이성적인 생각을 할 수 있는 사람이다. 이것만 정확하게 표현하면 그만이었다.

인간적인 귀족, 사람들은 그런 것을 굉장히 좋아한다. 어차피 당시 자리에 있던 귀족들은 대부분 비올레타와 함께한 만큼 내 편이었고, 그 외에 있는 사람들에겐 왜 이사벨을 방에 가두었는지만 설명하면 되었다.

그리고 나는 말한다. 그날 이사벨의 발악으로 나는 분노했지만 동시에 슬펐고, 그 와중에도 이성을 지켜 다른 사람에게서 그녀를 보호함과 동시에 귀족의 질서를 바로잡으려 했다고.

그러니까 결국-

"모든 건 네가 상처받지 않는 선에서 널 보호하기 위해서였어."

"스칼렛, 너는 내게 그런 말을 해 주지 않았어. 나는 진짜 몰랐……."

"너는 나와 20년 동안 친구였어. 나를 대체 얼마나 악랄하게 생각했기에 그런 내 마음도 몰랐던 거니."

이사벨의 말에 내 호소를 담으며 나는 조금 격동된 어조로 말을 내뱉었다. 이사벨은 갑작스러운 내 태도에 어떤 표정을 지어야 하는지도 모르고 있었고, 어떻게 말해야 하는지도 갈피를 못 잡고 있었다.

당연히 모르겠지. 넌 '착하고', '배려심 깊고', '선량한' 이사벨이니까.

하지만 이 상황에서 내가 이렇게 말한 이상, 누가 더 불쌍한지는 말할 필요도 없었다. 나는 이 기세를 빌어 그녀를 더 다그쳤다. 자, 이제 상대방이 나를 악의로 추측한다고 몰아붙이는 거다.

"그래, 설사 네가 내 의도를 알아채지 못하고, 나를 악랄한 마녀로 몰아도 상관없어."

"스칼렛, 내가 왜 널 그러겠어. 나는 그런 적 없어. 나는 너를 싫어하지 않아. 너는 내 친구……."

"그런데 왜 오늘 이렇게 입고 온 거야? 사교계에서 수많은 행사에 참석했던 네가, 장소에 어울리지 않는 옷이라는 것쯤은 쉽게 알 수 있었잖아. 그런데 왜 이렇게 내 낭독회를 망치려고 작정했어?"

"……!"

"왜 또 나를 곤란하게 만드니. 내가 그렇게 싫어? 내가 그렇게 밉니? 올해 들어 단 한 번도 이런 모임을 만들지 않았던 내가, 어쩌다가 한번 조촐하게 연 낭독회마저 망쳐 버리고 싶을 정도로?"

이제야 왜 이사벨이 불쌍한 척을 하면서 난리를 치는지 알 것 같다. 이거 해 보니 꽤 재미있는데?

안타깝다는 표정을 지으며 옆을 힐끔 둘러보자, 비올레타를 위시한 무리가 마치 연극이라도 보는 듯이 우리를 구경하고 있었다. 이것들이 좀 와서 도와주면 오죽이나 좋아? 그렇게 생각하며 나는 다시 이사벨을 향해 고개를 돌렸다.

이사벨은 입을 꼭 다물고, 변명거리를 찾는지 뭐 하는지 모를 표

정으로 서 있었다. 몰라서 이렇게 입고 왔다고 변명하기에는 나는
이미 그녀가 사교계에서 굴렀음을 알렸고, 그렇다고 예뻐서 입고
왔다고 말하기에는 너무 멍청하지 않은가.

그러게 애초에 책잡힐 일은 하지 말아야지.

나는 느긋하게 그녀를 보았다. 이사벨은 더 이상 불쌍한 척을 하
는 게 이미 도움이 되지 않는다는 사실을 깨달은 듯했다. 그녀가
여기서 울음을 터뜨리며 내게 사과를 하면 나는 아마 더욱더 슬픈
표정을 지을 게 뻔했으므로.

그래서 나는 그녀가 잠잠한 이 틈을 타 입을 열었다.

"그래, 그건…… 어쩔 수 없어. 네가 나를 싫어하는 거야 어쩔 수
없다고 생각해."

백 걸음 정도 뒤로 물러나서, 설사 네가 나를 싫어한다고 해도
나는 참을 수 있다.

"네가 이런 옷을 입고 내 낭독회를 망치려고 해도…… 그래, 어
쩔 수 없지. 내가 무슨 행동을 어떻게 하겠어. 나와 20년 동안 친구
였던 너한테."

그것도 넘어가 주겠다.

"하지만, 네가 이렇게 입고 옴으로써 다른 분들이 이미 불쾌해하셔."

"……."

"너는 내 낭독회의 성공을 기원하는 사람들의 정성을 짓밟았어."

"……나는 그럴 의도가……."

"나도 그것은 못 참겠어."

하지만 내가 사랑하는 사람들의 정성을 짓밟는 짓은 못 참겠다.
그러니까 '나'를 위해서가 아니라, 다른 사람들을 위해서다. 내가

이렇게 나선 것 또한 '이기적'이라서가 아니라 내가 사랑하는 사람들을 위해서다.

나는 쓰게 웃으며 뒤로 몇 걸음 물러났다.

"다리아 리스한테 주스를 너한테 쏟으라고 한 건 나야."

내 말에 사람들이 웅성거리기 시작했다. 하긴, 공작가의 영애가 그런 추잡스러운 짓으로 마음에 들지 않는 사람의 드레스에 주스를 쏟았다고 직접 인정하니, 놀라울 수도 있다.

하지만…….

나는 처연하게 웃었다. 같은 일이라도 다르게 말하는 게 핵심이었다. 이래 봬도 아카데미 적 수석이었고, 내게 변호 실무를 가르치던 교수님은 언제나 우리한테 말씀하셨다.

이미 벌어진 행동을 수습할 수 없을 때는, 같은 일도 다르게 말할 필요가 있다고.

"리스 영애께서 조금 많이 쏟긴 했어. 이건 인정할게."

일단 잘못한 걸 먼저 말하고, 아무렇지도 않은 척 넘어간다.

"하지만 나는 네게 창피를 주려고 했던 게 아니야. 단지 다리아 리스더러 실수를 가장하라고 했고."

내 말에 장내가 조용해졌다. 아, 이 분위기 좋아. 나한테 전부 집중하고, 그 사이에서 이사벨이 부들부들 떤다.

"네가 다른 귀족들한테 꾸지람을 받기 전에 옷을 갈아입고 오기를 바랐거든."

"……."

"내 나름의 배려였는데, 너는…… 악의로 나를 추측하면서…… 나를……."

마지막으로 말을 잇지 못하는 것처럼.

우아, 나는 내가 말하고도 기가 막혀 속으로 웃었다. 진짜 알 것 같다. 이 맛에 불쌍한 척, 가련한 척, 피해자인 척하는구나. 이거, 짜릿한 게 아주 장난이 아니다.

나는 고개를 들고 주변을 둘러보았다. 수군거리며 미간을 찌푸리는 귀족들 사이로, 이사벨은 바들바들 떨면서 눈물을 떨구어 내고 있었다.

하지만 네 까짓 게 울어서 어찌할 건데.

나는 이사벨에게 한 걸음 다가갔다. 그리고 그녀를 살짝 잡고 귓가에 속삭였다. 처연한 얼굴과 싸늘한 목소리로.

"그러게, 본인 인물 설정 좀 잘 잡지 그랬어."

"……."

"어떻게— 사람 병신 만들다가 병신이 되어 보니, 감회는 새로워?"

내가 말을 마치기가 무섭게 이사벨이 뒤로 몇 걸음 물러났다. 나는 안타까움과 슬픔을 꽉꽉 담아 말을 이었다.

"나는 네가 부끄럽지 않게 하려고 그랬어. 이사벨, 넌 대체 날 얼마나 악랄하게 생각하고, 얼마나 궁지로 몰아붙일래?"

이사벨은 입을 꽉 다물고 경악이 가득한 얼굴로 나를 보고 있었다. 어떻게 해야 할지 모르는 표정이었다.

나는 이미 그녀를 악의가 있는 상태로 몰아갔고, 이제 그녀가 할 수 있는 선택은 단 두 가지. 끝까지 더 불쌍한 사람으로 남거나, 아니면 나에게 본성을 까밝히거나.

이사벨 성격에 어느 것을 선택할지는 분명하지 않은가.

나는 조용하게 이사벨을 보다가 그녀가 크게 숨을 들이쉬자 고개를 저었다. 주변은 조용했고, 사람들의 이목은 전부 우리 쪽으로 향해 있었다.

오늘 낭독회는 글러 먹었군. 뭐, 사실 진짜 책이나 읽자고 온 게 아니니 별 상관없다.

여기에 초대된 모든 사람이 관중이며 배우였다. 이 웃긴 극의 주인공은 나와 이사벨이고. 그리고 지금은 클라이맥스.

이사벨은 고개를 푹 숙인 채였다. 그래서 너는—

"흑……."

너무 들어서 익숙하기까지 한 이 울음소리는 이사벨 특유의 그 가련하기 그지없는 호소력을 담고 있었다. 그녀는 계속해서 불쌍하게 나가는 길을 선택한 모양이었다.

나는 팔을 내 앞에 모으고 그녀가 무슨 말을 할지 조용히 지켜보았다.

이사벨은 어깨를 부들부들 떨더니 곧 고개를 들고 입을 열었다.

"스칼렛, 나는…… 네가 나를 증오한다고 생각했어."

"내가 왜?"

"네가, 네가 내 약혼자를…… 내가 사랑하는 사람을…… 흑, 흐흑."

아, 알겠다.

이사벨은 이제 끝으로 몰려 더는 할 말이 없는지, 아니면 제 딴에는 가장 큰 패라고 생각하고 이제 터뜨리는지 칼리드를 물고 넘어졌다. 그리고 그녀가 그 말을 내뱉는 순간, 비올레타는 물론이거니와 흥미진진하게 우리의 싸움을 보고 있던 내 지인들의 얼굴이 설핏 굳었다.

솔직히 말하자면 남자를 뺏은 건 이사벨이 먼저였지만, 그녀는 그녀 나름대로 그 말도 안 되는 웃긴 이유가 있었다. 뭐, 나를 위하니, 뭐니 하면서. 심지어 그 시험이라는 것도 그러했다. 전부 나를 위한 것이라고.

내 입장에서야 이미 그게 개소리고, 말이 안 되는 것이라는 것을 알지만, 이미 이사벨에게로 마음이 기운 사람들이나, 아무것도 모르고 있다가 오늘에야 처음으로 우리 관계를 제대로 알기 시작한 사람들에게는 내 잘못이 더 크다고 생각될 수 있었다.

그러니까 이사벨은 나를 위해 그런 짓을 했는데, 나는 그런 그녀의 마음도 모르고 되레 그녀의 약혼자를 뺏었다고, 그렇게 생각하는 것이다.

데미안이 넌지시 흘리긴 했다. 확실히 사교계에서 그렇게 믿고 있는 사람이 있다고. 그리고 그것을 증명하기라도 하듯, 이사벨 옆에 있는 한 이름 모를 영애가 감히 나를 흘기더니 덩달아 울 것 같은 표정을 하고 이사벨을 꼭 안았다.

대단도 하지.

나는 웃음이 나오려는 것을 꾹꾹 참았다. 설마 지금 이렇게 나오면 내가 아무것도 말하지 못할 것이라 생각했던 걸까.

그리고 내 그런 예상을 증명이라도 하듯, 이사벨이 말을 이었다.

"나는, 네가 내 약혼자를 빼앗아 가서…… 나는, 그래서 네가 나를 증오한다고 생각했어. 하지만 스칼렛, 그렇다고 해도 나는 전혀 너를 미워한 적이 없었어."

"……."

"하지만 알잖아. 그래, 너는 내가 미울 수도 있겠지. 알아. 하지만 내게 각하가 얼마나 소중한 존재인지, 네가 알면서……."

"······."

"알면서 그러길래, 나는······ 네가 나를 죽일 만큼······ 흐흑."

이사벨이 얼굴을 감싸고 연약하게 쓰러진다. 마치 연극 속의 주인공만큼이나 과장된 모습이었지만, 여배우를 능가하는 얼굴에 저런 몸짓을 하니 효과는 있었다.

나는 열심히 내 눈을 깜박이며 안 되는 눈물이라도 짜낼까 하다가, 내가 연기에는 그닥 소질이 없다는 것을 깨닫고는 그냥 멈추기로 했다.

대신, 다른 방법을 썼다.

나는 얼굴을 차갑게 굳히고 고개를 돌렸다. 비올레타를 비롯해 나와 칼리드, 이사벨의 일을 속속들이 알고 있는 사람들이 긴장한 표정으로 나를 보고 있었다. 니콜라스는 눈썹을 까닥거리다가 '도와줄까?'라고 입을 뻥긋거렸다.

하지만 천만에, 이 정도 하나 제대로 못 말할까.

내 지인들은 대부분 신분이 높다. 거기서 그들이 나오면 무슨 말이 돌까? 지위로 상대를 찍어 누를 줄밖에 모르는 공작 영애. 친구의 좋은 마음도 몰라주고 그녀를 오해해 약혼자를 빼앗은 공작 영애.

그런 말로 불리는 건 질색이었다.

하아, 기 빨려.

나는 일부러 크게 숨을 들이쉬었다 다시 내쉬었다. 그리고 곧 경악이 가득 담긴 얼굴로 이사벨을 보았다.

"이사벨······."

좋아, 목소리는 잘 떨렸다.

"너는, 내가 그런······ 그런 생각을 하고 있다고 생각했어?"

"흑, 으흑……."

"너는, 내가 일부러 너를 골탕 먹이려고 네 약혼자를 뺏었다고, 세상에…… 칼리드를 뺏었다고 생각했니?"

어떻게 이럴 수가, 네가 어떻게 이렇게 생각할 수 있어-라는 뜻을 담아 놀랍기 그지없는 어조로 말하며 나는 고개를 휙 돌렸다.

그리고 비올레타가 눈을 동그랗게 뜨며 '응? 아니야?'라는 눈빛으로 보고 있는 걸 발견하고 어이없어 웃을 뻔했다.

당연히 맞지, 지금이 어쨌든 그때는 진짜 열이 받아서 뺏은 건데.

하지만 굳이 여기서 그걸 인정해야 하나?

나는 주춤거렸다. 이사벨의 울음이 조금 잦아들자, 나는 그녀를 보며 안타깝다는 표정을 지었다. 그리고 고개를 들어 이번에는 주위 사람들에게 물었다.

"혹시, 혹시 여러분도 그렇게 생각한 건가요?"

"어……."

갑작스럽게 내 질문을 받은 사람들이 당황한 기색과 함께 웅성거리기 시작했다. 하긴, 사실 그렇게 생각했을 것이다. 나 같아도 그렇게 생각했을 터였다.

하지만 그들은 대놓고 내 앞에서 그런 대답을 내놓지 못할 게 분명했다. 그에 나는 조금 우울한 표정을 지으며 말을 이었다.

"이럴 수가, 어떻게 그런 생각을 할 수…… 세상에, 나를 어떻게 봤으면……."

이사벨은 눈물범벅이 된 얼굴로 나를 보고 있었다. 나는 그런 그녀와 칼리드를 번갈아 보았다.

칼리드는 멀리에서 더없이 싸늘한 표정을 짓고 있다가 말을 내뱉었다.

"어이가 없군."

아, 칼리드. 내 사랑. 똑똑해서 정말 다행이야.

나는 아직도 감을 잡지 못한 비올레타를 보며 한숨을 쉬었다. 옆에 서 있던 발터르 영애는 이미 알아차린 것 같았는데, 비올레타는 아직도 어리둥절하게 나를 보고 있었다. 나는 쓰게 웃으며 고개를 돌렸다.

"이사벨. 예전에 애프터 디너 타임 때 내가 그랬지. 나와 칼리드는 어느 순간 불타올랐다고."

"어머, 그랬죠."

발터르 영애가 간드러진 목소리로 대답했다. 이로써 나는 증인이 한 명 생겼고.

"그래, 인정해. 나는 칼리드를 소렐에서 보았어. 그는…… 꽤 근사한 사람이었어."

한쪽으로 말을 하며 나는 사랑을 듬뿍 담아, 하지만 조금 슬픔을 담아 칼리드를 보고는 다시 이사벨을 향해 입을 열었다.

"하지만 나는, 그가 네 약혼자라는 사실을 끝까지 잊지 않았어. 나는 네가 아니야. 나는 약혼녀가 있는 남자를 유혹할 만큼 담이 크지도 못하고, 그런 생각은 감히 해 본 적도 없어."

"……그, 그런데 어째서……."

이사벨은 진짜 놀랐는지 내가 그녀를 비방한 것도 눈치채지 못한 채 더듬더듬 물었다. 그에 나는 조금 놀란 표정을 지었다.

"이사벨, 너 설마…… 몰랐던 거니?"

"……."

"비올레타, 이거······."

난 경악을 담아 비올레타 쪽으로 고개를 돌렸다. 그러자 비올레타가 그제야 눈치를 챈 듯, 눈동자를 데구루루 굴리더니 이사벨 앞으로 다가와 말문을 떼었다.

"프로디아드 공작이 파혼한 건 종전 기념 연회, 훨씬 그 이전의 일이었어. 발표가 늦게 났을 뿐, 알 사람은 다 알고 있었다고. 넌 당사자면서 그것도 몰랐어?"

"······."

"스칼렛이 공작과 만나기 시작한 건, 너와 공작이 파혼하고 훨씬 그 후였다고."

그리고 순식간에 장내가 웅성거리기 시작했다.

나는 손으로 입을 꾹 막고 어떻게 이렇게 당연한 걸 오해할 수 있느냐는 눈빛을 했다. 물론 진실이 어떻든 간에 해석은 내 마음대로 아닌가. 실제로 나와 칼리드가 소렐에서 사귀었다는 것을 아는 사람은 제1기사단 몇 명과 외교부의 선배 두 명, 코르켈과 셀린느뿐이었다.

선배 두 명은 애초에 이쪽에 관심이 없었고, 코르켈과 셀린느야 당연히 내 쪽으로 말을 맞출 테니 상관없고. 제1기사단이야 칼리드가 알아서 하겠지, 뭐.

비올레타와 올리비아는 말이 필요 없고, 실상 나와 칼리드의 진실을 아는 사람 중에서 이사벨의 입장에 서 줄 사람은 하나도 없었다. 설사 있다고 해도, 진실을 아는 모든 사람이 다 아니라고 하는데 어떻게 감히.

그때 이사벨이 도리도리 고개를 저었다.

"아, 아니야, 그건 아니야."

"아니긴 뭐가 아니야."

"그럴 리가 없어. 왜……."

"못 믿겠으면 내가 파혼서를 가져다줄까? 아바마마의 전용 자료실에 있어."

나는 손으로 입을 가렸다. 그게 아니라면 웃음이 나오는 걸 어떻게 막을 길이 없었기 때문이다. 아, 진짜 연기 수업이라도 좀 받든가 해야지. 그렇게 생각하며 조금 어지럽다는 뜻을 담아 뒤로 휘청거렸다.

이사벨은 절망에 빠져 무슨 말을 어떻게 해야 할지 모르는 채였고, 주변 사람들은 무슨 말을 하는지 여전히 웅성거리고 있었다.

비올레타가 계속해서 말을 이었다.

"소렐에서 돌아오고 몇 주의 시간이 있었어. 프로디아드는 소렐에서 돌아오자마자 파혼 신청을 했고, 아바마마는 그걸 받은 날 바로 거기에 허가를 내렸다고."

"……왜, 어째서……."

"너 혹시 아바마마의 허가도 못 믿는 건 아니지?"

비올레타가 결국 초강수를 두었다. 폐하의 허가, 폐하의 인장을 의심한다. 그 속에 들어 있는 함의가 무엇인지 모를 리가 없는 사람들이 숨을 삼키는 소리가 곳곳에서 들려왔다. 그리고 이사벨의 옆에 있던 한 영애가 급히 고개를 저었다.

"아닐 거예요, 위더 영애께서 어떻게 감히 폐하의 말씀을 의심하겠어요. 그렇죠, 영애?"

"……."

하지만 이사벨은 망연자실하게 나를 보고 있었고, 결국에는 입술을 꼭 깨물고 멍하니 앉아 있기만 했다.

나는 그런 그녀를 보다 칼리드에게로 고개를 돌렸다. 그때 그가 나와 눈을 마주치더니 내 옆으로 다가왔다. 그의 단단한 팔이 나를 감싸 안자, 나는 조금 힘이 풀린 얼굴로 이사벨을 향해 말했다.

"한때 친구의 약혼자였던 사람과 사랑에 빠진 걸 질책한다면…… 그래, 나는 그 벌을 달게 받을게."

"……."

"하지만 나는 맹세코 네 약혼자를 빼앗지 않았어. 그럴 생각은 단 한 번도 없었어."

"으으……."

"네가 누군가를 질책하고 싶다면, 나를 질책해. 그는 질책하지 마. 칼리드는 소렐에서 나를 처음 보았고, 우리는 단순히 협상에서 힘을 합쳤을 뿐이야. 하지만 수도로 돌아온 뒤 칼리드는 너와 파혼했고, 나는……."

애초에 파혼을 한 남자와 사귀었다는데 뭘 어떻게 질책하겠는가. 뭐, 친구의 약혼자였던 사람과 사랑에 빠졌다고 하면 확실히 듣기는 좀 그렇지만, 눈물을 매달며 '사랑이 죄인가요?'를 외치면 그만이다. 임자 없는 남자인데, 뭘.

나는 입을 꾹 다물고 칼리드의 품에 파고들었다. 그런 나를 안으며 칼리드가 내 이마에 입을 맞췄다.

이사벨은 그런 나와 칼리드를 보다가 이를 악물었다. 그리고 그녀가 조금 언성을 높였다.

"말도 안 돼."

"이사벨, 너는 믿기 힘들겠지만……."

"말도 안 돼."

"이사벨, 네 충격이 큰 걸 알겠어. 내가 얼마나 악마처럼 보였겠어. 나를 그렇게 생각할 만도 해. 그래, 조금 슬프긴 하지만 그래도 어쩌겠어……."

"네가 아니라면, 그가 왜 나와 파혼하는데?"

나는 최대한 그녀의 그 가련한 꼴을 모방하며 그녀를 향해 말을 뱉었다. 하지만 이사벨의 물음은 내 말을 무시한 채 다른 내용을 담고 튀어나왔고, 나는 그녀의 물음에 눈썹을 까닥였다. 왜 파혼했기는, 그거야―

"애초에 약속된 것 아니었나."

―응?

네가 내 애인을 번번이 빼앗고, 그런 행동에서 깊은 실망감을 느낀 칼리드가 파혼을 했다는 이유를 대려 했으나, 그런 내 말을 가로채고 칼리드가 입을 열었다.

그의 갑작스러운 말에 나는 미간을 찌푸렸다. 이건 또 무슨 말인가. 뭐야, 이 생뚱맞은 대답은.

그리고 놀란 건 비단 나뿐만은 아니었는지, 비올레타도 놀란 눈으로 우리를 보고 있었다. 나는 칼리드의 옷소매를 꽉 잡았다.

하지만 내 손 위로 그의 커다란 손이 포개지고, 칼리드가 이사벨을 차게 식은 눈빛으로 바라보며 한 자씩 내뱉었다.

"애초에 말하지 않았나."

"……저, 저는."

"나는 영애와 결혼할 생각이 없다고."

"아니에요, 그러지 않았어요."

"애초에 가능하지 않은 약혼이었다고, 끝이 없는 약혼이라고. 나는 절대 영애와 결혼할 수 없다고."

"아니야, 그런 적 없⋯⋯."

칼리드의 말에 이사벨이 부들부들 떨며 귀를 막았다. 그러나 그런 그녀의 얼굴을 향해 칼리드는 으르렁거리듯 말을 이었다.

"애초에 불가능하다는 내 말을 무시하고, 내 마지막 배려까지 모조리 외면한 건, 영애 아니었나."

말을 내뱉는 칼리드의 얼굴은 내가 단 한 번도 본 적 없는 분노를 담고 있었다. 한 자씩 내뱉는 그의 그 어조가, 그 목소리에 담긴 깊은 분노가 일렁거리는 것을 느끼며 나는 그의 팔을 꽉 잡았다.

내 당황함을 눈치챘는지 칼리드가 고개를 돌려 나를 보더니 곧바로 얼굴에서 분노를 걷어 냈다. 그러곤 바로 담담한 표정으로 나를 향해 미소 지어 준 뒤, 괜찮다는 듯이 내 어깨를 감싸 안았다.

칼리드가 이사벨과 약혼했음에도 그녀에게 감정이 없다는 것은 알고 있었다. 그리고 그 사이에 어떤 이익 거래가 있었다는 것 또한 예측하고 있었다.

하지만 시작부터 파혼이 약속된 이야기였는 줄은 나도 몰랐다. 그리고 그 무엇보다도 그것을 말하는 칼리드의 얼굴에 걸린 표정이 지나칠 정도로 선명해서, 나는 이것이 그저 웃어넘길 일이 아니라는 것을 깨달았다.

나는 입술을 깨물었다. 생각 밖의 상황에 나도 주위 사람들도 어떤 표정을 지어야 할지, 어떻게 말해야 할지 모르고 있었다.

홀 안에 적막이 내려앉았다. 이따금 사람들이 수군거리는 소리가 들려왔다. 나는 고개를 들고 주위를 둘러보았다.

어떤 사람들은 이사벨을 보며 눈살을 찌푸리고 있었고, 어떤 사람들은 쉴 새 없이 우리 셋 사이에서 눈길을 옮기고 있었으며, 어떤 사람들은 어리둥절한 기색을 얼굴에 담고 있었다.

곧 내 눈길이 이사벨에게로 닿았다. 그녀는 눈을 꼭 감고 숨을 고르고 있었는데, 두 손은 어느새 드레스 위에 포개져 있었다. 그에 나는 서늘하게 식은 눈빛을 할 수밖에 없었다.

"이사벨."

"아니야."

"이사벨, 괜찮아?"

"아니야!"

내가 물어본 물음도 꽤 웃기긴 했지만—이 상황에서 괜찮으냐고 묻다니, 심지어 그녀를 궁지로 몬 건 내가 아니던가— 그녀는 애초에 내 물음 자체를 듣지 못한 것처럼 굴고 있었다. 나는 한숨을 푹 쉬었다. 정신 붕괴의 변두리에 있는 건가.

그렇게 얼마나 지났을까, 조용하기 짝이 없는 장내에서 모든 사람의 주목거리가 된 이사벨이 고개를 천천히 들었다. 그녀는 눈물범벅이 된 얼굴을 갈무리하며 손등으로 눈가를 꾹꾹 누르더니, 눈길을 나와 칼리드의 사이 그 어디쯤에 놓고는 입을 열었다.

"저는, 자신이 있었어요."

나는 그녀가 무슨 말을 하는지 몰라 미간을 찌푸렸다. 갑자기 웬 자신 타령인가. 하지만 방금 칼리드가 한 말을 상기해 내고는 머릿속을 스쳐 지나가는 추측에 더더욱 얼굴을 구길 수밖에 없었다.

설마, 칼리드가 저를 사랑하지 않아도 약혼하면 사랑하겠지, 뭐,

그런 건가.

"저는, 당신에게 자신이 있었어요."

"쓸데없는 자신감이라고 분명 말했어. 파기하기 위한 약혼이라고 알렸고."

"……."

"영애는 어차피 체스판 위에 놓인 하나의 말일 뿐이라고."

체스판, 그 위의 말.

나는 침을 꿀꺽 삼켰다. 왜 이 와중에 나는 그 말이 그토록 신경 쓰이는 걸까.

"하지만 결국에는 내 배려도, 마지막 자비도 깡그리 무시했지."

"나는, 당신을 사랑했어요."

"알아. 그래서 마음을 강요하지 않는 한 나 또한 영애한테 최대한 예의를 지켰어."

그걸 말하는 칼리드의 얼굴은 사정없이 일그러져 있었다. 나를 안고 있는 그의 팔에 힘이 들어가고, 무거운 분위기가 홀을 가득 메웠다.

눈길을 돌려 비올레타를 보자 그녀가 미간을 살짝 찌푸린 채 고개를 절레절레 저었다. 그녀 또한 무슨 일인지 모르겠다는 표정이었다.

그러거나 말거나 이사벨은 꽤 집요했다.

"사랑해요."

"……."

"사랑해요."

그녀의 사랑 고백은 한없이 절절했다. 모든 영혼을 탈탈 털어놓은 듯이 진솔하기 짝이 없는 고백이었다.

하지만 그녀가 사랑하는 남자는 그녀를 사랑하지 않고, 그녀가 증오하는 여자를 사랑한다.

이 아이러니한 상황에서 이사벨이 얼마나 미칠 것 같은지 나는 차마 헤아릴 수 없었다. 나는 그녀처럼 절절하게 사랑을 고백할 자신이 없다.

단 한 번도 그와 헤어진다는 생각을 해 본 적이 없었고, 칼리드가 나를 싫어하게 되리라는 것을 상상해 본 적이 없으므로.

미간을 찌푸렸다. 이걸 어떻게 수습해야 하는지 머리를 굴렸다. 일이 커지고 판이 너무 벌어졌다. 이사벨은 사랑에 상처받은 여자처럼 가련하게 앉아 있었고, 입으로는 여전히 사랑을 읊조리고 있었다.

일단 저걸 일으켜 세워서 정상적인 상황으로 돌려는 놔야겠다-

내가 그렇게 생각할 때였다.

"정말이지, 듣자 듣자 하니 들어 줄 수가 없네요."

찬물을 끼얹은 듯 조용하기 그지없는 홀의 정적을 깨고, 누구의 것인지 알 수 없는 낭랑한 목소리가 들려왔다. 나는 예상치도 못한 목소리에 깜짝 놀라 고개를 들었다.

방금 그 낭랑한 목소리의 주인공은 내가 한 번도 본 적 없는 인물이었다. 그럼에도 그녀는 마치 나를 안다는 듯이 나에게 눈길을 주더니, 바로 이사벨을 향해 말문을 떼었다.

"영애는 윈체스터 귀족의 수치예요."

우아, 참 독하고 직설적이게 내뱉는구나. 그것도 공개된 장소에서.

갑작스러운 목소리에 나뿐만 아니라 이사벨 또한 지독하리만치 비극적인 분위기에 취해 흐느끼던 것을 멈추었다. 홀의 중앙에서는 비극이 한창인데 정작 그 영애의 분위기는 희극에 가까웠다. 그녀는 이사벨한테 천천히 다가가기 시작했다.

"사실 방금부터 말씀드리고 싶었어요. 하지만 공작 영애께서 계시는데 나서는 건 실례라고 생각되어 가만히 있었거든요."

"……프란 백작 영애."

이사벨은 멍하니 프란 백작 영애라고 불린 사람을 보더니 미간을 찌푸렸다. 나는 왠지 모르게 그 익숙하기도 하고 생소하기도 한 이름에 머리를 굴리다가, 곧 그녀가 한때 이사벨과 사교 모임에 자주 참석하던 한 영애라는 사실을 깨달았다.

이사벨의 입에서 많이 들은 사람이었다. 고집이 세고 자기주장이 강하다고. 그리고 불의를 참고 넘기지 못한다고.

그래, 다른 건 몰라도 그 평가는 꽤 알맞은 듯했다. 그녀는 더없이 뚝심 있는 얼굴을 하더니 곧 이사벨을 향해 입을 열었다.

"예전부터 느꼈는데, 영애는 이럴 때마다 왜 혼자 가련한 척 절절한 주인공을 연기하는 거죠?"

"영애, 저는 그런 적이 없어요."

"영애와 자주 사교 모임에 참석했지만, 번번이 영애 때문에 혈압이 올라갔어요. 타인의 대화를 주도하지 못해 안달 내 하고, 정작 그럴 만한 학식이 있는가 하면 그 또한 아니에요."

"영애……?"

"그러다가 누군가가 짐짓 진지하게 꾸짖기라도 하면 사과 대신 한없이 가련한 표정을 짓죠. 저희를 무슨 천하에 둘도 없는 악당 취급하면서."

"아, 그건 나도 느낀 적 있어."

프란 백작 영애의 말에, 한쪽에서 조용히 관전하던 라이슬 후작 영식이 끼어들었다. 참고로 그는 라이슬 후작 부인이 주도하는 사교 모임의 리더 격인 역할을 맡고 있으며, 코르켈의 말에 의하면 이사벨을 직접 내쫓은 장본인이라고 했다.

그는 손에 들고 있던 레몬수를 한 모금 들이켜더니 유들유들한 표정으로 말을 이었다.

"위더 영애가 그런 면이 있긴 하지. 그래서 나는 잘못을 해도 꾸짖지 않아. 가련하고 연약한 여자를 괴롭힌 불한당으로 취급당하거든."

"그러고 보니, 예전에도 이것과 비슷한 상황이 있었던 것 같은데. 공작 영애께서 이렇게 계신 이상 오늘은 꼭 말해야겠어요. 영애님, 결례를 이해해 주세요."

나는 결례를 이해해 달라는 표정을 지으면서도 거의 통보식으로 내게 말을 하는 프란 백작 영애를 보며 얼떨떨하게 고개를 끄덕였다. 아, 뭐지, 평소에 참던 게 터졌나.

난장판이 따로 없었지만 나는 굳이 말리지 않았다. 진짜로 학식의 교류를 위해 낭독회를 연 것도 아니었으니 이 정도쯤이야, 뭐. 그리고 방금까지 사랑한다고 흐느끼던 이사벨의 흐름을 깬 건 정말 높이 살 만했기 때문이다.

내 동의를 얻자 프란 백작 영애는 결연한 눈빛으로 이사벨을 향해 내뱉었다.

"매번 그래요. 뭔가 지적질 당하면 우리가 일부러 흠집을 잡은 것처럼 행동하고."

"저는 그런 적이 없어요, 영애. 뭔가 오해가 있으신 듯한데……."

"이것 보세요, 지금도 이래. 사람 미친년, 어머, 죄송합니다. 제가 그만 생활 용어가…… 어쨌든 미친 사람, 이상한 사람 취급하면서 저 혼자 가장 선량하고 가장 투명한 척."

"……."

"방금도 그랬어요. 리스 영애께서 실수라고 그렇게 말씀하시는데 아예 그녀가 일부러 그랬을 거란 전제를 깔고 들어갔잖아요."

우아, 이 영애 진짜 말 잘한다.

나는 내 입장 때문에 차마 내뱉을 수 없었던 말을 줄줄 내뱉는 그녀를 감격스러운 눈빛으로 보았다. 그때, 내 눈에 의미심장하게 웃고 있는 발터르 영애가 밟혔다.

그러고 보니, 프란 백작가와 발터르 백작가가 꽤 친밀하다고…….

나는 그제야 사건의 전말을 깨달았다. 발터르 영애는 일부러 나를 도와줄 구원 투수로 나와 그다지 접점이 없는, 오히려 이사벨과 친분이 있는 사람을 보낸 모양이었다. 그것을 깨달은 나는 발터르 영애에게 감사의 눈짓을 보냈다.

역시, 든든한 아군 하나면 무서운 적 열 두렵지 않다.

"말이 안 통해요. 방금 공작 영애께서 말씀하실 때마다 끝까지 자신은 아무 잘못 없는 척, 상대를 악의적으로 지레짐작한 건 영애면서!"

"영애, 저는 그러지 않았어요. 저로서는 그렇게 생각할 수밖에……."

"그래서 그렇게 착하다는 분이 20년 동안 우정을 이어 온 소꿉친구의 애인을 7번이나 빼앗나요?"

나는 숨을 헉 들이쉬었다. 핵심을 찌르는 게 장난이 아니다. 역시 고수는 생활 속에 숨어 있는 듯했다.

이사벨은 프란 백작 영애의 직접적인 공격에 어안이 벙벙해져 눈물을 흘리는 것도 잊어버린 듯했다. 그녀는 눈을 둥그렇게 뜨고 위를 올려다보다가, 다시 입을 여는 프란 백작 영애의 말에 얼굴을 일그러뜨렸다.

"공작 영애님이야 마음씨가 고우니 아무 말도 하지 않으셨겠죠. 무엇보다 영애님은 합리적인 분이시니, 분명히 이 사이에 가장 잘못한 사람이 그 남자분들이라는 것을 알았을 거예요."

"그러니까……."

"하지만 그것도 한두 번이고, 세 번째부터는 고의가 아니라고 해도 믿지 않겠죠. 실제로 저희도 그랬어요, 제일 처음에는 영애를 동정했죠. 영애는 누구보다도 아름답고 겉보기에는 상냥하고 사려 깊으니까. 저희가 남자라고 해도 영애께 끌렸을 거예요."

나는 잇새를 타고 웃음이 흘러나오는 것을 막으며 칼리드의 어깨에 얼굴을 묻었다. 아이고, 잘한다. 계속해, 계속해. 조금 유치하지만 어쨌든 좀 계속해.

프란 영애는 현재 내가 하거나, 아니면 나와 친밀한 관계를 유지하는 사람이 하면 굉장히 이상했을 말을—어쨌든 나는 겉보기에 피해자 역할을 자처했으므로— 대신 말하고 있었다.

"그런데 그것도 정도가 있지. 세상에, 7번이라니……. 듣자 하니 공작 영애님을 위해서니 뭐니 하는 핑계를 대셨다면서요? 그게 진짜 핑계가 된다고 생각해요? 영애님을 진심으로 친구로 생각하신 공작 영애님이나 들어 주지, 진짜로 우리가 병신이라고 생각해요? 어머, 생활 용어가 또……."

"왜 이래요, 프란 영애. 왜 저에게 이러세요, 굳이 같은 여자들끼

리 이럴 필요가······."

"어머, 불리하니 이제는 성별 문제로 끌어오네요. 위더 영애. 영
애는 자신이 여성이라는 사실에 지나칠 정도로 집착하는 것 같아
요. 시에라에서는 통할지 모르지만, 윈체스터에서는 씨알도 안 먹
힌답니다."

"저는······ 그 뜻이 아니에요."

"좋아요. 그럼 이 자리에 계신 신사분들께 묻죠. 여러분은 어렸
을 때부터 친했던 친구가 애인을 7번이나 유혹해 갔어요. 어떤 기
분이 들까요?"

"죽여 버릴 것 같은데. 그것도 친구 새끼라고."

"그러니까요. 이건 성별의 문제가 아니라 인성에 관한 문제예요.
핵심을 흐리지 마세요, 위더 영애."

프란 영애는 아예 콸콸 흐르는 폭포수처럼 시원하게 들이붓고 있
었다. 그녀의 물음에는 니콜라스가 피식 웃으며 답했다. 그 대답이
만족스러운지 그녀가 새침하게 웃었다. 그리고 마치 진술을 끝낸
변호인처럼 나를 보더니 입을 열었다.

"이상이에요, 공작 영애님, 말할 기회를 주셔서 영광이었습니다."

그제야 나는 깨달았다. 아, 이 영애, 은근 셀린느 같은 성격이군.

나는 길게 한숨을 쉬었다. 나와 아무런 연관도 없는 사람이 말함
으로써 공정성을 얻을 수 있고, 나와 이익관계가 얽히지 않은 사람
들이 몇 마디 거들어 준 덕분에 내 입으로 누가 더 잘못했는지 굳
이 말할 필요도 없었다.

나는 쓰게 웃었다. 그와 반대로 이사벨은 거의 혼이 나간 것처럼
앉아 있었다.

나는 이사벨을 보며 안타까운 표정을 지었다. 프란 영애가 한바탕 휩쓸고 간 덕분에 나는 속으로 준비해 두었던 대사를 전부 삭제하고는, 끝까지 우아하고 품위를 지키며 상대를 배려할 줄 아는 영애로 남는 것을 선택했다.

그래서 나는 그녀에게 다가가 조용하게 그녀를 일으킨 뒤, 조금 낮은 목소리로 속삭였다.

"오늘 일은 유감이야."

"……."

"하지만 고의는 아니었어. 나도 너한테 원한을 가진 사람이 이렇게 많을 줄……."

탁!

"스칼렛!"

"괜찮아?"

"괜찮으세요?"

이사벨은 무슨 생각인지 내 팔을 거칠게 뿌리쳤다. 사실 피하라면 충분히 피할 수 있었지만, 나는 일부러 거기에 맞은 듯 손을 감싼 채 미간을 찌푸렸다. 칼리드가 급한 표정으로 내게 다가와 이사벨에 의해 약간 긁힌 손을 보며 얼굴을 일그러뜨렸다.

"어머, 얘, 상처 났어!"

비올레타는 일부러 호들갑을 떨며 나를 보았다. 그러나 그녀는 사실 한쪽으로 이사벨을 힐끔거려 그것이 무엇을 의미하는지는 명백했다.

칼리드는 분노를 가득 담고 내 손을 보고 있었다. 이사벨이 기사였으면 당장 검부터 뽑았을 기세라 나는 바삐 그를 말려야만 했다.

"괜찮아요, 칼리드. 아프지 않아요."

이는 사실이었다. 아무리 그래도 작은 상처로 호들갑을 떠는 건 너무 과한 것 같으므로, 나는 일부러 담담하게 웃었다. 그리고 이사벨을 향해 웃어 보였다. 조금 가증스럽게.

"난 괜찮아. 이사벨."

사실 너무 과하면 바보 취급을 받기 때문에 나는 적당하게 선을 조절하는 것으로 오늘 이 소란을 끝낼 생각이었다.

지나칠 정도로 이사벨을 감싸는 것도 문제였고, 그렇다고 너무 모질게 그녀를 내치는 것도 동정심 유발의 빌미를 주는 것이기에, 나는 애써 담담하게 말을 내뱉었다.

하지만 그런 내 뜻을 또 어떻게 이해했는지, 내가 말을 뱉는 순간 이사벨의 눈가에 표독스러움이 스치고 지나갔다.

그녀는 대체 무엇을 생각하고 있는지 모를 오묘한 표정을 짓다가 고개를 떨구었다. 그리고 다시 고개를 들쯤에는, 바로 전에 표독스럽던 그 얼굴은 전부 가셔진 채 우아하고 부드러운 얼굴로 나를 보고 있었다.

대단도 하다.

나는 속으로 쓰게 웃곤 입을 여는 그녀를 보며 미미하게 미간을 찌푸렸다.

"미안해, 스칼렛."

"……."

"나는…… 옷을 갈아입고 올게."

살짝 입술을 깨문 표정이 그녀의 심정을 대변해 주고 있었다. 나는 그런 그녀의 파란색 눈동자를 빤히 보다가 곧 고개를 끄덕였다.

그래도 아직 제정신을 갖고는 있는 모양이었다. 나한테 실례한다는 말까지 내뱉는 걸 보면.

말을 마친 뒤 이사벨은 급히 몸을 돌렸다. 그녀의 옆에 서 있있던 하크인지, 뭔지 하는 영애가 화들짝 놀라며 뒤로 몇 걸음 물러서는 것을 힐끔 보던 그녀는 곧 우아한 발걸음으로 홀을 나갔다. 그런 그녀의 뒷모습을 보며 나는 묘한 표정을 지을 수밖에 없었다.

칼리드는 말했다. 그녀와 이미 말한 사항이라고, 거기에 이사벨은 자신이 있었다고 대답했다. 다행스럽게도 극으로 치닫는 치정 싸움은 크게 벌어지지 않았지만, 눈물을 뚝뚝 흘리며 우는 이사벨과 그것을 보는 칼리드의 차갑기 그지없는 모습이 떠오르자, 나는 더더욱 기분이 이상해서 길게 한숨만이 나왔다.

하지만 뭐가 되었든 오늘은 낭독회였고, 굳이 이사벨 때문에 낭독회를 취소할 필요는 없었다. 체감상 정말 몇 시간이나 흐른 것 같았으나 실제로 우리는 얼마 안 되는 시간을 소비했고, 조금 지체되긴 했어도 취소할 이유는 없었기에 나는 계속해서 낭독회를 하겠다고 일렀다.

몇몇 사람들이 나를 살피며 걱정스러운 눈빛을 했지만, 나는 결코 손님들에게 결례를 끼칠 수는 없다고 머리를 저으면서 끝까지 낭독회의 자리를 지켰다.

그리고, 옷을 갈아입겠다고 나간 이사벨은 끝까지 돌아오지 않았다.

* * *

낭독회는 무난하게 진행되었다. 물론 시작 부분에 약간의 소란이 있었지만, 결국에는 남의 일. 내가 아무렇지도 않게 낭독을 이어 가자, 사람들은 언제 그런 소란이 있었느냐는 듯이 화기애애하게 저마다 낭독회를 즐겼다.

물론 그게 진심인지는 나도 모르겠지만. 뭐, 어차피 보이는 것만 믿어도 별 상관은 없으니 나는 그저 웃으며 낭독회를 끝냈다.

그리고 뿔뿔이 흩어지는 사람들의 각종 인사를 받으며, 나는 우아하게 하나하나 인사를 해 준 뒤 마지막으로 오늘 이 자리를 빛내 준 내 사랑스러운 친우들을 보았다.

"너희는 좀 그만 먹고 나 도와주면 어디 덧나니?"

방긋방긋 웃으며 말을 내뱉는 내 모습을 빤히 보던 코르켈이 셀린느가 건네준 쿠키를 하나 덥석 물고는 와그작와그작 씹으며 말했다.

"혼자 잘하던데?"

"맞아. 혼자서도 잘하던데? 그리고 우리가 끼어들면 더 난장판이 된다는 거 너도 알 거 아냐."

코르켈의 말을 이으며 에드리안이 어깨를 으쓱했다. 나는 방실방실 웃는 그들을 보며 입을 꾹 다물고 짐짓 화난 체하다가, 곧 헛웃음을 지었다.

"그래, 그건 맞아. 그냥 해 본 소리였어."

내 말에 한쪽에 앉아 책을 읽던 발터르 영애가 우아하게 후훗- 하고 웃음을 흘렸다. 반달 모양으로 눈을 접으며 웃는 그녀를 보며 나 또한 덩달아 입꼬리를 말아 올렸다.

"그래서, 프란 영애는 뭐죠?"

"어머, 별거 아니었어요. 발터르 백작가와 적당하게 연이 있는

데, 평소에 위더 영애와 자주 모임에 나갔다길래…….”

발터르 영애가 조곤조곤 부드럽게 대답했다. 하지만 그녀의 말이 끝나자마자 옆에 앉아 있던 니콜라스가 웃음을 흘리며 그녀의 말을 이었다.

“우리 법무부에서 에이스로 꼽히는 애야. 뮐레르 공작과도 싸울 만한 패기를 자랑하지.”

“네, 그래서…… 마침 마뜩잖은 표정으로 위더 영애를 보시길래, 직접 이 자리를 빌려 위더 영애께 말씀을 드리는 건 어떨까, 하고 조용하게 건의를 했죠.”

“아아, 어쩐지. 뜬금없이 나선다 했더니.”

“그런데 설마하니 프란 영애께서 그런 생각을 하고 계실 줄이야.”

물론 아무리 봐도 발터르 영애가 단순하게 ‘건의를 한’ 것 같지는 않아 보였다. 안타깝다는 표정을 지으며 고개를 살짝 갸웃거리는 모습이, 다시 한번 내게 그녀와 적이 되지 말라고 깨우치고 있었다.

하지만 뭐가 되었든 현재 발터르 영애는 내 아군이었고, 그녀가 프란 영애를 앞세워 차마 내 입으로 할 수 없었던 말을 온전하게 쏟아 준 덕분에 나는 예상보다 일찍 이사벨을 한차례 궁지에 몰 수 있었다.

나는 문득 홀의 문을 열고 나가던 이사벨의 모습을 상기하고는 고개를 돌렸다. 칼리드는 소파에 앉아 있다가 내 눈길을 눈치챘는지 다정하게 내게 웃어 주었다.

“애초에 불가능하다는 내 말을 무시하고, 내 마지막 배려까지 모조리 외면한 건, 영애 아니었나.”

그 말이 기억나자 잇새를 타고 흘러 나가던 웃음이 거짓말같이 멈췄다. 그런 내 표정이 어떻게 그한테 비쳤는지 방금까지 부드럽게 웃고 있던 그의 얼굴이 언뜻 굳었다.

"너 왜 그래?"

그때 옆에서 비올레타의 목소리가 들려왔다. 나는 깜짝 놀라 다시 고개를 돌렸다. 비올레타는 미간을 살짝 찌푸리고 나를 보고 있었고, 옆에 있는 셀린느도 조금 심각한 표정으로 시선을 내게 고정하고 있었다.

"내가 왜?"

"왜 그렇게 큰일이 일어난 것처럼……."

"아, 아니야."

내가 그렇게 이상한 표정을 지었나. 나는 다시 얼굴에 미소를 띠며 고개를 저었다. 하지만 그럼에도 한쪽에 있는 칼리드에게로 시선이 힐끔힐끔 가는 것을 막지 못해 결국 내 나름대로 티 나지 않게 말을 돌려야만 했다.

"어쨌든, 그래도 좀 와서 맞장구라도 쳐 주지. 그리고 너."

나는 일부러 약간 과장되게 비올레타를 짚었다. 그러자 그녀가 어리둥절하게 손가락으로 자신을 짚으며 되물었다.

"나?"

"그래, 너."

비올레타가 '내가 뭘-'이라는 표정을 짓자, 나는 팔짱을 끼고 길게 한숨을 내쉬고는 고개를 저었다.

"어떻게 그렇게 눈치가 없을 수가."

내 말에 비올레타가 '아-' 하고 가볍게 탄식을 내뱉었다. 그녀로서도 본인이 내 뜻을 좀 늦게 깨달았다는 것을 알긴 아는 모양이었다. 이사벨에게 칼리드의 파혼 이야기를 꺼낼 때쯤, 가장 마지막에 내 뜻을 알아들은 비올레타를 향해 나는 헛웃음을 지으며 말했다.

"이럴 때는 원래 올리비아가 있었어야 했어."

그에 비올레타가 세상에서 가장 억울한 표정을 지었다. 그녀는 주변에 도움을 청하듯 두리번거렸으나, 저를 도와줄 사람이 없다는 것을 깨닫고는 금세 뾰로통해졌다.

"쳇, 내가 뭘 알았나. 네가 그런 식으로 대답할 줄 몰랐지."

비올레타의 말에 나는 입꼬리를 말아 올렸다. 설마. 내 쪽으로 유리하게 말할 수 있는데, 칼리드를 만난 게 이사벨에 대한 복수였다고 굳이 말할 이유가 없다.

뭐, 사실 말하자면 나도 꽤 양심 불량이었지만, 까짓것 조금 수를 쓴 것이라고 나를 위해 변명해 주기로 했다.

그때, 옆에 있던 셀린느가 의문을 표했다.

"그러고 보니 올리비아 님이 안 오셨네요? 어, 오실 줄 알았는데."

"참 빨리도 물어본다."

"에이, 저는 늦게라도 오실 줄 알았죠."

셀린느가 태연스럽게 살포시 웃었다. 나는 그런 그녀의 얼굴을 보며 어제 올리비아한테서 받은 전보를 기억해 냈다.

"급하게 처리할 일이 있어서 요즘 거의 집도 못 가고 철야래. 위에서 직접 내려온 임무라던데?"

"저런."

"뭐, 그쪽이야 맨날 철야고 바쁘니까. 이상한 일은 아니지."

"그래도 올리비아 님이 계시면 더 재미있었을 것 같은데."

"그거 올리비아한테 그대로 전해 줘도 되지?"

내 말에 셀린느가 입을 삐죽였다. 그녀는 저번 카펠라의 일로 올리비아와 꽤 친해진 듯했다.

뭐, 사실 나로서도 올리비아가 오면 일이 더 수월해질 것이라는 근거 없는 믿음이 있으니, 어떻게 보면 셀린느를 놀릴 일은 아닐지도.

"그런데 오늘따라 세게 나가던데. 무슨 일이라도 있어? 너답지 않게?"

"……나다운 게 뭐라고 물어야 해?"

"농담하지 말고. 너 웬만하면 사람들 앞에서 공개 망신 주는 행동 잘 안 하잖아. 사람 하나 물고 늘어지는 거 유치하고 추잡스럽다고."

"뭐, 그거야……."

니콜라스의 물음에 나는 장난기 서린 얼굴로 그를 보았다. 하지만 그가 꽤 진지하다는 사실을 깨닫고는 그저 의미심장하게 웃음을 흘렸다.

오늘 이렇게 이사벨을 궁지로 몬 주제에 무슨 개소리냐고 하겠지만, 사실 나는 원래 공개 장소에서 누군가를 망신 주는 짓은 잘 하지 않았다.

실제로 어머니는 아무리 부족하고 장소에 어울리지 않는 인간이 있다고 해도, 그에 대해 용서하고 아량을 베풀거나, 혹은 사적으로 조용히 해결하는 것이 귀족의 품위라고 했다.

어쨌든 어렸을 때부터 어머니의 말을 신의 계시처럼 받들어 온 나는 웬만하면 다른 사람들이 다 보는 데서 누군가를 몰아붙이지는 않았다.

웬만하면.

나는 길게 한숨을 쉬었다. 그래도 내 딴에는 갖은 방법을 다 써 보아도 안 되니, 마지막으로 조금 유치하지만 효과가 있을 법한 방법을 쓴 것이다.

최소한 내가 지금까지 본 그녀는 타인의 이목을 끌기를 좋아하는 한편, 타인의 따가운 시선에 굉장히 민감하게 반응하는 편이었다.

물론 타인의 평가에서 자유로운 사람이 어디 있느냐마는-그리고 실제로 나 또한 그러했고- 그럼에도 이사벨의 것은 조금 달랐다.

나는 잠시 말을 고르다가 입을 열었다.

"상대가 알아듣지 못하는 고상함은 차라리 없느니만 못 해. 그리고……."

"그리고?"

"사냥의 수단이지."

"사냥?"

"원래 목표를 위해서는 수단과 방법을 가리지 않을 필요가 있어."

내 답에 니콜라스가 의미심장한 눈빛을 하더니 곧 웃음을 흘렸다. '그래, 네가 그렇다면 그렇겠지-'라고 중얼거린 그가 절레절레 고개를 저었다.

그런 그를 웃음기 가득한 눈길로 보던 나는 다시 한번 칼리드에게 시선을 던졌다.

그때, 내 기색을 알아차렸는지 아니면 단순히 피곤했는지 마침 발터르 영애가 자리에서 일어났다. 그와 함께 모두가 그녀를 따라 우르르 몸을 움직였다.

"그럼 전 이만 물러나도록 할게요. 조금 피곤해서."

"아, 난 이만 방으로 돌아갈게. 오늘은 진짜 재미있었어. 좋은 구경했다."

"저도 그럼 방으로 돌아갈게요. 내일 봬요."

삼삼오오 떼를 지어 나가는 그들을 보다가, 나는 삽시에 조용해진 홀을 훑었다. 그리고 내 시야에 다시 한번 들어온 칼리드를 보며 환하게 웃었다.

칼리드는 내 미소를 보고 조금 멈칫한 것 같았으나, 언제 그랬냐는 듯이 자리에서 일어나 내게 다가왔다. 방금 이사벨한테 서늘하게 내뱉던 그 모습, 그 표정, 그 목소리가 전부 거짓이라는 듯이.

내 앞에 선 칼리드는 나를 빤히 보더니 손을 뻗었다. 나와 그 사이, 허공에 있는 손을 응시하던 나는 미소를 지으며 그의 손을 잡았다.

"칼리드. 시씨랑 리리 보러 안 갈래요?"

＊　＊　＊

"자, 인사해요. 시씨랑 리리예요. 우리 어머니 애완동물."

마치 가족을 소개하듯 정중한 내 태도에 칼리드가 시씨와 리리를 보더니 눈썹을 까닥였다. 그러고는 내 손에 머리를 비비는 시씨를 보면서 아리송한 표정을 지었다.

"늑대를 애완동물로 키우십니까?"

"예전에 말했잖아요."

"정말로 키우는 줄은 몰랐습니다."

그의 표정을 보고 나는 풋 웃음을 흘렸다. 하긴, 보통 늑대도 아니고, 북방 아네트 설원에서만 서식하는 특이한 품종의 하얀색 늑대를 키우는 사람은 드물었다. 게다가 늑대는 사납기 그지없어 어머니 같은 사람이 아니라면 쉽게 길들이는 것도 어려울 것이다.

칼리드는 늑대를 두려워하는 기색은 없었다. 하나 경계의 눈빛으로 시씨와 리리를 보는 것이, 늑대 남매가 나를 공격할 것을 경계하는 것이 확실했다.

그런 칼리드의 얼굴을 빤히 보다가 나는 고개를 살짝 숙였다. 뺨을 타고 머리카락이 흘러내리고, 밤바람이 얼굴을 간지럽히기 시작했다. 그리고 얼마나 지났을까, 갑자기 커다란 손이 내 뺨을 어루만졌다.

나는 다시 고개를 들었다. 사실 방금 전부터 목구멍을 타고 흘러나오는 말을 삼키고 또 삼키고 있었다. 어떻게 물어야 할지 몰라서, 어떤 표정으로 그를 보며 물어야 할지 몰라서.

그의 뜻은 분명했다. 그는 분명 이사벨과 파혼하기 위한 약혼을 감행했고, 이쯤 되면 그들 사이에 단순히 가문과 가문이 엮여 있는 게 아닐 것이라는 사실을 쉽게 알 수 있었다.

하지만 내가 칼리드를 사랑하는 것과 별개로, 프로디아드는 공작가고 나는 디르난트의 후계자다. 그 견해 차를 넘지 않고, 귀족이 지녀야 할 긍지와 명예를 건드리지 말고, 숨기고 싶은 가문의 사정 또한 건드리지 않으려면 대체 어떻게 물어야 하나.

왜, 약혼했어요?

이 물음만 마음속으로 백 번은 물은 것 같다. 하지만 결국에는 아무런 대답도 알 수가 없었다.

그럼 대체…….

나는 혀로 입술을 핥았다. 그래, 결정했다.

"칼리드, 나는⋯⋯."

"스칼렛."

하지만 내 목소리를 덮고, 칼리드가 먼저 입을 뗐다. 그리고 예고도 없이 그가 말을 이었다.

"사랑합니다."

그의 갑작스러운 고백에 나는 내가 하려던 말을 전부 잊고 그를 그저 바라볼 수밖에 없었다. 하지만 곧, 그의 입가에 맺히는 미소를 보며 나는 어깨를 툭 때리고는 그를 가볍게 흘겼다.

"이렇게 선수 쓰는 게 어디 있어."

"하실 말씀이 있는 것 같아서, 제가 당신을 사랑하니 안심하고 아무 말이나 해도 된다는 뜻이었습니다."

"아무리 그래도 그렇지, 갑자기 그렇게 말하면 내가 할 말도 잊고⋯⋯ 아, 뭐야, 나 방금 뭐 말하려고 했지?"

나는 당황한 표정으로 중얼거렸다. 기껏 할 말 다 생각하고 입밖에 내뱉으려니, 순식간에 그의 말에 휩쓸려 저 멀리 떨어진 것 같았다. 나와 달리 차분한 그의 얼굴을 보며 결국 길게 숨을 내쉬었다.

"치사해요."

"딱히."

"사실 묻고 싶은 게 있었는데, 까짓것 상관없다고 넘길 뻔했어."

"이런."

"하지만 그래도 물을래요."

그래, 그래도 묻고 싶다.

나는 칼리드와 눈을 마주쳤다. 나는 여태껏 칼리드한테 꼬치꼬치 무엇인가를 캐묻지 않았다. 특히, 그게 이사벨과 연관된 일이라면.

하지만 비올레타가 나한테 말해 준 내용, 그리고 칼리드가 직접 그의 입으로 한 말. 그와 이사벨의 약혼이 처음부터 끝이 정해졌다는 그 사실을 함께 조합해 보면 눈앞에서 그림이 나올락 말락 하고 있었다.

나는 입꼬리를 말아 올린 뒤 그의 눈을 보며 물었다.

"칼리드, 이제는 당신과 이사벨의 관계를 저한테 알려 줘요."

"……."

"물론 이건 당신의 개인 생활 중 하나고, 그래서 지금까지 물어보지 않았어요. 하지만 칼리드, 당신은 말했죠, 나를 아카데미 때부터 사랑했다고."

"그렇습니다."

"당신이…… 나를 사랑하게 된 게 이사벨과의 약혼 뒤인지 약혼 전인지 알 수 없지만, 어떤 식으로 엮였든 그 모든 것들을 저한테 말해 줄 수 있나요?"

물론 나는 칼리드가 언제부터 나를 좋아했는지 알고 있었다. 하지만 굳이 비올레타가 알려 준 내용을 여기서 언급하지 않은 건, 이 이야기를 칼리드의 입에서 듣고 싶었기 때문이다. 다른 사람도 아니고, 내 연인의 입에서.

나는 담담하게 웃으며 그를 보았다. 마음 같아서는 그에게 급하게 하나하나 따지고 싶었지만, 그럼에도 그러지 않은 건 우리 둘다 서로의 입장이라는 게 있기 때문에…… 그는 공작이고 나는 공작 영애이며, 우리 둘은 정치적인 입장에서 결코 벗어날 수 없기 때문에.

그리고 나는 칼리드가 내 뜻을 알아들었을 것이라고 믿고 있었다.

칼리드는 내 물음에 차분한 얼굴로 나를 내려다보다가, 곧 내 손을 잡아 왔다. 그의 커다랗고 뜨뜻한 손에 잡힌 내 손과, 그 사이에 맞닿아 오는 온기에 나는 미소를 지었다. 이내 그가 입을 열었다.

"저는 8년 전부터 당신을 사랑했습니다. 그리고, 몇 달 전 소렐에서 당신을 다시 만났죠."

"……."

"스칼렛, 당신은 아마 모를 겁니다. 소렐에서 당신을 본 순간, 제가 얼마나 기뻤는지."

그의 표정은 더없이 진지했고, 목소리는 한없이 진실했다.

이에 나는 그와 처음 만날 때 나를 향한 그의 묘한 시선을 상기하고는 저도 모르게 숨을 삼켰다. 호숫가에 홀로 산책하러 갔던 그때, 그답지 않게 흐트러졌던 그 모습…….

"그럼…… 내가, 당신에게 사귀자고 한……."

당시에 칼리드는 나한테 물었다. 위더 때문이냐고, 혹시 이사벨에게 복수하려고 그러는 거냐고. 그때 내가 뭐라고 대답했더라. 아니라고, 그렇게 대답했던 것 같다.

나는 저도 모르게 손으로 입을 가렸다. 그러면 내가 그에게 고백 아닌 고백을 하는 순간, 그 말을…… 그 찰나를 그가 어떻게 받아들였을까. 나는 그때 그에게 단순히 인간적으로 호감을 느끼고 있었으나, 그는 나를 사랑하고 있었다.

사랑하는 사람이 자신을 이용하려고 사랑을 제안했다.

나는 그에게 대체 무슨 짓을 저지른 걸까.

사실 어렴풋이 느끼고 있었다. 그때 내가 한 짓이 칼리드에게 그렇게까지 떳떳한 일은 아니라는 것을. 나는 순간 그를 이용하고 싶었고, 그것으로 이사벨에게 상처를 입히고 싶었다.

우리의 처음은 나의 기만으로부터 시작된 게 맞다. 하지만 결국에는 나 자신을 설득했다. 칼리드도 승낙한 것이니, 사실 상관없다고.

저도 모르게 뒤로 한 걸음 물러나자, 칼리드가 그럴 줄 알았다는 듯이 다시 나를 잡아당겼다. 어느새 나와 그의 사이의 거리가 한없이 좁혀지고, 그 순간 그가 입을 열었다.

"저는 당신의 제안이 기뻤습니다."

"······거짓말."

"사실입니다. 씁쓸함이 없었다면 거짓이겠지만, 그럼에도 그 순간······ 저에게 그러한 말씀을 하셨다는 데서 저는 아주 기뻤습니다."

"칼리드."

"스칼렛."

그의 말은 내 죄책감을 가중시키기에 충분했다. 그래서 조금 울적한 목소리로 그를 불렀다. 하지만 그런 내 말을 자르며 그가 부드럽게 웃었다.

"상대방의 사랑에 일일이 답할 필요 없습니다. 제가 당신에게 사랑을 느끼는 것과, 당신이 저를 사랑하는 건 별개의 문제입니다."

"하지만 난 당신을 이용하려고 했어요."

"그 또한 당신의 선택이고, 저는 그것을 받아들였습니다."

칼리드는 손에 조금 더 힘을 주어 나를 잡아당겼다. 이에 그의 숨결이 느껴지는 그 거리, 그 닿을락 말락 하는 거리에서 그를 올려다보자, 그가 내게 속삭였다.

"그러니, 당신이 제 감정에 책임을 질 필요는 없습니다."

"……."

"애초에 당신의 일이라면, 그 어떤 것도 용납하고 있었으니까."

나는 입을 꾹 다물었다. 그리고 그의 품에 안겼다.

사실 알고 있었다. 칼리드는 나를 보편적인 한계 그 이상으로 용납해 주고 있었으며 내 모든 고집을 들어주었다. 소렐에서도, 카펠라에서도 그는 언제나 내 선택을 존중해 주었고, 내가 무엇을 하든 무엇을 입든 무엇을 먹든…… 전부 내 의견에 따라 주었다. 그것이 내 목숨을 위협하지만 않는다면, 그리고 내게 해를 끼치지만 않는다면.

"칼리드, 나는 말이죠."

"네."

"사실, 그 순간 이사벨 때문에 당신한테 그런 말을 한 게 맞았어요. 그냥, 홧김에."

그래, 인정하자. 사실, 시작은 그러하지 않았던가.

여기는 관중도 없고, 뒤에서 수군거리는 사람도 없으며, 오직 나와 칼리드밖에 없다. 굳이 그를 속일 필요는 없었다.

내 말에 칼리드가 웃음을 흘렸다. 나는 그에 아랑곳하지 않고 말을 이었다.

"인정할게요. 그래요, 시작은 불순했어요."

"네."

"하지만 지금은 아니에요."

"압니다."

"칼리드, 사랑해요."

나는 고개를 들었다. 그리고 언제부터인지, 아니, 어쩌면 애초에 나한테서 떨어진 적이 없는 그의 눈길을 마주했다.

칼리드는 내 고백에 잠시 멈칫하다가 고개를 끄덕였다. 새삼스럽지만 다시 한번 그에게 사랑을 말하고, 그가 그것을 받았다는 듯이 고개를 끄덕이는 순간, 차마 말로 형용할 수 없는 행복감이 밀려와서 웃을 수밖에 없었다.

그렇게 얼마나 지났을까. 문득 팔을 뻗어 내 머리를 감싸는 그의 손길에 나는 다시 한번 그와 눈을 맞췄다.

"위더와 제 관계가 궁금하십니까?"

나는 고개를 끄덕였다. 이제는 나한테 말해 줄 수도 있는 거 아닐까? 사실 이미 다른 사람들 앞에서 그런 말을 했다는 것부터가 어쩌면 그의 입을 막았던 것이 이제는 사라졌음을 의미하는 게 아닐까, 하고 생각했다.

그리고 그런 내 예상을 증명하기라도 하듯이 그가 입을 열었다.

"제가 위더와 약혼을 한 건 제 의지가 아니었습니다. 하지만 동시에 제 결정이기도 했습니다."

그의 말에 나는 미간을 찌푸렸다. 칼리드의 의지인데 칼리드의 의지가 아니다? 그건 또 무슨 말인가. 이사벨이 그를 핍박이라도 했단 말인가? 아니, 이사벨이 그에게 핍박을 해 봤자 그가 듣기라도 했겠는가. 그럼, 칼리드가 원치 않는 약혼을 하게 한 장본인은…….

나는 숨을 들이쉬었다. 프로디아드의 공작을 움직일 수 있는 사람. 그리고 파혼서를 작성하며 무조건 승인이 내려올 것이라고 장담하던 칼리드의 모습. 생각보다 빨리 허가가 내려온 파혼서.

저도 모르게 숨을 쉬는 것을 멈추고 그의 얼굴을 멍하니 보기만 했다.

"혹시……."

"지금 생각하시는 것이 맞을 겁니다."

프로디아드는 비록 왕실과 연을 맺은 지 꽤 지났다고 하지만 그래도 공작가다. 그런 가문의 가주를 움직일 수 있는 사람은-

-폐하.

너무 의외였지만, 또 동시에 어쩌면 그럴 수도 있다고 상상해 본 인물이라 심란하기 그지없었다.

설마, 설마…… 에이, 설마. 그런 식으로 내 마음을 부정하고, 그 다음은 긍정하기를 반복하면서 그렇게 지금까지 나는 복잡한 생각을 안고 살아왔다.

그리고 지금, 칼리드가 나한테 말하고 있었다. 확실하게.

나는 칼리드와 눈을 마주쳤다. 왜 폐하가 프로디아드와 위더의 약혼을 지시했을까. 일단 프로디아드는 어찌어찌 넘어갈 수 있다고 쳐도, 위더는 절대 국왕 폐하가 신경 쓸 만한 가문이 아니다. 그 것도 굳이 공작이 거부하는 약혼을 감행하면서까지.

그다음은 왜 하필 프로디아드였는가. 굳이 어느 귀족 가문과 위더의 결합을 추진하려고 했다면, 굳이 프로디아드가 아니라 뮐레르도, 하다못해 후작 가문도 가능하다.

이내 입술을 꼭 깨물었다.

사실, 나는 그 답을 알고 있었다.

"칼리드, 그거 혹시……."

"스칼렛, 아직 아무것도 나오지 않았습니다."

"네?"

"아직은 아무것도 나오지 않았습니다. 섣불리 무엇인가를 판단하기보다는 현재에 충실하십시오."

그의 목소리는 마치 크림을 풀어 넣기라도 한 듯이 달콤하여 나를 안심하게 하였으나, 그럼에도 나는 생각하는 것을 멈추지 않았다. 아니, 멈출 수 없었다.

위더는 비록 근래 중앙에서 꽤 입지를 다진 귀족이지만, 폐하께서 직접 외동딸의 혼사를 책임지고 명령할 만큼 총애를 받는 집안은 아니었다. 그럼에도 폐하께서 그러한 명령을 내리셨다는 것은, 위더가 폐하께서 직접 움직일 만한 어떤 일을 했다는 것.

그리고 나는 일찍이 위더가 반역을 했다는 것을 예측하고 있었다.

이 두 가지를 결합해 보자면 칼리드가 약혼한 8년 전, 혹은 그 이전부터 위더의 반역은 시작되었고, 폐하께서는 도저히 그 증거를 찾지 못해 모종의 목적을 위해 프로디아드를 위더와 묶어 놓았다. 그럼으로써 시간을 벌고…… 왜? 왜 시간을 벌까? 무슨 시간을…….

혹시…… 전쟁?

위더가 시에라와 내통하고 있었으므로, 어쩌면 그 이상으로 시에라에게 어떤 정보를 제공하거나 실질적인 도움을 주는 중이었으므로.

윈체스터에서 반역죄는 엄청난 중죄인 만큼, 그 판정이 꽤 신중하고 어렵다. 일단 국왕 폐하와 추밀원을 전부 설득시킬 만한 증거가 있어야 한다. 물증이면 가장 좋고, 그다음은 증인.

그럼 폐하께서는 그 증거를 찾지 못해서, 하지만 전쟁 준비는 해야 하기에 그 해결책으로 프로디아드와 위더를 묶어 놓았다.

위더는 프로디아드와 엮였지만, 프로디아드를 끌고 반역에 동참하는 건 애초에 불가능하다. 그러니 어느 정도 제 행동을 자중할 게 분명하다.

약혼의 명분? 왜 없겠는가. 이사벨이 칼리드를 좋아한다고 그렇게 난리를 치고, 영락없이 사랑에 빠진 영애의 모습을 하고 다녔는데. 폐하께서는 당연히 이 기회를 이용할 수밖에 없었을 것이다.

"스칼렛."

혼자 머리를 싸매고 고민하느라 저도 모르게 칼리드가 앞에 있다는 사실마저 깜박한 나는 당황함을 얼굴에 써 붙이고 그를 보았다. 하지만 그런 내 기색에도 칼리드는 여전히 나에게 웃어 주었다.

"혼자 고민하지 말라고 한 것 같은데……."

"왜 먼저 말해 주지 않고."

"관련된 사항이 워낙에 크니 저 또한 쉬이 입 밖에 낼 수는 없었습니다."

조금 삐친 듯이 말을 하긴 했지만, 나 또한 그를 이해할 수 있었다. 진짜로 위더가 반역을 저질렀고, 폐하께서 그걸 짐작하고 계셨다면…… 하지만 그 상황에서 아무런 증거도 없었다면…… 분명 쉬이 타인이 알게 하지는 않으셨을 것이다. 특히 입단속을 주의시켰겠지.

나는 칼리드의 팔을 살짝 잡고 입을 열었다.

"알겠어요. 무슨 일이 일어났는지 대충 예상은 가지만, 그래도 이 일에 대해선 입을 다물게요."

내 말에 칼리드가 고개를 끄덕였다. 어차피 그의 말에 따르면 곧 드러날 일이고, 무엇보다도 내가 묻고 싶은 일은 사실 하나 더 있었기 때문이다.

"하지만 이건 대답해 줄 수 있죠? 그, 이사벨과 애초에 약속이 되었다는…….”

“비록 제 의지로 한 약혼은 아니었지만, 저는 당시만 해도 위더를 그런 식으로 이용하고 싶지 않았습니다.”

칼리드의 대답에 나는 입술을 꼭 깨물었다. 그는 분명 말했다. 이사벨을 사랑한 적은 없다고. 하지만 그렇다고 개인적으로 호감을 느꼈다는 것은 별개의 문제인지라, 조금 쪼잔하긴 하지만 그래도 그에게 묻고 싶었다.

“……왜요?”

“당신과 친구였잖습니까.”

하지만 내 물음에 칼리드는 가볍게 웃음을 흘리더니 바로 대답을 했다.

그의 답을 듣자 나는 뭔가 묘한 기분이 되어서 입을 꼭 다물었다. 그러니까 지금, 이사벨에 대한 마지막 자비마저도 사실은 나 때문이었다고.

……이 순간만큼은 이사벨이 쪼끔, 아주 쪼끔 불쌍해졌다. 물론 약 1초간의 동정이었지만.

그런 내 마음을 엿보기라도 한 것일까, 그가 손을 들어 내 뺨을 감쌌다.

“물론, 다른 한편으로는 무고한 어린 영애의 감정을 이용해 어른들 정치판의 말로 쓰고 싶지 않았던 것도 있습니다.”

“그래요?”

“하지만 그렇게 끈질기게 약혼을 거부한 것은…… 제 나름의 노력을 들여 위더를 설득하고 폐하를 설득한 것은 모두 당신 때문입니다.”

"……."

"어찌 되었든 좋아하는 분의 가장 친한 친구에게 그런 식으로 행동하고 싶지는 않았으니."

말을 마치고 칼리드는 고개를 숙여 내게 입을 맞췄다. 그에 자연스럽게 그의 목에 팔을 감고, 나를 천천히 조여드는 그의 품에 더욱더 세게 파고들었다.

모르겠다. 이 순간 무슨 생각을 해야 하는지. 하지만 내 머리와는 별개로 나를 끌어안은 그 품만큼은 오롯이 나를 갈구하고, 그의 입맞춤을 받아들이는 내 입술만큼은 더없이 본능적이어서, 그렇게 나는 그의 애정에 나를 맡겼다.

허리를 감은 손이 약간 풀어지고 숨을 가로막던 그의 입술이 떼어질 무렵, 나는 눈길을 살짝 올렸다. 닿을락 말락 숨결이 느껴지는 그 거리에서 서로의 눈을 마주치자, 칼리드가 웃음을 흘렸다.

"몇 번을 해도 숨은 여전히 똑같게 차시고."

"내 탓 아니에요."

"운동이 조금 필요한 것 같습니다."

"그거랑 상관없거든요."

새침하게 말을 내뱉자, 그는 대답 대신 다시 한번 내게 입을 맞췄다. 커다란 손이 머리를 받쳐 들고, 나는 이내 눈을 감았다.

조금 뜨거워진 뺨을 손등으로 꾹꾹 누르자 칼리드는 부드럽게 웃었다.

"돌아가는 게 좋을 것 같습니다."

"바래다줘요."

"당연한 것을."

사실 애초에 내 집이고 내 집 안에서 칼리드더러 바래다 달라는 것도 웃기지만, 칼리드는 무척 당연하다는 듯이 내 손을 잡아 왔다. 방금까지 내 뺨을 감싸던 손이 어느새 손을 감아 오고 손바닥에서 온기가 전해져 왔다. 그에 나는 차가운 밤바람이 서서히 식는 것을 느끼며 그와 함께 발걸음을 옮겼다.

……옮기긴 했는데.

"이만 들어가십시오."

"……조금만 더 있다가."

"시간이 늦었습니다."

"아, 조금만 더 있다가."

내 방문 앞까지 얌전하게 그를 따라왔던 주제에, 나는 정작 방에 들어가지 않고 그에게 칭얼댔다. 정원에서 방까지는 그렇게 오래 걸리지 않았고, 그동안 우리 둘은 아무 말도 하지 않았다.

하지만 그럼에도 그 사이의 침묵은 더없이 달콤해서 나는 방 앞에 왔음에도 잔뜩 섭섭한 표정을 지어야 했다.

칼리드는 그런 내 모습에 가볍게 웃음을 흘렸다. 나는 그런 그를 올려다보고는 그의 옷소매를 잡았다. 잠시 허공에서 눈길이 마주치고 내가 웃음을 흘리는 순간, 그가 나를 안아 왔다.

어느새 벽에 기댔는지도 모르겠다. 눈 깜짝할 사이에 나는 차가운 벽을 등지고 서 있었고, 칼리드는 내 허리를 다시 한번 감고 있었다.

차가운 저녁바람이었지만 그럼에도 뜨거웠다. 블라우스를 한 겹 입은 터라 칼리드가 춥다며 벗어 준 외투마저도 막지 못할 정도로 달아오른 공기가 나를 잠식했다.

8년.

그 오랜 시간, 그는 과연 나를 얼마나 그렸을까. 그래서 소렐에서 나를 만난 순간 그 마음이 얼마나 컸을지, 그 기쁨 한 가닥마저도 감히 함부로 재단하지 못할 정도로 그는 나를 사랑해 주었다.

내가 그의 이런 사랑을 받을 자격이 있을까? 사실 그 답은 모르겠다. 하지만 사랑에 무슨 자격이 있는가. 그 사람이라는 이유만으로도 충분히 행복한데.

어렸을 때 어머니 몰래 읽은 로맨스 소설에서, 나는 왜 남자 주인공이 꼭 그렇게 잘난 여자들을 전부 제치고, 별 볼 일 없는 여자 주인공한테 빠져드는지 이해할 수 없었다.

그리고 얼마 지나지 않아 어머니한테 침대 밑의 소설을 전부 들키고 한쪽으로 혼나면서도, 나는 의아함을 버리지 못하고 어머니한테 물은 적이 있었다.

"왜 꼭 그 사람이어야 했나요?"

내 물음에 나를 혼내던 어머니는 잠시 멈칫하더니, 곧 길게 한숨을 쉬었더랬다. 그리고 내게 말해 주었다.

사랑에 빠지는 것은 다른 사람보다 더 잘났거나 더 가진 게 많아서가 아니라, 그저 그 사람이기 때문에 빠지는 것이라고.

수만 가지 장점을 갖고 있어도 '그 사람'이 아니라는 것이 가장 큰 단점이 된다. 반대로 수만 가지 단점을 갖고 있어도, '그 사람'이라는 사실이 가장 큰 장점이 된다.

결국에는 그러했다.

왜 꼭 그 사람이어야 했니?
그냥, 그 사람이니까.

칼리드도 그랬을까? 그는 왜 나한테 사랑에 빠지게 되었을까. 하지만 그는 8년 전에도 지금에도 여전히 나를 사랑했고, 내가 어떤 행동을 어떻게 하든 나를 한 사람으로 봐 주었다.

그 사실이 못내 좋아서 나는 행복에 잠기고야 말았다.

뜨거운 열기가 머리를 가득 채우고, 그에게서 잠시나마 자유를 되찾은 입술이 숨을 내쉬었다. 하지만 그사이를 못 참고 칼리드는 내 뺨에, 내 목에 자잘하게 키스를 남기고 있었다. 간질간질한 그 느낌에 나는 웃음을 터뜨렸다. 집요하기도 했다.

얇은 셔츠와 블라우스를 사이에 두고 그의 팔이 내 허리를 감싸 왔다. 뜨뜻한 체온이 허리를 지분거리다가 곧 그 아래로 내려가고, 어느새 느긋하게 다리를 쓸어내리는 손길에 나는 그와 눈을 마주쳤다.

"내 방 좋은데."

"……."

"구경하고 갈래요?"

내 말에 그가 옅게 웃음을 터뜨렸다. 그리고 낮게 깔린 목소리로 그가 답했다.

"초대만 해 주신다면야."

암묵적인 동의에 나는 다시 웃음을 흘렸다. 그리고 곧 내 목을 가볍게 감싸는 그의 손길과, 목을 가볍게 쓸어내리는 입술에 고개를 살짝 돌렸다.

한데 그 순간.

언제 와 있었는지 모를 인영에 나는 미간을 팍 찌푸릴 수밖에 없었다.

"이사벨?"

이건 또 뭐 하자는 거야. 얘는 왜 하필이면 타이밍도 이렇게 거지같이 잘 잡지? 이것도 재주였다. 나와 칼리드가 키스할 때만 딱딱 골라서 이렇게 목격하는 것도.

나는 입술을 꽉 깨물었다. 언제부터 서 있었는지는 모르겠지만, 부들부들 떠는 것을 보니 분명 나와 칼리드가 함께 나눈 대화를 들었나 보다.

그것에 기분이 훨씬 나빠져서 나는 미간을 찌푸렸다. 이전에는 일부러 좀 보고 가라는 의미도 있었지만, 지금은 엄연히 다르다. 한껏 달아오른 분위기를 확 깨고 들어온 침입자에 나는 얼굴을 일그러뜨렸다.

칼리드는 내 약한 읊조림을 들었는지 내 목과 어깨 사이에 얼굴을 묻은 채 고개만 슬쩍 돌려 이사벨을 보았다. 그의 팔은 여전히 나를 안고 있었고, 나는 조금 흐트러진 옷차림을 한 채 그에게 안겨 있었다.

이사벨은 그런 나와 칼리드를 보며 어찌할 줄 모르는 표정으로 서 있었다. 옷은 갈아입은 것인지 꽤 깔끔했고, 혼자 운 듯 눈가가 부어 있었다.

흥이 잔뜩 깨졌다. 그 생각이 들자마자 기분이 더러워져, 나는 아무 말도 하지 않고 이사벨을 노려보았다. 그리고 그러한 내 눈빛에 이사벨이 흠칫 떨더니 입을 열었다.

"나는 그저, 사과하고 싶어서."

뭘? 아, 방금 낭독회.

나는 이사벨의 뜻을 제멋대로 해석하고 한숨을 쉬었다. 인제 와서 무슨 사과 같은 개소리를 하는지 이해도 가지 않았다. 그에 나는 얼굴을 팍 찌푸린 채 거칠게 말을 내뱉었다.

"미안한데 나 바……."

아니, 내뱉으려고 했다.

"바쁘니 이만 가 주었으면 좋겠군."

내 말을 가로챈 칼리드가 손을 뻗어 바로 내 뺨을 감쌌다. 그리고 약간 힘이 들어간 손길에 내가 눈을 동그랗게 뜨는 것을 보고, 칼리드가 웃음을 흘리며 바로 입을 맞춰 왔다.

방금 전의 느긋한 입맞춤과 달리 조금 더 격렬했다. 그의 입술이 내 것을 살짝 핥다가 곧 물어 당기고, 어느새 불쑥 고개를 들이민 혀끝을 느긋하게 눌러 대고는 끈질기게 나를 쫓아다녔다.

숨이 멈춰도 이상할 것 같지 않은 키스였다. 하지만 그것만으로도 부족했는지 칼리드는 어느새 나를 안아 들었다.

발이 땅에서 떨어지자 나는 약간 당황했다. 떨어지지 않으려 본능에 따라 그의 목을 꽉 끌어안으니 어깨에 걸쳐진 외투가 스르륵 어깨를 타고 흘러내리다가 바닥에 툭 떨어졌다.

그사이에 꼭꼭 숨겨져 있던 목덜미 쪽을 그가 쓸어내렸다. 뜨거운 손길에 허리를 타고 열기가 밀려왔다. 어느새 다시 한번 목을 타고 쇄골로 내려가 점점이 낙인을 찍는 그에게 정신이 혼미해져서, 나는 그가 내 방문을 열었다는 사실조차 알아채지 못했다.

그리고, 다시 한번 눈을 뜨고 옆을 흘길 때ㅡ

이사벨은 눈물을 뚝뚝 흘리며 원망스럽게 나와 칼리드를 보고 있었다.

하지만 그것도 잠시, 칼리드가 나를 안고 방에 들어왔다. 그와 함께한 그 어떤 순간보다도 그가 적극적으로 나를 몰아붙였기 때문에 약간 놀라기도 했지만, 그럼에도 그의 손길 하나하나에 내가 아프지 않게, 놀라지 않게 하려는 조심스러움이 깃들어 있어서 나는 안심했다.

"하아…… 칼리드?"

내 부름에 그가 나를 올려다보았다. 나는 그의 뺨을 만지작거렸다.

"내 방은 어때요?"

내 물음을 예상하지 못한 듯 그가 고개를 모로 기울이더니, 이내 다시 미소를 지으며 입을 열었다.

"생각 그 이상으로 훌륭합니다."

"……."

"하지만 저는, 이 방의 주인에게 더 관심이 있습니다만."

"사실, 나도 그래 주길 바랐어요."

칼리드는 내 대답이 흡족한 듯 성큼성큼 발걸음을 옮겼다. 어느새 침대의 캐노피를 휙 걷어붙이는 그의 손길을 보던 나는 등에 시트가 닿자 갑자기 생각난 듯이 그를 불렀다.

"칼리드, 밖에……."

"스칼렛."

하지만 물론 이 말 또한 그에게 저지당했다. 칼리드는 이 시점에

서 내가 그녀를 생각해 낸 게 무척 마음에 들지 않는지 약간 서늘
하게 웃고 있었다.

"지금은 저한테 집중하십시오."

"……."

"다른 사람 말고, 저한테."

나는 그의 적갈색 눈동자와 그 안에 있는 짙은 열정을 빤히 보았
다. 그는 지금 무슨 생각을 할까. 오늘 낭독회에서 그는 대체 무슨
생각을 했을까 하는 의문이 들었지만, 나는 그저 그 사실을 외면하
기로 했다.

"그래요."

"……."

"당신만 볼게요."

내가 말을 마치기가 무섭게 그가 내 목에 얼굴을 묻었다. 그리고
오롯이 서로의 시간이 이어졌다.

* * *

"스칼렛! 어젯밤 재밌는 일이 있었……!"

다음 날 아침, 비올레타는 예전의 습관 그대로 내 방문을 벌컥
열고 들어왔다. 하지만 곧 돌아가지 않겠다고 버티는 칼리드를 어
르고 달래는 내 모습을 발견하곤 잠시 멈칫했다. 그녀는 아직 네글
리제 차림인 나를 보며 눈썹을 까닥였다.

"재미있는 일이 확실히 있었던 것 같네."

비올레타의 말에 나는 웃음을 흘렸다. 칼리드는 비올레타의 등장

이 그렇게까지 달갑지는 않은지 얼굴을 굳혔지만, 되레 문에 기대 뻗대는 비올레타와 약간의 눈싸움을 벌이다가 결국 내 뺨에 입을 맞췄다.

이내 부드럽게 웃으며 내게 인사를 한 칼리드가 방문을 나갔다. 그런 그의 뒷모습을 눈으로 배웅하던 나는 다시 고개를 돌렸다.

"아침부터 웬일이야?"

"내가 원, 서러워서. 예전에는 방에 들이닥쳐도 옆에 누우라고 베개 내주던 애가, 애인 생겼다고 용건부터 묻는 거 좀 봐."

"자. 여기 와."

그에 나는 웃음을 흘리며 다시 침대 안으로 들어갔다. 그리고 이불을 젖히고 내 옆을 팡팡 두드리며 그녀를 향해 말했다. 하지만 비올레타는 나를 흘기더니 코웃음을 쳤다.

"거기 방금까지 공작이 있다 간 자리지?"

"으음……."

"나도 자존심이 있거든? 나도 왕녀거든? 다른 사람 누웠던 자리에 안 눕거든?"

"그래서 누울 거야, 말 거야."

"누워야지. 야, 그 쿠션 좀 치워 봐."

나는 딱 한 번 새침을 떨다가 결국 침대로 올라오는 비올레타를 보며 웃고야 말았다. 어렸을 적부터 공작저에 올 때마다 비올레타는 나와 한 침대를 쓰겠다고 그렇게 고집을 부렸더랬다. 그게 생각이 나서 나는 미소를 지으며 쿠션에 머리를 기댔다.

비올레타는 드레스가 구겨지지 않게 조심스레 자리를 잡은 뒤, 쿠션을 하나 잡아 품에 안고는 입을 열었다.

"공작은 어젯밤부터 종일 있었던 거야?"

"그러니까 이른 아침에 내 방에 있겠지? 아, 그런데 너 방금 들어올 때 외친 거, 그거 뭐야?"

비올레타는 내 물음에 입꼬리를 말아 올렸다.

"아침에 내 방으로 식사를 가져온 어느 하녀 아이가 그러던데? 오늘 아침에 보니까, 이사벨이 네 방 앞에 쓰러져 있더라고."

"뭐?"

비올레타의 예상 밖의 말에 나는 놀라서 벌떡 일어났다. 하지만 비올레타는 꽤 담담하게 나를 진정시켰다.

"걱정하지 마, 너희 집 하녀가 먼저 발견한 덕분에 조용하게 처리했어. 아, 공작이 입고 있던 외투는 방에 가져갔고."

"아, 그 외투……."

나는 이마를 짚었다. 이사벨, 얘는 진짜…….

하지만 내 그런 짜증과 달리, 비올레타는 꽤 여유만만한 표정이었다. 이내 그녀가 얼굴에 미소를 매달았다.

"뭘 웃어?"

"아니, 웃겨서."

나는 이 와중에 미소를 짓는 비올레타를 향해 미간을 찌푸렸다. 그러거나 말거나, 비올레타가 내 표정에 어이없다는 듯이 고개를 절레절레 저으며 말을 이었다.

"아니, 너 생각 좀 해 봐. 그러니까 이사벨이 너랑 공작이 함께 방에 들어가는 걸 봤다는 거지? 밤을 보낸 것도 알고."

"알겠지. 머리가 있다면야."

나는 어깨를 으쓱했다. 그 와중에 공작가 방음이 좋다는 걸 다행으로 여겨야 하나. 하지만 정작 꽤 장난스럽게 대꾸하는 나와 달리 비올레타의 얼굴은 진지하기 그지없었다.

"그런데 그거, 다 걔가 일부러 너 찾아와서 그렇게 된 거잖아."

"그거야 그렇지."

"가만히 보면 걔도 참, 저 혼자서 땅 파서 관 짜고, 안에 하얀 장미까지 뿌린 뒤에 곱게 들어가 눕는 것 같아. 주변에서 다 말리는데 자기 인생 자기가 엉망으로 만드는 재주가 있어."

"무슨 말을 하는 거야?"

비올레타는 비웃음을 얼굴에 잔뜩 달고 어깨를 으쓱했다.

그에 나는 피식 웃음을 흘리긴 했으나, 어떻게 보면 틀린 말은 아니었다. 확실히, 칼리드의 말을 빌리자면 그때 그는 분명 이사벨에게 경고를 내렸고, 그럼에도 약혼을 감행한 건 이사벨이었다. 이로 인해 폐하의 말로 이용당한 것도 어쩌면 그녀가 자초했다 할 수도 있고.

나를 위해 변명하는 것은 아니지만—어쨌든 선택은 내가 했으므로— 사실 이사벨이 그런 식으로 내 애인을 시험하지만 않았더라도, 최소한 칼리드에게 그런 거지 같은 편지를 놓지만 않았더라도, 내가 홧김에 칼리드를 유혹하는 일은 없었을 것이다.

셀린느의 일도 그러했다. 그때 셀린느를 끌고 나가지 않았더라면, 일단 그녀의 잘못인지 아닌지는 둘째 치고 그 불똥이 굳이 그녀에게 튈 이유가 없었는데 결국에는 나를 분노케 하였다.

어젯밤은…… 왜 그녀가 나를 찾아왔는지 알 리 없었으나, 어쨌든 따지고 보자면 참 저 혼자 스스로를 궁지에 몬다고 볼 수도 있었다.

그리고 결과적으로 전부 나 좋은 일만 해 주었다.

"……걔 혹시 나 사랑하는 거 아니야?"

내 말에 비올레타는 어떻게 그렇게 심하고 역겨운 말을 할 수 있느냐는 듯이 얼굴의 모든 근육을 써서 내 말을 부정했다. 그 모습을 보다가 나는 헛웃음을 쳤다.

"그래, 그럴 리가 없지."

"아니, 뭐, 성격이 삐뚤어져서 사랑을 표현하는 방식을 몰랐다고 해도, 이 지경이 되면 이미 널 좋아해서 그랬다는, 그런 이유를 대는 것도 틀려먹었어."

비올레타는 사뭇 진지하게 말을 내뱉었다. 그에 나 또한 고개를 끄덕이다 새삼스레 든 생각에 비올레타 쪽으로 고개를 돌렸다.

"세상은 나한테 꽤 상냥해."

"사실이지."

"그런데 그때 카펠라에서 만난 브룩스 켈트가 그러는데, 사실 세상은 꽤 잔인하다고 하더라."

비올레타는 이에 대해 잠시 생각을 하는 듯 눈동자를 데굴데굴 굴리다가, 다시 시선을 내게 고정했다. 그러고는 나와 눈을 마주하며 입을 열었다.

"하지만 세상이 잔인한 게 네 탓은 아니잖아."

"알아."

"그리고 그 인간 뜻은 그 뜻이 아닌 거 아냐? 그냥 이해를 바라는 그런 거 아니야? 그때 어떤 식으로 말했는데?"

"그냥, 자신을 이해해 달라고 날 설득했어. 하지만 과연 어디까지 이해해야 할까?"

나는 문득 이사벨이 생각났다. 그 아이의 불우한 가정 환경, 훌륭하지 못한 아버지와 연약한 어머니, 그 사이에서 올바르지 못하게 큰 아이.

물론 그렇다 하더라도 나는 단호하게 이사벨이 근본적으로 틀렸다 말할 수 있지만, 그것과 별개로 꽤 씁쓸한 마음이 드는 건 어쩔 수 없었다.

비올레타는 그런 내 마음을 이해한 듯싶었다. 그래서 그녀로서는 드물게 부드럽게 웃으며 내 머리를 쓰다듬었다.

"하여튼, 착해 빠져서는."

"아니거든."

비올레타의 말을 부정하며 나는 입을 삐죽였다. 어느 동네의 착한 애가 사람을 그런 식으로 몰아붙이고 혼자 좋아할까?

하지만 비올레타는 고개를 저으며 한숨을 쉬었다.

"브룩스 켈트라는 사람이랑 이사벨이 어떻게 같아? 물론 그 브룩스라는 사람을 옹호하는 건 절대 아니지만- 그는 인간적으로 거지 같은 나라에서, 거지 같은 리더를 만나, 거지 같은 환경에서 가장 밑바닥부터 굴러온 사람이야."

"그렇지."

"그런데 이사벨은? 너랑 같은 나라에서, 역시 귀족 계층에, 아름다운 외모, 저를 좋아해 주고 맹목적으로 믿어 주는 친구도 있어. 물론 거지 같은 가정 환경이야 꽤 안타깝지. 그런데 문제는 그게 네 탓이 아니잖아. 물론, 네가 그 아이를 인간적으로 이해해 보려고 하는 건 다른 문제지만."

나는 쿠션에 얼굴을 묻었다. 그런 내 행동에 비올레타가 말을 이었다.

"사실 너나 나나 좋은 환경에서 행복하게 자라서, 온전히 그녀를 질책할 자격이 없는 건 있어. 하지만 그렇다고 해도 그게 걔 행동의 변명거리가 되어 주진 않아."

"당연히 알아. 그러니 나도 이사벨을 그렇게 몰고 갔지."

비올레타의 말에 나는 피식 웃었다. 당연했다. 나는 여전히 1차적으로는 이사벨이 가장 잘못했다고 믿고 있었다. 하지만 그와 별개로, 한 번쯤 위더 백작을 파 볼 필요는 있었다.

그리고…… 위더 백작과 이사벨의 그 부녀 관계. 그 사이에 얽힌 문제까지.

어머니를 사랑하는 아버지, 언제나 자상하게 나를 안아 주던 아버지, 누구보다도 나를 아껴 주던 아버지. 그런 아버지 아래서 행복하게 자란 나는 그들의 관계를 이해할 수 없었다.

위더 백작은 대체 얼마나 인간이 글러 먹었길래 그런 짓을 아무렇지도 않게 저지르나. 나는 길게 한숨을 쉬었다.

비올레타가 내 머리에서 손을 뗐다. 여전히 은은하게 웃으며 나를 응시하는 그녀의 얼굴을 보다가, 나는 피식 웃음을 흘렸다.

비올레타, 로젤리아, 세드, 칼라일, 폐하, 왕비 전하, 어머니, 그리고 칼리드. 그 외의 수많은 사람들.

"내 주위 사람들은 언제나 나한테 상냥해."

"세상에 맹목적인 사랑은 얼마 없어. 그만큼 네가 가치 있으니까 그만큼 사랑해 주는 거야."

"그 정도 도리는 나도 알아. 쳇, 나보다 어른인 척하기는."

"내가 너보다 석 달이나 일찍 태어났거든?"

비올레타가 쿠션을 꼭 끌어안자 그 모습을 보며 나는 옅게 웃음을 터뜨렸다. 그때, 비올레타가 다시 입을 열었다.

"그런데 그러고 보니, 너 이사벨은 어떻게 하려고?"

"흐음? 좀 무식하긴 하지만 정신적으로 붕괴시킬 방법을 모색하고 있어."

사실 이런 방법을 쓰는 게 나라고 뭐 그리 마음이 편하지만은 않다. 어머니가 보았다면 일주일 동안 대법전을 베끼는 벌을 받아도 할 말이 없을 만큼 인간적으로 수준이 떨어지는 짓이긴 했다. 심지어 어제 일도 어떻게 보면 조금 잔인하다 싶지만…….

그래도, 나는 꼭 확인하고 싶었다.

"정신적으로 붕괴?"

비올레타의 물음에 나는 대답 대신 의미심장하게 웃었다. 그리고 그런 내 모습을 보며 비올레타가 고개를 갸웃거렸다.

* * *

"이사벨, 하나 골라 보렴."

비올레타가 다녀간 오후, 우리는 다시 홀에 모여 낭독회를 이어갔다. 이사벨은 어제 그런 소란을 피우고 오늘 자리를 비우면 너무 티가 나게 흔들렸다는 것을 알리는 꼴이 되리라 생각했는지 나름 멀끔하게 차려입고 자리에 참석했고, 그 덕에 나는 준비한 책을 그녀에게 넘길 수 있었다.

이사벨은 내 말에 오드리가 들고 있는 책 중 하나를 골랐다. 어제보다 훨씬 초췌해진 얼굴로 쓰러질 것처럼 구는 그녀의 얼굴을 느긋하게 보던 나는 나를 향한 그 시선에 가볍게 웃어 주었다.

이사벨은 곧 책을 폈다. 그리고 그것을 보는 그녀의 눈동자가 한 없이 흔들리기 시작했다.

"뭔데 재가 저래?"

옆에 있던 비올레타가 눈이 휘둥그레져서 내게 물어 왔다. 하지만 나는 그저 웃으며 '들어 봐―'라고 대답할 뿐이었다.

이사벨은 책을 한번 훑더니 입을 꾹 다물었다.

그 모습을 보며 나는 우아하게 웃었다. 낭독회를 열면서 제일 처음으로 준비한 것은 다름 아닌 이 방법이었다.

사실 그렇게까지 수준 있고 강도가 센 타격 방식은 아니라서, 이게 그녀를 흔들 수 있을 것이라고 생각하지는 않았지만…… 어제 그런 일이 일어나고, 심지어 밤에 나를 찾아왔다가 그런 광경을 보기까지 한 터라 어쩌면 지금의 이사벨에게는 엄청난 정신 충격일 수도 있겠다 싶었다.

나는 길게 한숨을 쉬었다. 장내가 정적으로 가득 차고, 갑작스럽게 찾아온 침묵에 모두가 이사벨을 보고 있었다. 그리고 정적이 점점 길어지자 사람들의 얼굴 위로 짜증이 퍼졌다.

그것을 쭉 둘러보던 내가 온화하게 물었다.

"왜 그래, 이사벨? 혹시 읽는 게 어렵니? 다른 책으로 골라 볼래?"

내 말에 오드리가 방금 전 이사벨에게 내민 책무더기를 다시 안아 들었다. 하지만 이사벨은 곧 고개를 도리도리 저었다.

"아니야. 괜찮아……."

그녀의 목소리는 부들부들 떨리고 있었다. 내 다른 한쪽 자리를 차지하고 있던 셀린느가 의문스러운 눈빛으로 나를 보는 것을 웃어넘기며 나는 옆에 있던 물을 한 모금 마셨다.

그리고 곧, 이사벨이 책을 들어 조용하게 읽기 시작했다.

"우정이란…… 얼마나 취약한 것인가."

픕─

그리고 옆에서 주스를 들이켜던 비올레타가 사레가 걸렸는지 주스를 흘리고는 콜록댔다. 더불어 셀린느마저도 멍한 눈길로 나를 보고 있었다.

"뭘 봐. 내가 안 그랬어. 책은 쟤가 직접 고른 거라고."

"쟤도 참, 어떻게 저런 걸 딱 고르……."

"물론 나머지 책도 내용이 다 똑같아."

내 말이 끝나자 비올레타가 묘한 표정을 지었다. 그러거나 말거나 내 시선은 이사벨에게로 딱 고정되었다.

솔직히 말하자면 조금 유치하긴 하나, 이사벨을 상대하면서 딱히 고급스러운 방법을 쓸 필요는 없었다. 그녀는 국빈 연회에서 이미 감정을 줄줄 털어놓은 상태이기 때문에 현재로서도 꽤 위태위태하다는 게 내 판단이었다.

그뿐만 아니라 예상 밖으로 어제 일도 쌓여서, 이사벨은 현재 제정신이 아니었다.

나는 그녀에게로 시선을 고정했다. 책을 읽는 이사벨의 목소리는 하염없이 떨리고, 그 옆에 앉아 있던 사람들의 표정은 난감함과 함께 비웃음을 담고 있었다.

생각이 있다면 내가 이사벨을 노렸다는 사실을 알 것이다. 하지만 책을 고른 건 분명 그녀였고, 어디 가서 함부로 입을 놀리기에는 조심스러운 상황인 건 확실했다.

"……그토록 위대한 우정도, 종국에는 파멸을 맞이하리라. 인간의 시기심은 끝이 없고, 화살은 쉬이 타인에게 향하니, 그 결말은 참으로 비극적일 게 분명할진대……."

이사벨은 애초에 낭독이라고 볼 수도 없을 만큼 아기가 글을 읽는 수준으로 더듬더듬 책을 읽어 나갔다. 그 모습이 다소 애처롭기도 해서 사정을 모르는 자가 봤다면 내가 그녀를 사정없이 괴롭히는 악마로 보일 법도 했다.

사실, 내가 지금 그녀를 괴롭히는 것은 옳지 않았다. 난 그것을 부정할 생각은 없었다. 장담컨대 여기가 아카데미였다면, 나는 아마 현재의 내 모습을 강하게 질책했을 것이다. 이게 대체 무슨 짓이냐고.

"……하여서 누가 나한테 무엇이 가장 소중하냐고 묻는다면, 나는 서슴없이 사랑이…… 사랑이……."

"이사벨, 읽기 싫으면 읽지 않아도 돼."

"……사랑이, 종국에는, 가장, 아름답다고……."

하지만, 그럼에도─ 내 밑바닥을 드러내더라도 꼭 확인해야 하는 것. 꼭…… 그녀의 입으로 확인하고 싶은 것.

나는 이사벨의 눈가에 달리는 눈물을 느긋하게 보았다. 이거, 아직 멀었나?

"모든 것은 나의 과오요, 오만이고, 욕심이었다. 우리의 우정이 파멸된 그 순간, 나는 결국 네 앞에 꿇어앉아 용서를 빌고, 지옥으로 떨어질 그날을 고대하며……."

이사벨은 거의 오기로 버티는 것 같았다. 내용 한 자, 한 자에 영혼과 울분을 쏟아, 무슨 생각을 하는지 눈물범벅이 된 얼굴로 더듬

더듬 책을 읽어 갔다.

"……종국에는 그렇게 말하겠지. 나는, 너를……."

친구라고 생각한 적조차 없노라고.

"증오했노라고."

이사벨이 고른 책은 유명한 소설 작가 재크 쇼르의 유일한 산문집으로, 친구의 아내를 탐해 사랑의 도피를 한 뒤 이국에서 써 내린 문장이었다. 물론 윈체스터에서는 불륜을 저지른 자의 자아 연민일 뿐이라고 비난 세례를 받았지만.

하지만 낭독회에 꼭 사상이 바른 책만 올리라는 법도 없고, 비평을 할 만한 책을 올리는 경우도 있으므로 내 선택은 이상할 것이 없었다.

"이사벨, 다른 책을 고르는 게 어떻겠니? 그 책은 네가 읽기에 좀 힘든 것 같아서…… 다른 뜻이 있는 건 아니야."

"……."

"세상에, 오드리. 왜 저 책을…… 내가 빼라고 그렇게 말했는데."

나는 새삼 아무것도 모른다는 얼굴을 하며 이사벨을 보았다. 내 옆에서 비올레타가 인간이 지을 수 있는 가장 어이없는 표정을 지으면서 나와 이사벨을 번갈아 보았지만, 상관없었다. 심지어 니콜라스와 에드리안은 '호오-' 감탄하며 나를 보는 중이었다.

이사벨은 책을 무릎 위에 놓고 입을 꼭 다물었다. 바들바들 떨리는 그녀의 어깨, 뚝뚝 떨어지는 눈물, 그녀에게로 쏠린 주위의 이목, 사람들의 수군거리는 소리.

슬슬 터질 때가 되었는데. 나는 혀로 입술을 핥으며 그녀를 빤히 보았다. 마치 약속이나 한 듯이 사람들은 조용하게 정적을 지킨 채 이사벨을 바라보고 있었다.

아직인가? 아니지, 이사벨은 내 애인을 7번 뺏고도 한결같았던 아이다. 그러면, 조금 더 세게.

거기까지 생각하고, 나는 조금 안타깝다는 표정을 지으며 이사벨을 향해 입을 열었다.

"이사벨, 괜찮니?"

"……."

"혹시, 어젯밤…… 무슨 일이라도 있었던 거야?"

내 말을 들은 듯 이사벨의 어깨가 파르르 떨렸다.

그리고 곧, 이사벨이 천천히 고개를 들고 그녀의 분노에 절절하게 젖은 파란색 눈동자가 내게 정확하게 꽂히는 순간.

나는 웃었다.

됐다.

아무리 내게 이사벨에 대한 절절한 증오심과 깊은 분노가 내재되었다고 하나, 그래도 최소한의 시비 정도는 가릴 수 있었다.

니콜라스가 말한 것처럼 나는 웬만해서는 누군가를 대놓고 괴롭히는 짓을 하지 않았으며, 어제 내가 이사벨에게 행한 짓이 나를 즐겁게 만든 것과 별개로 행동 자체에 당위성이 없다는 건 알고 있었다.

그럼에도 한없이 유치하기 짝이 없는 행동을 감행하면서 그녀를 궁지로 몬 가장 큰 이유에는 분명 내 분풀이도 들어 있었지만-어쨌든 나 또한 그 상황을 즐겼으므로 부정하지는 않겠다- 다른 한편으로는 확인하고 싶은 것이 분명 있기 때문이었다.

연회가 끝나고 한 번, 카틀레야 정원에서 한 번, 국빈 연회 이튿

날 한 번. 나는 최소한 그녀에게 내가 베풀 수 있는 자비를 베풀었다고 자부할 수 있었고, 그 기회를 번번이 개소리로 날려 먹은 건 그녀였다.

누구도 나한테 진실을 확인시켜 주지 않았다. 그러면 어쩌겠는가, 나 혼자 알아내야지. 무슨 수를 써서든.

파란색 눈동자가 나를 직시했다. 분노가 뚝뚝 떨어지는 그 눈을 보며 나는 기묘한 느낌에 휩싸일 수밖에 없었다.

그녀는 대체 무엇에 분노하나, 어제의 내 행동? 아니면 내 태도? 어쩌면, 칼리드를 빼앗긴 울분?

하지만 무엇이 되었든 간에, 그녀는 오늘 여기서 사냥되어야 한다.

사냥의 수가 꼭 고급스러울 필요는 없었다. 하물며 상대는 이사벨이다. 정신적으로 극한에 몰린 '가여운' 아이가 아니던가.

그래서 나는 최대한 여유롭게 웃으며 그녀를 보고 있었다. 그녀가 눈물을 뚝뚝 흘리며 증오를 담아 내게 입을 열기 전까지.

"너는, 대체 나를 어디까지 몰고 가야 속이 풀려?"

그녀의 한마디에 장내가 소란스러워졌다. 분명 나를 향해 꽂히는 그 말에 주변 사람들이 급히 그녀의 팔을 잡고 말렸으나 쓸데없었다. 이사벨은 이미 앞이 보이지 않는 것 같았다.

그녀의 눈동자는 오직 나만 비끼고, 이 며칠간, 아니, 이 몇 주간, 어쩌면 내가 그녀를 만날 때부터 시작되었던— 그 끈질긴 분노와 증오를 전부 쥐어 짜내며 나를 보고 있었다.

"글쎄, 내가 딱히 너를 몰고 간 적은 없다고 보는데."

내 대답에 이사벨의 눈썹이 꿈틀거렸다. 그녀의 그 극에 달한 지독한 분노를 보며 나는 여유롭게 말을 이었다.

"이사벨, 여기는 낭독회야. 부디 품위를 지켜 주길 바라. 내 낭독회를 엉망으로 만들어 놓은 것은 어제 하루면 충분하지 않겠어? 어제는 그래도 웃으며 넘겼지만, 오늘까지 이러면 나는 정말 너를……."

"닥쳐!"

이런.

나는 미간을 찌푸렸다. 새된 소리가 그녀의 입술을 타고 터져 나왔다. 절절하기 짝이 없는 외침이었다. 그것을 정통으로 맞고도 나는 허리를 꼿꼿하게 세웠다. 굳이 감정적으로 휘둘릴 필요 없다. 상대는 내 친구가 아니고, 그저 정보를 얻어 내야 하는 사람에 불과했다.

하지만 그럼에도, 그녀의 시선에 속이 울렁거렸다.

말을 마친 이사벨이 자리에서 일어났다. 혹시 홀을 나가려는 건 아닐까 약간 조급해졌지만, 나를 향해 다가오는 것을 발견하고는 안도인지 아니면 긴장인지 모를 감정에 휩싸이고 말았다.

내가 그녀를 사냥하려는 것처럼, 그녀 또한 나한테 종말을 고할 예정인가 보다.

이사벨이 내게 다가오는 것을 발견한 칼리드가 급히 자리에서 일어나 내 앞을 막아섰다. 그는 마치 나를 보호하듯 뒤로 살짝 밀고는 이사벨과 시선을 마주했다.

나는 칼리드를 말릴까 생각했지만 이내 그만두었다. 오히려 이러한 상황이 나한테는 일종의 수단이 될 수도 있겠다는 생각이 든 탓이다. 그 순간, 칼리드가 낮게 깔린 목소리로 입을 열었다.

"영애, 자리로 돌아가는 게 좋겠어."

"……."

"무례는 한 번만 봐주지. 영애와 약혼했던 사람은 나지, 스칼렛이 아니야. 할 말이 있으면 나를 찾아. 무고한 사람한테 해코지하지 말고."

그리고 나를 막듯 뒤로 뻗은 손에 더더욱 힘이 들어갔다.

칼리드가 내 앞을 막아선 터라 나는 이사벨의 표정도, 칼리드의 표정도 볼 수 없었다. 하지만 칼리드가 그 말을 내뱉음과 동시에, 이사벨의 웃음소리로 추정되는 것이 내 귓가를 때려 왔다.

"……무고?"

아니, 그것은 웃음소리도 울음소리도 아니었다. 비참함을 쏟아부은 절절한 호소였다.

"무고. 그래, 무고…… 무고."

"……."

"칼리드."

그를 부르는 이사벨의 목소리는 지독히도 절망에 잠겨 있었다. 나조차 섬뜩할 정도로.

"저 계집애가 나한테 무슨 짓을 했는지 알아요?"

나는 고개를 들었다. 이제는 명백히 울음기가 서린 그 목소리가 오롯하게 칼리드를 향하고 있었다.

그 전에 내가 이사벨한테 무슨 짓을 했는가. 그래, 칼리드를 뺏었다. 애프터 디너 타임에 그녀를 일부러 궁지에 몰고 국빈 연회 저녁에는 방에 가두었다. 그리고 어제는 괴롭혔지.

이사벨이 말할 수 있는 '짓'에는 그저 저것들만이 들어간다. 하지만 이사벨은 결코 그것을 말하고 있는 것 같지 않았다.

그것을 증명하기라도 하듯, 이사벨의 분노가 순간 장내를 메웠다.

"저 계집애가! 나한테 무슨 짓을 했는데!"

"……."

"저 계집애가 얼마나 많은 것을 나한테서 뺏어 갔는데, 저년이
내 인생을 얼마나 망쳤는데!"

"헛소리 작작해."

"헛소리? 이건 헛소리가 아니야. 저 계집애, 저년 때문에 내 인
생이 망가졌다고!"

순간 숨이 멈췄다. 멈춘 것 같았는데 내가 아직 살아 있다는 사
실이 놀라울 정도로 짙은 증오가 공기를 잠식하였고, 나는 거기서
오롯이 그것을 받아 내고 있었다.

칼리드는 여전히 내 앞을 막아서고 있었고, 방금까지 좋은 구경
을 하듯 웃던 사람들의 얼굴에서 미소가 가셨다.

"내가, 내가, 이 내가! 내가……."

"……."

"저 계집애만 아니었다면 완벽했을 텐데. 그랬으면, 모든 사람이
나를 사랑했을 텐데."

"……."

"어째서, 그 사람들은 내가 그렇게 사랑하는데 전부 저 계집애만
사랑하고, 정작, 정작 나를 두려움에 떨게 하면서, 저 계집애 앞에
서는 설설 기는데……."

방금까지만 해도 분노로 가득 찼던 목소리가 이번에는 절절한 호
소로 뒤바뀌었다. 나는 입술을 깨물었다. 그녀가 사랑하는 사람,
그리고 그녀를 두려움에 떨게 하는 사람.

"아버지는, 왜…… 왜…… 나를, 나를 그렇게 증오하면서, 나를 하

찮은 벌레처럼 취급하면서…… 왜, 왜, 왜…… 흐윽, 왜…… 왜…….”

“…….”

“……저 계집애는 무서워하는 건데.”

“…….”

“당신도, 당신도…… 왜, 나를 그렇게 보면서, 흑…… 왜, 왜 저 계집애는, 흑, 흐윽. 왜…… 왜, 왜 난 안 되는 건데.”

나는 눈을 꼭 감았다.

아, 알겠다.

나는 내 앞을 막아선 칼리드의 손을 꼭 잡았다. 그에 칼리드가 걱정스레 고개를 돌렸으나, 나는 그런 그의 적갈색 눈동자를 보며 부드럽게 웃었다.

괜찮아요, 내가 해결할게. 이건 내 문제니까.

그런 내 뜻을 이해했는지, 칼리드는 불안한 눈빛을 하면서도 한쪽으로 물러섰다. 그리고 칼리드가 물러난 내 시야에 바닥에 주저앉아 울고 있는 이사벨이 보였다.

그녀는 이미 엉망이 된 채로 바닥에 꿇어앉아 울며 눈물을 토해 내고 있었다. 속은 짙은 슬픔으로 점철되고, 그 가운데서 엉엉 울음을 게워 내는 그녀의 모습은 그 자체만으로 매우 안타깝고 연민이 들만 했지만, 나는 아주 오래전 그러했듯이 그녀를 괜찮다고 다독일 수가 없었다.

불쌍? 연민? 그게 지금 저 아이에게 어울리긴 하는가. 번번이 벙어리에 백치 흉내를 내면서, 연극 속의 가련한 여주인공 흉내를 내면서 내게 매달렸던 그 아이가 이토록 솔직하게 분노와 슬픔을 한데 섞어 내게 드러낸 것에 나는 얼굴을 굳혔다.

가련한 사람은 언제나 가증스러운 곳이 있기 마련이다.

"이사벨."

"……."

"그건 그냥, 원래부터 네 것이 아니었던 게 아닐까?"

이사벨은 내 목소리에 손에 묻었던 고개를 천천히 들었다. 얼룩이 진 얼굴 속에서 오직 사파이어같이 빛나는 그 파란색 눈동자만이 선명하기 그지없게 나를 보고 있었다. 이윽고 눈물이 아롱진 사이로 표독스러운 눈길을 쏘아대던 그녀가 이를 악물고 내뱉었다.

"네 것? 그게 네 것이었다고? 왜? 그게 왜 네 것인데?"

"……."

"흑…… 네가, 흐읍. 네가, 그것들을 가질 자격이라도 있어?"

나는 웃었다. 글쎄.

"네가, 흐흑, 왜 그런 걸 가져. 넌 아무것도 없잖아. 사실 넌 아무것도 아니잖아. 아무것도 없는데 네가 왜 그것을 가져? 넌 가지는데 왜 나는 못 가져?"

"……."

"너는 나보다 못하잖아. 너는 나보다 아름답지도 않고, 배려할 줄도, 부드럽지도 않아. 오만하고 짜증만 낼 줄 알고 아무것도 몰라!"

"……."

"그런데 네가 왜? 그런 네가 무슨 자격으로 그 남자들의 사랑을 받아? 네가 무슨 자격으로!"

"……."

"네가 빼앗아 간 거야. 내게 와야 할 걸 네가 빼앗아 간 거야. 날 옆에 달고 다니면서, 그저 애완견처럼 데리고 다니면서 내게 접근

하는 남자들을 하나하나 가로챈 건 너야!"

이사벨의 말 한 마디, 한 마디가 비수처럼 나한테 꽂혔다. 너덜너덜해진 마음? 모르겠다. 그런 상황이 어울리긴 하는지. 그럴 틈도 없었다. 나는 웃었다. 웃는지 우는지 모르겠지만 일단 웃었다. 지금 떨리는 건 그래서 대체 손인가, 속인가.

"애완견?"

세상에, 애완견이란다.

"이사벨, 네가 감히 애완견을 자처해?"

애완견이라니.

"네가 애완견이 될 주제라도 된다고 생각해?"

"닥쳐!"

"애완견은 최소한 아양이라도 떨지, 세상에 주인을 수십 번 무는 애완견이 어디 있어."

애완견은 그래도 꼬리를 흔들며 비위라도 맞춘다. 그런데 이사벨은 지금 스스로가 애완견이라고 말하고 있다. 웃기지도 않아서. 그 정도로 용서해 주고, 그 정도로 용서를 받았는데 우리 관계가 그저 그런 관계였다고.

나는 자리에서 일어났다. 머릿속이 새하얘졌지만 사실 상관없었던 것 같다. 목구멍을 통해 쓴 물이 올라왔지만, 그 또한 삼켰다. 언제나 그러했던 것처럼.

"이사벨, 널 친구로 둘 바에야 차라리 애완견을 키우는 게 났겠어. 최소한 개는 제 주인은 물지 않으니까."

"닥쳐."

"그런데 정작 내 옆에서 꼬리를 흔들면서 이익을 취해 간 건 네가 아니니?"

"입 다물어."

"아니지, 그건 애완견도 아니지. 그건 그냥 거머리지, 피만 쪽쪽 빨아 가는."

"닥치라고!"

"내가 빼앗아 간 게 아니라, 네가 가질 자격이 없었던 거야. 네가 그럴 주제가 안 되었던 것뿐이고."

"아악! 입 다물어! 가진 거라곤 반반한 가문밖에 없는 계집애가!"

"가문? 그래, 내 가문이 그렇게 싫어서 감히 아버지의 반역에 일 조했어? 나를 무너뜨리려고? 심지어 내게 그딴…… 하아, 세상에."

"네가 비참하게 죽어 버렸으면 좋겠으니까!"

"……"

"네가 가진 그 유일한 것을 잃고 죽어 버렸으면 좋겠어! 나는 네 가 싫어, 싫어, 싫다고!"

순간, 장내가 침묵으로 휩싸였다.

폭풍처럼 그녀를 몰아붙이던 나는 길게 숨을 들이쉬었다. 그리고 다시 내쉬었다. 숨이 턱턱 막혀 왔지만 어떻게든 호흡을 유지하려고 노력하고, 허리를 세우기 위해 힘을 주었다. 머리는 깨끗하게 정리하고…….

아, 머리가 아파 온다.

침묵으로 점철된 홀 사이에서 이사벨이 거칠게 숨을 내쉬고 있었다. 그리고 누군가가 조용하게 입을 열었다.

"반역이라니…… 그게, 무슨 말이죠?"

글쎄, 무슨 말일까.

나는 쓰게 웃었다. 제발 아니길 바랐는데. 아니, 사실은 그러길 바랐나. 모르겠다. 사실 그녀가 인정하면 나는 그녀를 증오할 명분이 생기는 것이었다.

정당하게 그녀를 괴롭히고, 그녀를 증오하고, 어제의 일 전부에 명분이 생기는 것이다. 우리 둘 사이의 관계에서 확연히 그녀가 악역이 되고, 내가 선역이 되는데…….

한데, 웃기게도 하나도 기쁘지 않았다.

그 아이러니에 나는 웃었다. 제정신이 아니구나, 스칼렛 디르난트. 네가 원하는 답을 얻어 냈잖아. 얻어 냈는데-

"스칼렛!"

누군가가 큰 목소리로 나를 불렀다. 누군지는 모르겠다. 내 친구 중 하나겠지. 내가 사랑하는 사람들 중 하나겠지.

"스칼렛 님, 진정하세요!"

"진정은 무슨 진정이야! 쟤 지금 자기 입으로 시인했다고! 반역이라잖아!"

"미친 거 아니야?"

"스칼렛!"

나를 제지하는 셀린느의 목소리, 그것에 반발하듯 고함을 치는 비올레타의 목소리, 그리고 코르켈의 공포에 질린 함성, 마지막으로 나를 부르는 칼리드의 묵직한 저음까지.

제정신이 아니었던 것 같다. 머릿속이 아수라장이 되었고, 장식품처럼 걸려 있던 검이 어느새 내 손에 쥐어져 있었다.

아, 그래, 단죄해야지.

나는 디르난트고, 여기는 디르난트니까. 결국 치죄도, 끝도 내가-

거의 본능이었다.

길고 날카로운 검날이 이사벨의 목에 드리워지고, 그녀의 공포에 서린 눈동자가 나를 향했다. 저가 무슨 말을 했는지 이제야 알아챈 듯, 방금까지 분노에 빨갛던 얼굴이 이제는 지독하게 찬 하얀색으로 질렸다.

나는 입꼬리를 말아 올렸다. 그런데 왜 눈시울이 시큰거리는지 모르겠다. 이사벨을 처리해서 기쁜 건가.

"이사벨 위더. 너를 반역자의 혈족으로, 스칼렛 디르난트의 이름을 걸고 치죄하겠다."

"……스, 스칼렛. 미안해, 미안해, 나는…….."

"너는 너 자신을 위해 변호할 권리가 있으며, 반역가의 가주와 공모의 혐의가 없음을 입증해야 하며, 동시에 연루된 가문의 이름을 고할 의무가 있다."

"스칼렛, 미안해. 내가 너무 흥분해서, 아무 말이나…….."

"하지만, 사실 나는, 네가 그냥 죽었으면 좋겠어."

기계적으로 읊조린 말 아래서 이사벨이 부들부들 떨었다. 그녀는 목에 걸린 검날에 빳빳하게 목을 세우고 흡사 피가 날세라 공포에 질려 나를 보고 있었다.

파란색 눈동자에 경악이 잠기고, 허공에 부들거리는 손이 제 머리를 감싸 쥔다. 어제까지만 해도 우아하게 호선을 그리던 입술이 다물어지지도 않고 꺽꺽 소리만 내고 있었다.

처음으로 보는 공포에 질린 그녀의 얼굴에 나는 쓰게 웃었다. 한평생 손에 피를 묻히리라 생각지 못했다. 그런데 그 예상이 깨졌다. 심지어 그 상대는 내 20년 지기 친구였던 이.

그때였다. 잠잠한 홀의 침묵과 긴장감을 깨고, 오드리가 헐레벌떡 문을 밀치고 들어왔다. 그녀는 나와 이사벨의 상황을 보고 멈칫하더니, 곧 급히 손에 들린 종이를 내게 내밀었다.

"스칼렛 님, 수도에서 전보가⋯⋯! 왕궁에서 온 거예요."

나는 그녀의 손에서 종이를 받아 들었다. 아무거나 찢어 쓴 것인지 끝이 조잡하게 잘린 종이는 심지어 구겨져 있었고, 뭘 쏟았는지 얼룩까지 져 있었다.

그리고 급하게 갈겨 쓴 흔적이 역력한 것, 그럼에도 올리비아의 것이 확실한 그 필체로 쓰인 종이에는, 단 세 단어밖에 없었다.

위더, 반역, 확정

나는 이 와중에 웃으며 올리비아의 종이를 구깃구깃 접어 손아귀에 꽉 쥐었다.

"위더의 반역이, 마침 확정되었다는군요."

소란도 이런 소란이 없었다. 공기 속에 공포가 가득 차고, 사람들의 공황에 질린 눈동자와 목소리가 쉴 새 없이 나를 스쳐 지나갔다. 사람들은 이미 반역이라는 말에 겁에 질렸고, 그 와중에 몇몇 사람만이 침착하게 표정을 유지했다.

그 사이에서 검날이 더욱더 이사벨의 목에 드리워지고, 나는 그녀를 내려다보고 있었다.

나는 고개를 갸웃거렸다. 지금 내가 무슨 생각을 하는지도 사실 모르겠다. 이 며칠간 나름대로 머리를 짜내서 그녀를 몰아붙일 생각이었는데, 정작 진짜로 대답을 얻자 지독하게 속이 이상했다.

나는 얼굴을 일그러뜨렸다. 위더 백작은 알까? 제가 그토록 꼭꼭 숨겨 왔던 사실이 딸의 한마디에 모조리 무너졌다는 사실을.

아니, 실은 상관없다. 어쨌든 간에 지금 현재 폐하의 손에는 반역의 증거가…….

아니. 그보다.

이사벨은 내 검 아래서 파르르 떨고 있었다. 마치 처형을 기다리는 우아한 성녀처럼. 그 묘한 장면에 저절로 잇새를 타고 헛웃음이 나갔다.

내게 윈체스터가, 디르난트가 어떤 의미인데.

나는 디르난트로 태어나 디르난트로 길러졌다. 왕족이라는 긍지, 푸른 피에 깃든 무한한 책임감, 나는 공작이 되기 위해 길러졌고 그것을 위해 살아왔다.

온종일 방 안에 틀어박혀 열심히 공무를 처리해도, 가끔 과로로 쓰러져도, 가끔 공작가의 후계자란 이유로 더욱더 거센 비난을 받아도 나는 그것을 감당할 수 있었다.

그것이 내 존재 가치이며, 내가 살아가는 의미이기 때문에.

대부분의 귀족은 다들 그렇게 살았다. 꿈도 희망도 없이 그저 재미있게만 사는 것 같은 비올레타마저도, 왕녀로서 일을 처리할 때만큼은 한없이 진지했다. 그건 우리의 긍지요, 자존심이며,

−존재 가치였다.

그런데 그것에 감히 도전했다.

사실 내가 방금 그녀에게 물은 말은 다소 오해의 소지가 있었다. 영문을 모르는 귀족은 아마 이사벨이 아버지의 반역에 동참함으로써 왕실 세력인 나를 무너뜨리려고 했다는 것으로 이해하고 있었

으나, 내 질문의 뜻은 그것보다는 다른 것에 더 가까웠다.

그래서, 디르난트를 반역에 끌어들이려고 했니? 내가 가진 것을 빼앗고 싶어서?

9년 전 이 아이가 내게 순진하게 물었었다. 위더도 추밀원에 들어갈 수 있느냐고. 만약 그때 내가 그것에 동의해 줬다면, 그리고 진짜로 위더의 반역이 9년 전, 혹은 그 이전부터 시작된 것이었다면, 디르난트는 꼼짝없이 위더를 귀족의 가장 핵심 세력에 접근시킨 죄로 반역에 연루될 게 뻔했다. 그리고 이사벨도 분명 그것을 알고 있었으리라.

아니, 사실 몰라도 상관없었다. 내 물음을 알아들었든 못했든, 방금 이사벨이 한 대답이 어떤 의미든. 그것과 무관하게 감히 아버지의 반역 사실을 알고 있었으면서 끝까지 내 옆에 웃으며 붙어 있었다는 그 사실만으로도, 그녀는 이미 충분히 죽을죄를 진 것이나 마찬가지였다.

사람이 어떻게 이렇게 바닥일 수가 있나. 인간의 본성은 대체 얼마나 악한가.

애인? 넘어가 주겠다.

증오? 그래, 싫다는데 어쩌겠나.

하지만 가문. 이것만큼은 절대 용납할 수 없었다.

내 옆에서 디르난트에 대한 내 무한한 긍지와 애착을, 목숨보다 더 귀히 여기는 그 명예를 모두 봐 왔으면서, 어떻게 그리 해사하고 천진난만하게 웃으며 그 오랜 시간을 내 옆에 서 있었는가.

순간 머리에서부터 짙은 분노와 절망이 흩어져 내려왔다. 그것을 생각하자마자 검이 다시 움직이고, 나는 어느새 팔을 들고 있었다.

"스칼렛!"

팔이 부들부들 떨려 왔다. 이 검을 내리치고, 저 아이의 목을 거두면 나는 그래도 속이 좀 풀릴까? 이 아이를 죽이면 모든 게 다 사라지나? 내 고통, 내 아픔, 모든 게 다 이해를 받고, 치유될 수 있나?

우리는 친구로 만났다. 그리고 종국에 적으로 끝났다.

손이 떨려 왔지만 어떻게 할 방법이 없었다. 이사벨이 눈을 꼭 감은 채 제 머리를 감싸고 있었고, 그 앞에 선 나는 사형수처럼 검을 치켜들고 있었다.

그렇게 모든 것이 정지되고, 시간이 멈춘 것 같은 그 순간-

"이사벨."

나도 놀랄 정도로 차분한 음성이 홀을 메웠다.

"너는 너 스스로 반역을 시인했고, 나는 이 자리에 있는 왕족으로서, 동시에 디르난트 성의 차기 주인으로서 너를 치죄할 권리를 가진다."

"……."

"하지만 그럼에도- 종국에 너에 대한 심판은 폐하의 권리이며, 나는 너를 벌할 수 없겠지."

차가운 물을 뒤집어쓴 듯 정신이 들었다. 나는 이사벨에게 다가 갔다. 손에 들린 검 끝이 아래로 향하고, 나는 어렸을 때 배운 귀족 치죄법을 상기하고는 거칠게 그녀의 드레스 자락을 걷었다.

그제야 이사벨은 내가 뭘 하려는지 깨닫고는 눈을 홉떴다.

"아, 안 돼!"

"그에 나는 반역을 처리하는 윈체스터 고유의 방법에 따라-"

"안 돼, 그러지 마, 스칼렛. 제발 그러지 마. 미안해, 잘못했어.

내가 안 그랬어. 내가 아니야, 내가 정신이……."

"─네 행동반경을 통제한다."

"아아아악!"

바닥에 피가 흩뿌려지고, 이사벨은 발목에서 뚝뚝 흐르는 피에 부들거리며 까무러칠 듯이 울음을 터뜨렸다.

겨우 하루. 하루가 지났을 뿐인데 지독하게 다른 장면이 펼쳐졌다. 예고도 없이.

운명의 신은 얼마나 잔인한가.

검에서 피가 뚝뚝 떨어지고 이사벨이 비명을 질렀다. 나는 그녀의 발목에서 솟아오르는 피를 보며 서늘하게 얼굴을 굳혔다. 마음 같아서는 발목을 자르고 싶다. 미친 것 아니냐고 할 수 있겠지만, 그럼에도 내 솔직한 마음은 그러했다. 인간의 잔인함이란, 원래 그토록 지독한 것이다.

하지만 그럼에도 나는 그저 가볍게 상처를 내는 것으로 대체했고, 왕실의 법도에 따라 정확하게 처리했다. 발목에 깊은 상처를 내 혹여 있을 도망의 가능성을 차단한 것이다.

차라리 과다 출혈로 죽었으면. 그런 생각을 하며 나는 쓰게 웃었다. 나도 참, 저급하다.

살면서 단 한 번도 검 끝에 베여 본 적 없는 그 아이는 울면서 끌려가고 있었고, 오드리가 급히 의원을 부르러 갔다. 어쨌든 진짜 죽게 내버려 둘 수는 없으니.

그리고 나는…….

"스칼렛!"

검이 바닥에 떨어지고, 나는 정신을 잃었다.

*　*　*

나는 그 어떤 상황에서도 나 자신을 잃지 않으려고 노력했다. 소렐에서도, 카펠라에서도, 이사벨이 내게 모든 진실을 토할 때도, 그 어떤 때도.

타인보다 더 많이 가진 자에게 자아 연민은 독이었다. 울고불고 쓰러지고 동정심을 자아내는 행동은 적게 가진 자들의 특권이었다.

세상 모든 사람이 그러해도, 나는 절대 저 자신을 동정하면 안 되었다. 우리는 절대 자신을 동정하면 안 되었다. 왕족과 귀족의 의무란 그런 것이었다.

어떤 일에서나 가장 앞에서 방법을 모색하고, 가장 위험한 일을 마주하고, 그것을 해결하는 것. 앞에서 날아오는 화살을 전부 맞으면서 끝까지 꼿꼿하게 서 있어야 하는 것. 내가 쓰러지면 뒤에 있는 사람들이 쓰러지므로.

그래서 나는, 지금 내 모습이 굉장히 싫었다.

언제 어떻게 쓰러졌는지 기억이 나지 않았다. 검이 바닥에 떨어지는 소리, 이사벨의 울음소리, 그것들이 함께 섞인 와중에 정신을 놓았던 것 같다.

눈을 떠 보려고 애썼지만 앞은 여전히 캄캄했고, 오한이 드는 와중에 뜨거운 물이 뺨에 뚝뚝 떨어졌다. 귓가는 윙윙거리고, 내가 살아 있는지조차 의심될 정도로 정신이 복잡했다.

그 와중에 비올레타의 울음 섞인 소리와 내 손을 꽉 잡은 칼리드의 손길만큼은 오롯이 나한테 전해져 왔다.

"죽여 버릴 거야! 그 계집애 죽여 버릴 거야! 흐윽, 흡. 스칼렛, 눈떠 봐, 응? 흐윽, 응?"

그녀의 목소리에 나는 쓰게 웃었다. 칼리드에게 잡힌 손에서는 뜨뜻한 체온이 전달되어 왔다.

얼마나 오래 지났을까, 귀를 울리는 비올레타의 목소리에 나는 점점 정신이 들어 눈을 천천히 떴다.

"스칼렛!"

칼리드가 급히 내 이름을 불렀다. 그것을 시작으로 익숙한 사람들의 목소리가 내 귀를 때리고, 나는 비로소 희뿌연 시야 속에서 익숙한 얼굴들을 찾아낼 수 있었다.

"물."

목이 칼칼했다. 몸이 뜨거웠지만 반대로 차갑기 짝이 없는 공기 속에서 내가 잔뜩 쉰 목소리로 입을 열자, 셀린느가 급하게 내게 물을 건넸다. 그것을 받아 드니, 칼리드는 곧 침대에 앉아 나를 일으키고는 품에 안은 채 입에 물을 조금씩 부어 주었다.

목구멍을 통해 차가운 물이 내려감과 동시에 순식간에 쓴 물이 왈칵 올라왔다. 그럼에도 차마 토하지 못해 헛구역질하는 나를 더 꽉 끌어안은 칼리드가 연신 내 관자놀이에 입을 맞췄다.

"스칼렛, 괜찮아?"

조금 정신이 들자 그제야 방에 있는 사람들의 얼굴이 온전히 안겨 왔다. 그 모습을 빤히 보다가 나는 입을 열었다.

"이사벨은……."

"그 계집애 말은 꺼내지도 마! 죽여 버릴 거니까! 아바마마가 죽이지 않아도 내가 죽여!"

"그 아이는……."

……왜 나를 그렇게 미워했나.

우습게도 그 생각이 들기가 무섭게 머리가 먼저 대답을 해 왔다. 왜 미워했겠나. 그녀가 한 말을 듣고도 모르겠나.

그녀가 사랑하는 사람들은 전부 나를 사랑하고, 그녀가 무서워하는 사람들은 나를 무서워한다.

그녀는 진심으로 제 사랑을 전부 내게 뺏긴 것으로 여기고 있는 듯했다. 그리고 그녀의 눈에 내가 정말 사랑받을 가치가 없는 형편 없는 사람이라는 것도 알 것 같다.

나는 쓰게 웃었다. 하지만 웃음과 동시에 뺨을 타고 눈물이 흘러내렸다.

"흑……."

나도 왜 이러는지 모르겠지만, 울음이 터져 나왔다. 그 계집애는 대체 나를 얼마나 우습게 보았길래, 나를 얼마나 증오하길래 감히 그런 짓을 저지를 수 있었나.

아버지의 반역 사실을 알면서 내 옆에서 방실방실 웃고 있었고, 심지어 디르난트가 함께 반역에 엮여 들어갈 수도 있는 제안을 내게 했다.

발끝부터 소름이 돋아 왔다. 만약 그때 내가 진짜로 그녀의 요구를 들어줬더라면, 내가 진짜로 그런 시도를 했더라면, 어떻게 되었을까.

어머니는, 나를 어떻게 보았을까.

아, 그리고 보니 어머니는 아셨는지도 모르겠다.

순간 울음이 왈칵 쏟아져 나오고, 나는 마치 세상이 무너진 아이처럼 엉엉 울음을 토해 냈다. 내가 틀렸다. 내가 잘못했다. 모든 게 내 탓이었다.

반역자의 딸과 친구로 지냈다. 어떻게 이토록 멍청할 수가 있나. 사람이 아무리 멍청해도 어떻게 이 정도로 정신이 나갈 수가 있나. 이사벨을 정신병자라고 하기 전에 나부터 반성해 볼 문제였다.

디르난트의 후계자면서 정작 앞가림 하나 못 하고, 머리도 제대로 굴리지 못하고, 그 아슬아슬한 선에서 줄타기를 했다.

그것을 보는 어머니의 심정은 대체 어땠을까. 폐하는, 왕비 전하는, 마틸라 선배는, 나를 믿어 주던 수많은 사람은…….

한심하다.

"스칼렛."

나는 앞으로 고개를 숙이고 흐느꼈다. 이렇게 울면 안 되는 것을 알지만 그럼에도 울음이 나왔다. 세상이 무너지는 것 같았다. 내가 믿어 온 것들이 전부, 전부, 전부, 전부 내 손에 망가질 뻔했다. 내 오만이었고, 내 멍청함이었다. 그렇게 사람을 믿는 게 아니었는데, 그렇게 믿는 게 아니었…….

하지만, 그래도―

"―내 손으로 선택한 첫 번째 '친구'였는데."

가문도, 지위도, 혈통도, 아무것도 없이 그저 마음이 끌려, 그저 내가 좋아서 선택한 첫 번째 사람이었다.

위더 백작이 그녀를 안고 내 앞을 지나가든 말든, 그것과 무관하게 나는 그녀를 만나 그녀를 친구로 삼은 게 인생에서 가장 잘한 선택이었다고 믿었다. 그 정도로 내 손으로 한 첫 번째 선택이었다.

스칼렛 디르난트가 아니라, 스칼렛으로서.

그게 무슨 그리 큰 의미가 있다고 집착했느냐고 물으면 나도 모르겠다. 하지만 태어날 때부터 가진 게 너무 많은 귀족은 흔히 쓸모없는 것에 집착하고, 그 자그마한 연결 고리에 그토록 애정을 갈구하게 된다.

지금 생각해 보면 정말 병신이었지.

하지만 그럼에도 그 순간, 그 순간만큼은 진실이었다. 그게 다시 한번 생각이 나서 나는 흐느끼며 눈을 감았다.

"……그냥, 죽여 버렸어야 했는데."

"스칼렛 님……."

누군가가 안타까운 목소리로 나를 불렀지만 나는 그것마저 제대로 듣지 못했다. 이 순간만큼은 이사벨과 나에 대한 문제로 가득차서, 나는 그저 생각나는 대로 지껄였다.

"……내가, 하아, 내가, 가진 게 가문밖에 없다고, 제 아비가 나를 무서워한다고……."

"스칼렛, 듣지 마. 정신 나간 년이 한 개소리야, 그걸 왜 들어?"

"……아비, 그래, 아비…… 위더 백작, 그래, 그 정신 나간 개새끼."

"……."

"불행한 가정사?"

나는 웃었다. 안다. 그리고 확신할 수 있었다. 이사벨이 이렇게 된 데는 분명 그 가정사가 큰 몫을 했을 것이라고. 백작 부인도 그러지 않았던가, 제 탓이라고.

물론 나는 절대 그것에 동의할 수 없지만, 그래도 이사벨의 인생에서 위더 부부가 어떤 큰 작용을 했다는 것은 분명했다.

하지만.

세상에 사연 없는 사람이 어디 있어.

"나는 아버지 얼굴이 기억나지 않아."

나도 군이 말하라면 말할 수 있다. 자신을 동정하고, 자신을 연민하면서 혼자 상처를 핥으며 동정을 받을 수 있었다.

"12살 때 돌아가시고, 그다음부터는 한 해, 한 해 그 모습이 희미해졌어."

누구를 향해 말하는 것인지 모르겠다. 어쩌면 나 자신일 수도.

"14년 동안 아버지 얼굴이 점차 잊혀 가는데, 초상화를 보면서 혼자 달래야 했어. 아버지는 멋진 사람이고, 훌륭한 사람이라고."

"스칼렛 님, 후작 각하는 멋진 분이셨어요. 마지막까지 사랑하는 사람을 지키셨잖아요."

"알아. 아니까 그동안 말하지 않았어. 그런데, 아무리 멋져도, 그래도, 그냥 추억 속에서 살잖아. 그래도, 없잖아."

나는 더욱더 거세게 울음을 터뜨렸다. 아버지가 돌아가시고 어느 날, 나는 예전의 기억이 떠올라 어머니의 방문을 두드렸던 적이 있었다. 하지만 그날 어머니는 아버지의 초상화를 보며 숨을 죽이며 눈물 흘리고 있었고, 그 뒤로 나는 단 한 번도 어머니 앞에서 아버지가 보고 싶다는 말을 꺼내지 않았다.

"어머니는, 혼자 키운 아이는 이래서 안 된다는 말을 듣게 하지 않으려고…… 흐윽, 날 한 번도 안아 주지 못했어."

"……."

"유산 두 번 하고 어렵게 얻은 딸을, 14년 동안 단 한 번도 안아 주지 못했다고!"

겉보기에 완벽하다고 다 완벽한 건 아니다. 저마다의 아픔을 안고, 그렇게 산다.

사실 알고 있었다. 이 자리에서 나를 질책하는 사람은 없다는 것을. 하지만 한번 터진 감정의 홍수는 그칠 줄 몰랐고, 나는 단 한 번도 내뱉지 못한 말을 입 밖으로 쏟아 내며 나를 위로하고 있었다.

오늘만. 오늘만 이러자.

나는 속으로 생각했다. 오늘은 조금 특이한 날이니까, 오늘은 조금 다른 날이니까. 오늘만 투정을 한번 부려 보자. 오늘만큼은 이렇게 앞뒤 두서없이 말을 내뱉고, 철없는 아기처럼 혼자서 칭얼대자.

그리고 내일부터 다시, 일어나는 거다.

누군가를 질책하는 건 아니다. 원래 사람들은 겉보기에 덜 가진 사람에게 마음이 기울게 되어 있고, 더 가진 사람에게 엄격하다. 사람들은 언제나 가장 마지막에 불쌍한 사람에게 동정심을 느낀다.

알고 있었다. 인간성의 약점이었다. 그래서 나는 동정을 받을 자격이 없었다. 나보다 더 불행한 이 또한 열심히 살아감으로.

"미안. 미안해."

"스칼렛, 괜찮아. 더 해도 돼."

"미안해. 투정 부려서 미안해."

"스칼렛, 괜찮아. 더 해, 더 울어도 돼. 들어 줄게, 응?"

누군가가 내게 말했지만 나는 고개를 도리도리 저었다. 이 정도면 되었다. 새삼 해야 하는 것을 입 밖으로 내뱉으며 생색을 내는 것 같아 부끄러워졌다. 이런 식으로 저절로 저를 동정하는 짓은 하면 안 되는 짓이었다. 내가 뭐가 부족해서.

제정신이 아니었던 것 같다. 아무 말이나 내뱉고 보니 그제야 조금씩 다시 생각이 제자리를 찾아갔다.

나는 조금 진정된 상태에서 칼리드의 품에 파고들었다. 그는 방금 전부터 내 손을 꼭 잡고는, 아무 말도 하지 않은 채 조용하게 내 말을 들어 주고 있었다.

그래, 나는 그래도, 많이 가진 편이었다. 그래도 세상은 나름대로 나한테 상냥했다.

그래서 나는 오늘만 내게 허용된 응석을 그저 그렇게 내버려 두기로 했다.

그리고 그때였다. 혼자 저를 다독이며 생각하는 와중에, 갑자기 문이 벌컥 열리는 소리가 들려왔다.

"올리비아? 너 어떻게…… 어, 고모님!"

"애 쓰러졌다더니 뭐가 어떻게 된 거야?"

"스칼렛."

금방 밖에서 들어온 듯 거칠고 차가운 손이 내 손을 잡아 왔다. 그럼에도 누구보다도 익숙한 손길에 나는 고개를 살짝 돌리고, 희뿌연 시야에 잡힌 인영을 향해 미소 지었다.

아, 어머니다.

그리고 어떻게 정신을 잃었는지 기억이 나지 않았다. 사람들의 외침 속에서 아스라하게 멀어지는 정신을 잡지 못하고 나는 다시 끝이 없는 어둠에 빠져야만 했다.

내가 다시 정신을 차렸을 때는 석양빛이 내 손에 드리워지고 있었다. 흐리멍덩한 기억 속에서 멍하니 천장을 바라보다가, 천천히 돌아오는 감각에 눈을 깜박였다. 그쯤, 왼쪽에서 다정한 음성이 울려 왔다.

"스칼렛. 괜찮니?"

의외의 목소리에 나는 조금 당황하고 말았다.

어머니?

나는 천천히 고개를 돌렸다. 왜 어머니가 여기에 있지? 아, 그러고 보니 꿈결에 어머니를 본 것 같기도 했는데, 그게 꿈이 아니라 진짜였나.

나는 당황해서 멍하니 그녀의 미소를 쳐다보았다. 하지만 내가 자초지종을 묻기도 전, 내 오른손을 꽉 잡은 힘이 조금 떨리는 듯했다.

그에 나는 반대쪽으로 고개를 돌려, 미간을 미미하게 찌푸린 채 내 손등에 입을 맞추며 안도의 한숨을 내쉬는 칼리드를 보았다. 그는 나와 눈을 마주치고는 멈칫하더니 눈가를 휘며 부드럽게 웃어 주었다.

그때였다.

"야, 넌 좀 그만 퍼질러 자. 애 깨어났어."

"으응…… 흐음, 음, 응? 스칼렛? 스칼렛 깨어났어?"

퉁명하기 그지없는 목소리는 분명 올리비아의 것이었고, 그에 맞춰 답하는 건 분명 비올레타였다. 비올레타의 잠에 젖은 목소리가 들리고, 곧 내 다리를 조금 누르고 있던 힘이 사라졌다. 그녀는 아무래도 침대에 엎드려서 자고 있었던 모양이다.

나는 몸을 일으키려 힘을 주었으나, 몸이 나른해 쉽게 움직여지지 않았다. 그리고 그런 내 뜻을 알아차린 듯 어머니가 나지막이 내게 속삭였다.

"계속 누워 있으렴. 해열제에 진정제를 섞어서 조금 몸이 나른할 거야."

"해열제……?"

"너 막 열나고, 아프고, 울고…… 괜찮아?"

어머니의 말에 내가 의문을 표하자, 비올레타가 답했다. 나는 어머니의 옆에 바싹 붙어 나를 내려다보는 그녀의 퉁퉁 부은 눈을 보다가, 웃으며 한숨을 쉴 수밖에 없었다.

"괜찮아. 지금은."

아, 그러고 보니 내가 왜 여기에 누워 있었지?

그제야 밀물처럼 쓸려 오는 완전한 기억의 소용돌이에 나는 눈을 감았다. 이사벨, 그 아이의 발목을 검으로 베고 끌려가는 것을 보며 나는 쓰러졌다.

"이사벨은……."

"지하 감옥에 있단다. 반역죄를 자기 입으로 시인했으니, 어쨌든 그에 상응하는 조치를 해야 하겠지."

어머니의 말이 떨어지고 나는 조금 자책이 어린 표정으로 어머니를 볼 수밖에 없었다. 어머니는 알고 있었을 거다. 이사벨과 위더에 관한 문제를. 어쨌든 폐하의 최측근인 그녀가 몰랐을 리가 없다.

그럼에도 왜 나한테 귀띔해 주지 않았는지는 둘째 치고, 나는 그녀를 실망시켰다는 생각에 내 이마를 다정스럽게 짚는 그녀의 손길에도 환하게 웃을 수가 없었다.

하지만 그런 내 마음을 알아차린 듯, 어머니가 부드럽게 말했다.

"괜찮아. 네 탓이 아니야."

"……."

"사람을 믿는 건 언제든지 죄가 아니란다. 누구도 너를 탓하지 않아. 실제로 너는 너 나름대로 열심히 노력했고, 이사벨의 도를 넘는 요구는 단 한 번도 들어주지 않았잖니?"

"……."

"폐하께서도 너를 이해하실 거야. 지금도 너를 걱정하고 계시고."

언제나 엄격함을 담고 있는 어머니는 지금 이 순간만큼은 누구보다도 자상하게 나를 향해 웃어 주고 있었다. 그에 나는 덩달아 입꼬리를 말아 올릴 수밖에 없었다.

곧 방 안에 고요함이 가득 찼다. 어머니는 부드럽게 나를 보며 웃어 주고 있었고, 칼리드는 내 오른손을 꽉 잡고 있었다. 비올레타와 올리비아는 서로 기대 나를 쳐다보고 있었다.

아, 좋다.

이사벨이 처리되든 말든, 그것과 무관하게 나는 기분이 좋아졌다. 어머니가 나를 보러 와 주셨고, 상냥하게 다독여 준 것, 그리고 내 손을 잡고 끝까지 있어 준 남자가 있다는 것, 내가 일어날 때까지 옆에서 지켜 준 친구들이 있다는 것만으로도…… 그냥 기분이 좋았다.

어찌 되었든 간에 이사벨은 감옥 안이고, 위더 백작은 반역이 확정되었다고. 아, 잠깐만.

나는 눈을 깜박였다. 반역죄는 어마어마한 죄다. 중앙 귀족인 위더가 반역으로 확정되었다면, 수도는 지금쯤 아마 난리가 났을 게 뻔한데 어머니가 여기에 있다고? 심지어 칼리드도 여기에 있다고? 그럼 추밀원은 지금 어떻게 돌아가고 있는 거야?

그런 생각이 들기가 무섭게 갑자기 누군가가 밖에서 문을 노크했다. 고개를 돌리자 오드리가 조용하게 방 안에 들어왔다. 그녀는 깨어난 나를 보고 안도의 한숨을 쉬더니, 어머니와 칼리드를 향해 입을 열었다.

"저, 추밀원 쪽에서 급보가 왔는데, 두 분께서 가 보셔야 할 것 같아요."

"오늘 저녁까지 나 찾지 말라고 한 것 같은데."

"저도, 스칼렛이 깨어나기 전까지는 찾지 말라고 한 것 같습니다만. 깨어난 뒤에도 되도록 찾지 말고."

어머니와 칼리드의 대답에 오드리가 난감하게 웃었다. 그 모습을 보며 나는 가볍게 한숨을 쉬었다. 역시, 추밀원 원장인 어머니가 이렇게 빠져 있고, 심지어 칼리드마저 자리를 비운 상태가 정상적일 리가 없지.

나는 어머니와 칼리드를 번갈아 보았다. 이제 열도 다 내린 것 같고, 몸 상태도 훨씬 좋았다. 머리가 무겁긴 하지만 혼자 움직이지 못할 정도는 아니었다.

"전 괜찮아요. 가 보세요."

내 말에 어머니는 길게 한숨을 쉬었다. 나 또한 어머니가 와 줬는데 이렇게 옆을 비워야 하는 상황이 마냥 좋지는 않지만, 그걸 이해하지 못할 리가 없었다. 어머니는 추밀원의 원장이다. 이 상황에서 수도를 비운 것만으로도 이미 크나큰 일이나 마찬가지였다.

칼리드는 얼굴 가득히 못마땅함을 써 붙이고 있었다. 그에 은은하게 미소를 지어 주자, 그는 결국 잔뜩 아쉬운 얼굴을 하며 금방 돌아오겠다는 말을 남기고 방을 나갔다.

달칵- 닫힌 문을 빤히 보다가, 나는 비올레타와 올리비아가 있는 쪽으로 고개를 돌렸다. 비올레타는 뭐가 그리 좋은지 생글생글 웃고 있었다. 다만 얼마나 울었는지 모를 정도로 붕어눈이 된 상태라 미모는 좀 떨어졌지만.

올리비아는 미소를 짓고 있는 나를 가늘게 뜬 눈으로 보았다. 그리고 퉁명스럽게 말을 내뱉었다.

"뭐가 그렇게 좋아? 다른 사람은 전부 발칵 뒤집혔는데."

"응?"

"왕궁이 뒤집혔다고, 너 쓰러졌다고. 그것도 이사벨 잡아 처넣고 쓰러졌다고. 로젤리아 왕녀가 전보를 치자마자 사람들 난리 났어. 특히 외교부."

"아, 로젤리아가 친 전보였어?"

"들었어. 이 며칠간 아주 집요하게 이사벨 괴롭혔다며."

"아."

"사냥이라길래 무슨 거대한 음모를 꾸미고 있나 했더니, 기껏 생각해 낸 방법이 애 괴롭히는 거였어? 스물여섯 살이 아니라 여섯 살이냐?"

"하지만 어차피 위더 백작 쪽은 정해진 거나 마찬가지였잖아."

올리비아는 나를 탓하는지 아니면 비꼬는지 모를 미묘한 어조로 나를 향해 말했지만, 나는 전혀 당황하지 않은 채 그녀의 말을 받아쳤다. 그와 동시에 올리비아의 묘한 눈길이 내게 꽂히고, 비올레타가 어리둥절하게 나를 보고 있었다.

나는 입꼬리를 말아 올렸다.

"위더 백작 쪽은 이미 정해진 것이었어. 그럴 바에야 차라리 이사벨을 파 보는 게 좋겠다는 생각이 들었지. 그런데 이사벨을 어떻게 파 보겠어? 걔 수준에 맞게 파야지."

"어…… 무슨 소리야?"

비올레타가 미간을 팍 찌푸렸다. 이 며칠간 내 행적을 다 본 그녀로서는 이해가 가지 않을 법도 했다.

'그냥 괴롭힌 게 아니었어? 그러다가 얻어걸린 거 아니야?' 그런 눈빛을 한 그녀에 나는 웃으며 시선을 아래로 내렸다.

콜린스 왕자가 내게 말했다. 위더는 저절로 무너질 것이라고.

"폐하는 바보가 아니셔. 그리고 귀족들도 바보가 아니고."

시에라에 위더의 반역 증거가 있다. 그렇다면 그게 무엇이겠나. 아마 위더와 시에라가 내통했다는 증거이리라.

그 증거와 카일라 섬 조약과 배상금을 교환하여, 폐하는 비로소 위더의 반역 증거를 손에 넣으셨다. 아니, 어쩌면 비단 위더의 일이 아닐 수도 있었다. 실제로 그 뒤에는 어마어마한 귀족 가문이 연루되었을 것이고, 폐하는 한 번에 뿌리 뽑고 싶었을 것이다.

"폐하께서는 일부러 내게 귀띔을 해 주지 않으셨고, 그렇다는 건 폐하께서 분명 생각해 놓으신 것이 있다는 거야. 나도 그게 뭔지 궁금하지만, 겨우 내 호기심 때문에 그걸 헤집고 다니면서 폐하의 일을 그르치는 건 안 된다고 생각했어."

폐하는 멍청하지 않다. 아니, 오히려 그 누구보다도 멀리 내다볼 줄 아시는 분이셨다. 그는 분명 판을 짜 놓고 기다렸을 게 분명했고, 나는 그래서 위더 백작은 가만히 내버려 두었다. 그리고 무엇보다도…….

"귀족들도 멍청하지 않아. 그들은 정확히 내막을 알지는 못해도 최소한 폐하께서 뭔가를 하려고 했다는 것은 분명 알아차렸을 거야."

"귀족들이?"

"애프터 디너 타임도 그렇고, 낭독회도 그렇고— 발터르 영애가 왜 그렇게 기를 쓰고 이사벨을 배척하고, 나를 도와줬다고 생각해?"

"그거야, 그냥……."

"내가 좋아서? 뭐, 그런 이유도 없다고는 말 못 하겠지만, 발터르 백작가는 영악한 가문이야. 실리가 없는 짓은 하지 않아."

"……."

"발터르 영애는 분명 알고 있었을 거야, 위더가 조만간 정치적으로 제거될 것이라는 걸. 그래서 그렇게 내 편을 들면서 이사벨을 궁지에 모는 데 동참했을 것이고."

비올레타가 긴장한 표정으로 나를 보았다. 그녀 또한 상황을 대충 파악한 것 같았다. 그에 나는 말을 이었다.

"발터르 영애가 예전에 나한테 각 귀족 가문의 무역 상황을 통계한 자료라고 넘긴 게 있거든? 카펠라로 가기 전에. 그거면 뭐, 사실 발터르의 뜻은 확실하지."

혹시나 하는 마음에 일부러 공작가에 오기 전 한 번 더 펼쳐 본 게 도움이 되었다. 상황이 달라지자 보이지 않던 것들이 슬슬 보이기 시작했다. 그녀는 '굳이' 제 손으로 정리한 자료를 나한테 넘겼다.

무역 상황이 표시된 자료. 특히 별 볼 일 없는 위더의 무역 상황까지 세세하게 통계한 자료를. 이게 무슨 뜻인지는 명확하지 않은가. 그래서 나는 사냥을 결정했다.

준비된 배우, 준비된 장소, 준비된 관중, 그리고 준비된 사냥물.

발터르 영애는 영악한 사람이었다. 내게 호감이 있고 없고와 무관하게 절대 제 명예에 흠집이 가는 짓을 하지 않는다. 그런 그녀가 굳이 내가 이사벨을 괴롭히는 데에 낀 것은 제 뜻을 공고히 하는 것이나 마찬가지였다.

발터르는 위더를 적으로 간주한다는.

발터르는 어쨌든 추밀원이고 정치적 흐름에 민감한 가문이다. 정확히는 아니더라도 중앙에 부는 이상한 기류를 감지하지 못했을 리가 없다.

하지만 발터르는 디르난트와 긴밀히 엮여 있었고, 디르난트는 예전에 위더와 연계가 있었다. 디르난트가 위더와 한데 묶인다면 발터르도 위험했고, 따라서 그녀는 내가 이사벨을 괴롭히는 데 적극 동참함으로써 디르난트와 위더의 관계를 명확하게 사교계에 알리고, 더불어 발터르 또한 위더와 친분이 없음을 분명하게 알린 것이다.

물론 법적으로 효력이 있나, 없나는 상관없었다. 그저, 한마디, 사람들 입에서 오르내릴 한마디만 나오게 하면 된다.

"어…… 그때 보니까, 발터르 영애가 위더 영애한테 그렇게까지 호의적이진 않던데."

─같은.

다시 말하지만, 사교계의 모든 행동에는 정치적 인과 관계가 들어간다.

최소한 중앙과 밀접한 연계가 있고 백작가 이상의 사람이라면, 그리고 사교계에서 살아남을 만한 눈치가 있는 사람이라면. 내 행동을 단순하게 친구 사이의 싸움으로 보는 이는 없을 것이다.

무엇보다도 나는 낭독회에서 말했다. 친구로서 이사벨에게 정으로 끌렸지만, 그럼에도 나는 분명히 이성적 사고로 모든 것을 판단하고 귀족의 질서를 지킬 것이라고.

얼마나 듣기 좋은가. 마음씨 고운, 하지만 공과 사가 분명한 차기 공작.

내가 이사벨을 집요하게 괴롭히고 있는 걸 아는 사람은 분명 디르난트가 위더와 결렬했다는 뜻을 알아들었을 게 분명하고, 내 가련하고 이해심 많은 모습을 진짜로 알고 있는 사람은 마지막에 이사벨에게 검을 드는 내 모습을 보며 뭐, 안타깝게 여기거나 공사가 분명하다고 여기겠지.

뭐가 되었든 완벽하게 연극의 막을 내림으로써 나는 잃을 게 없었다.

참고로 프란 백작가는 발터르 백작가와 친분을 유지하고 있다. 발터르는 그런 의미에서 프란 영애에게 간단한 '귀띔'을 했을 것이고, 따라서 프란 영애는 나서서 이사벨을 궁지에 몰면서 다시 한번 위더와 선을 그었다.

라이슬 후작가는 칼리드 쪽과 친하니 뭔가 알고 있어서 그렇게 낀 것이고, 플로테 후작 영애는 이사벨이 사교계에서 고립을 당할 때부터 뭔가 눈치챘을 것이다.

심지어 사교 클럽에서 나는 이사벨의 행방을 물었다. 그 말인즉 이사벨의 고립이 완전히 내 뜻만은 아니라는 것. 단순한 친구 사이의 싸움 또한 아니라는 걸 알린 것과 다름없다.

이사벨은 그저 인간과 인간 사이의 추악한 본성과 감정 싸움이라고 생각했겠지만, 실상은 조금 달랐다. 세상에 그렇게 순진한 사람이 어디 있겠는가.

수많은 고위 귀족들이 내 유치하기 짝이 없는 연극에 동참해 줄 수 있었던 이유는 단 하나. 위더가 정치 무대에서 완전히 퇴출당할 것을 알고 있었기 때문이다.

아무리 한미한 가문이라고 하나 '존재하는 한' 언제든지 재기할 수 있다. 정치판의 흐름은 누구도 확신하지 못하므로. 그럼에도 그 영악한 귀족들이 내 괴롭히기에 동참했다. 이것이 무슨 뜻이겠는가.

위더 백작가의 종말은 예고된 것이고, 귀족들은 그 흐름을 눈치채고 있었다. 결국에는, 정치적으로 얽힌 귀족들의 웃음 뒤에 숨겨진 이면이었다.

그래서 내가 이사벨의 반역을 치죄하겠다고 했을 때 몇몇 귀족들이 차분하게 서 있을 수 있던 것이다. 언젠가는 닥쳐올 일이라 생각했으니까.

나는 길게 한숨을 쉬었다. 귀족들은 백치가 아니다. 멍청해서 입을 다물고 있었던 게 아니었다. 그런데 내가 굳이 그것을 헤집을 필요가 있나? 어차피 위더 백작은 폐하께서 처리하실 텐데.

그래서 나는 이사벨한테로 화살을 돌렸다.

"위더 백작의 반역 사실이 알려지기 전에 이사벨한테서 자백을 받아 내야 했어. 아, 이건 가문의 일이 아니라, 친구였던 이로서. 그래서 원래 계획도 공개적으로 반역을 단죄하는 게 아니라 사석으로 그녀를 몰아붙여 묻고 싶었던 문제였는데……."

나는 말꼬리를 흘리며 올리비아를 보았다. 그녀는 한쪽 입꼬리를 말아 올리고 있었다. 알 것 같다는 표정이었다. 그에 나는 웃으며 말을 이었다.

"마침 올리비아가 오지 않았지."

올리비아는 마법부에서도 고급 중의 고급 인재다. 그런 고급 인재가 친한 친구의 행사에 빠지면서 꼭 해야 하는 일, 그것도 며칠씩 걸려야 하는 일, 그리고 '위'에서 떨어진 일.

바쁜 마법부의 특성상 일에는 선후 순서가 있었고, 그 임무를 전부 넘기고 몰두할 만한 일이라면 분명 폐하의 명령. 그럼 폐하께서 이 근래에 갑자기 올리비아를 불러 명령할 임무가 어디 있겠는가.

"위더 백작의 반역과 관련된 문서의 검증 작업을 하고 있었지?"

"그래. 밀서 해독, 문서 진실성 검증, 그리고 지워진 흔적을 복원하고 있었지. 다른 건 몰라도 흔적 복원이야, 뭐— 나 아니면 할 사람도 없으니까."

올리비아가 오만하게 웃으며 머리를 뒤로 넘겼지만, 그녀의 말이 사뭇 진실 되어서 나는 결코 비웃을 수가 없었다.

"어쨌든 예상했지. 얘 실력이면 문서의 진실성이 검증되는 건 금방일 테고, 시에라에서 그 큰 혜택을 가지면서 가짜 문서를 줄 리는 없으니 반역 사실이 금방 드러날 게 뻔한데, 그럴 바에야 공개적으로 드러내는 게 좋겠다 싶었어. 마침 증인도 많았고."

"너도 참 무모하다. 그러다가 걔 정신 차리고 그런 일 없었다고 딱 잡아떼면 어쩔 뻔했어."

"상관없었어. 이사벨은 제대로 파지 못할 수 있지만, 그래도 잃을 게 없었으니까."

"……"

"반역 사실을 어떻게 먼저 알게 되었냐고 물어도 할 말 많아. 콜린스 왕자가 귀띔해 주었고, 무엇보다도 조약도 취소되었고, 이것저것 다 더해서 혼자 추측했다고 변명할 수 있어. 어차피 위더 백작 쪽은 확정되었으니까 이사벨이 빠져나간다고 해도 해가 되지는 않아. 조금 속은 상하겠지만."

나는 길게 한숨을 쉬었다. 반쯤은 도박이었다. 하지만 실패하더라도 나는 딱히 잃을 게 없었고, 성공하면 이사벨까지 같이 반역죄로 처단할 수 있었다.

그런 내 뜻을 알아들은 비올레타와 올리비아가 서로 마주 보더니 고개를 절레절레 저었다.

"하여튼, 애물단지 같은 것."

"그래도 모험만큼 수확도 크잖아. 사실 이사벨을 괴롭히면서 아주 조금 통쾌했던 건 사실이야. 아, 이렇게 말하니까 진짜 여섯 살 같네."

올리비아는 고개를 절레절레 저으며 피식 웃음을 흘렸다. 그런 그녀를 보며 나도 미소를 띠었다.

나는 천장을 보며 길게 한숨을 쉬었다. 일 참 어렵게 돌아간다. 심지어 제일 처음 생각했던 것보다 더 일이 크게 흘러가는 느낌이었지만, 그래도 상관없었다.

그 순간, 생각이 이사벨에게로 닿았다. 그 아이는 과연 무슨 생각을 하고 있을까. 나는 눈을 깜박거렸다. 지금쯤이면 지하 감옥에 있겠지. 발목이 내게 베인 채로. 절망할까? 분노할까? 아니면……
후회할까.

나는 눈을 감았다. 시간이 너무 오래 걸렸다. 모든 게 다 밝혀졌다고 생각하자 머리가 거짓말같이 차분해졌다. 물론 마음은 아직도 혼란스러웠지만 그래도, 최소한 다시 '그' 스칼렛 디르난트로 돌아갈 수는 있을 것이다.

한숨을 내쉰 뒤 비올레타를 보며 말했다.

"이사벨, 아직 감옥이지?"

"응."

"끌고 와."

사냥의 마무리는 지어야지. '나답게'.

내 말에 비올레타와 올리비아는 서로 눈빛을 마주하더니, 약속이나 한 듯이 동시에 미간을 찌푸렸다. 약간의 침묵이 흐르고, 곧 비올레타가 올리비아에게 작게 속삭였다.

"지금 보여 줘도 괜찮을까? 혹시 얘……."

"방금 진정제 먹이지 않았어? 그거 약효 오래간다며, 차라리 약효 있을 때 보이는 게 낫지 않아?"

"그래도 또 쓰러지면 어떡해. 지금이야 눈앞에 없고 진정제 약효가 가니까 저렇게 담담하지, 진짜 그 얼굴 보면…… 어우, 난 상상도 하기 싫어."

"내버려 둬. 혼자 생각이 있으니까 저러겠지."

"야, 다 들리거든?"

속삭인다고 한 말인지, 아니면 일부러 나 들으라고 한 말인지 분간이 가지 않을 정도의 목소리로 대화를 나누는 둘을 보며 나는 헛웃음을 흘렸다.

비올레타와 올리비아는 가늘게 눈을 뜨고 의심스러운 듯이 내 얼굴을 보다가, 결국 동시에 의자에 기댔다. 그리고 누워 있는 나와 눈을 마주치며 비올레타가 입을 열었다.

"반역까지 확정된 마당에 그 개소리를 들어 줄 필요 있어? 또 똑같은 말만 할 텐데."

"비올레타."

그녀의 목소리에는 못마땅함이 가득했지만, 나는 여전히 부드럽게 웃으며 고개를 저었다.

물론 나도 안다. 어떻게 보면 쓸데없는 일일 수도 있다. 지금 이사벨을 불러서 내 앞에 꿇리든 뭐가 되었든, 사실 그녀는 어차피 제거될 상대였다.

그럼에도 이렇게 그녀를 부르라는 건- 분명 상황이 달라졌고, 어쩌면 이게 그녀와의 마지막이 될 수도 있겠다는 생각 때문이었다.

종지부를 찍을 기회.

진정제 때문인지, 아니면 내가 무의식적으로 정리를 마쳤는지 내 마음속은 정말이지 평온했다. 이사벨에게 검을 들이밀 때의 그 분노가 마치 존재하지 않았다는 듯이.

물론 이 마음 또한 이사벨을 만나면 어떻게 될지 알 수 없지만.

그런 내 마음을 이해했는지, 마뜩잖은 표정으로 툴툴대는 비올레타 옆에서 가만히 나를 내려다보던 올리비아가 피식 웃음을 흘리고는 물었다.

"네 방에서 만나게?"

"응. 솔직히 지하 감옥으로 가기에는 내 몸 상태가 말도 아니고. 게다가 여긴 방음 상태도 좋으니까."

어쨌든 공작 영애의 방이다. 함부로 들을 사람도 없고, 듣고 싶다고 해도 방음 처리를 깔끔하게 한 곳이라 말이 새어 나갈 일도 없다. 내 말뜻을 알아들었는지, 이내 올리비아가 고개를 끄덕였다.

"좋아. 끌고 오라고 할게."

*　*　*

라이나의 부축을 받아 침대에서 나온 나는, 커다란 테라스가 보이는 창문 옆 의자에 앉았다. 티테이블 위에는 따뜻한 우유가 놓여 있었고 나는 그것을 한 모금 마시고는 시선을 밖으로 돌렸다.

어쨌든 저녁은 꼭 먹고 만나라고 비올레타가 신신당부하는 바람에 스프를 몇 스푼 뜨긴 했지만, 입맛은 여전히 없었다. 이사벨을 만날 생각을 하자 속이 좋지 않았고, 다시금 낭독회의 마지막 장면이 끊임없이 내 머릿속에서 맴돌았다.

하지만 그럼에도.

나는 의자에 기대 내게 씌워진 숄을 여몄다. 방 안의 온도는 꽤 높았지만 식은땀 때문에 약간 으슬으슬해진 탓이었다. 몸을 녹이려 내가 다시 테이블 위에 놓인 우유를 들고 입가에 가져갈 때쯤, 노크 소리가 들려왔다.

"영애님, 위더 영애를 끌고 왔습니다."

"들어와."

말이 끝나자 문을 열고 공작가의 사병 둘이 그녀를 압송했다.

발목이 그어진 덕분에 저 혼자 걷지는 못하는지, 이사벨은 축 늘어져서 사병 둘에게 거의 들리다시피 한 채로 내 방에 옮겨졌고, 심지어 두 발은 바닥에 질질 끌리고 있었다.

그 모습을 보며 나는 입술을 꽉 깨물었다.

어차피 예상된 일이었다. 지금이 아니더라도 언젠가는 이사벨을 만나야 했고, 다만 시기가 약간 앞당겨졌을 뿐이었는데. 방금까지 잠잠하기 그지없던 속이 다시 울렁거리기 시작했다.

공작가의 사병 둘은 차분한 얼굴로 내 지시를 기다리고 있었다. 그런 그들과 그 사이에 끌려 온 이사벨을 보며 나는 내 맞은편의 의자를 턱짓하였다.

"여기에 앉혀."

당연히 바닥에 꿇릴 것이라 생각했는지 그들은 약간 어리둥절한 표정을 지었지만, 곧 차분한 내 말투에 고개를 끄덕이고는 발걸음을 옮겨 이사벨을 의자에 앉혔다.

툭—

마치 고장 난 인형처럼 이사벨이 의자에 던져지고, 나는 하루 사이에 완전히 망가진 그녀의 얼굴을 보면서 나 자신을 추슬렀다.

곧 사병 둘이 방을 나가자 나와 그녀만 남은 방 안에는 오랜 침묵이 흘렀다. 방금까지 고요하던 마음속에 다시 파란이 일기 시작하고, 저 얼굴로 순진하게 웃으며 나를 속였다는 생각이 들기가 무섭게 다시 울컥, 쓴 물이 올라왔다.

담담하게 그녀를 볼 수 있으리라 생각한 건 아니지만, 그래도 다시 눈시울이 뜨거워져 왔다.

아, 나는 왜 또 이러는가.

굳이 이사벨을 앞에 앉혀 놓고 마무리를 짓겠다고 당당하게 말한 것치고는 지나치게 감성적인 반응이었다. 다른 사람이 봤다면 왜 또 저렇게 쓸데없는 짓을 하느냐고, 왜 또 저렇게 저 혼자 감성적으로 구느냐고 한마디 했을 게 분명했다.

하지만 그럼에도, 나는—

"왜……."

그때였다.

울렁거리는 속을 다잡는데 갑자기 이사벨의 잔뜩 쉰 목소리가 내 귀를 날카롭게 찔렀다. 이미 모든 울음을 토해 냈는지 물기 하나 없이 건조하게 메마른 그녀의 목소리와 함께 죽은 물고기처럼 칙칙한 눈이 나를 향하고, 그럼에도 그 와중에 나한테 꽂히는 명백한 원망에 손이 떨려 왔다.

나는 그녀를 빤히 보았다.

우리는 참, 오래도 왔구나. 그리고 결국에 여기까지 왔구나.

이사벨은 고개를 들고 싸늘하게 식은 눈빛을 한 채 나를 보았다. 그리고 한 자씩 내뱉었다.

"왜, 왜 또 불렀어?"

"……."

"더 할 게 남았니?"

"물론."

나는 차분하게 대답했다. 몇 번이나 빙빙 에둘러서 드디어 목적지에 도착했다. 단 한 번도 제대로 이루어지지 못한 대화들, 그리고 종국에야 사람과 사람으로 오롯이 서로를 보며 대화할 기회를 잡았으나 잃은 것은 너무 컸다.

나는 20년의 우정을 통째로 잃었고, 그녀는…… 아, 그녀는 잃은 게 없구나. 애초에 가지지도 않았으니.

"이게 우리의 길고 긴 인생에서, 아마 마지막으로 서로를 같은 위치에서 볼 수 있는 기회일 거야."

그리고, 아마 유일하게 제대로 서로를 볼 수 있는 기회일 것이고.

나는 쓰게 웃으며 이사벨을 향해 입을 열었다.

"이사벨, 솔직히 말하자면 나는 지금 너를 죽여 버리고 싶어. 온 갖 고문 기구를 다 써서 너를 고문하고, 제발 네가 고통스럽게 내 앞에서 죽어 갔으면 좋겠어. 그래, 그리고 이 며칠간 내가 널 괴롭힌 것처럼, 모든 사람 사이에서 네가 조롱을 받았으면 좋겠어."

"하아……."

"하지만 어쩌겠어. 나는 인간인걸."

그래, 나는 인간이다.

가끔 지독하리만치 악하기도 하고, 가끔 모질기도 하고, 인간의 본성이 적나라하게 드러날 정도로 추악한 면도, 악랄한 면도, 유치한 면도 다 갖고 있는.

그리고 나는 인간이었다. 종국에는 이성을 유지해야 하는.

"이 며칠 널 괴롭히면서 좋았어. 솔직히 말하자면 네가 부들거리는 꼴을 즐기기도 했고."

"이제야 본성을 드러내네…… 이 며칠간 네 악독한 모습이 진짜 너였어."

"하지만 이사벨, 나는 그래도 끝까지 스칼렛이야. 세상에 완벽하게 합리적이고, 완벽하게 이성적이고, 끝까지 우아하고 고고한 사람이 어디 있겠어? 있다면 신이겠지. 아니면 소설 속의 영웅이거나."

"……무슨 말이 하고 싶은 거야?"

"그러니까, 네가 며칠간 본 내 그 악랄한 면과 별개로, 나는 끝까지 스칼렛일 거란 뜻이야."

"……."

"내가 그동안 본 네 그 가련한 면과 별개로, 네가 끝까지 이사벨인 것처럼."

사람의 본질은 겨우 분풀이 몇 번 했다고 변하지 않는다. 상냥한 가면을 쓴다고 해도 가려지지 않고.

이사벨은 내 말에 얼굴을 일그러뜨렸다. 내 말을 그녀가 어떻게 이해했는지는 알 수 없었다. 하지만 내 뜻은 확고했고, 이사벨이 어떤 반응을 보이는 것과 무관하게 나는 그저 내 태도를 고수하기로 했다.

그렇게 생각하며 컵을 집어 드는데, 이사벨이 입을 열었다.

"역겹게…… 끝까지 역겨운 년. 나는 네 그런 면이 싫어."

"내 그런 면이라……."

"언제나 가장 위에서, 내 일 아니라는 듯이 사람을 재단하고, 인간을 꿰뚫어 본 것처럼 행동하고."

"……."

"겨우, 그저 타고난 집안 덕에 지금까지 살아왔던 주제에. 겨우, 그것들로 네 이름을 지켜 온 주제에."

컵을 쥔 그녀의 손이 파르르 떨렸다. 물기가 서서히 어리기 시작한 그 목소리에, 나는 보지 않아도 알 것 같은 이사벨의 얼굴을 상상하며 억지로나마 우유를 한 모금 넘겼다. 그리고 고개를 숙인 채 컵을 테이블 위에 놓았다.

타고난 집안, 타고난 것. 그래, 그 타고난 것 말이지.

나는 고개를 들어 이사벨의 일그러진 얼굴을 보았다. 그리고 말을 내뱉었다.

"이사벨. 너는 아름답지."

"뭐?"

내 뜬금없는 말에 그녀가 더더욱 미간을 찌푸렸으나 나는 아랑곳

하지 않았다.

"백작의 외동딸이고, 집에 재산도 있어. 그래서 이 모든 것들에 대해 어떻게 생각해?"

"내가, 왜 그런 것 따위를 생각해야 해?"

"너는 아름답지. 누구나 시기할 만한 미모를 지녔고, 먹이사슬로 치자면 가장 위는 아니더라도 그래도 결국에는 포식자의 위치에 서 있어."

"웃기지 마."

"그래서 너는ー 네가 가진 것들은 당연하고, 가지지 못한 것들은 전부 불합리한 것으로 생각해?"

의자의 손잡이를 쥔 그녀의 주먹이 하얗게 변해 갔다. 그 모습을 보다가 나는 쓴웃음을 흘릴 수밖에 없었다. 사람의 조건은 언제나 상대적이다. 하지만 뭐가 되었든 이사벨은 객관적으로 많은 것을 타고난 사람이었다.

아름다운 것에 약한 인간들 사이에서 손꼽히는 미모를 타고 태어 났으며, 핏줄로 가치가 매겨지는 세상에서 귀족으로 태어났고, 여 자를 차별하지 않는 나라에서 여자로 태어났다.

물론 불행한 점이야 있다. 가족, 부모. 하지만 그럼에도 그녀는 많은 것을 타고났다.

그리고 가장 중요한 것.

"너는 신이 언제나 네게 불공평하다고 여겼겠지만."

"입…… 다물……."

"그럼에도 신은 네게 언제나 자비로웠어."

"……무슨 말도 안 되는 소리를 하고 있어. 네가, 네까짓 게 그런 말을 내뱉을 주제가…… 하아…….”

“신은 언제나, 네게 용서받을 기회를 주었으니까.”

이사벨의 눈가에서 눈물이 새어 나오는 것을 보면서도 나는 담담하게 앉아 있었다. 눈가가 파르르 떨려 왔지만 상관없었다. 손이 떨려 왔지만, 그 또한 상관없었다.

나는 눈을 감고 숨을 고르게 정리한 뒤, 다시 그녀를 보았다. 그녀는 내 말을 하나도 듣지 않는 것 같았지만 나는 진심이었다.

신은 그녀에게 자비로웠다. 인간에게 주어진 가장 사치스러운 선물은 재력도, 미모도, 권력도, 그렇다고 지혜도 아니었다.

다름 아닌 용서받을 기회, 회개할 권리.

“신은 극도로 네게 자비로웠어. 네가 잘못한 순간순간마다 용서받을 기회를 내려 주셨으니까.”

“용서?’

“그래, 용서.”

“…….”

“다른 사람들에겐 단 한 번도 용납되지 못하는 것들.”

이 세상에는 태어난 것만으로도 죄악이 되어 ‘용서’받지 못하는 아이도 있었고, 자신의 잘못이 아님에도 수하의 잘못에 선처를 해 달라 적진에 혼자 달려와 결국에는 모든 것을 뒤집어쓰고 책임을 지는 사람도 있었다.

제 탓이 아님에도 그 잘못에 용서를 빌고, 세상의 ‘용서’를 받지 못하는 사람이 넘쳐 나는데, 정작 이사벨은 사치스러울 정도로 용서의 기회를 많이 얻었다.

거기까지 생각하며 나는 얼굴을 일그러뜨렸다. 눈시울이 시큰해졌다.

"신은 정말 잔인한 것 같아. 불공평하기도 하고."

"……"

"대체 왜 너 같은 계집애한테 그렇게 수많은 기회를 주셨을까. 정작 이해받고 '용서'받아야 할 사람들은 이렇게나 많은데."

"나는, 용서받을 일 따위 하지 않았어…… 너는, 아무것도 몰라. 너는 나를 이해하지 못해. 사실 그럴 생각도 없잖아?"

"그래. 나는 여전히 모르겠어, 이사벨. 네가 대체 왜 그런 미친 짓을 저질렀는지. 하지만 다시 말하지만 내게는 너를 이해해야 할 의무가 없어."

나는 길게 숨을 들이쉬었다. 아마 영원히 모를 것이다. 종국에는 남. 그저 머리로 이해는 해도, 완전히 공감하기는 힘들 것이다.

불우한 가족, 자격 없는 부모, 그리고 그녀가 원하지 않는 환경. 그 와중에 나타난, 제가 원하는 것들을 모두 가진 다른 한 여자.

슬픔은 여전히 남아 있고 눈물이 돌았지만, 이 또한 그녀에 대한 감정은 아니었다. 이 상황에 대한 안타까움, 분노일 뿐. 결국에 한때 친구였던 이를 온전히 미워해야 한다는 그 사실이 나를 심란하게 만들었다.

나는 이사벨을 보며 입꼬리를 말아 올렸다. 슬프다. 속은 여전히 울렁거리고 눈물이 울컥울컥 솟아 왔지만, 머릿속이 흐리멍덩할 정도로 분노가 치솟아 올랐지만, 그 또한 한때의 감정일 뿐이리라.

상처? 물론 남았다. 나는 여전히 그녀를 죽이고 싶고, 검을 들어 목을 베고 싶다.

친구라고 서로 속삭이던 그 순간- 맛있는 것, 좋은 것, 예쁜 것,

재미있는 것이 있으면 서로와 나눠 갖지 못해 안달하던 그때.

그 아름답던 시간과, 나를 보며 소리를 지르고 악을 쓰던 그 모습들이 교차적으로 내 머릿속에서 나타나 나를 괴롭게 만들었지만, 그렇다고 해도 내 뜻은 분명했다.

차라리 시작부터 적이었다면, 애초에 좋은 기억 따위 없었다면 마녀를 사냥하듯 지독하게 굴 수 있었을 테지만…… 우리 둘은 한때 친구였다.

아, 아닌가. 사실은 시작부터 친구가 아니었던가.

거기까지 생각하고, 나는 말을 이었다. 차분하게, 담담하게.

"하지만 뭐가 되었든 너 때문에 내가 망가지는 일은 없을 거야."

"뭐?"

"어떤 상황이든 결국에 나는 내 갈 길을 갈 것이고, 공작 위를 계승받고, 어쩌면 칼리드와 결혼하고, 아이를 낳고 아이를 키우면서 내 삶을 살아갈 것이고. 나 나름대로 여러 가지 협상을 마무리 지으면서 내 일을 해 갈 거야."

"……너, 지금……."

"너와 무관하게. 네가 나한테 어떤 해코지를 했든지 그것과 상관없이 나는 끝까지 사랑하는 사람들을 믿을 것이고, 나를 사랑하는 사람들을 아낄 거야."

"……."

"이사벨. 아쉽지만 네 행동은 내 인생을 하나도 망치지 못했어."

한 자, 한 자 박아서 그녀에게 건넨 말에는 그녀에 대한 짙은 분노와 나에 대한 깊은 위로가 있었다.

이사벨은 내 말에 부들부들 떨고 있었다. 뺨을 타고 방울진 눈물이 흘러내리고 악에 받쳐 입술을 꽉 깨물고 있었다. 그러다가 하얀 이를 물들이며 입술에서 빨간색 피가 솟아오르자, 그녀가 부들거리며 입을 열었다.

"그, 그걸…… 그걸 나한테 말하려고 불렀어?"

"그래. 네게 알려 주고 싶었어. 네가 꼭 알았으면 했거든."

"지금, 굳이 나를 불러서 그 말을 하는 이유가…… 뭐야."

"듣고 고통스러워하라고."

"……."

"듣고 절망하라고."

"……."

"결국 네까짓 게 내 인생 궤적에 아무런 영향도 끼치지 못했다는 걸 너도 좀 알라고. 알면서 고통스러워하고, 울분에 몸부림을 치라고. 그러다가 미쳐 버리면 더 좋고. 미쳐서 혼자 죽으면 가장 좋고."

"흐, 흐윽……."

"하지만 내가 얼마나 널 싫어하든 그건 단지 내가 인간이기 때문이고, 결국에 네 절절한 저주와 증오와 무관하게 나는 행복해질 것이라는 사실을, 너도 좀 알라고."

독하디독한 말을 내뱉으면서도 나는 차분하게 앉아 있었다. 그런 내 모습에 이사벨이 벌떡 자리에서 일어나려 했으나 발목의 통증 때문에 다시 주저앉았고, 그 모습을 보면서도 나는 느긋한 태도를 고수하려 했다.

그래, 저런 계집애 때문에 내 인생을 망칠 이유가 없다. 슬프고, 기가 막히고, 분노하지만, 그렇다고 해도 나는 할 일이 너무 많았다.

그녀를 좋아했으나, 그녀가 사라진다고 내 인생이 망가지지 않는

다. 내 인생은 내 의지 위에 지어졌으므로.

이사벨은 의자에 털썩 주저앉아 숨을 몰아쉬더니, 내 눈을 보며 우는지 웃는지 알 수 없는 기괴한 표정을 그렸다. 그러고는 잔뜩 갈라 터진 입술을 천천히 열었다.

"행복? 사랑? 칼리드와 결혼?"

"그래, 사랑."

"착각이야. 너는 행복해지지 못해."

이사벨의 얼굴은 조롱하듯 웃음을 담고 있었다. 그녀는 한없이 가여운 아이를 보듯이, 하지만 그런 가여운 아이가 사뭇 우습다는 듯이 한쪽 입술 끝을 끌어 올리고는 뺨에서 줄줄 흐르는 눈물을 닦으면서 말을 이었다.

"그는, 칼리드는…… 너를 사랑하지 않아."

"흐음……."

"스칼렛, 불쌍한 스칼렛. 너는 네 사랑이 전부라고 믿었겠지만, 아니야."

나는 눈을 가늘게 뜨고 그녀의 말을 기다렸다. 어쩐지 그녀가 무슨 얘기를 할지 알 것 같기도 했다. 낭독회에서 그런 말을 하지 않았던가. 칼리드가 이사벨에게 어차피 깨질 약혼이라고 경고를 했다고. 그리고 그녀는 그것을 최후의 보루로 사용하고 있었다. 나를 절망하게 만들기 위한.

아니나 다를까, 이사벨이 비릿하게 웃으며 나를 향해 말했다. 마치 비밀을 말하는 아이처럼, 기괴하게 웃으며.

"스칼렛, 칼리드는 사랑하는 사람이 따로 있어."

"……."

"너를 사랑하는 척할 뿐이야, 지금은 그저 내가 미워서. 결국 우리 둘 모두 그 사람을 갖지…… 갖지 못할 거야."

"이사벨."

마치 동화 속에 나오는 마녀처럼 읊조리는 그녀의 얼굴을 보며 나는 차분하게 말을 잘랐다. 그래, 칼리드가 사랑하는 사람이 있다. 그것을 알고 있으면서도 그녀는 약혼했고.

문득 비올레타의 말이 떠올랐다. 이사벨은 제 인생 제가 망치는 재주가 있다고. 다른 건 몰라도 그것 하나만큼은 인정해야 할 것 같다.

나는 이사벨의 눈을 똑바로 보았다. 증오가 절절한 눈빛으로 나를 보는 그녀의 얼굴에는 오만함이 서려 있었고, 결국에는 하나라도 나를 더 불행하게 만들겠다는 지독한 집념만이 남아 있었으나—

"일단 칼리드가 너를 제거하기 위해 나를 이용해야 할 만큼 네가 가치 있는 사람인지는 둘째 치고— 뭐, 칼리드에게 사랑하는 사람이 있다고?"

"그래, 그러니까 너도 결국에는 나처럼 될 거야. 지금이야 좋겠지. 하지만 결국 그 사람 가슴에는 다른 사람이 있을 것이고, 설사 결혼한다고 해도 다른 여자가……!"

"그게 나야."

"……무, 무슨……헛소리를…….."

"그게 나라고. 그는 나를 8년 전부터 사랑했고, 그 여자가 나야. 칼리드가 왜 네게 그런 자비를 베풀었느냐고? 그거야 네가 내 친구니까. 결국 네 인생에서 유일하게 받았을 그 온기마저도 나를 향한 것이었어."

나는 길게 숨을 들이쉬었다. 그리고 다시 내쉬면서 차분하게, 이번에는 조금 부드럽고 여유롭게 그녀를 보며 말을 내뱉었다.

"너는 20년이 되는 세월 동안 한순간, 한순간을 나를 이기기 위해 살아왔겠지. 나를 고통스럽게 만들기 위해서."

"으…… 으윽. 아, 아니야, 네까짓 계집애를 내가 왜ㅡ!"

"하지만 너는, 나를 이긴 적이 없어."

"……!"

"단 한순간도."

이사벨은 내 말에 엄청나게 충격을 받았는지 멍하니 나를 보고만 있었다. 그녀를 지탱하던 나에 대한 절절한 증오가 결국에는 허무로 돌아가고 모든 의미를 상실했다.

그 어느 때도 흔들리지 않던 아이가, 그 어느 때도 끝까지 제 가면을 뒤집어쓰던 아이가 겨우 나를 이기지 못했다는 그 한마디 말에 저토록 무너지는 모습을 보며, 나는 기뻐해야 할지 기가 막혀야 할지 몰랐다.

하지만 결국에는 정해진 결말이었다. 타인의 고통 위에 지어진 쾌락은 원래 모래성과도 같아서 조금만 건드려도 무너지기 마련이다.

나는 고개를 숙이고 우유를 한 모금 마셨다. 입 밖으로 담담하게 말을 내뱉었지만 그럼에도 기쁘지 않았다. 그저 달달한 우유와 달리 씁쓸하기 짝이 없는 입안에 헛웃음을 흘릴 수밖에 없었다.

티 테이블 위로 컵을 내려놓자 이사벨의 부들부들 떨리는 웃음소리가 귀를 울려 왔다. 아니, 울음소리인가.

"하, 하하…… 하하, 흐…… 흐윽."

충격, 분노, 그리고 좌절. 인간이 겪을 수 있는 모든 부정적인 감정이 그녀의 위로 쏟아지고 있었다. 파르르 떨리는 그녀의 손, 그리고 두려움에 질린 눈동자.

역시, 너는 딱 거기까지다.

이사벨의 얼굴이 하얗게 질렸다. 마치 절규하듯 머리를 감싸 쥐고, 그녀는 현실에서 도피하듯 울고 있었다. 장대비처럼 눈물이 쏟아지는 얼굴 위로 나는 차분하게 시선을 고정했다. 울렁거리던 속이 점차 진정을 찾아가고, 그녀의 흐느낌과 더불어 차가워진 손을 뜨뜻한 우유 컵으로 녹였다.

이제는 슬슬 그녀를 내보내야겠다고 생각했다. 내가 하고 싶던 말은 이미 끝냈고, 이제 더는 추억할 만한 시간도 없었다. 그렇게 생각하며 사람을 부르려는 순간, 잔뜩 갈라진 이사벨의 목소리가 들려왔다.

"나는…… 한평생 아름답게, 우아하게, 상냥하게 살았어. 나는, 언제나 가장 훌륭한 여자였다고…….."

"……."

"이건, 흐흑…… 이건, 이건…… 이건, 아니야…… 왜, 왜 이렇게 되는 거야."

이사벨은 횡설수설 말을 늘어놓고 있었다. 자신에게 하는 말인지, 아니면 나한테 하는 말인지 분간이 가지 않을 정도로.

눈물로 완전히 얼룩진 그 얼굴, 가련하게 일그러진 그 얼굴에는 한평생 믿었던 것들이 와장창 무너지고 알고 지냈던 모든 것들이 산산조각 난 자의 회한이 깃들어져 있었다.

하지만 나는 그녀가 하나도 안타깝지 않았다. 모든 것은 그녀가 자초했다. 그녀의 그 이기심 때문에, 비틀어진 성격 때문에.

나는 이사벨의 꺽꺽거리는 모습을 보며 담담하게 말했다.

"칼리드는 네 완벽하고 우아한 여자의 인생에 주어지는 트로피 같은 게 아니야."

"흐윽, 흑…… 흐윽."

"그는 남자고, 인간이야."

"나도, 나도 그를 사랑했어. 그를, 인간으로 사랑했는데……."

"글쎄, 사랑하는 사람의 진심에 귀를 기울이지 않고 모든 것을 제 마음에 맞게 재단하면, 그게 과연 사랑이 될까?"

이사벨의 세상에선 모든 것들이 그녀를 중심으로 돌아갔다. 상대의 의사는 상관없이. 하물며 짝사랑이나 집착도 아니었다. 애초에 상대를 인간으로 보지 않는 행위였다.

칼리드가 어떻게 행동하고, 어떻게 말하든지와 무관하게 이사벨은 언제나 '자신의 감정'만을 주장했고, 그 사실이 나를 께름칙하게 만들었다.

그녀의 세상에 사람은 없었다. 그저 '어떤 부류의 여자'와 '어떤 부류의 남자'만이 인형 놀이하듯 극본에 맞게 돌아가고 있을 뿐이었다. 그 세상에서 그녀는 여주인공이고, 칼리드는 남주인공이다.

눈부시게 하얀 드레스, 주인공에게만 주어진 스포트라이트. 그건 이미 인간이 아니라 입맛에 맞게 재단된 '인형'일 뿐이다. 모든 사람이 주목 속에서 자신의 존재를 확인받고, 타인의 시선 속에서 만들어진 '사람'.

알 것 같다. 그녀는 저 자신을 인간으로 보지 않았을 뿐만 아니라, 주위의 사람을 전부 제 도구처럼 취급하고 있었다. 그녀는 내가 고고하고 오만하다고 하였지만, 정작 가장 위에서 모두를 이용한 건 그녀였다.

그때, 이사벨의 멍한 시선이 나한테 꽂히고 이제는 맥이 완전히 떨어진 그녀가 웃다가 울다가 축 늘어진 채 나를 보며 입을 열었다.

"스칼렛, 나는 네가 싫어."

"알아. 백 번도 넘게 말했어."

"네 옆에, 있지 말았어야 했는데……."

"뭐, 그 점에 대해서는 나도 반성할게. 네 악의를 알아보지도 못하고 병신처럼 마음을 퍼부은 건 나거든."

어찌 되었든 내 감정과 내 행동에 변명하고 싶지는 않다. 길고 긴 시간을 대가로 크나큰 상처와 경험을 얻었다 치자. 나는 그렇게 생각하고 웃었다.

하지만 그런 나와 달리, 그녀는 그게 아닌 듯싶었다. 그것을 증명하기라도 하듯 이사벨이 칙칙한 눈으로 나를 보며 읊조렸다.

"그냥, 아버지한테 맞아 죽을걸 그랬어."

"……."

"아버지는, 널 무서워했어. 너를 그렇게 무서워하면서, 결국 나는…… 그냥, 아버지한테 맞아 죽는 건데."

아, 그래. 그렇구나.

다시 한번 속이 요동쳤다. 나는 눈을 꾹 감았다 떴다. 환한 시야 앞에 그녀의 악에 받친 모습이 펼쳐지고, 나는 웃는지 우는지 알 수 없는 이상한 표정을 지으며 앉아 있었다.

애초에 기대 따위 하지 않았지만, 이것도 참- 씁쓸하다.

그녀가 내 옆에 있었던 것은 내가 그녀의 아버지로부터 그녀를 지켜 줄 수 있어서였고, 그녀가 내 남자를 빼앗은 건 내가 고통스럽기를 바라서였다. 그리고 결국에는 내 가문을 끌어들여 어떤 식으로든 나를 파멸로 끌고 가려고.

아버지한테 맞아 죽는 한이 있어도 내 옆에는 있지 말기를 바랐을 정도인가. 뭐, 상상하지 못한 건 아니지만 그건 그것 나름대로 웃기다.

이사벨의 눈에 내가 어떻게 비쳤는지는 생각할 필요도 없었다. 그저 타고난 것으로 완벽하게 살면서, 가끔 그녀를 애완동물 취급하는 그런 악녀. 하지만 결국엔 그녀를 보호해 주는 방패막이.

나를 증오하면서 이용할 건 다 이용하고, 인제 와서 불쌍한 척이라니. 이 무슨 아이러니일까.

그때였다. 허공을 응시하며 혼자 중얼거리던 이사벨의 눈길이 갑자기 내 얼굴에 멈추고, 그 시선을 받아 낸 내 미간이 저도 모르게 움찔거렸다. 도무지 알 수 없는 표정으로 그녀가 나를 보며 말했다.

"신이 나한테 기회를 다시 준다면, 나는 절대 너와 친구를 하지 않을 거야."

"……그것참, 아쉽네."

"……."

"나는 그런 생각 따위 해 보지 못했거든. 겨우 너 때문에 그 오랜 시간을 잃고 싶지 않아서."

"하. 하아……."

이제는 더는 할 말도 없어 멍하니 앉아 있는 그녀를 보며 나는 고개를 절레절레 저었다. 애초에 시작도 하지 않은 그녀의 우정은 끝날 여지도 없었고, 진실하였다고 믿은 내 우정은 여기서 종말을 맺었다.

스칼렛과 이사벨은, 이제 여기서 '끝'이 났다.

나는 그녀의 말에 길게 한숨을 쉬고 숄을 여민 뒤 입을 열었다.

"됐어. 이제는 나도 할 말이 끝났고, 너도 더는 할 말이 없는 것 같으니 이만⋯⋯!"

쨍그랑-!

쾅!

하지만 내가 말을 맺기도 전 휘청거리며 자리에서 일어난 이사벨이 허공에 팔을 휘두르더니 곧 티 테이블 위에 놓인 우유 잔을 쓸어 내팽개쳤다. 힘이 없는 그녀로서는 마지막 발악이나 마찬가지인 그 행동에 우유 잔이 바닥에 떨어져 산산조각이 났고, 그녀가 바닥에 털썩 쓰러짐과 동시에 나는 깜짝 놀라 뒤로 주춤 물러났다.

그리고 그 순간.

"스칼렛!"

칼리드의 큰 외침과 함께 문이 벌컥 열리고, 나는 숄을 여민 두 손에 힘을 주며 그를 향해 고개를 돌렸다.

그는 방에 들어오기가 무섭게 엉망이 된 티 테이블과 깨진 우유 잔을 보며 얼굴을 서늘하게 굳혔다. 성큼성큼 내게 다가온 그는 조금 거칠게 숨을 내쉬며 내 머리를 감싸 쥐고는 한쪽 무릎을 꿇은 채 내 얼굴을 살폈다. 그의 차갑지만 단단한 손이 얼굴과 목을 타고 어깨를 다잡았다.

"괜찮습니까?"

"괜찮아요. 조금 놀랐어요."

사실 평소라면 이 정도에 그렇게 새가슴처럼 놀라지는 않았겠지만-어쨌든 별 대단한 사건을 전부 경험해 보았으므로- 몸이 허약한 상태에서 진정제까지 먹어 약간 맥이 빠진 나로서는 진짜로 청순가련한 여주인공처럼 놀랄 수밖에 없었다.

칼리드는 내 말에도 걱정을 한가득 담고 내가 어디 다친 데는 없는지 살피고 있었다. 그러다가 내가 부드럽게 웃고 살짝 몸을 움직이자, 나를 조심스럽게 저지했다.

"스칼렛, 주의하십시오. 다칩니다."

말을 마친 그가 손으로 내 주변에 튀긴 유리 파편을 이사벨 쪽으로 휙 쓸고는 손을 털었다. 비록 작은 파편이지만 어쩌면 그래서 더 위험할 수도 있기에 내가 깜짝 놀라 그의 손을 잡았다.

"칼리드. 다쳐요."

"괜찮습니다, 스칼렛. 움직이지 마십시오. 곧 사람을 불러 바닥을 쓸게 하겠습니다."

말을 마친 뒤 칼리드는 자신의 손에 유리 조각이 묻지 않았나 확인하고는 다시 내 뺨을 감싸 쥐었다. 이에 그의 적갈색 눈동자를 빤히 보다가 나는 한쪽에 잊힌 이사벨에게 시선을 돌렸다.

이사벨은 망연자실하게 나와 칼리드를 보고 있었다. 언제부터인지 다시 울음이 터져 나온 그녀의 눈가에서 눈물이 뚝뚝 떨어지고, 그녀는 하늘이 무너진 것처럼 엉엉 울었다.

문득 그런 생각이 들었다. 어쩌면, 사실 그녀도 알고 있지 않았을까. 정해진 말로라는 사실을. 그럼에도 지기 싫어 부정하고 부정하는 건 아닐까.

나는 길게 한숨을 쉬었다. 그녀의 마지막 발악은 무력하기 그지없었다.

이사벨에게 꽂힌 칼리드의 눈길은 매서웠다. 서릿바람처럼 차갑게 내리박히는 그의 시선에는 짙은 분노가 서려 있었고, 그의 차가움을 오롯이 받아 낸 적이 있다고 자부하는 나조차도 흠칫 놀랄 정도로 그의 눈빛은 흉흉하기 그지없었다. 나만 없었다면 바로 이사벨에게 검을 드리웠을 표정이라 나는 그의 팔을 꼭 잡았다.

하지만 그 와중에도 나를 감싸 안은 팔만큼은 다정해서, 나는 마음을 조금 놓을 수 있었다. 그때 칼리드가 서늘하게 식은 목소리로 이사벨을 향해 말을 내뱉었다.

"이게 대체 무슨 정신 나간 짓거리지?"

"흑, 흐윽. 흑……."

"무슨 정신 나간 짓거리냐고 물었어."

"흐으윽, 카, 칼리드, 흐윽……."

"단순하게 우는 걸로 일을 해결할 생각은 하지 않는 게 좋을 거야. 이 책임은 수도에 가면 반드시 묻지."

"칼리드, 미안해요. 내가…… 내가, 내가 고치면, 내가, 그러면 우리는 다시…… 다시, 안 되나요?"

"'다시'라니, 우리 사이에 '다시' 시작할 만한 관계 따위가 애초에 존재했던가?"

나는 칼리드의 얼굴을 보았다. 한쪽으로 나를 품에 안으며, 다른 한쪽으로 내 등을 토닥이는 그의 손길에 나는 눈을 감고 그의 품에 기댔다. 그에 칼리드가 고개를 돌리고는 내 관자놀이에 가볍게 입을 맞추었다.

이제는, 다 끝났다. 완전히 관계가 부서졌다. 나뿐만 아니라, 그녀마저도.

열린 문을 통해 사병 둘이 들어오고, 곧 축 늘어진 이사벨을 자리에서 들어 올렸다. 완전히 반항 의지를 상실한 그녀가 쉽게 들려지는 그 광경을 보다가 나는 입을 꾹 다물었다.

하지만 그 순간, 이사벨이 천천히 고개를 들더니 나에게 시선을 꽂고는 재차 울음을 터뜨렸다. 이기고 싶었으나 결국에는 질 수밖에 없는 상대에 대한 울분을 담아.

그녀의 인생이 부정당하고, 그녀가 한 모든 노력이 전부 물거품으로 돌아갔다.

인간에게 죽음보다 더한 형벌이 있나 묻는다면, 지금 이사벨의 꼴을 보면 사는 것이 죽는 것보다 못하다는 게 무슨 뜻인지 알 수 있을 것이라 대답하고 싶었다.

사병에게 질질 끌려가며 목이 쉬어라 울음을 터뜨리는 그녀의 모습에, 나는 침묵하며 칼리드의 품에 안겼다.

그리고 약간의 침묵이 흐르고, 나는 이 정적에 몸을 맡겼다. 이제 다 끝났다. 진짜로 완전히 다 끝났다. 그렇게 생각하며 눈을 감고 그에게 기대 있는데 갑자기 문 쪽이 시끌시끌해졌다.

"내가 어렸을 때부터 왜 고모님한테 처맞으면서 검을 배워야 했나 했더니. 네년을 죽여 버리려고 배웠구나! 이사벨, 나와…… 응? 뭐야, 왜 없어?"

나는 고개를 들고 문 쪽을 향해 시선을 던졌다. 그러다 검을 들고 쳐들어온 비올레타와, 뒤에서 말리지는 못할망정 부추겼을 게 분명한 올리비아의 모습을 보고 잠시 할 말을 잃어야 했다.

방금까지 지독하게 비극적이던 방 안의 공기가 순식간에 생기를 되찾자 나는 피식 웃음을 흘리고 말았다.

비올레타가 어리둥절한 얼굴로 나를 보고는 곧 얼굴을 일그러뜨렸다. 그런 그녀를 향해 안타까운 미소를 지은 내가 입을 열었다.

"미안. 이미 보냈어."

"말도 안 돼! 다시 데려와!"

비올레타는 하늘이 무너진 표정을 지으며 절망했다. 그런 그녀의 어깨를 툭툭 치면서 올리비아가 한심한 표정을 했다.

"그러게 공작이 들어갈 때 같이 쳐들어가야 한다고 했는데. 거봐, 늦었지?"

"이럴 수가! 더 발악할 줄 알았어! 끝까지 버틸 줄 알았는데 이렇게 가 버렸다고?"

"……."

"안 돼, 수도로 가면 꼭 기회를 잡아서 그년을 죽여 버리겠어!"

비올레타가 양 뺨을 감싸 쥐며 절규하듯 읊조렸지만, 사정을 알고 있는 나로서는 그저 웃을 수밖에 없었다.

이사벨이 내 긍지와 명예에 도전한 것만큼의 분노를 담아, 나는 그녀의 꿈을 와장창 깨뜨렸다. 그럼에도 사실 제 손으로 망친 것이나 다름없는 그녀의 인생 때문에 이사벨은 모든 것을 잃은 듯했다.

그 절절한 증오를 나는 아직도 이해하지 못하겠다. 하지만 나는 내가 그녀를 이해하지 못한다는 사실에 안도하기로 했다. 내가 이사벨을 이해하는 순간, 내가 곧 그녀와 같은 부류의 인간임을 증명하는 것이므로.

나는 길게 한숨을 내쉬었다. 몸은 여전히 맥이 쭉 빠졌으나 그래도 정신만큼은 깔끔하기 그지없었다. 이렇게 종지부를 찍은 20년의 우정, 질척거리기 짝이 없는 20년 동안의 미련이 끝났다.

이제 그녀를 어디서 본다고 해도 딱히 별다른 생각이 들 것 같지 않았다.

아마 수도에 가면 다시 한번 재판에 회부되고, 위더 백작과 함께 그녀를 봐야겠지만…… 글쎄, 그때는 더는 친구였던 사이가 아니라 그저 디르난트의 후계자로 그녀를 마주하겠지.

나는 칼리드를 올려다보았다. 그의 시선이 내게 꽂히자 난 나지막이 웃으며 그에게 물었다.

"시간 딱 맞춰 들어왔네요? 밖에서 기다렸어요?"

"혹여 무슨 일이 있지는 않을까 걱정이 되었습니다. 엿들은 건 아니니 걱정하지 않으셔도 됩니다."

그의 말에 나는 웃음을 흘렸다. 공작가의 방음은 확실히 좋지만, 훌륭한 기사인 그는 유리컵 깨지는 소리 정도는 들을 수 있을 터였다. 사실 그가 들어도 별 상관은 없었다. 그래서 나는 괘념치 않고 계속해서 말을 이었다.

"일은 다 끝났어요?"

"네."

"어머니는요?"

"공작께서는 아직 전보실에 계십니다."

그의 대답에 고개를 끄덕였다. 뭐, 어머니는 바쁘니 이해하지 못할 것도 아니다. 더군다나 굳이 그녀를 찾으며 칭얼거릴 필요는 없었다. 지금 내 옆에는 충분히 든든한 이들이 있으므로.

비올레타는 검을 바닥에 놓은 후 진지하게 지하 감옥에 가서 이사벨을 벨까 말까를 고민하고 있었다. 물론 나는 그런 그녀를 말렸다. 친구로서 이사벨의 심판은 끝났고, 귀족으로서의 심판은 폐하의 몫이었다. 그것을 생각하자 거짓말같이 속이 후련해졌다.

올리비아는 그러한 내 표정을 보다가 피식 웃음을 흘렸다.

"너 깨어났다는 소식, 이미 공작저에 퍼졌어. 이제 곧 시끄러운 애들이 몰려올 거야."

"아."

나는 웃으며 고개를 끄덕였다. 셀린느, 코르켈, 니콜라스, 에드리안, 발터르 영애, 그리고…… 몇몇 이름들이 떠올랐다. 나를 걱정해 주는 이들의 이름이.

그래, 이사벨, 나는 행복해질 거야. 너와는 무관하게.

"후련해?"

"응. 후련해."

"이제 완전히 벗어날 수 있을 것 같아?"

"응. 완전히."

"상처는 쉽게 지워지지 않을 텐데."

"뭐, 시간이 지나면 괜찮겠지."

원래 상처는 시간으로 잊고, 아픔은 새로운 사랑으로 잊는 법이다. 그런 내 말뜻을 알아들었는지 올리비아가 어깨를 으쓱하곤 침대에 털썩 주저앉았다.

나는 고개를 들었다. 칼리드의 적갈색 눈동자가 나와 마주하며 미소를 머금었다. 그 순간 짙은 안도감과 행복감이 밀려와서 나는 길게 숨을 들이쉬고는 다시 웃었다.

사냥은, 대성공이었다.

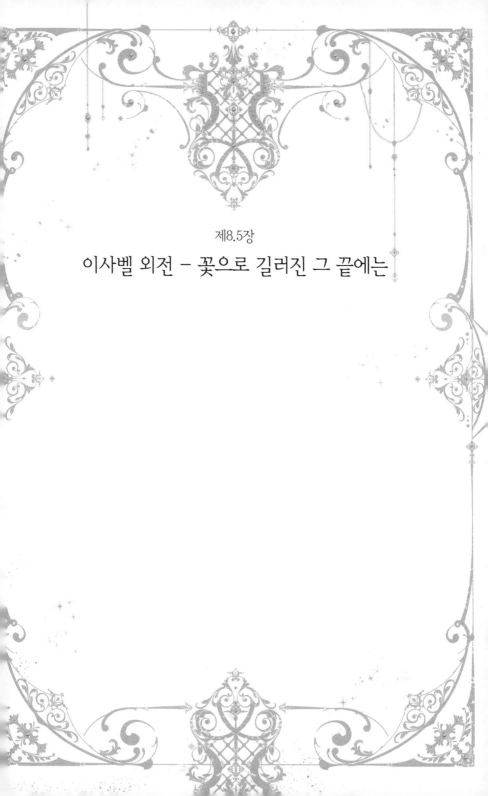

제8.5장

이사벨 외전 - 꽃으로 길러진 그 끝에는

이사벨 외전 - 꽃으로 길러진 그 끝에는

나에게는 친구가 있다. 누구보다 아름답고, 우아하고, 강하고, 똑똑한 친구가.

* * *

어렸을 때부터 엄마는 말씀하셨다. 여자아이는 원래 꽃과 같아 누구보다 아름답고, 우아하고, 상냥한 모습으로 사람들을 기쁘게 해 줄 의무가 있다고. 특히 너는 누구보다도 아름다운 아이니 더욱 이 몸가짐을 신경 써야 한다고.

이사벨은 그 말을 믿어 의심치 않았다. 어린아이에게 엄마의 말은 절대적이었고, 특히 그녀의 눈에 비낀 엄마는 그 누구보다도 아름답고 주변 사람들의 감탄을 자아낼 만큼 완벽한 사람이어서, 이사벨은 크면 기필코 엄마처럼 되겠다고 다짐했다.

매일저녁마다 엄마와 함께 꽃꽂이를 배우면서 그녀는 생각했다. 나도 이렇게 예쁜 꽃이 되겠다고, 모든 사람의 손에서 귀하게 대접받으며, 아름답고 우아하게, 그렇게 모든 사람의 찬탄을 받겠다고. 그리고 어느 날엔가는 동화 속의 공주님처럼 완벽한 왕자님과 결혼해 꼭 제 인생을 완성하리라고.

그런 이사벨에게는 친구가 하나 있었다. 언제부터 친구였는지 기억이 나지는 않으나, 기억이 온전히 있던 때부터, 마치 태어날 때부터 한 몸이었던 듯 빛과 그림자처럼 붙어 다녔던 그 친구는 이사벨의 가장 큰 자랑거리였다.

어린아이의 눈으로 보기에도 그녀의 친구는 완벽했다. 하얗고 보드라운 얼굴과 햇살을 받아 반짝거리는 백금발, 그리고 자수정을 박아 넣은 듯 생기로 빛나는 눈동자, 반짝거리는 햇살 아래서도 그 빛을 잃지 않고 그 어떤 권위 앞에서도 무릎을 꿇을 필요가 없는 그녀의 친구는 이사벨 눈에 엄마 다음으로 완벽한 사람이었다.

스칼렛 디르난트.

왕실의 가장 귀한 핏줄을 이어받았으며, 자신의 혈통에 대한 그 자부심을 지킬 만큼 대단한 그녀의 친구.

어린 이사벨에게 스칼렛은 너무도 반짝반짝 빛나서, 마치 닿으면 타 버릴 것같이 태양처럼 고귀한 존재였다.

* * *

"어머, 아가. 뭐 하니?"

위더 부인은 한쪽 방구석에서 주저앉아 꼬물꼬물 뭔가를 만들고 있는 제 딸을 보았다. 아침에 금방 입혀 준 옷은 먼지투성이였고, 곱게 빗어 리본으로 고정한 머리카락은 더럽기 그지없었다.

"엄마."

"그래, 아가. 대체 뭐 하고 있어? 엄마가 매번 말했잖니, 여자아이는…… 어머나."

이사벨은 고개를 들고 활짝 웃었다. 얼굴에 잔뜩 발라진 흙과 울긋불긋한 상처에 위더 부인이 기겁했지만, 곧 그녀의 옆에 놓인 가득한 바이올렛 꽃을 보고 의아한 눈빛을 보냈다.

"이게 뭐니?"

"스칼렛한테 줄 거야!"

"스칼렛한테? 아, 혹시……."

위더 부인은 눈을 깜박거렸다. 어쩐지 이 몇 달 동안 정원으로 혼자 달려간다 싶더니, 꽃을 키우기 위함이었나. 저 몰래 혼자 신나게 뛰어놀다가 오길래 몇 번 혼내긴 했으나, 설마하니 친구의 선물을 준비하기 위해서인 줄은 몰랐다. 그에 위더 부인이 괜히 미안해져 딸의 머리를 쓰다듬었다.

"이 몇 달 동안 이걸 준비한 거였어?"

"응."

"스칼렛한테 주려고?"

"응! 선생님께서 그랬어. 바이올렛 꽃말은 영원한 우정이래."

"어머."

"나도 스칼렛이랑 오래오래 친구 할 거야!"

"얼마나 오래오래?"

위더 부인의 물음에 이사벨은 고개를 갸웃거렸다. 어린아이의 세상에서 가장 긴 시간을 고르고 고르던 그녀가 곧 배시시 웃으며 두 손을 쫙 폈다.

"백 년 동안!"

딸의 깜찍한 대답에 위더 부인이 웃음을 흘렸다. 오늘만큼은 얼굴에 흙을 잔뜩 묻히고 바닥에 퍼질러 앉아 있는 딸을 혼내지 않기로 했다. 어린아이의 우정은 언제나 사랑스럽기 마련이다. 그 어떤 계산도 없고, 어떤 속셈도 없이, 그저 좋아서 함께 있는다.

소녀들의 우정은 그렇게 보기 좋았다. 위더 부인은 고사리 같은 손으로 꽃을 하나하나 손질하는 제 딸 옆에 앉아 입을 열었다.

"우리 딸은 스칼렛이 그렇게 좋아?"

"응. 좋아."

"얼마나?"

"이만큼."

이사벨이 짧은 팔을 휘둘러 크게 원을 그리며 대답했다. 그런 딸의 모습이 더욱더 사랑스러워서 위더 부인이 계속해 물었다.

"그럼 우리 이사벨은 스칼렛 어디가 그렇게 좋아?"

"음……."

엄마의 물음에 이사벨은 고개를 갸웃거렸다. 스칼렛 어디가 좋으냐고? 모르겠다. 그냥 좋다. 아름답고, 상냥하고, 총명하고, 많은 것을 알고 있다.

그녀는 자신이 묻는 물음에 모두 똑 부러지게 대답을 할 줄 아는 스칼렛이 신기했고, 용감하게 제 앞을 막아서는 그녀가 부러웠다.

가끔 아이들이 모이는 살롱에서 짓궂은 남자아이들이 자신을 놀리기라도 하면, 스칼렛은 언제나 그녀 앞을 막아섰다. 그리고 엄한 얼굴로 몇 번 꾸짖으면 남자아이들은 어제 그랬냐는 듯이 순순히 이사벨에게 사과했다.

"스칼렛은…… 여왕님 같아."

"어머, 여왕님?"

"응, 동화책에서 나오는 여왕님 같아. 예쁘고, 용감하고, 지혜롭고, 무엇보다도 강해."

그녀는 예전에 그녀가 읽었던 동화책을 상기하며 눈을 반짝였다. 악독한 용한테 잡혀간 시골 소녀를 왕국의 우아하고 강한 여왕님이 검을 들고 구출하는 내용의 동화. 그 속에 등장하는 그 용맹한 여왕님은 다름 아닌 스칼렛처럼 태양 같은 머리카락을 하고 있었다.

이사벨은 다시 고개를 숙이고 꽃을 다듬었다. 이것을 받고 스칼렛은 좋아할까? 웃을까? 부디 그래 줬으면 좋겠다. 그녀는 이 몇 달 동안 바이올렛 꽃을 키워 내기 위해 거의 정원에서 살다시피 했으며, 폭풍이 치는 날에는 꽃이 걱정되어 잠도 자지 못했다.

내일 저녁 스칼렛의 생일에 주기 위해서.

그때였다. 조용한 방의 정적을 깨고 문이 열렸다. 이사벨은 고개를 들고는 저를 향해 내리꽂히는 흉흉한 눈길에 어깨를 움찔거렸다.

"오셨어요, 아버지."

"뭐 하고 있는 거야?"

"저, 선물을……."

"이것 봐요, 여보. 우리 이사벨이 선물을 준비했어요. 디르난트 영애에게 줄 건데……."

"무슨 이런 거지 같은 걸 준비했어?"

위더 백작의 목소리에 이사벨이 고개를 푹 숙였다. 작은 손을 가습 앞에 꼭 잡은 채 꼼지락거리다가, 그녀는 제 뒤통수에 따갑게 내리꽂히는 아버지의 벼락같은 시선에 어깨를 움츠렸다.

이사벨은 언제나 아버지를 무서워했고, 특히 저를 향해 호통을 치는 아버지 앞에서는 꼼짝도 못 했다.

위더 백작은 제 딸과 그 앞에 널브러진 꽃들을 보며 기가 막힌다는 듯이 한숨을 쉬었다. 기껏 친구 하라고 붙여 놨더니 제 어미를 닮아서 안다는 게 꽃밖에 없다. 생긴 것만 멀쩡해서는 머리는 텅텅 빈 게 어떻게 딱 제 어미만 닮았을까.

그는 고개를 절레절레 젓고는 문을 쾅 닫고 나갔다. 위더 부인은 그런 남편의 행동에 길게 한숨을 내쉰 뒤 옆에서 고개를 푹 숙인 채 눈물을 뚝뚝 흘리고 있는 딸을 보며 급히 그녀를 달랬다.

"아가, 괜찮아. 괜찮아, 응? 하나도 이상하지 않아."

"흐흑…… 엄마, 내가 준비한 게…… 이상해?"

"아니야, 아가. 하나도 이상하지 않아. 스칼렛은 꼭 좋아할 거야. 그러니 뚝, 응?"

"하지만…… 아버지가…….''

"아니야, 아가, 이사벨. 울지 말고, 우리 계속 꽃 다듬자. 엄마도 도와줄게. 응?"

위더 부인의 품에 안겨 이사벨이 눈물을 뚝뚝 흘리다가, 엄마의 달래는 소리에 고개를 끄덕였다. 몇 달 동안 준비한 선물이다. 제 손으로 하나하나 싹을 뿌려서 손수 물을 주고, 바람이 부는 날에는 자신이 가장 아끼는 드레스로 바람도 막아 줬다. 예쁜 말을 들으면 예쁘게 큰다길래 날마다 시도 읊어 줬다.

그녀는 스칼렛이 이것을 좋아하리라 믿어 의심치 않았다. 제 아비가 그렇게 말하기 전까지는.

곧 그녀가 울음을 그치고, 히끅대며 꽃을 하나하나 다듬었다. 그래도 좋아할 것이다. 예쁘게 다듬어서 리본도 달아 주고, 내일 생일 연회장에서 그녀에게 주는 것이다.

거기까지 생각하고 그녀는 다시 웃었다.

하지만 다음 날 아침, 스칼렛의 생일 파티에 참석하려고 준비했던 원피스를 입고 머리까지 곱게 빗은 이사벨은 자신이 준비했던 꽃다발이 엉망이 된 채 바닥에 널브러진 것을 보고 결국 울음을 터뜨리고 말았다.

어젯밤 밤을 새우며 곱게 장식한 꽃들은 전부 바닥에 버려져 있었고, 리본은 갈기갈기 찢어져 있었다.

"내가 그랬다. 워낙에 한미한 선물이라 공작 영애 마음에 들지 않을 게 뻔해. 그런 부끄러운 선물을 누구한테 주려고."

"하지만……."

"다른 사람들은 보석이며 구두며 갖다 바칠 게 뻔한데, 넌 겨우 그 깟 꽃 몇 개 뽑아다가 바치려고? 하여튼 누굴 닮아 저리 멍청한지."

"하지만…… 스칼렛은 좋아할 거란 말이에요."

"공작 영애가 미치지 않고서야 그깟 꽃에 헤실거릴 리 없지. 이사벨, 쓸데없는 소리 그만하고 이제 생일 연회장에 가서 내가 주는 것들을 공작 영애한테 바쳐라."

말을 마친 위더 백작은 망연자실하게 서 있는 딸을 뒤로하고, 몸을 돌려 저택을 나갔다. 곧 위더 부인이 뚝뚝 눈물을 흘리는 딸을 달래며 마차에 몸을 싣고는 디르난트의 타운 하우스로 향했다.

이사벨은 눈 깜짝할 사이에 도착한 디르난트의 타운 하우스를 풀이 축 죽은 채 쳐다보았다. 그녀의 눈앞에는 여전히 그녀가 손수 키운 바이올렛 꽃들이 아른거렸고, 그녀는 꼭 제 손으로 그 꽃을 스칼렛에게 전해 주고 싶었다.

위더 백작과 백작 부인이 곧 저택 안쪽으로 들어가자, 이사벨은 점점 작아지는 아버지와 엄마의 뒷모습에 눈을 깜박거렸다. 위더 의 저택 정원에는 아직 바이올렛 꽃들이 남아 있었다. 지금 가서 가져오면 조금 늦을지도 모르지만 그래도 스칼렛의 손에 넘겨줄 수 있을지도 모른다.

그 생각이 들자 이사벨이 급하게 다시 마차 안쪽으로 뛰어 들어갔 다. 손님을 맞이하던 공작가의 집사와 인사를 나누느라 차마 딸이 사라진 걸 확인 못 한 위더 백작은 그제야 급하게 그녀를 불렀다.

하지만 엉엉 울면서 제발 저택으로 돌아가 달라고 간곡히 부탁하 는 아가씨 때문에 당황한 마부는 이미 마차를 몰기 시작했고, 결국 이사벨은 다시 저택으로 돌아갔다.

＊　＊　＊

어린아이의 생일 파티는 얼핏 들으면 별것 아니지만— 주인공이 디르난트 공작의 외동딸, 현 왕이 애지중지하는 조카, 에리어 후작 의 금지옥엽, 미래의 디르난트 공작, 차기 국왕의 사촌…… 이라면 말이 달라진다.

완벽하기 그지없는 혈통. 명예와 긍지를 타고난 존재.

윈체스터뿐만 아니라 역사에 한 획을 그을 게 분명하다는 디르 난트 공작의 미모를 그대로 물려받…… 지는 못했지만, 하여튼 그래도 예쁘장한 얼굴이 벌써 많은 사람의 경탄을 자아냈고, 하나를 가르쳐도 열을 알아듣는다고 일컬을 정도로 총명하여 많은 사람의 기대를 한 몸에 받는 공작 영애는 오늘 10살 생일을 맞이했다.

사람들이 와글와글한 연회장의 중간에서 조용하게 앉아 있던 백금발의 공작 영애는 제게 쏟아지는 선물을 하나하나 받으며 웃고 있었고, 그 옆에서 열심히 생일 케이크를 먹던 비올레타 왕녀는 입가에 묻은 크림을 닦고는 입을 열었다.

"이번에는 왜 공작저에서 안 하고 수도에서 하는 거야?"

"어머니가 바쁘셔서. 아버지도 바쁘시고. 굳이 생일 파티 때문에 영지로 돌아가야 할 이유가 없잖아. 그래서 그냥 내가 왔어."

새침하게 대답하는 공작 영애, 스칼렛의 얼굴에는 그 나이에 어울리지 않는 성숙함이 흘렀다. 그래 봤자 어디까지나 보여 주기식 성숙함이고, 결국에는 말랑말랑 헤실헤실하기 그지없는 친구임을 알기에 비올레타는 웃으면서 열심히 케이크를 먹었다.

"영애님, 생일을 축하합니다."

"감사합니다."

어차피 이 모든 건 그녀를 향한 게 아니었다. 대부분은 디르난트의 이름, 그리고 그녀의 부모를 향한 것이었다. 그 사실을 모르지 않기에 스칼렛은 그저 웃으며 고개를 끄덕일 수밖에 없었다.

다시 비올레타와 놀이 상대로 뽑힌 몇몇 아이들과 남겨진 스칼렛이 한숨을 푹 쉬었다. 그녀의 시선이 멀리에서 어머니와 대화를 나누고 있는 위더 백작에게로 닿자, 그녀는 어깨를 축 늘어뜨렸다.

'이사벨은 왜 안 오는 거지?'

생일 파티가 시작된 지 한참이나 지났으나 그녀의 가장 친한 친구는 아직 등장하지 않고 있었다. 위더 백작에게 물을까, 고민하던 그녀는 입을 삐죽 내밀며 발로 의자를 툭툭 찼다.

하지만 곧, 자신에게 축하 인사를 하러 오는 발터르의 장녀를 보며 다시 환하게 웃어 주었다.

생일 파티는 무르익었고, 그녀의 옆에는 선물들이 산더미처럼 쌓여 있었지만, 스칼렛은 여전히 그다지 행복하지 않았다. 비슷비슷한 선물들 속에서 그녀를 향한 건 하나도 없었다.

그런데 그때였다. 무거운 연회장의 커다란 문이 열리고 그 틈 사이로 작은 인영이 들어왔다. 화려하고 커다란 꽃다발에 묻힌 작은 인영은 잠시 주춤하더니, 뭔가를 찾는 듯 두리번거리다 스칼렛한테로 다가왔다.

"어머, 이거 뭐죠? 세상에, 어느 집 영애죠?"

그때 작은 인영의 꾀죄죄한 차림에 기겁을 한 어느 귀족 부인의 호들갑스러운 목소리가 연회장을 울리자, 모든 사람의 이목이 연회장을 가로질러 가는 작은 몸에 고정되었다.

저보다 두 배는 커다란 바이올렛 꽃을 안고, 흙이 잔뜩 묻은 얼굴을 한 채 우뚝 멈춰 선 인영은 다름 아닌 이사벨이었다.

그녀는 위더 부인이 곱게 꾸며 준 모습은 어디로 내팽개쳤는지 온통 진흙투성이로 몸을 칠하고 있었고, 머리는 산발이 되어 잔뜩 흐트러진 채였다.

위더 백작은 멀리서 제 딸이 하는 꼴사서니를 보고 뒷골을 잡았다. 마차를 타고 가길래 기껏해야 어디로 도망가겠지, 어차피 제 저택의 마부이니 별 상관없다고 여긴 제 잘못이었다.

위더 부인이 호들갑스럽게 딸을 찾으러 가는 것을 말린 게 천추의 한으로 남을 정도로, 현재 이사벨의 꼴은 말이 아니었다.

모든 사람의 이목이 제게 닿자 이사벨이 부끄러운 듯이 몸을 움찔거렸다. 그녀 또한 제 모습이 어떤지 잘 알고 있었다. 옷과 머리는 엉망이었고, 급하게 흙을 파서 꽃을 뽑아 온 터라 손톱에도 흙이 잔뜩 꼈다. 엄마가 그토록 강조하는 여자아이의 모습은 하나도 하지 않은 채 이사벨은 입을 꼭 다물고 서 있었다.

스칼렛은 눈을 깜박거렸다. 이윽고 약간의 정적이 흐르고, 그녀는 그제야 꽃 뒤에 숨겨진 이사벨의 얼굴을 발견하곤 활짝 웃었다. 방금부터 계속 기다리던 친구의 등장에, 스칼렛이 언제 지루해했느냐는 듯이 소파에서 뛰어내려 이사벨한테로 도도도도 뛰어갔다.

"이사벨!"

이사벨은 반갑게 저를 부르는 스칼렛의 모습에 덩달아 활짝 웃었다. 제가 너무 더러워서 혹시 외면하지는 않을까 생각했지만, 스칼렛이 그럴 리 없었다.

아니나 다를까, 그녀의 가장 자랑스러운 친구가 그녀에게 다가와 밝게 물었다.

"왜 이제 왔어?"

"미안해. 선물을 준비하느라……."

"선물?"

스칼렛은 고개를 갸웃거렸다. 선물이라면 위더 백작이 이미 했다. 보통 관례상 한 가문에서 두 사람이 나눠서 선물하는 경우는 없었다.

하지만 그런 관례 따위 무시한 채, 이사벨이 입술을 꼭 깨물곤 제 품에 안은 바이올렛 꽃을 스칼렛에게 내밀었다.

"스칼렛. 생일 축하해."

"······."

"내가, 내가 직접 심었어. 어, 급하게 뽑아 오느라고 좀 더럽지
만······ 그래도······ 흐읍, 그래도······."

제 방의 바닥에 널브러져 있을 바이올렛 꽃을 상기하고는, 이사
벨은 서러움에 훌쩍거렸다. 더럽다고 스칼렛이 싫어하면 어떡하
지? 이럴 줄 알았으면 조금 더 다듬어서 갖고 오는 건데. 아니야,
그러면 진짜 생일날에 줄 수 없을지도 몰라. 하지만, 하지만 이렇
게 더러운데······.

스칼렛이 거절할지도 모른다는 생각에 눈가에 눈물이 핑 돌았지
만, 이사벨은 그래도 이렇게 좋은 날에 차마 울 수 없다는 생각에
억지로 울음을 참고 스칼렛의 대답을 기다렸다. 하지만 대답은 계
속 들려오지 않았고, 결국 이사벨은−

그런데 그때였다.

"이사벨. 네가 직접 심은 거야?"

"응······."

"고마워. 이사벨."

"어머, 영애님, 그거 더럽······!"

이사벨의 품에 가득 안긴 꽃다발이 순간 쑥 하고 빠져나가고, 그
녀는 이제야 스칼렛이 더없이 환하게 웃고 있다는 사실을 깨달았
다. 약간의 침묵은 고마움과 감격의 뜻이었다.

흙을 채 털어 내지 못해 꾀죄죄하기 그지없는 꽃다발이었지만,
곱게 다듬지도 못하고 포장도 못 했지만, 그럼에도 스칼렛은 그 어
떤 보석 선물을 받은 것보다 더 환하게 웃고 있었다.

그 웃음에 이사벨이 덩달아 활짝 웃었다. 옆에서 누군가가 더럽

다고 말리려고 했으나, 순간 차가운 스칼렛의 눈길이 그에게 꽂히자 그는 단숨에 입을 닫았다.

스칼렛은 손으로 바이올렛 꽃을 하나하나 헤집었다. 그리고 환하게 웃으며 답했다.

"이사벨. 고마워, 진짜 고마워."

"스칼렛, 선물 마음에 들어?"

"응. 진짜, 진짜 마음에 들어. 이제까지 받았던 모든 선물 중에서 이게 제일 마음에 들어!"

스칼렛의 진심 어린 목소리에 이사벨이 환하게 웃었다.

스칼렛의 말이 떨어지기가 무섭게 방금까지 얼굴을 굳히고 있던 위더 백작이 안도의 한숨을 내쉬었고, 곧 그의 얼굴에 득의양양한 미소가 걸렸다. 멍청한 계집애라도 쓸모가 있기 마련이다.

스칼렛은 이사벨의 손을 잡고 소파로 다가갔다. 비올레타가 혼자 케이크의 절반을 해치우고는 눈을 깜박거렸다. 그녀는 이사벨이 스칼렛의 옆에 앉는 것을 보다가 새로운 접시를 꺼내 케이크를 담은 뒤 이사벨한테 내밀었다.

"자, 먹어."

"고, 고맙습니다."

스칼렛의 옆에 있는 사람이 왕녀라는 사실은 그녀도 알았다. 그에 주춤거리며 대답하자, 비올레타가 씨익 웃으며 말했다.

"뭐, 스칼렛이 좋아하니까 주는 거야. 내가 원래 먹는 거 양보 안 하는 사람인데."

비올레타의 말에 이사벨이 접시를 받아 들고 곧 입안에 케이크를 넣었다. 그리고는 옆에 앉아 방긋방긋 웃으며 꽃을 살펴보는 스칼렛을 향해 조심스레 말했다.

"진짜 좋아?"

"응. 진짜 좋아. 이사벨. 이거 무슨 꽃이야?"

"바이올렛."

"우아, 예쁘다."

"꽃말이 '영원한 우정'이래."

"진짜?"

스칼렛이 신기한 듯이 꽃을 이리저리 살피고는, 방긋방긋 웃으며 품에 안았다. 그에 이사벨이 덩달아 활짝 웃었다.

"스칼렛. 우리도 영원히 친구 하자."

"응, 물론이지. 아, 이거 내가 표본 만들어야겠다. 영원히 간직할 수 있게!"

스칼렛이 잔뜩 흥분해서 말하자, 이사벨이 고개를 끄덕였다. 급하게 꽃을 뽑다가 돌부리에 약간 긁혀 피가 나는 무릎은 치마로 가리며 케이크를 입에 넣었다.

'스칼렛이 내가 상처 입은 걸 보면 속상해할 거야.'

거기까지 생각한 이사벨은 더더욱 원피스로 무릎을 가렸다. 무릎이 조금 아파 왔지만, 그래도 옆에서 진심으로 기쁜 듯이 웃으며 흥얼거리는 스칼렛을 보며 그녀는 비로소 행복감에 젖을 수 있었다.

아, 다행이야. 스칼렛이 기뻐서 정말 다행이다.

* * *

연회가 끝나고 스칼렛에게 손까지 흔들어 준 뒤, 이사벨은 마차에 올랐다. 어쨌든 스칼렛은 진짜로 좋아해 줬다. 자신의 친구가 행복했다는 것만으로도 기분이 좋아서, 그녀는 수줍게 웃음을 흘렸다.

하지만 위더 부인은 그런 딸을 보며 길게 한숨을 쉬었다. 그녀로서는 제 딸의 마음이 기특하긴 하지만, 그렇다고 해도 방금 전부터 저 꾀죄죄한 원피스와 어지러운 머리카락이 못내 마음에 걸렸다.

세상에, 다른 건 몰라도 어떻게 여자아이가 저런 모습을 할 수 있단 말인가. 그래서 그녀는 아이의 환상을 조금 깨더라도 엄격하게 딸을 교육해야겠다는 생각에 이사벨을 조용하게 불렀다.

"이사벨."

"응, 엄마. 아, 엄마, 엄마. 방금 스칼렛 표정 봤지? 진짜 스칼렛이 좋아하는 것 같아. 엄마, 다음 생일날에는……."

"이사벨 그전에."

"……."

"너는 여자아이가 그게 꼴이 뭐니?"

위더 부인의 엄격한 말투에 이사벨이 눈을 깜박거렸다. 그러고 보니 휘황찬란하게 차려입은 사람들 사이에서 그녀의 꾀죄죄한 꼬락서니가 유독 눈에 띄었더랬다. 그래도 스칼렛은 괜찮다고 해 줬는데…….

"오늘 공작 영애님을 보렴. 그렇게 예쁘고 그렇게 우아한데, 정작 네 모습은 정말이지, 어휴- 이사벨. 엄마는 너무 창피했단다."

위더 부인은 어렸을 적부터 어느 순간에도 흐트러지지 말아야 한다고 배웠다. 특히 여자라면 어느 때든, 어떤 일이 있든, 가장 위급한 순간에도 저를 꾸며야 한다고 그렇게 배웠다.

하지만 오늘 딸의 행색은 사정이 있다고 해도 이해할 수 없었다.

"남자아이라면 그래, 조금 활동적이라고 이해할 수도 있겠지만, 여자아이는 그러면 안 돼."

"미안해, 엄마. 하지만 스칼렛이 좋아해 줬단 말이야."

"그래도 안 돼, 이사벨."

풀이 죽은 딸의 모습이 눈에 걸렸으나, 위더 부인은 그래도 아이를 엄격하게 가르치려고 노력했다. 이건 굉장히 큰 문제였다. 집안이라면 몰라도, 다른 사람들이 다 보는 앞에서 이런 행색이라니.

그녀는 가볍게 한숨을 쉬고 말을 이었다.

"여자아이는 그 어느 때든 가장 아름답고 우아한 모습으로 사람들 사이에 서 있어야 한단다. 너 자신이 여자라는 사실을 잊지 말고, 언제나 자신의 몸가짐을 주의하기에 노력하렴."

"네……."

"오늘 공작 영애님 옆에서 네가 얼마나 유독 꾀죄죄해 보였는지 알아? 다음부터는 그러지 마."

위더 부인의 말에 이사벨이 고개를 끄덕였다. 그리고 딸의 반성하는 태도에 위더 부인은 괜히 마음이 약해져 그녀를 끌어안고 다독였다.

"이사벨, 엄마는 너를 위해 이러는 거야. 사람들은 단정하지 않은 여자아이한테는 자비롭지 못해."

"응."

"특히 너는 언제나 자신의 몸가짐에 주의해야 해. 알겠지? 공작 영애님 옆에서도 부끄럽지 않은 모습으로, 오히려 그 옆일수록 더 아름답게, 알겠니?"

이사벨은 재차 고개를 끄덕였다. 사실 그녀의 머릿속에는 오늘 스칼렛의 화려한 옷차림보다는 그녀가 제 꽃을 받아 들고 웃던 그 모습이 가장 강하게 박혔지만, 문득 엄마의 말이 맞을지도 모른다는 생각이 들었다.

원래도 아름다운 스칼렛이 태양 같은 백금발을 곱게 빗고, 꽃을 안고 있는 모습이 얼마나 예뻤던가. 반면 저는 칙칙한 갈색 머리카락에 심지어 덕지덕지 흙이 묻은 차림을 하고 있었다. 거기까지 생각하고, 이사벨이 엄마의 품에 고개를 묻었다.

하지만…….

하지만, 이사벨은 생각했다.

'엄마, 스칼렛은 내 친구인데. 꼭 그녀보다도 아름다워야 해?'

※　※　※

시간은 빨리 지나가고, 아이들은 눈 깜짝할 사이에 큰다.

이사벨과 스칼렛은 여전히 친구였고 세상에 둘도 없는 우정을 자랑했다.

그리고 14살을 맞은 이사벨은 시에라에서 미모로 소문이 자자한 엄마의 아름다움을 그대로 물려받아, 아직 사교계에 정식 데뷔를 하지 않았음에도 유명했다.

"스칼렛, 이거 예뻐?"

이사벨은 꽃잎처럼 레이스가 겹겹이 쌓인 분홍색 드레스를 입고 한 바퀴 빙그르르 돌았다. 디르난트 공작저의 정원에서 꽃에 파묻힌 채 활짝 웃고 있는 친구를 보며 스칼렛이 힘차게 고개를 끄덕였다.

"예뻐."

스칼렛은 의자에 기대 쿠키를 씹었다. 그녀의 앞에서 어여쁘게 웃고 있는 친구의 드레스가 바람에 빙그르르 돌았고, 곧 이사벨이 활짝 웃었다.

"이거, 리칼이 선물해 준 거야. 생일 선물."

"리칼?"

"브란스 자작가의 장남. 저번에 너도 봤지? 사교 모임에서."

스칼렛은 눈동자를 굴리며 리칼 브란스라는 이름을 머릿속에서 뒤적거리다가 고개를 끄덕였다. 그러고 보니 그런 이름이 있긴 했다. 한미한 가문이라 잘 기억은 나지 않지만.

"뭐, 기억은 대충 나는데. 그 영식이 너한테 드레스 선물을 했다고?"

"응!"

스칼렛은 잠시 멈칫했다. 그러고는 비릿하게 웃었다. 이 새끼가 우리 이사벨한테 반했구나. 어쩐지 저번 모임 때 이사벨에게서 눈을 떼지 못하더라니.

그런 스칼렛의 마음을 아는지 모르는지 이사벨은 순수하게 활짝 웃었다. 그 모습이 마치 봄날에 핀 백합같이 아름다워서 스칼렛은 내심 감탄했다.

드레스를 곱게 정리한 이사벨은 자리에 앉아 우아하게 차를 한 모금 마셨다. 역시 그녀의 엄마는 틀리지 않았다. 사람들은 우아하고, 부드럽고, 상냥한 여자아이를 좋아했고, 모두가 그녀와 친구를 하고 싶어 했다.

사람들은 언제나 그녀가 마치 백조처럼 우아하다고 칭송했고, 가끔 나가는 작은 사교 모임에서 남자들은 그녀와 손 한번 잡지 못해 안달했다.

이사벨은 고개를 들었다. 그녀의 앞에 있는 그녀의 친구는 여전히 이사벨의 가장 큰 자랑거리였다. 가끔 제게 말을 걸어오는 영식들이 은근히 스칼렛을 입에 올릴 때도 이사벨은 누구보다도 자랑스럽게 그녀가 내 친구라고 말하곤 했다.

다만 그녀는 스칼렛의 모습이 약간 걸렸다.

"스칼렛, 그런데 넌 언제 사교계에 데뷔하는 거야?"

"곧. 아카데미 가기 전에는 해야지."

"준비는 다 되고 있어?"

"그럭저럭? 뭐, 적당하게 준비하고 있긴 한데, 별로 관심은 없어. 외숙모— 아, 미안, 이렇게 부르면 안 되는데. 왕비 전하가 알아서 해 주실 거야."

"아…… 그렇구나."

이사벨이 고개를 끄덕였다. 보통 윈체스터에서 영애들은 16살에 데뷔한다. 그럼에도 비록 14살이지만 이사벨은 벌써 데뷔탕트를 준비하고 있었다. 엄마가 그러길, 여자아이에게 사교계는 무엇보다도 중요한 곳이라고 했으니까.

하지만 정작 스칼렛에게 그건 아무것도 아닌 것처럼 보였다.

"그것보다 이사벨."

시큰둥하게 앉아 있던 스칼렛이 입안에 있는 쿠키를 전부 다 씹고 넘기더니, 갑자기 얼굴에 이채를 띤 채 방긋방긋 웃으며 이사벨을 보았다. 그에 이사벨이 눈을 깜박거렸다.

"그거 알아? 외교부에 엄청난 사람이 들어왔대."

"응? 외교부?"

"응. 외교부. 거기 원래 되게 엉망이었잖아. 그런데 작년에 마틸…… 마틸, 뭐더라- 아! 마틸라 클락이라는 사람이 들어오고 이번에 완전 달라졌대."

"어떻게?"

"저번 협상 성적은 괜찮다더라. 보상금도 5만 골드나 가져왔대. 큰 액수는 아닌데, 그래도 원체스터에서 시에라에 처음으로 보상금을 가져온 일이라 지금 외삼- 아, 미안, 폐하께서 거는 기대가 크셔."

이사벨은 고개를 갸웃거렸다. 보상금? 그런 게 있던가? 왜 시에라에서 원체스터에게 보상금을 지급하는가. 그런 이사벨의 의문을 알아들은 듯이 스칼렛이 방긋방긋 웃으면서 답했다.

"왜, 160년 전 전쟁에서 시에라가 원체스터를 어지간히 괴롭혔어야 말이지. 공녀도 잔뜩 데려가고, 이것저것 잔뜩 뜯어 가고, 왕녀를 시집보냈는데, 어휴…… 말도 하고 싶지 않아. 그런데 그에 대한 사과는 일절 없고. 백 년의 치욕이고 원수지."

스칼렛이 손을 휘휘 저으며 고개를 도리도리 저었다. 하지만 이사벨로서는 어리둥절할 수밖에 없었다. 그녀는 귀족 영애로서 최소한의 역사 지식을 배워 그런 전쟁이 있다는 건 알았지만, 정작 그 내막은 자세히 알지 못했다.

그녀는 어색하게 웃었다. 스칼렛은 가끔 그녀가 알아들을 수 없는 이야기를 했다. 예전에는 그게 마냥 신기했지만, 요즘은 가끔 이상하기도 했다.

위더 부인은 여자아이가 너무 똑똑하면 안 된다고 했다. 그런데 스칼렛은 굉장히 똑똑했다. 아버지도 그랬다. 저는 멍청하다고, 하지만 계집애는 원래 멍청한 게 좋다고.

대체 뭐가 맞는 걸까. 그렇게 생각하며 찻잔을 만지작거리는데,

이번에 새로 온 스칼렛의 부관, 데미안이 갑자기 정원에 들어왔다.

이사벨은 차가운 그의 얼굴을 보며 신기해했다. 부관은 아버지 같은 사람만 쓰는 줄 알았는데 귀족 영애도 쓰는구나. 그렇게 생각하는 중 데미안이 차가운 목소리로 입을 열었다.

"영애님, 저번에 맞춘 아카데미 교복이 도착했습니다."

"아, 그래? 잘됐네. 이제 입어 볼 테니까 방에 가져다 놔."

"알겠습니다."

허리를 꾸벅 숙이는 데미안을 보며 이사벨은 다시 생각에 잠겼다. 그러고 보니 스칼렛이 아카데미에 간다고 했지. 아카데미는 윈체스터 최고의 왕립 교육 기관으로 외국에서도 종종 온다고 들었다.

다만 위더 부부는 이사벨에게 아카데미는 딱히 소용이 없다며 그녀를 보내지 않았다.

이사벨은 대수롭지 않게 웃는 스칼렛을 보며 입을 다물었다. 뭔가 다른 느낌이다. 예전과 달리 그녀와 스칼렛 사이의 거리가 점점 멀어지는- 어렸을 때 느끼지 못했던 격차라는 것이 벌어지고, 둘의 대화는 점점 같은 선에 있지 않았다.

그 생각을 하며 이사벨은 어색하게 웃었다.

* * *

"아카데미? 무슨 헛소리야?"

"저…… 스칼렛이 아카데미에 다닌다고 하길래……."

"헛소리 하지 말고 얌전하게 사교계 데뷔나 준비해. 가문을 이을 것도 아닌데 무슨 아카데미야?"

"네……."

이사벨은 어깨를 축 늘어뜨린 채 방을 나갔다. 그러다 밖에 서 있는 위더 부인을 발견하곤 이사벨이 활짝 웃었다.

"엄마!"

"그래, 아가. 아버지는 안에 계시니?"

"응. 그런데 엄마, 왜 그래?"

이사벨은 오늘따라 이상한 엄마의 표정에 어리둥절한 표정을 지었다. 평소 언제나 부드럽고 자애롭게 웃고 있는 엄마는 오늘따라 눈가에 물이 가득 찬 채 억지로 울음을 참고 있는 것처럼 보였다.

그 모습이 지독하게 슬퍼 보여서 이사벨은 덩달아 미간을 찌푸렸다.

"엄마……."

"아니야, 이사벨. 방에 들어가 있으렴."

말을 마친 위더 부인이 방에 들어가고, 이사벨은 그런 그녀의 뒷모습을 보며 꺼림칙한 기분이 들어 멍하니 서 있을 수밖에 없었다.

그리고 몇 시간 뒤, 얼굴이 울긋불긋 잔뜩 부은 채로 위더 부인이 서재에서 나왔다.

이사벨은 사실 상상조차 하지 못했다. 그녀의 눈에 아버지는 비록 강압적이지만 그래도 집안에 충실한 모습이었고, 가끔 폭력적이지만 그래도 크게 주먹을 휘두른 적은 없었다.

엄마는 말했다. 아버지가 네 뺨을 때리는 것은 너를 사랑해서라고, 네가 잘되길 바라서라고.

그녀는 언제나 이사벨에게 아버지는 강한 사람이며 이 집안을 홀로 책임지는 사람이고, 그래서 막중한 책임감 때문에 그렇게 무뚝뚝한 모습을 하고 있다고 말했다.

그래서 이사벨은 믿어 의심치 않았다. 제 아버지가 자신을 사랑하고, 엄마도 사랑한다는 사실을. 그에게 맞은 뺨이 얼얼했지만 그래도 믿었다.

그런데, 그 모든 것들이 깨졌다.

그날, 이사벨은 처음으로 폭력이 어떤 것인지 깨달았고, 엄마가 아버지한테 맞는다는 사실을 알아챘다. 그리고 그 이유가 아버지의 외도라는 것도 그다지 어렵지 않게 알아차릴 수 있었다. 그리고 이번이 처음이 아니라는 것 또한.

원래 아이의 촉은 어른이 상상하는 그 이상으로 예민하고 정확하며, 무엇보다도 그녀는 그 뒤로 잦아지는 위더 부부의 싸움을 몇 번이나 목격했다.

아이러니했다. 외도는 아버지가 저질렀는데 정작 맞은 건 엄마였다.

아버지는 무서웠고 강압적이었다. 거기에 반발할라 치면 더욱더 큰 폭력이 날아들어 이상함을 느끼면서도 무서워서 입 밖에 내지 못했다. 이건 뭔가 잘못되었다는 걸 어렴풋이 느끼고 있었을지도 모른다.

하지만, 그럼에도 그녀는 꾹 참았다. 자신은 우아하고 상냥한 아이니까. 아버지의 뜻을 이해해야 한다. 그는 집안의 가장이므로.

위더 부인은 여전히 아버지가 좋은 사람이라고 말하고 있었고, 그저 남자들이 가끔 신선한 것에 끌리는 본능이라고 일축했다. 그래도 공개적인 장소에서는 내가 부인이고, 내가 그의 인정받는 반려라는 것을 위안 삼으며.

그래도, 그래도 이사벨은 궁금했다. 그래서 어느 화창한 날, 이사벨은 스칼렛에게 물었다.

"스칼렛, 혹시 말이야. 외도…… 에 대해 어떻게 생각해?"

"외도? 결혼한 뒤에 바람피우는 거?"

"응."

스칼렛의 묘사에 이사벨이 입술을 꼭 깨물었다. 스칼렛은 똑똑하니 분명 옳은 대답을 내놓을 게 분명했다. 그녀의 자랑스러운 친구는, 분명-

"역겨운 짓거리야."

순간 이사벨의 속이 덜컹거렸다. 스칼렛은 지나칠 정도로 대수롭지 않게 그 말을 내뱉고 있었고 무슨 당연한 소리를 하느냐는 듯이 물었지만, 정작 그것을 받아들이는 이사벨의 속은 생각 그 이상으로 요동쳤다.

"왜……?"

"당연한 거 아니야? 배우자를 배신했잖아."

"그…… 하지만, 그, 남자들은…… 남자들은 그, 가끔 원래, 신선한…….."

"무슨 소리야? 외도를 남자만 하는 것도 아니고. 그리고 신선은 무슨. 신선함은 생선 집에서나 찾지, 왜 애꿏은 배우자한테서 찾아?"

"그, 하지만…… 아내가 부족하지 않으면 남편도 밖에 나도는 일은 없지 않을까?"

"에이, 외도는 언제나 하는 사람 잘못이야. 멍청한 배우자든, 똑똑한 배우자든, 일단 결혼을 결심한 순간 모두 감당해야 한다고."

스칼렛이 깔깔거리며 고개를 저었다. 그녀로서는 당연하기 짝이 없는 답이었다. 결혼은 약속, 맹세, 영원히 함께하겠다는 결심이다. 그 바탕에 사랑이 깔렸든 그렇지 않든, 일단 그 손을 잡고 그길에 발을 내디딘 순간부터 서로는 절대 배신하지 못한다.

이 윈체스터에서 그것을 부정하는 사람은 얼마 없을 것이다.

그래서 스칼렛은 당연하게 손을 휘저었지만, 정작 찻잔을 든 이사벨의 손은 부들거렸다.

이사벨은 아랫입술을 꼭 깨물고 고개를 숙였다.

이게 아닌데, 그녀의 어머니는 분명 말했다. 원래 남편의 실수를 너그럽게 받아들이는 게 여자의 미덕이고, 남자가 한눈을 파는 건 아내의 부족함이라고. 결국 남자들은 집에 돌아오게 되어 있다고.

이사벨은 고개를 들고 대수롭지 않은 표정으로 쿠키를 집어 먹고 있는 스칼렛을 보았다. 이건 뭔가, 느낌이 이상하다. 그녀가 절대 적이라고 믿었던 두 사람이 서로 다른 말을 하고 있었다.

누가 옳은가.

그녀의 시선이 스칼렛에게 꽂혔다. 제게 중요한 것들이 스칼렛에게는 언제나 아무것도 아닌 일이었고, 스칼렛에게 허용된 것들이 언제나 그녀에게는 불허했다. 예전에는 그것이 대수롭지 않게 여겨졌지만, 지금 이 순간만큼은 그것이 그렇게 큰 차이로 다가온 적이 없었다.

왜?

왜 다르지? 자신도 귀족 영애고, 자신도 아름답다. 그런데 왜 다르지? 우리는 왜 생각이 다르지? 그래서 누가 옳은가.

아버지는 그녀를 경멸했다. 그 모습이 끔찍하게 싫었으나 어느 순간엔가 이사벨은 그것이 옳다고 여기고 있었다. 원래 여자는 남자보다 약한 존재였다.

아버지의 외도를 감싸는 엄마를 보면서 뭔가 이상했지만 그래도 그것이 옳다고 여겼다. 원래 여자는 상냥하고 포용하는 존재이니까.

데뷔탕트가 일생일대의 기회인 것처럼 구는 게 당연하다고 생각했다. 원래 사교계는 여자들에게 허용된 가장 큰 세계가 아니던가.

이사벨은 침을 꿀꺽 삼켰다. 자신은 언제나 가장 우아하고, 상냥하고, 배려심 깊은 아이였다. 그런 그 모습에 수많은 남자가 자신을 사랑하고, 수많은 사람들이 그녀를 주목했다.

그녀의 엄마가 틀릴 리가 없다. 자신이, 틀릴 리가 없다.

그녀는 스칼렛의 얼굴을 보았다. 눈처럼 새하얗고 정교한 얼굴, 햇살을 받아 부서지는 백금빛. 여왕님 같은 그녀의 친구는 자신과 너무나 달랐다.

틀렸어.

그래, 아마도 스칼렛이 틀렸을 것이다.

자신이 틀릴 리 없으니까.

아버지가 틀릴 리 없다. 그렇게 무서운 사람이 어떻게 틀리겠는가. 설사 아버지가 틀렸다고 해도 자신은 이를 바꿀 방법이 없었다.

하지만 스칼렛은? 스칼렛은 틀릴 수 있다. 저와 비슷한 환경에서 태어나 결국에는 그녀도 자신과 비슷하니까.

지독하게 그녀를 옭아맨 사슬이 한층 더 씌워지고, 이사벨은 그 사이에서 방황하고 있었다. 무엇이 옳은지 가르쳐 줄 사람도 없었고, 누구한테 물어야 할지도 몰랐다. 하루하루 아버지의 경멸 어린 눈빛을 받으면서, 엄마의 눈물을 보면서 그렇게 보내던 그녀가 종국에 제 '선택'을 마칠 무렵, 어느 날 스칼렛이 그녀에게 애인을 소개했다.

"인사해, 이쪽은 내 친구 이사벨 위더. 많이 들었지? 예쁘지 않아?"

달콤하게 웃으며 저를 인사하는 스칼렛은 더없이 해맑았다. 언제나 그러하듯 구불구불한 백금발을 화려하게 늘어뜨린 그녀는 오늘도 아름다웠고, 사랑에 빠진 소녀 특유의 달콤함이 흐르고 있었다.

이사벨은 눈앞에 서 있는 세인트 백작가의 차남을 보며 입을 꼭 다물었다. 그녀의 눈빛이 다시 천진하게 웃고 있는 스칼렛에게로 닿았다.

이전에 있었던 스칼렛과의 만남 이후, 그녀는 며칠 동안 잠을 이루지 못했다. 대체 뭐가 맞는지, 대체 누가 맞는지 알 수 없었다. 하지만 그 복잡한 문제에 대답은 그 누구도 알려 주지 않았다.

한평생 살면서 자주적으로 생각조차 해 보지 못한 그녀는 저 혼자 답안을 내릴 줄 몰랐다. 그리고 결국, 생각하면 생각할수록 기분이 이상해지고 뭔가 잘못되었다는 생각이 들었다.

이사벨은 행복하게 웃는 스칼렛을 향해 억지로 입꼬리를 말아 올렸지만, 정작 속은 역겨움이 울컥 올라왔다.

아무런 속셈도 없이, 아무런 경계도 없이 웃는 스칼렛의 얼굴이 마치 제게 '너는 아무런 위협도 되지 못한다.'고 말하고 있는 것 같았다. 그 순간 아버지가 말하던 멍청한 계집애라는 말이 떠오르고, 여자는 아는 게 적을수록 더 좋다던 엄마의 말도 떠올랐다.

이건, 아니야.

순간 이사벨은 입술을 깨물었다. 이건 아니다.

속에서 뭔가 요동치는 것 같았다. 이상한 감정이 울컥울컥 올라왔고, 자신이 옳다고 믿은 것이 강하게 고개를 들이밀었다.

어떤 것이 정답인지 모른다. 그러면, 시험해 보면 되지 않는가.

이사벨은 고개를 들었다. 그리고 입꼬리를 말아 올려 가장 우아하게 웃으며 입을 열었다.

"처음 뵙겠어요. 이사벨 위더라고 해요."

＊　＊　＊

애초에 열여섯과 열일곱의 사랑이었다. 많이 가진 소년과 많이 가진 소녀의 사랑이었고, 서로 너무 많은 것을 가져 오히려 독이 된 사랑이었다.

스칼렛은 사랑 말고도 할 게 많았고, 정작 그 공백을 메워 준 건 이사벨이었다.

시작은 쉬웠다. 스칼렛은 정말 순진하게 이사벨을 믿었다. 그 틈을 파고들어 '친구'라는 명목하에 가진 만남이 한 번이 되고, 두 번이 되고, 무한 번이 되었을 때쯤, 이사벨은 어느새 스칼렛보다 더 많이 남자의 속마음을 듣고 있었다.

그녀는 아무것도 하지 않았다. 그저 들어 줬을 뿐이다.

"스칼렛이 너무 바빠. 나를 사랑하긴 하는 걸까?"

"스칼렛은 좋은 아이예요. 분명 당신을 사랑할 거예요. 너무 상심하지는 마세요."

"고마워. 넌 정말 좋은 사람이야."

비슷한 유의 대화가 하나씩 만들어져 가고, 이사벨은 단 한 번도 스칼렛의 험담을 하지 않았다. 남자가 한 말에 적극 맞장구를 치지도 않았다. 그저 안타까운 얼굴로 그의 말을 들어 주고 상냥하게 다독여 줬을 뿐이다. 그녀는 아름답고 부드러운 여자니까.

날이 가면 갈수록 스칼렛과 남자가 싸우는 일은 많아졌고 그러던 어느 날, 남자는 그녀에게 속마음을 토로해 왔다. 네가 좋아진 것 같다고.

그 순간, 이사벨은 웃었다.

그래, 내가 옳다.

그것은 그녀가 저절로 내린 첫 번째 결론이며, 종국에 그녀를 파멸로 끌고 가는 최악의 선택이었다.

* * *

스칼렛의 눈가에서 핑그르르 도는 눈물을 보면서 속이 뜨끔하지 않았다면 거짓말이었다. 하지만 결국에 스칼렛은 그녀를 용서해 주었고, 그 남자와는 크게 싸운 뒤 결별했다.

그 뒤 스칼렛은 아카데미로 갔고, 이사벨은 여전히 스칼렛의 옆에서 맴돌았다. 자신이 옳음을 증명했지만 스칼렛의 태도는 여전히 그녀에게 의문점을 남겨 주었다.

왜, 왜 그 남자와 헤어지지? 사랑한다며, 사랑하면 다 포용해 줘야 하는 거 아닌가? 아, 그래. 네가 그러니까 남자가 널 떠나는 거야. 네가 완벽한 여자가 아니므로.

상대에게 모든 책임을 미는 건 생각보다 더 쉬운 일이었다. 한 번으로 끝났으면 족할 일이지만 스칼렛의 주변에 남자가 있으면 이사벨은 그 모습이 지독하게 미웠고, 마치 제게 와야 할 사람을 뺏긴 것처럼 고통스러워했다.

자신이 옳으니까. 자신이 옆에 있는데 그 계집애를 사랑할 순 없으니까.

그래서 한 번의 시도가 두 번이 되고, 세 번이 되고, 이사벨은 종국에 스칼렛의 주변에 있는 모든 남자를 하나하나 빼앗고 싶어 안달했다.

하지만 첫 번째와 달리 두 번째는 그리 쉽지 않았고, 그것에 오기라도 붙은 듯 이사벨은 점점 이상한 것에 집착하기 시작했다.

아니야. 내가 틀리지 않았어. 내가, 내가 옳아. 스칼렛이 틀렸다.

여자는 당연히 우아하고 아름다워야 하며 그녀처럼 배려심 깊어야 한다. 여자라면 무릇 남자를 이해하고 포용하는 건 당연하다. 그것이 여자니까.

시작은 그저 작은 흔들림이었으나 욕심이 집착되고, 집착이 악착이 되는 건 순식간이었다.

그리고 그녀는 어느 순간 깨달았다. 제가 옳은 걸 증명하지 못하면 스칼렛이 틀렸음을 증명하면 된다. 스칼렛이 틀렸다는 것을 증명하면 제가 옳다는 게 아닌가.

그녀는 언제나 남자들의 가장 약한 부분을 파고들었다. 굳이 유혹할 필요는 없었다. 스칼렛이 남자와 헤어지기만 하면 되니까. 그녀는 스칼렛을 너무 잘 알았다. 그녀는 오만하고 긍지가 넘치는 아이라, 굳이 '그' 남자가 아니라도 상관없었다. 제가 그렇게 느낀 것을 남자들이 느끼지 못할 리 없었다.

그래서 그녀는 '제안'했다. 자신과 사귀지, 아니, 사귀는 척하지 않겠냐고.

거절하는 남자들도 있었다. 아니, 사실은 거절하는 남자들이 더 많았다. 하지만 그럼에도 굳이 다 빼앗을 필요 없었다. 그녀는 스칼렛이 실패해서 우는 모습이면 충분했다.

그러니까 네가 틀렸어, 내가 옳다.

그렇게 그녀가 '빼앗은' 남자의 수가 3명이 될 쯤, 이사벨은 자신할 수 있었다.

내가 옳다. 내가 옳아, 그러니까 어서 네가 틀렸다는 것을 인정해.

그것은 일종의 아집이었다. 타인에게 제 생각을 부정당한 사람이 할 수 있는 마지막 방법이었다. 이사벨은 믿어 의심치 않았다. 아니, 믿어 의심치 않다고 믿었다. 자신이 옳다고 그렇게 믿었다.

사실은 그렇게 믿어야만 했다. 그것이 아니면 그녀를 만들어 온 이 모든 것들이, 엄마의 그 말들이 전부 틀렸다는 것이 될 테니까.

아버지를 향한 두려움과 증오는 어느새 존경이라는 알싸한 포장지에 숨겨지고, 그녀는 화살을 잘못된 곳에 겨누었다.

스칼렛이 미웠다. 그녀가 잘못되었는데 정작 그녀는 자신의 잘못을 인정하려 들지 않았다. 분명 스칼렛이 틀렸는데 어째서 저 계집애는 제가 틀렸다는 사실을 인정하려 들지 않고, 번번이 오뚝이처럼 일어나서 행복해지려고 하는 걸까.

말도 안 돼. 넌 그럴 자격이 없다. 네가 왜? 나보다 아름답지도 못하고, 나보다 여성스럽지도 못한데 왜? 아버지가 널 두려워하는 건 그저 네 가문 때문이다. 네가 모든 것을 가질 수 있었던 것 또한 그저 네가 디르난트이기 때문이다.

그래서 종국에 아버지의 반역을 알아채고, 아버지가 자신을 이용해 디르난트를 끌어들이려 한다는 것을 알아챘음에도 이사벨은 그것을 모른 척 아버지한테 '이용당해 주었다'.

그쯤에서 위더 백작은 뭔가 이상함을 느꼈다. 순종적이던 제 딸의 모습이 이상하게 변하고, 제가 때릴 때마다 얌전하게 울던 아이가 이제는 제게 대들어 댔다. 대체 뭐 하는 짓이냐고, 디르난트의 옆에서 꼬리를 흔들지 못할망정 뭐 하는 짓이냐고 꾸짖는 아버지에게 그녀가 비릿하게 웃으며 답했다.

"아버지. 입 다무세요."
"……뭐야?"
"당신 반역을 내가 나불대기 전에."

그 뒤로 아버지한테 맞았던 것 같다. 엄마가 울면서 아버지를 말렸지만, 그녀는 상관없었다. 까짓거 그 정도 아픔은 아무것도 아니었다.

엄마? 그래, 엄마. 나약하고 아무것도 모르는 엄마. 그녀의 엄마는 옳았지만, 그것을 증명하는 것은 자신이 될 것이다. 그저 남편의 외도에 빌빌거리기만 하는 그 나약함이 아니라, 자신은 반드시 강해져서 살아남을 것이다.

아무것도 모르는 척, 순진한 척, 그렇게 웃음으로 마음을 가리고, 눈물로 진심을 가리면서.

네가 아무리 대단해도 결국에는 내게 휘둘릴 수밖에 없음을 이사벨은 스칼렛에게 수백 번도 속으로 말했다. 그리고 여전히 저를 믿는 스칼렛의 모습을 비웃으며 증오했다.

하지만 그럼에도, 그럼에도—

"야. 지랄하지 말고 꺼져."

이사벨은 저를 보며 얼굴을 찌푸리는 소년을 보며 입술을 꽉 깨물었다. 이번도 실패인가. 왜? 왜? 내가 그 계집애보다 못한 게 뭐라고. 그 계집애보다 못한 게 뭐라고! 그녀가 틀렸는데, 내가 옳은데!

"스칼렛은 네가 이러고 다니는 거 아냐?"

"제가…… 뭘 어쨌다고 그러죠?"

"친구라며. 난 걔 애인이거든. 그런데 너 지금 나 따로 불러내서 뭐 하는 짓거리냐?"

"저는 그저, 당신이 힘들까 봐……."

"병신이냐? 멀쩡한 애인이 살아 있는데 내가 힘든 걸 왜 네가 챙겨? 필요 없고. 우리 일은 우리가 해결해. 별 미친 걸 다 보겠네. 꺼져."

이사벨은 멀어져 가는 리스터 뮐레르를 보며 부들거렸다. 이게 아니다. 그렇게 스칼렛과 싸우면서, 그럼에도 결국에는 다들 그 계집애 편인가. 이건 아니다, 뭔가 잘못되었다.

그녀는 스칼렛보다 더 훌륭한데. 그 오만한 계집애가 볼 게 무어 있다고. 그저 우아한 척, 상냥한 척, 가식적인 그 계집애가.

작은 호승심이 결국에는 광기가 되어 그녀를 잡아먹고, 이사벨은 어떻게든 스칼렛을 이기고자 혈안이 되었다. 한때 친구였던 기억은 전부 잡아먹히고, 이제는 온전히 짙은 적대심만이 남아 있었다.

이사벨은 그때부터 조금 더 '훌륭한 것'을 찾아 헤맸다. 순진하게 제 옆에서 웃고 있는 저 계집애를 무너뜨릴 만한 것. 자신이 더 '훌륭한 여자'임을 증명해 줄 수 있는 것.

그렇게 혈안이 되어 돌아다니던 어느 날, 그녀의 데뷔탕트가 결정되고 그날, 이사벨은 비로소 자신에게 가장 어울리는 남자를 볼 수 있었다.

칼리드 프로디아드. 프로디아드의 젊은 공작.

엄마는 말했다. 네가 훌륭한 여자가 되어야만 훌륭한 남자를 만날 수 있다고.

사교 파티에 잘 참석하지 않는 그를 보는 순간, 이사벨은 그에게 한눈에 반했다. 그는 마치 동화 속에 나오는 왕자님 같았다. 크고 다부진 체격, 조각 같은 얼굴, 차가운 인상, 권력, 재부, 모든 것을 다 가진 남자.

이사벨은 그를 보는 순간 비로소 깨달았다.

그래, 엄마. 엄마가 맞았어. 나는 훌륭한 여자고, 그는 훌륭한 남자야. 우리는 최상의 연인이 될 거야.

스칼렛은 감히 넘보지도 못하는 남자. 그런 남자를 내가 가질 거야. 그래서 내가 가장 훌륭한 여자라는 걸 꼭 증명하고 말 거야.

내가, 내가 옳으니까.

* * *

"영애, 폐하께 보낸 약혼서를 물러 주십시오."

이사벨은 수줍게 웃으며 고개를 갸웃거렸다. 그녀가 사랑하는 남자였다. 그녀의 인생에 가장 훌륭한 남자.

제일 처음에는 불가능하다고 하던 아버지 또한 어느 순간 본인조차도 믿지 못할 정도로 쉽게 떨어진 약혼 허가서에 놀라고 말았다.

아버지의 그 표정이 얼마나 웃기던지.

이사벨은 고개를 갸웃거리며 웃음을 흘렸다.

"각하. 그게 무슨 말인지 여쭈어도 될까요?"

"영애, 저는 영애와 결혼할 생각이 없습니다."

순간 여유롭게 웃던 이사벨의 얼굴에 금이 갔다. 하지만 곧, 다시 제 얼굴을 갈무리하고 우아하게 입꼬리를 말아 올렸다. 그래, 당신은 그럴 수 있지. 그럴 수 있다. 하지만 상관없었다. 나는 가장 아름답다. 원래 당신과 나는 가장 완벽한 한 쌍이어야 한다.

그러니까.

"죄송하지만, 그건 조금 곤란할 것 같아요."

"영애."

"각하, 저는 각하를 사랑해요."

"영애, 저는 사랑하는 사람이 있습니다."

그것을 말하는 칼리드의 얼굴은 차갑게 굳어 있었으나 그 사이에 묘한 부드러움이 흐르고 있었다.

그에 이사벨은 미간을 팍 찌푸리다가 화들짝 놀라 다시 얼굴을 폈다. 사랑하는 사람이 있다고 한다. 자신이 정치판의 말이 될 것이라고 한다. 그럼에도 그녀는 이 기회를 놓치고 싶지 않았다. 절대.

저런 남자의 사랑을 받는 여자는 누구일까, 그녀는 속으로 그 이름 모를 여자를 향해 저주의 말을 내뱉었다. 하지만 곧, 다시 웃었다. 상관없다.

칼리드가 그녀의 미소에 얼굴을 굳혔다. 그로서는 이미 지겨울 정도로 이사벨에게 협조를 구하고 있었다. 가문을 압박해 오는 왕의 명령은 어기기 힘들었고, 그럼에도 그는 어떻게든 인간의 도리를 지키려고 애를 썼다. 하지만, 대체 저 여자는 왜 이렇게 고집이 센가.

그 마음을 아는지 모르는지 이사벨은 단호했다. 이미 사랑에 빠진 그녀의 눈에 칼리드의 미세한 감정 변화가 잡힐 리 없었다. 이미 맹목적으로 제 광기에 젖어 버린 마음속에 타인의 애정이 들릴 리 없었다.

이사벨은 굳게 믿었다. 제가 옳다고 믿었다.

그리고 당신도 나를 필연코 사랑하리라고, 그녀는 그렇게 믿었다.

"저는 당신을 사랑해요. 그리고 당신이 사랑하는 그 사람은…… 저는 용납할 수 있어요."

"영애. 이용당할 겁니다. 애초에 끝이 보이지 않는 약혼입니다. 저는 영애와 결혼할 생각이 없습니다."

"상관없어요. 저는."

이사벨은 우아하게 웃었다. 그래, 상관없다. 종국에는 당신도 나를 사랑하리라. 스칼렛 그런 계집애는 당신을 쳐다도 보지 못할 것이다. 애초에 그 아이는 훌륭한 여자가 아니니까.

공작은 그 뒤로도 최대한 그녀를 설득하려 했으나 소용없었다. 애초에 모든 것이 들리지 않았다. 그녀는 제 눈을 막았고, 제 귀를 틀어막았다. 그리고 결국 그와의 약혼이 성사되고, 그녀는 행복에 젖어 제 갈 길을 잊었다.

광기에 미친 자의 행동은 그 어떤 논리로도 설득되지 않는다. 그녀는 제 한편으로 스칼렛의 것을 모조리 빼앗으며, 한편으로는 제 약혼자에게 구구절절 모든 것을 설명했다.

스칼렛은 내 친구예요. 그녀는 남자 보는 눈이 없는 것 같아요. 하지만 그럼에도 나는 그녀를 좋아해요. 나는 계속 그녀와 친구로 지낼 거예요—

그 한마디, 한마디가 어떻게 그에게 전해지는지 상관없었다. 애초에 눈이 먼 자는 자신이 보고 싶은 것만 본다. 다른 사람들이 보았다면 미쳤다고 손가락질할 일이 그녀에게는 모두 정당화되었고, 타인의 손가락질은 질투로 둔갑시켰다.

이성은 사라진 지 오래고, 결국에는 증오만이 남았다.

인간이 느껴야 할 죄책감, 슬픔, 미안함 따위는 존재하지 않았다. 제 아비가 든 반역의 칼날이 향한 것이 왕실이고, 하마터면 프로디아드를 무너뜨릴 뻔했다는 것을 암에도 그녀는 그것을 외면했다.

그녀가 옳으면 되니까.

옳으면 되는데—

그날은 제 약혼자가 돌아온 날이었다. 그녀의 자랑스럽고 강한 약혼자는 비로소 전쟁의 승리를 안아 왔다. 비록 첫 번째 왈츠는 스칼렛과 췄지만 상관없었다. 자신은 그의 아내가 될 사람이다. 겨우 왈츠 따위로 나를 이길 수 있다고 생각하면 오산이다.

그녀는 오늘의 주인공이다. 전쟁 영웅의 아내가 될 사람이고, 이 연회의 여주인공이었다.

거봐, 모두가 나를 보고 있잖아. 내 아름다움에 반하고 나를 부러워하고 있잖아?

마치 오페라의 여주인공처럼 그녀는 스칼렛에게 우아하게 다가가 인사를 하고, 비웃어 주는 것을 잊지 않았다. 가여운 그녀의 친구는 칙칙한 자회색의 드레스를 입고 있었고, 아무리 예쁘게 꾸며도 종국에는 제 발끝도 따라오지 못할 미모를 가지고 있었다.

칼리드, 보고 있나요? 내가, 내가 여기서 가장 아름다워요.

인사를 마치고 그녀는 칼리드가 있는 쪽을 보았다. 그는 자신을 향해 웃고 있었다. 그 시선이 자신을 향한 것이라 그녀는 믿었고,

그것이 자신을 향한 굴복이라 그녀는 믿었다.

그러니까!

그러니까…….

그런데…….

"야, 따라 나와."

화려한 장미처럼 도도하게 웃는 왕녀를 보며 이사벨은 미간을 살짝 찌푸렸다. 스칼렛을 제거하니 이제는 다른 계집애가 옆에서 알짱거린다. 그녀는 스칼렛의 옆에서 언제나 저를 비웃고 있는 이 오만한 왕녀가 싫었다. 무엇보다도 그 공격적인 아름다움이 싫었다. 그녀는 저보다 더 아름다운 계집애가 있는 걸 용납하지 못했다.

비올레타의 입꼬리는 미미하게 올라가 있었고 마치 저를 비웃는 듯해서 묘하게 불쾌했다. 스칼렛 주위에 있는 사람들은 어떻게 저렇게 다들 밉상인가.

이사벨은 샐쭉하게 웃고는 고개를 끄덕였다.

그래 봤자 내가 승자였다. 그러니까 상관없다.

없다고, 생각했다.

그건 '우연'이었다. 자신이 비웃었던 그 계집애가, 아무것도 볼 것 없는 그년이, 웃고 있었다.

자신의 약혼자의 품에 안겨.

그녀에게 단 한 번도 대지 않았던 손이 스칼렛의 허리를 감싸 올라가고, 저를 향해 싸늘하기만 하던 그 눈빛이 사랑스러움을 듬뿍 담고 있었다. 그 단단하고 큰 품에 스칼렛을 안고, 달콤하게 입술을 맞춘다.

진득하기 그지없는 공기는 열기로 가득했고, 공기 속에 드러난

살갗을 매만지는 손길이 마치 유리 세공품을 만지듯 조심스러웠다. 세상에 다시없을 가장 귀중한 것을 다루듯 섬세하기 그지없는 행동이었다.

그녀가 사랑하는 남자가, 그녀가 증오하는 여자에게 키스하고 있었다.

그녀가 믿고 왔던 것이 산산조각이 나고, 모든 것들이, 모든 것들이, 모든 것들이 와장창 깨졌다.

저를 보는 스칼렛의 눈빛에는 지독한 오만함이 있었고, 그런 스칼렛을 바라보는 칼리드는 단 한 번도 제게 시선을 주지 않았다.

왜?

절망감이 그녀를 휩쓸고 지나갔다. 마치 귀가 먹은 듯 윙윙거리는 바람 소리만이 저를 스치고 지나가고, 인생의 목표가 와장창 깨졌다.

그녀는 한평생 자신이 옳다는 것을 증명하기 위해 살았다.

자신이 스칼렛보다 더 낫다는 것을, 엄마가 옳고 자신이 옳다는 사실을 증명하기 위해 모든 인생을 걸었다.

그런데 그게 부정당했다.

사람이 미치는 것은 한순간이다.

누군가가 그녀의 머리채를 잡고 지옥에 떨어뜨리는 것 같았다. 그녀의 인생 목표는 스칼렛의 불행이었지만 그것이 바꿔 온 것은 자신의 불행이었다.

이사벨은 울었다. 세상이 무너질 듯이 울었다. 그리고 며칠을 앓았는지 모르겠다. 고열에 몸이 떨리고, 세상이 무너지고, 그냥 제정신이 아니었다. 스칼렛을 찾아가 용서를 빌었지만, 사실은 온통 저주고 분노였다.

칼리드에게 안겨 있던 그 몸통을 갈기갈기 찢어 버리고 싶어 죽는 줄 알았다. 하지만 자신은 그러지 않았다.

자신은 '우아하고', '아름답고', '부드러운' 여자니까.

그럴 줄 알았다고, 네년이 그리 미쳐 날뛰더니 결국 지금 꼬락서니를 보라고 아버지의 매를 맞으면서도 정작 이사벨의 분노는 스칼렛을 향했다. 울면서 칼리드에게 매달려 보았으나 정작 그는 저를 보지도 않았다.

셀린느라는 계집애를 불러내 어떻게든 설득하고 싶었다. 이 계집애도 짜증 났지만 상관없었다. 어떻게든 스칼렛을 앞에 세우고, 부드럽게 웃으며 설득하면 그 멍청한 계집애는 다시 자신을 믿겠지.

네가 틀렸다고, 모든 게 네 탓이었다고 속삭이면 결국 그 계집애도 무너질 것이다.

하지만 하늘은 그녀를 도와주지 않았고, 종국에 그녀는 모든 것을 잃었다.

그녀가 자랑스럽게 여기는 모든 것들이 그녀를 떠나갔다. 사람들은 그녀를 조롱하며 침을 뱉고 있었고, 암암리에 그녀를 괴롭히고 있었다. 화려한 파티장, 반짝이는 샹들리에, 비싼 드레스. 그녀를 가꾸던 모든 것들이 사라지고 그녀는 지독한 원망에 시달렸다.

저를 향해 쏘는 화살이 분명함에도 낭독회에 참석한 것은 끝까지 지기 싫어서였다. 사실 거기서부터 반쯤 미쳤던 것 같다. 그녀는 스칼렛이 지독하게 싫었으나 누구보다 필요했고, 세상의 모든 악의가 저를 향할 쯤 사실 여지껏 받았던 호의 하나하나가 스칼렛을 향한 것임을 깨달았다.

그래서 사과하러 갔다. 뭘? 모르겠다.

여전히 가련한 피해자가 되고 싶었다. 끝까지 우아하고 상냥하고 착한 여자로 남고 싶었다. 그게 이미 무슨 의미가 있느냐고 묻는다면, 그것이 그녀를 지탱해 온 힘이니까.

그것이 깨지면 모든 것이 의미를 상실하니까.

그래서 보란듯이 입을 맞추며 방에 들어가는 스칼렛과 칼리드를 보며, 그녀는 마지막 이성까지 놓아 버렸다.

안 돼, 더 이상은, 못 버티겠어-

불행의 씨앗이 꽃을 피우고, 결국에는 파멸이라는 열매를 달아 왔다.

그녀는 피해자였다. 그리고 피해자를 죽여 비로소 가해자가 되었다.

아버지를 미워할 자신이 없어서 스칼렛을 미워했다. 자신이 틀렸음을 인정하지 못해 상대방의 잘못이라 책임을 넘겼다. 엄마의 나약함을 숭배하면서도 싫어했고, 자신의 멍청함으로 상대를 파악하고, 제 감정에 취해 타인의 애정을 눈치채지 못했다. 오직 자신을 향한 지독한 애정으로 똘똘 뭉쳐 그렇게 나락으로 걸어갔다.

그럴수록 더욱더 빛나는 저 계집애가 싫었다. 결국 스칼렛은 끝까지 자신이 틀렸음을 인정하지 않았다.

그리고, 끝까지 행복해질 것이라 말하며 웃는다.

광기에 휩싸인 사람은 종국에 파멸을 맞이한다. 그녀는 어떻게든 스칼렛을 불행하게 만들려 노력했다. 그럼에도, 초췌한 얼굴을 하고도 빛나는 그 자수정 눈동자가 그녀를 직시하고, 태양을 닮은 백금발을 한 소녀가 저를 보며 한 자씩 말하던 그 순간, 그녀는-

"너는, 나를 이긴 적이 없어. 단 한순간도."

－죽었다.

인생을 걸었던 모든 '신념'이 종말을 고하고, 재가 되어 사라졌다.

그녀는 꽃으로 길러져 악녀가 되었다.

종국에는 질 수밖에 없는.

종국에는, 파멸할 수밖에 없는.

＊　＊　＊

나에게는 친구가 있었다. 누구보다 아름답고, 우아하고, 강하고, 똑똑한 친구가.

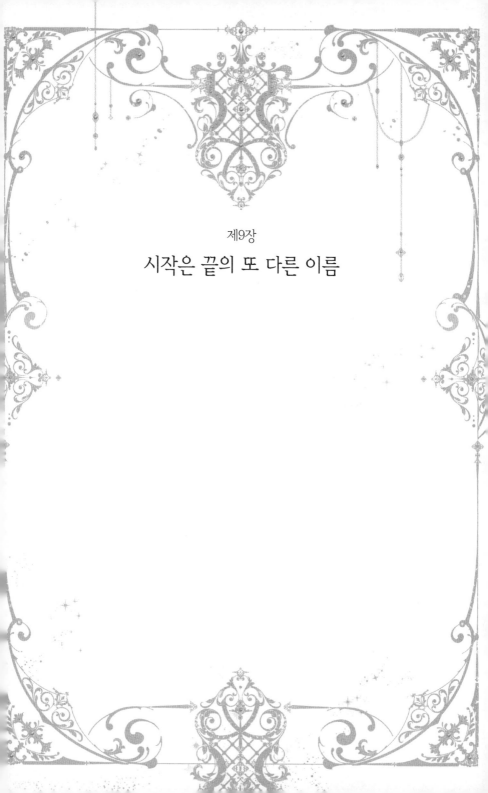

제9장

시작은 끝의 또 다른 이름

시작은 끝의 또 다른 이름

'사냥'이 완전히 막을 내린 뒤, 이사벨은 수도에서 온 제2기사단에 의해 압송되었다. 어머니는 추밀원의 끝없는 연락에 올리비아와 함께 다시 왕궁으로 돌아갔고, 칼리드는 추밀원의 연락을 깡그리 무시하는 기염을 토하며 한쪽에서 서류를 처리해 나한테 찰싹찰싹 몇 대 맞아야 했다.

참고로 수도로 올라가기 전 어머니는 낭독회에서 있었던 사실을 전해 듣고 나를 엄하게 꾸짖었는데ー아무리 이유가 있다고 해도 행동 자체가 옳지는 못하다며ー 어머니의 말씀은 틀리지 않아서 나는 얌전히 그녀의 꾸지람을 받았다.

그 후 낭독회에 참석하러 왔던 대부분의 손님은 먼저 수도로 올라가고, 나는 디르난트 공작저에서 며칠 더 휴식하다가 완전히 회복된 뒤 수도로 올라갔다.

그사이 로젤리아와 셀린느가 침대에 누워 있는 나를 보며 통곡을 하는 바람에 약간 이상한 장면이 연출되긴 했지만, 그럼에도 기분은 좋았다.

그리고 긴 휴가를 마치고 출근한 첫날, 나는 발랄하게 웃으며 마치 연극의 한 장면처럼 과장스럽게 외교부의 회의실 문을 열어젖혔다.

"스칼렛 디르난트, 복귀했습니다!"

삽시에 수십 쌍의 눈길이 나를 향하자 나는 방긋방긋 웃으며 그들을 보았다. 익숙한 얼굴들 사이에서 가장 상석에 앉은 마틸라 선배가 피식 웃으며 고개를 끄덕이고, 나는 그녀에게 인사했다.

"우아, 오랜만이네요."

회의실 안은 정적으로 가득 차 있었다. 그리고 몇 초 뒤, 지진이라도 난 듯이 사람들이 소란스럽게 움직이기 시작했다.

"헉! 스칼렛이다!"

"아니, 제가 무슨 귀신도 아니고…….."

"쟤 뭐야, 쟤 왜 여기에 있어?"

"제가 여기에 있으면 안 되는 이유라도?"

"쓰러졌다며! 쉬어야지!"

"그거 며칠 전 일인데…….."

"그런데 좀 살찐 거 같다?"

"방금 그 말 한 새끼 나와."

중간에 이상한 말이 섞여 있긴 했지만, 어쨌든 다들 날 환영하는 분위기라 즐겁게 웃을 수 있었다. 물론 내가 살쪘다고 말한 사람은 내 손에 의해 가루가 되어 사라져야 했지만.

쳇, 침대에만 붙어 있으며 칼리드가 떠먹여 주는 걸 먹기만 하다

보니 살이 약간 찐 것 같기는 하다만…… 으음, 하긴. 내가 좀 정신없이 먹긴 했지. 먹는 게 다 몸으로 가는 성실한 체질이라는 걸 잊었어.

"어서 앉아."

마틸라 선배의 말에 나는 방긋방긋 웃으며 자리에 앉았다. 몇 주 동안 휴가를 받았음에도 내 자리는 그대로였고, 언제든 내가 올 것을 기다리고 있었다는 듯이 나를 반기고 있었다.

누군가가 나를 기다려 준다는 것은 엄청나게 즐거운 일이다. 이 몇 달간의 지나친 감정싸움 때문에 잔뜩 지쳤던 나는 그제야 슬금슬금 고개를 내미는 안도감에 길게 한숨을 쉬었다. 머릿속이 완벽하게 깨끗했다.

그런 내 상태를 알아본 듯 마틸라 선배가 은은하게 미소를 지으며 입을 열었다.

"일은 다 해결되었어?"

"네."

"다행이네. 결론을 물어도 될까?"

나는 눈을 깜박였다. 그녀가 원하는 대답이 뭔지 모르겠지만, 마틸라 선배는 원래 타인의 사생활에 깊게 간섭하는 스타일이 아니었다. 그럼에도 나한테 이런 것을 묻는다는 것은…… 나는 눈을 데구루루 굴리다가 다시 화사하게 웃으며 대답했다.

"그냥, 있는 그대로 흘려보내자입니다."

내 답에 그녀가 묘한 표정을 짓더니 피식 웃음을 흘렸다. 그쯤 내 옆자리에 앉아 있던 펠로 선배가 느긋하게 말을 이었다.

"기특하기도 해라."

나는 미간을 살짝 찌푸리고 그를 흘겼다. 기특은 무슨, 내가 어

린애도 아니고. 하지만 펠로 선배의 그 말에 옆에 앉아 있던 트리
첼 선배가 부드럽게 나를 응시했다.

"많이 좋아 보여, 스칼렛. 이 몇 달 동안 중에 지금 안색이 제일
좋아."

"내 말이, 몇 주 전까지만 해도 벼락 맞은 시금치처럼 시들시들
해 있더니."

"벼락 맞은 시금…… 그건 또 뭐죠?"

나는 기가 막혀 헛웃음을 흘렸다. 내가 그 정도로 티 나게 불안정
했나 머릿속으로 헤집다가, 곧 내가 생각하는 내 모습과 타인이 보
는 내 모습이 다를 수도 있겠다는 생각이 들어 그저 입을 다물었다.

그런 내 마음을 이해했는지 마틸라 선배가 웃으며 손에 든 서류
를 가볍게 책상 위에 올려놓았다. 그리고 포문을 열었다.

"한 달 뒤에 위더 백작의 심판이 있을 예정이야."

"아, 그렇군요."

"그래. 그 전에, 추밀원과 법무부에서 요청해 왔어. 시에라와의
내통 문제가 연루된 만큼 외교부에서 두 사람을 보내 달라고. 스칼
렛, 이번에는 너와 내가 같이 가자."

나는 눈을 동그랗게 떴다. 마틸라 선배와 내가? 나 심문에는 약
한데.

보통 마틸라 선배는 에리나 선배나 레오 선배, 잭 선배 등 아카데
미 동기들과 같이 자리했다. 가끔 어린 후배들을 데리고 출장을 가
더라도 주요하게 활동하는 건 선배들이라 나는 눈을 깜박거렸다.

그녀의 의중을 몰라 고개를 갸웃거리자, 그녀가 부드럽게 미소
지었다.

"세상에서 가장 어려운 대화는, 아는 사람과의 대화야."

"네?"

"본인이 상대를 다 안다는 자신감에 사로잡혀서 정작 봐야 할 걸 못 보거든. 그건 약이 될 수도 있고, 독이 될 수도 있지."

"……."

"언젠가는 꼭 해 봐야 하는 훈련인데, 마침 적절한 상대가 있네? 물론 위더 영애를 만나지는 않을 테지만, 위더 백작은 만날 수 있지."

마틸라 선배가 빙그레 웃었다. 나는 주변을 둘러보았다. 마치 모두가 약속하기라도 한 듯 웃으며 나를 보고 있었다. 나는 입을 꼭 다물고 다시 시선을 마틸라 선배에게로 돌렸다.

"심문은 또 다른 형태의 협상이야. 네가 원하는 문제에 대한 답을 이끌어 내야 하거든."

"아……."

"네가 모르는 사람들은 가장 쉬워. 콜린스 왕자는 너와 일면식도 없었고, 그만큼 너는 공적으로만 일을 처리하면 되었으니까. 브룩스 켈트는 조금 어려웠겠지. 동정할 만한 부분이 있거든."

"……."

"스칼렛, 이번에 네 임무는 면식이 있었던 사람과의 '협상'을 완성시키는 거다. 심문을 통해 네가 원하는 목적을 달성해."

나는 눈을 깜박거렸다. 알고 있었던 사람, 그만큼 사적인 감정이 많이 들어갈 만한 사람.

그 모든 시간을 지우고, 모든 감정을 배제하고, 내게 주어진 정보로 상대를 파악하고 목적을 달성한다. 그 상대가 조금 의외의 인물이었지만, 이미 마무리가 지어진 지금― 그것이 누구든지 별 상관은 없었다.

　게다가 가장 중요한 건 마틸라 선배와 함께 움직인다는 것이다. 옆에 찰싹 붙어 다니면서 이것저것 배울 게 많은 기회인데 이걸 놓칠 리가.

　거기까지 생각하고 나는 힘차게 고개를 끄덕였다.

　"알겠어요."

＊　＊　＊

　"그 심문에 저도 들어갈 예정입니다."

　"어, 진짜요? 아, 추밀원이었지. 너무 일을 안 해서 깜박했네."

　내 말에 칼리드는 묘한 표정을 지으며 고개를 돌렸다. 여전히 깔끔하기 그지없는 책상을 정리한 그가 내 옆에 자리를 잡고는 입을 열었다.

　"이래 봬도 꽤 유능합니다만?"

　"일 하나도 안 하는 것 같은데?"

　내 새침한 말투에 그가 웃음을 흘렸다. 그러고는 내 어깨를 잡아당겨 품에 안고는 조용하게 읊조렸다.

　"그거야, 당신과 있을 때는 별로 일 얘기를 하고 싶지 않으니까."

　"칼리드. 내가 생각해 봤는데, 역시 나는 일 없으면 못 사나 봐요. 막 아침에 출근하는데 희열이 차오르는 거 있죠?"

　"이런, 제가 출근에 밀린 겁니까?'

　"별거에 다 질투하고 있어. 그만큼 내가 일하는 걸 좋아한다 그거죠. 아, 좋아한다기보다는 뭐랄까, 거기서 내 존재감을 찾는다고 할까- 이상해. 하여튼 그래요."

칼리드는 내 말에 옅게 웃음을 흘리며 이마에 입술을 꾹 갔다 댔다. 그러고는 낮게 속삭였다.

"당신은 일을 할 때 가장 즐거워 보입니다. 원하시는 만큼 마음껏, 하고 싶은 만큼 일하십시오."

"내가 너무 바쁠지도 모르는데?"

"언제는 바쁘지 않으셨습니까?"

"흐음, 같이 살아 보면 느낌이 다를 텐데."

내 의미심장한 말에 칼리드가 미간을 살짝 찌푸렸다. 하지만 그의 입꼬리는 반대로 말아 올려 있어서, 나는 손가락으로 그의 미간을 꾹꾹 누르며 방긋방긋 웃었다.

"왜 미간을 찌푸려요. 나랑 같이 사는 게 싫어요?"

"그런 말씀을 하실 줄 몰랐습니다. 결혼은 생각 없으실 줄 알았는데."

"아, 사실 아직도 생각은 없어요. 나는 아직도 하고 싶은 게 너무 많거든. 그리고 생활이 변하는 것도 받아들일 자신 없어요."

그에 칼리드가 묘하게 쓰게 웃었다. 하지만 나는 진지했다. 그를 사랑하지만 결혼은 조금 다르지 않을까. 그가 싫다는 건 절대 아니었다. 만약 결혼해야 한다면 칼리드 빼고 다른 사람은 상상도 하지 못할 정도로, 나는 그를 사랑하고 있었다.

하지만-

결혼은 절대적인 약속이고, 맹세고, 신뢰다. 그 어마어마한 무게를 내가 감당할 수 있을지는 나 또한 잘 알 수 없었다.

그의 사랑과는 별개로 이건 내 결심이었다.

동시에, 결혼하면서 과연 내가 어떤 삶을 살아갈지, 내가 어떤 선택을 해야 하는지 또한 고민해 볼 문제였다. 나는 여전히 결혼 전처럼 자유로울 수 있을까? 어쩌면 내 삶이 완전히 달라지지는 않을까? 내 발목에 사슬이 하나 채워지고 그것을 원망하며 살지는 않을까?

그것들이 두려워서 나는 아직 결혼을 주저하고 있었다.

그런 내 마음을 이해한 듯, 칼리드가 웃으며 내 뺨에 키스했다. 그리고 작게 속삭였다.

"천천히 생각해 보십시오. 재촉하지 않겠습니다."

"미안해요."

"미안해하실 필요는 없습니다. 인생에 가장 중요한 건 스스로의 선택이니까요."

"……."

"타인의 말에 휘둘릴 필요가 없습니다. 제 생각에 발목이 잡힐 이유 또한 없습니다만, 당신은 끝까지 당신의 선택을 하면 되고, 저는 그것을 지지할 겁니다."

"칼리드."

"그 끝이 설사 제가 아니더라도……."

"그럴 리는 절대 없어요."

부드럽게 조곤조곤 말하는 그의 목소리를 덮고 내가 단호하게 말했다. 그에 칼리드가 조금 놀란 표정을 지었다. 하지만 나는 이 부분만큼은 그에게 호언장담할 수 있었다.

"나는 결혼에 대해 고민하는 거지, 당신에 대해 고민하는 게 아니에요."

"……."

"내가 결혼을 결심한 순간, 내 옆에 있는 건 무조건 당신일 거야. 내 미래에 남편이 있다면 그 또한 무조건 당신일 거고, 내 아이의 아빠는 무조건 당신일 거예요."

"스칼렛."

"그러니까 그 부분에 대해서는 의심하지 마요."

조금 이기적일 수 있겠지만, 그것만큼은 절대적으로 확신할 수 있었다. 나는 당신 외에는 생각해 본 적 없어. 하지만 그가 자신이 아니라도 된다고 말하는 순간, 왠지 모르게 내가 그에게 지나치게 믿음을 주지 못했다는 생각이 들어서 심장이 철렁했다.

나는 침을 꿀꺽 삼켰다. 그리고 손을 뻗어 그의 뺨을 감싸고 그와 시선을 마주한 뒤 한 자씩 내뱉었다.

"사랑해요."

내 말에 칼리드가 묘한 얼굴로 나를 보더니 곧 내 허리를 감싸 안았다. 순간 저도 모르게 소파에 등이 닿고, 나는 나를 내려다보는 그의 시선에 어리벙벙해질 수밖에 없었다.

칼리드는 미소를 띠고 나를 보고 있었다. 그가 천천히 입을 열었다.

"제가, 말씀드린 적 있습니까?"

"네?"

"당신이 제 첫 번째라고."

"……."

나는 삽시에 할 말을 잃었다. 아, 8년 전이니까…… 그래, 그럴 수도 있겠다. 내가 그의 첫 번째라니.

……첫 번째라니!

말도 안 돼. 뭐지? 아파 오는 건 양심인가? 나는 속으로 내 무수한 애인의 머릿수를 세면서 양심 통에 시달렸다. 물론 절대 고의가 아니었다. 절대 고의가 아니지만 그래도 묘하게 기분이 이상해져서 일부러 그의 말을 부정했다.

"말도 안 돼!"

"……왜?"

"아니, 갑자기 왜 말이 짧아지는 건데요. 그그그, 그전에, 그게 어떻게 첫 번째인 솜씨야?"

"솜씨라…….."

"나는 목이 잔뜩 쉬어서 며칠 동안 아팠…… 아, 나 그냥 입 다물게요."

"그냥 계속 말씀하시는 게 좋을 것 같은데."

나는 입을 꾹 다물고 고개를 옆으로 돌렸다. 하지만 그 순간, 칼리드가 고개를 숙여 내게 입을 맞추었다. 공작저에서는 잔뜩 허약해져서 침대에서 골골대는 바람에 칼리드는 나한테 손도 못 댔다.

상관없다고 손을 뻗는 나를 기어코 침대 안으로 밀고 이불을 덮어 주던 그가, 정작 수도에 오자 그간의 모든 것을 보상받으려는 듯이 평소와 달리 조금 강하게 나를 밀어붙였다.

입술을 틀어막고 숨결을 집어삼키는 말캉하기 짝이 없는 그의 입술에 점점 열이 붙었다. 진득하게 따라오는 열기가 나를 삼켜 버릴 듯이 타오르자, 나는 잇새를 타고 흘러나오는 신음 소리에 얼굴을 살짝 일그러뜨렸다. 숨이 막혀 옴과 동시에 머릿속이 새하얗게 변했다.

그리고 얼마나 지났을까. 그에게 매달리다시피 해 입을 맞추는데 그가 입술을 뗐다. 나는 조금씩 숨을 고르며 그와 눈을 맞추다가, 왠지 모르게 허한 내 목 부근을 더듬거리며 입술을 꽉 깨물었다.

"언제 풀었어요?"

"방금."

"이 남자가 진짜!"

수도에 새롭게 유행하는 방식이라 약간 비스듬하게 묶었던 리본이 다 풀려 있었다. 아침에 끙끙대며 맨 것과 달리 지나치게 쉽게 풀려서 나는 그를 보며 발을, 아니, 다리를 바동거리며 내 작은 당황함을 표현했다. 물론 그래 봤자 소용없었다.

칼리드는 그런 나를 보며 여유롭게 웃고 있었다. 되레 손을 뻗어 내 목을 쓸고 내려갔다. 그의 체온이 쇄골을 지날 무렵, 나는 눈을 깜박거렸다. 그리고 곧, 그의 목소리가 들려왔다.

"스칼렛, 제가 말씀드린 적 있습니까?"

"……또 뭘요?"

"당신이 제 마지막이라고."

순간 말문이 턱 막혔다. 그와 대화할 때는 종종 이렇게 할 말이 사라질 때가 있는 것 같다. 나는 그를 보며 눈을 꾹 감았다가 다시 뜨고는 그를 흘겼다.

"외교부는 당신이 가야 했어요. 이거야 뭐, 사람 말 막는 데에 쓸데없이 재능 있잖아."

"이런, 딱히 관심은 없습니다만."

여유롭게 받아치는 그의 말투에 나는 웃고야 말았다.

그가 내 허리를 잡은 뒤 소파에서 일으켜 세웠다. 목에 묶었던 실크 스카프가 스르륵 떨어지고, 풀린 블라우스의 앞섶이 팔랑거리는 것을 손으로 정리하자 그가 나지막이 말했다.

"싫으시면 그만두겠습니다."

그의 말에 나는 한쪽 입꼬리를 말아 올렸다.

"누가 싫대."

그는 내 말에 눈썹을 까딱였다. 그 모습을 보다가 이번에는 내가 손을 뻗어 그의 크라바트를 잡고 속삭였다.

"가서 문 잠그고 와요."

"……."

"푸는 건 내가 더 잘하니까."

어쩜 내 말도 이렇게 잘 듣는지.

잠그란다고 진짜 문을 잠그는 칼리드를 보며 나는 어이없는 표정을 지었다. 하지만 곧, 내 옆에 팔을 짚는 그의 모습을 보며 웃음을 흘릴 수밖에 없었다.

"집무실인데요?"

"언제 그런 것 신경 쓰셨다고."

뭐, 사실 진짜 신경 쓴 적은 없으니 나는 기꺼이 그의 크라바트 끝을 잡았다.

* * *

결국 점심시간을 빌어 짧게 즐기려고 했던 데이트는 생각 이상으로 길어졌고, 나는 블라우스를 정리한 뒤 또다시 한쪽으로 낑낑거리면서 스카프를 매야만 했다. 그러면서도 나를 안고 놔주지 않는 칼리드 때문에 바동거려야 했지만.

"아, 좀. 이거 놔 봐요."

"싫습니다."

"아니, 오늘따라 왜 이렇게 칭얼대? 일단 놓고 다시ㅡ 잠깐만, 손이 어디로 가는 거야? 안 돼요, 나 가 봐야 돼. 더 있으면 나 일 못해요."

"잠깐만."

⋯⋯이런 유의 의미 모를 대화가 몇 번 이어지고, 나는 기진맥진한 채로 드디어 그의 집무실에서 나올 수 있었다.

아, 진짜. 딱 서류 처리할 만큼의 힘만 남겨 놓았어.

나는 빙그레 웃으며 나를 배웅하는 칼리드의 웃음을 상기하며, 왠지 모르게 그의 손아귀에 놀아난 듯한 착각이 들어 입을 삐죽였다.

어쨌든 손으로 약간 구겨진 치마를 툭툭 턴 나는 급히 발걸음을 옮겼다. 한동안 쉬어서 밀린 서류가 많은데⋯⋯ 따위를 생각하다가 앞에서 보이는 의외의 인영에 대놓고 얼굴을 구겼다.

"오랜만입니다. 영애님."

"오랜만이네요, 단주님. 의외의 곳에서 뵙게 되네요."

카펠라에 있어야 할 닐케 단주의 뜬금없는 등장에 나는 방긋방긋 웃으면서도 그다지 우호적이지 않은 태도로 대답했다. 그런 내 목소리에 들어 있는 불쾌함을 느꼈는지, 그가 얼굴을 굳혔다.

하지만 곧 언제 그랬냐는 듯이 다시 차분하게 표정을 가다듬었다.

"위더 백작의 반역 건으로 폐하께서 명하신 것이 있어서 왔습니다."

"아, 위더 백작과 긴밀한 관계를 유지하고 있었죠."

"긴밀한 관계는 아니었습니다. 저는 정확히 위더 백작과 그 어떤 협약도 맺은 적이 없으니까요."

"물론 그렇겠죠. 단주님은 똑똑하니까. 저를 간 볼 정도로."

내 말에 닐케 단주의 미간이 찌푸려졌다. 그 정도도 내가 눈치 못 챌까.

카펠라에서 이 인간이 왜 나를 그렇게 훑어보았는지는 자명했다. 셀린느가 그의 신경을 건드리는 존재라면, 나는 그의 이익을 건드릴 수도 있는 존재였겠지.

위더 백작은 분명 반역에 대한 도움을 청했을 테고, 닐케는 그것을 거절했을 게 분명했다. 그리고 동시에 내가 어떤 사람인지 탐색하여 영리하게 빠져나갈 구멍을 찾았으리라.

그가 위더 백작의 반역을 알고 있었다는 증거도 없고, 실제로 위더와 사업 관계를 맺은 적이 없으며, 무엇보다도 그동안 왕실과 닐케가 맺은 여러 가지 관계 때문에 닐케는 미꾸라지처럼 이번 사건에서 벗어날 게 뻔했다.

물론, 상단에 보이지 않는 타격은 줬겠지만.

하지만 그것 말고도 나는 닐케 단주에게 개인적으로 호감이 없었다. 셀린느가 눈물을 뚝뚝 흘리던 그 모습이 밟혀 와서 나는 그에게 웃어 주고 싶지도 않았다.

그래서 그저 자리를 뜨려는데 갑자기 닐케 단주가 입을 열었다.

"제 딸아이가 영애님을 많이 따르더군요."

"따님이 있었나요? 외동아들밖에 없는 줄 알았는데."

나는 미간을 찌푸렸다. 갑자기 왜 나한테 이런 말을 내뱉는지 모르겠다. 그래서 나는 시침을 뚝 떼고 모르는 척 화사하게 웃었다. 하지만 그의 말은 계속되었다.

"셀린느는 언제나 제게 걸리는 존재였습니다."

"……."

"하룻밤의 실수로 나온 아이였고, 제 아내에게 고통을 지어 준 존재였으니까요."

"하고 싶으신 말이 뭐죠?"

"제 인생의 오점 같았습니다. 보기만 해도 고통스러웠고, 미안하고 그랬죠."

나는 얼굴을 굳혔다. 그래서, 지금, 나한테 하고 싶은 말이 뭐지?

"그때 지켜 주지 못한 게 미안하기도 하고, 그래도 이렇게 대견하게 큰 걸 보니 안타깝기도 하고, 아이를 지켜 주지 못한 데에 고통을 느끼기도 합니다."

나는 입꼬리를 말아 올렸다. 하고 싶은 말이 뭔지는 알겠다. 그러니까― 난 정말 고통스러웠지만 그래도 한쪽으로는 아이에 대한 죄책감이 있고, 어려운 환경에서 잘 자라 준 아이를 보며 죄책감을 느끼면서도 기특하다는.

나는 약간 말을 골랐다. 그냥 지나가려고 했는데 내가 여기서 입을 다물면 셀린느가 너무 억울할 것 같았다. 그 아이가 감내한 모든 시선이.

거기까지 생각하고 나는 입을 열었다.

"단주님, 제가 원래는 이런 말을 잘 하지 않는데. 그래도 단주님께 필요하니 말씀드릴게요."

닐케 단주는 내 뜬금없는 대답에 미간을 찌푸렸다. 하지만 그런 그의 의문을 무시하고, 나는 방긋방긋 미소 지었다.

"어디서 피해자인 척하고 지랄이야."

"……."

"죄송해요. 고상한 언어로 말씀드리면 알아듣지 못할까 봐."

나는 이를 꽉 깨물었다. 아, 패고 싶다. 내 폭력의 본능을 일깨우는 존재가 여기에 또 있네?

"조심스럽게 말씀드리지만, 부인께 고통을 지어 준 건 셀린느가 아니라 단주님의 존재가 아닐까요?"

"영애님."

"하룻밤의 실수에 어른으로 책임을 지지는 못할망정 아이에게 짐을 지우고, 이제 와서 기특한 척, 불쌍한 척, 미안한 척, 정작 아이가 고통 받을 때는 외면했으면서."

"그 부분에 대해선 저 또한 굉장히 유감스럽게 생각합니다."

"네. 그 부분이 저를 굉장히 역겹게 하고 있네요. 제 짧은 견식으로 말씀드리자면, 지금 단주님의 행동은 전형적인 가해자의 자아 연민과 자아 동정이에요."

"······."

"아, 사회적으로 질타를 받은 내 아이를 구하지 못한 나는 불쌍해, 나는 가련해! 근본적으로 이런 생각이나 하고 말이죠. 그런데 정작 본인이 그 가해자라는 사실은 까맣게 잊으시고요."

"저는 잊지 않았습니다. 그저 진심으로 아이에게 미안할 뿐입니다."

"그래서 셀린느에게 사과는 하셨나요? 그 아이의 미래에 도움이 되고자 한 적이 있나요? 없겠죠. 카펠라에서조차 그 아이를 죽일 듯이 봤으면서."

진짜로 미안함을 느끼고 죄책감을 느끼고 있는 사람은 제삼자에게 이런 말을 하지 않는다. 대신 셀린느를 찾아가 용서를 구하고, 그 아이에게 미안하다고 말하겠지.

너를 외면해서 미안하다고, 너를 그렇게 내버려 둬서 미안하다고. 이런 일이 없게 앞으로 너를 지켜 주겠노라고.

근본적으로 바꿀 생각도 없고 책임질 생각도 없으면서, 가여운 제 아이에 대한 사회적 시선을 비판하고 그 사이에서 자신이 얼마나 고뇌했는지만 강조하며 교묘하게 자신은 방관자의 입장으로 빠진다.

뭐, 이런 거지 같은 새끼가 다 있어.

닐케 단주는 내 말에 얼굴을 굳혔다. 나에게 뭐라고 한마디 하고 싶겠지. 그런데 못 할 거다, 나는 공작 영애니까.

그런데 셀린느에게는 말했겠지. 너는 내 인생의 오점이라고. 그렇게 상처를 줬겠지.

나는 우아하게 웃었다. 그리고 닐케 단주를 향해 말했다.

"단주님에게 셀린느가 인생의 오점인 게 아니라, 셀린느 인생에 단주님이 오점인 것 같네요."

"영애님, 말씀이 심하십니다."

"본인이 아이에게 하셨던 말씀을 짚어 보시고, 과연 제 말이 심한지, 본인이 심하셨는지 비교해 보시길 바라요."

"그렇다 하더라도 영애님은 제삼자입니다. 제게 그렇게 말씀하실 자격은 없습니다. 영애님께서 부모 마음을 어떻게 이해하시겠습니까."

"멀쩡하게 지나가는 사람 붙잡고 구구절절 말씀을 터놓으실 때는 욕먹을 각오를 하셨어야죠. 제가 미쳤다고 단주님 편을 들까요? 사람 잘못 잡으셨어요."

"……."

"혼자 욕먹는 게 억울하시면 그 문제의 하녀도 찾아오세요. 같이 욕해 드릴 테니까. 제가 이 근래에 모진 풍파를 겪어서 사람 욕하는 데는 도가 텄거든요."

말을 마치고 더는 상대할 가치가 없다고 판단한 나는 고개를 휙 돌려 발걸음을 옮겼다. 닐케 단주가 무슨 표정을 짓고 있는진 상관없었다. 어차피 말해도 못 알아들을 게 분명했다.

그래서 나는, 계속해서 내 갈 길을 갔다.

어차피 저 인간은 끝까지 사과할 생각이 없었다.

* * *

"아, 기분 더러워."

퇴근 뒤 집으로 갈까 하다가 바로 비올레타의 집무실에 쳐들어간 나는 쿠션을 안고 소파에 벌러덩 누웠다. 그 우아하지 못한 행태에 옆에 앉아 있던 올리비아가 고개를 절레절레 젓고는 나한테 한마디 했다.

"왜 또."

"세상에는 왜 그렇게 자아 연민에 빠진 인간들이 많을까?"

"흠?"

"진짜 자기 자신이 피해자라고 생각하는 걸까?"

이 물음의 대상에는 단순히 닐케 단주만이 들어가지는 않는다. 사정을 알지 못하는 올리비아가 찻잔 너머로 나를 지긋하게 바라보다가 내 말에 답했다.

"가끔 사람들은 피해자가 되고 싶어 하지. 잘못은 했는데 그걸 감당할 자신이 없거든."

그에 나는 소파에서 일어나 그녀를 응시했다. 올리비아가 찻잔을 내려놓더니 계속해서 말을 이었다.

"그다음은 피해자를 동정하고, 연민하기 시작하면서 자신에게 정당성을 부여해. 마지막으로 자기 자신을 동정하기에 이르지. 나는 이렇게나 힘이 없는 가여운 존재구나! –이렇게."

"아, 뭔가 딱 들어맞는 것 같네."

"그쯤에서 자신은 가해자의 입장에서 벗어나는 거야. 내가 가해자가 된 건 모두 어쩔 수 없었던 일이고, 나도 예상하지 못한 상황이며, 그래서 나도 피해자이니 나를 욕하는 너희는 전부 가해자라고 손가락질하지."

"왜?"

"내가 말했잖아. 잘못을 감당할 자신도, 생각도 없다고."

올리비아는 사뭇 진지한 얼굴로 나를 보며 말했다. 그리고 거기서, 나는 그녀가 자신의 상황에 이입했음을 알아차렸다.

올리비아는 사생아라는 이유만으로도 그녀의 재능을 매몰당할 뻔했다. 악착같이 아카데미에 붙어 있지 않았다면, 릿지 자작이 외손녀를 제 핏줄로 인정하지 않았다면 지금의 위치에 오르지 못했을 것이다.

그 전에 그녀가 받았던 시선이 어떤 것인지는 나 또한 온전히 이해해 줄 수는 없었다.

말을 마친 올리비아가 다시 찻잔을 들었다. 그런 그녀의 담담한 얼굴을 보며 나는 길게 한숨을 쉬었다.

그때, 비올레타가 열분을 토해 냈다.

"그래서 힘을 길러야 하는 거야! 그리고 다 내 발아래에 꿇리는 거야! 그리고 내가 곧 지배하는 거지."

아카데미 2학년이 자주 걸린다는 자아도취 병을 방불케 하는 비올레타의 어처구니없는 말에, 올리비아가 기가 막힌다는 표정을 지었다. 하지만 비올레타는 상당히 진지했다.

"상대방이 피해자인 척할 기회도 주지 않고 완벽하게 복수하는 거지."

"우리 무슨 일이 있어도 쟤는 건드리지 말자."

올리비아가 한숨을 내쉬며 말하자 나는 고개를 주억거렸다.

원래 아카데미 때부터 내려온 전통이었다.

비올레타의 먹을 것은 아무리 배고파도 빼앗지 않고, 비올레타의 남자는 차라리 혼자 늙어 죽어도 쳐다보지 말자.

그건 한때 비올레타와 사귀었다가 한눈을 판 죄로 머리를 전부 뜯긴, 대륙의 북쪽에 있는 작은 나라에서 유학을 온 이름이 기억나지 않는 왕자를 보며 우리가 한 소리였다.

그 생각이 나자 나는 흠칫 몸을 떨었다. 듣기로는 그 왕자, 탈모로 고생했다던데…… 으음…….

비올레타는 처리하던 서류를 전부 한쪽에 밀어 놓고 자리에서 일어났다. 그녀는 우리한테 다가오더니 소파에 턱 앉고는 시선을 나에게로 던졌다.

"그런데 넌 왜 그런 걸 물어본 거야?"

"응? 아, 아니, 오늘 별 이상한 놈을 봐서."

"누구?"

그녀의 물음에 나는 절레절레 고개를 저었다. 별로 생각하고 싶지도 않았다. 아무리 인간이 원래 모순적인 면이 있다고 해도, 어떻게 그 정도로 뻔뻔할 수가 있나.

"있어. 자기가 한 짓의 본질은 보려고도 하지 않고, 나 잡고 구구절절 제 사연을 말하던 놈. 그럴 시간에 잘못이나 빌지."

"그래서 그놈이 진짜 동정할 만한 구석이 있어?"

"이사벨보다 더 없어."

"이럴 수가! 그게 인간이야?"

비올레타가 두 손으로 입을 꽉 틀어막았다. 그러고는 어떻게 그럴 수 있느냐는 표정으로 나를 보며, 다시 손을 내려놓고 벌떡 일어난 뒤 진지하게 내게 말했다.

"그러고 보니 어마마마가 내 말투에 대해 포기하셨대."

"이제야 포기하셨대? 진즉 포기하셨어야지."

"그래서 이제는 참된 딸로서 어마마마의 뜻을 받들어 욕을 좀 적게 써 보려고. 이제부터는 사람을 욕하고 싶을 때는 '이사벨 같은'이라는 형용사를 써 볼까 해."

"차라리 쌍욕을 해라."

올리비아가 얼굴을 찌푸리고 비올레타를 향해 진지하게 답했다. 그 부분에 대해서는 나 또한 동감하므로 덩달아 고개를 끄덕일 수밖에 없었다.

하지만 비올레타는 무척이나 꿋꿋하게 자신이 '이사벨 같은'이라는 형용사의 첫 번째 창조자가 되겠다고 단언했다.

"그런 의미에서 요즘 목표물을 찾고 있어. '이사벨 같은'이라는 형용사를 쓸 만한 상대를."

"찾기 힘들 텐데."

"맞아."

"그리고 그냥 쌍욕을 하라니까? '이사벨 같은'이라니, 어떻게 그렇게 심한 욕을 할 수가 있냐?"

"그것도 맞아. 아, 잠깐만. 우리 주제 또 이상한 데로 튀었어."

올리비아의 말에 본능적으로 고개를 끄덕이던 나는 곧 화들짝 놀라 손사래를 쳤다. 이거 뭐야, 대화의 내용이 또 요상해졌다.

비올레타는 어깨를 으쓱하더니 느긋하게 입을 열었다.

"그런데 우리 어마마마도 참. 내 말투가 어디서 배운 건데."

"그 말, 왕비 전하 앞에서 할 자신 있어?"

"내가 미쳤냐? 우리 어마마마는 맨손으로 사과도 쥐어짤 수 있는 사람이야."

"응, 우리 어머니는 제1기사단 기사랑 1 대 17로 붙어서 이길 수 있는 사람이야. 난 또 이걸 뭐 자랑이라고. 그런데 난 정작 그 우수한 재능을 아무것도 못 받았단 말이야."

"강철 같은 어머님을 가진 두 분께 심심찮은 위로를. 아, 그리고 스칼렛. 객관적으로 디르난트 공작 각하는 사기적인 인간이야. 네가 못 따라가는 게 당연해."

"위로인지는 모르겠지만, 정말 눈물 나게 고마워."

올리비아의 말에 나는 머리를 싸쥐었다. 그러고 보니 난 어머니의 우수한 점은 정말 제대로 닮은 게 없구나. 그, 그래도 뭔가 닮은 구석이 있지는 않을까?

"그래도 나 우리 어머니 닮은 데 있지 않아?"

"……."

방 안에 침묵이 가득 차고, 올리비아와 비올레타는 굉장히 업신 여기는, 심지어 멸시하는 눈길로 나를 보고 있었다. 그에 억울해서 내가 소리를 쳤다.

"야! 우리 어머니랑 닮았냐는 게 그렇게 욕먹을 일이야?"

"너 지금, 대륙 역사상 다시없을 미인이랑 본인이 닮았냐고 물은 거?"

"네 양심은 출타 중이시니?"

……내가 말을 말자.

어렸을 때부터 '어머, 어머니를 닮았다면 정말 아름다웠을 텐데.' 따위의 말을 듣고 자란 나는 억울함에 몸부림 쳤다. 아니, 그렇게 좋으면 자기들이 닮지, 왜 나보고 맨날 닮았냐, 안 닮았냐 평가질이야!

하여튼 그런 내 마음을 아는지 모르는지 비올레타와 올리비아는 웃음을 흘렸다. '너도 예뻐.' 따위의 진심은 개뿔도 없는 말을 건네며.

그때였다. 갑자기 비올레타의 시녀가 문을 두드리고 들어오더니 우리 앞에 섰다. 그녀는 먼저 비올레타에게 인사를 하고는 곧 손에 쥔 종이를 내게 내밀었다.

"영애님, 폐하께서 보내신 전갈입니다."

"흠?"

"내일 오전, 출근 뒤 집무실로 오라고 하셨습니다."

* * *

이튿날, 폐하의 소환은 너무 오랜만이라서 나는 잔뜩 긴장한 채 집무실의 문을 두드렸다. 곧 승낙이 떨어지자, 나는 어렸을 때를 제외하고는 한 번도 들어가 본 적 없는 그의 개인 집무실에 발을 내디뎠다.

폐하는 소파에 앉아 있었다. 그러고는 내가 들어온 것을 보며 인자하게 웃으면서 다른 한쪽 소파를 가리켰다.

"폐하를 뵙습니다."

"앉아."

어렸을 때 나는 그를 언제나 삼촌이라고 불렀다. 가끔은 집무를 보는 그의 무릎에 올라가다 어머니한테 크게 혼이 난 적도 있고, 그럼에도 나를 안아 주며 예뻐해 주는 그를 무척 좋아했다.

물론 크면서 나 또한 철이 들어 폐하와 적당한 거리를 유지했다. 그래서 지금은 조금 어색하기도 했다.

나는 소파에 앉았다. 폐하는 나를 보며 빙그레 웃더니 입을 열었다.

"이번 심문에 들어간다고?"

"네."

"그래. 열심히 하는 게 좋을 거야. 위더 백작이 어떤 사람인지 잘 알아 두는 것도 좋고."

폐하의 목소리는 무척 인자했지만 정작 말속에는 뼈가 들어 있었다. 아니, 이사벨과 친구였으면서 오래전부터 이어져 온 반역을 눈치채지 못한 것에 대한 내 자책이 가져온 착각일지도 모른다.

어머니는 괜찮다고 웃었지만 진짜로 괜찮을 리가 없었다. 그 생각이 들기가 바쁘게 기분이 이상해졌다.

폐하는 여전히 알 듯 말 듯 한 미소를 짓고 있었다. 공기 속에서 침묵과 어색함이 퍼졌다. 그 사이에 긴장감까지 더해져 나는 천천히 굳을 수밖에 없었다.

하지만 그때, 폐하가 먼저 말문을 떼었다.

"짐은 어렸을 때부터 왕으로 키워졌다."

뜬금없는 말에 나는 눈을 깜박였다. 그 순간 무슨 뜻인지 몰라 고개를 갸웃거리자, 계속해서 폐하가 말을 이었다.

"어렸을 때 받은 첫 번째 교육은- 왕권은 신이 부여한 권력이라는 것이지."

"네."

"짐은 그게 무슨 뜻인지 몰랐어. 그저 신이 부여했으니 정당하구나, 그 정도로만 생각했지."

"……."

"하지만 시간이 흐르고, 왕좌에 앉아 왕관의 무게를 견디면서 느꼈어. 왕권이 신이 부여한 권력이라는 뜻은, 우리가 신이 되어야 한다는 말이다."

나는 얼굴을 살짝 찌푸렸다. 그가 하고자 하는 말이 무엇인지 이해가 갈 듯하면서도 가지 않았다. 하지만 폐하는 계속해서 내게 말하였다.

"신은 전지전능하지. 모든 것을 알고, 모든 것을 행할 수 있어."

"……."

"그게 무슨 말이냐 하면, 우리가 신이 되어 모든 것을 다 알고 있어야 한다는 말이다."

나는 그제야 그의 말뜻을 알아들었다. 그리고 폐하가 지금 내 무지를 꾸짖는 것 또한.

"영애가 위더의 반역을 알 수 없었다는 건 이상한 일이 아니야.

실제로 짐 또한 몰랐을 뻔했으니."

"네."

"하지만 그건 핑계가 되지 못한다."

"……."

"권력을 가진 자의 무지는 죄다. 우리는 몰라도 알아야 하고, 방법이 없어도 해결해야 해. 푸른 피에 주어진 권력의 대가는, 인간의 몸으로 신이 되어야 한다는 거다."

나는 침을 꿀꺽 삼켰다. 알고 있었다. 사실 어렸을 때부터 교육을 받았다. 왕족으로, 귀족으로, 푸른 피를 타고난 자는 '모든 것'을 알고 있을 의무가 있다. 무지에 대한 핑계는 없다. 몰랐으니 죄고, 그것으로 일을 그르칠 뻔했으니 그 또한 죄다.

우리가 권력을 갖고 있다는 이유만으로도.

권력자이므로 우리는 함부로 약육강식을 말해서 안 된다. 권력자이므로 우리는 여러 가지 시각에서 일을 보아야 한다.

나는 내 나름대로 귀족의 의무를 잘 행한다고 생각했다. 그리고 내가 훌륭한 귀족이라고 생각했다. 그런데, 아니었다.

나는 길게 한숨을 쉬었다. 그런 내 표정을 보며 폐하가 빙그레 웃었다.

"가끔은 그게 원망스러울 때도 있어. 왜 우리만 이렇게 힘들어야 하냐고. 가끔 영애 또한 그렇게 생각했던 적이 있을 거야."

"……네."

"하지만 태생적으로 절대 도달할 수 없는 위치가 이 세상에 존재하는 한, 그리고 그 위치를 가진 자로서 그건 우리의 숙명이며, 동시에 절대 권력을 수호하는 전제다."

"알겠습니다."

"이번 일로 무엇을 느꼈는지는 묻지 않겠다. 하지만 영애. 영애는 곧 공작이 되고 태자를 보좌해, 현 디르난트 공작의 임무를 이어 가겠지."

"네."

"짐은 일부러 공작더러 영애에게 언질을 주지 말라고 했다. 영애가 어떻게 나오는지 알고 싶었거든."

나는 고개를 들었다. 폐하가 나를 시험하고 싶으셨다는 건 어렴풋이 알고 있었다. 어머니가 왜 굳이 내게 말을 해 주지 않으셨는지는 명백했다. 폐하께서 그리 명하셨겠지. 그리고 내가 혼자 알아채기를 원하셨겠지.

사실 객관적으로 내가 알 수 있는 방법은 없었다. 조사도 해 보았고 이것저것 열심히 파 보았지만, 아무런 흔적도 없었다. 하지만이 또한 핑계고, 결국 나는 몰랐다.

나는 몰랐다.

그 이유만으로도 나는 충분히 잘못을 저질렀다.

폐하의 뜻은 명백했다. 그 부분에 대해 나는 변명할 여지가 없었다. 그래서 나는 입을 꾹 다물고 고개를 끄덕일 수밖에 없었다.

"어쨌든 이번 영애의 행보는 그렇게까지 만족스럽지는 않았어. 거의 끝자락에서야 겨우 위더 백작을 의심하기 시작했고, 그나마발을 빼긴 했지만 그래도 깔끔하지는 못했어."

"네."

"앞으로는 자신의 몸가짐에 주의하고, 주변 사람들을 판별하는능력을 기를 필요가 있어. 짐은 우둔한 신하가 내 아들의 보좌를 맡는 것을 원치 않아."

"알겠습니다. 폐하."

나는 고개를 끄덕였다. 머리로는 폐하의 말 한마디 한마디가 다 이해가 갔지만, 그럼에도 속이 상했다. 자책감이 들고 미안함이 들고 무엇보다도 나에 대한 회의감이 들었다. 그래서 얌전히 앉아 속에서 올라오는 눈물을 삼킬 무렵, 갑자기 다정한 음성이 들려왔다.

"스칼렛, 그럼에도— 사람을 믿는 건 죄가 아니란다."

나는 고개를 들었다. 폐하는 나를 자애롭게 보고 있었다. 그의 얼굴에 띤 미소, 그리고 갑작스럽게 불린 이름에 멍하니 있었다.

그런 내 마음을 이해한 듯 폐하가 자리에서 일어나 내게 다가왔다. 그리고 예전에 그러하듯 내 옆에 앉고는 머리를 쓰다듬어 주었다.

"이건 왕족이라면 한 번쯤은 다 겪는 일이야. 나도 어렸을 때는 고민을 많이 했고."

"정말…… 요?"

"그래. 나도 사람인 이상 감정이 있고 생각이 있거든. 경계하고 싶지 않은 상대를 경계한다는 것은 생각 그 이상으로 고통스러운 일이란다."

"……."

"그럼에도 결국에는 혼자 가야 하는 거지. 누구의 도움도 없이."

폐하는 내 머리를 살살 쓰다듬으며 나를 보았다. 그리고 부드럽게 말을 내뱉었다.

"힘들었지?"

그 말에 울컥해서 나는 고개를 힘차게 끄덕였다. 그런 내 모습이 이해가 간다는 듯이 폐하가 빙그레 웃었다.

"에스더가 많이 걱정하더구나. 네게 귀띔해 주고 싶은데 내 명 때문에 입을 다물 수밖에 없어서 조급해하는 모습을 보며 나 또한 안타깝긴 했지만, 차라리 나쁜 외삼촌이 될지라도 네 스스로 깨닫는 게 있기를 바랐다."

"네."

"날 원망하는 건 상관없지만, 그래도 이로써 네가 조금이나마 주위 환경에 더 유의할 수 있었으면 좋겠구나."

폐하의 말에 문득 어머니가 이사벨에 관해 묻던 때가 생각났다. 그전에도 그녀는 종종 내게 주위 사람을 주의하라고 귀띔을 했다. 그때는 그저 의례적인 말로 넘겼는데, 어쩌면 어머니 입장에서는 그게 최선이었을지도 모른다.

곧 방 안에 적막이 내려앉았다. 그렇게 폐하의 말을 곱씹으며 나를 다시 한번 다잡는데, 갑자기 밖이 약간 소란스러운듯하더니 누군가가 다급하게 문을 두드렸다.

똑똑-

"들어와."

"폐하!"

나와 폐하는 동시에 문을 열고 들어온 기사를 향해 시선을 던졌다. 제1기사단의 베르 경이었다. 그 익숙한 얼굴에 내가 놀랄 새도 없이, 그가 급하게 입을 열었다.

"폐하! 위더 백작 부인이 폐하께 알현을 청합니다."

"무슨 일이지?"

"부인이, 현재 반역에 이미 엮인 가문을 제외한 다른 가문의 반역 증거를 갖고 있다고 합니다!"

＊　＊　＊

"칼리드, 이게 무슨 일이에요?

폐하는 알현 준비를 해야 하는 터라 나는 먼저 알현실로 향했다. 그리고 왕좌와 가까운 곳에 있는 칼리드를 발견하고 급히 물었다.

"위더 백작 부인이, 반역에 관련된 증거를 더 가져왔습니다."

그것을 말하는 칼리드의 얼굴은 평소보다 훨씬 더 차갑게 굳어 있었다. 그 얼굴을 보는 순간 뭔가 평소와 다름을 느꼈으나, 폐하의 입장으로 나는 묻는 것을 포기할 수밖에 없었다.

폐하와 왕비 전하가 자리에 앉았다. 그 순간 소란스럽기 그지없던 장내가 조용해지고, 나는 마틸라 선배의 옆에 섰다. 외교부뿐만 아니라 이 사건에 연루된 모든 부서가 알현실에 서 있었고, 추밀원의 귀족들 또한 폐하의 양쪽에 서 있었다.

사람들의 시선이 카펫 위에 앉아 머리를 조아리는 위더 백작 부인에게 꽂혔다. 그녀는 잔뜩 엉클어진 머리를 빗을 생각도 하지 않은 채, 부들부들 떨며 바닥에 엎드려 있었다.

곧 진지하기 그지없는 장내에 폐하의 근엄한 목소리가 울려 퍼졌다.

"부인, 무슨 일인지 말해 보게."

"폐하."

이렇게 많은 사람들의 주목을 받아 보지 못한 그녀는 잔뜩 긴장해 있었고 그것을 증명하기라도 하듯 바닥에 붙인 손이 파르르 떨리고 있었다.

"이…… 이…… 이 죄, 죄인이…… 제 남편, 남편의 미, 밀서를 갖고 와, 왔습니다."

폐하는 고개를 돌렸다. 그에 옆에 있던 마법부의 책임자가 한 걸음 나서 폐하께 종이 뭉치를 전달했다. 그것을 쭉 훑은 폐하가 지시하였다.

"검증해."

명령이 떨어지기가 무섭게 뒤에 서 있던 올리비아가 종이 뭉치를 건네받고 몇몇 사람들과 알현실을 떠났다. 그리고 다시 폐하의 시선이 백작 부인에게 향했다.

"백작의 반역은 이미 정해진 것이나 마찬가지다. 이것으로 정상 참작을 바라는 건 아니겠지."

"폐, 폐하. 저, 저는 그럴 생각이 없, 없습니다."

"그동안 남편의 반역을 묵인해 주면서 오늘따라 갑자기 충성심이 폭발했을 리는 없고. 그래서 원하는 게 있지 않나."

"폐하, 저는…… 맹세코…….."

"그렇다고 해도 변하는 건 없다."

폐하의 건조한 대답에 백작 부인이 머리를 더욱더 조아렸다. 그 모습을 보며 나는 왠지 어렴풋이 알 것만 같은 기분이 들어 얼굴을 찌푸렸다.

한평생 남편에게 복종하는 법만 알았던 여자가 제 남편을 배신하면서까지 지키고 싶었던 것.

그런 생각을 한 건 비단 나뿐만은 아닌지, 내 옆에 있던 셀린느가 조용하게 읊조렸다.

"이사벨의 선처를 구하러 왔나 보네요."

그녀의 말에 마틸라 선배가 길게 한숨을 쉬었다. 그와 동시에 백작 부인의 울음소리가 알현실을 메웠다.

"폐하! 제가, 제가 잘못했습니다. 제가 무지하여 딸을 제대로 교육하지도 못했고, 그 아이를 나락으로 끌고 갔습니다! 폐하! 부디 선처를 해 주십시오. 제발, 제발 처형만큼은 면하게 해 주십시오, 폐하!"

방금까지 바들바들 떨면서 말을 내뱉던 것과 달리 선명하게 내뱉은 그녀의 말투에는 짙은 슬픔이 배어 있었다. 간곡하게 청하는 그녀의 목소리가 울음을 담고, 카펫을 적시는 눈물과 함께 오롯하게 쏟아졌다.

위더 백작 부인은 카펫을 꽉 잡아 쥔 뒤 제 머리를 바닥에 몇 번이고 찧었다.

쿵- 쿵- 하는 소리와 함께 주변 사람들의 얼굴이 일그러졌다. 소리만으로도 그 통증이 저릿하게 밀려오는 것 같아 나 또한 미간을 찌푸릴 수밖에 없었다.

"폐하, 제가 아둔했습니다. 이사벨은 아무것도 몰랐어요, 폐하. 제가 미천해서 아이를 방치했습니다. 제가 제대로 가르치지 못한 죄입니다. 폐하, 부디 죽음만큼은 면하게 해 주십시오."

"위더 영애의 처형은 아직 결정이 나지 않았다."

"폐하, 제발…… 제발……."

"위더 부인."

모든 사람의 이목이 쏠린 와중에 백작 부인이 울음을 토해 냈다. 그녀는 몇 번이나 바닥에 머리를 찧으며, 그렇게 제발 제 딸을 살려 달라 빌었다.

"부인. 영애의 일에 대해서는 관련법에 따라 그 경중을 판단해

치죄할 것이다.”

“폐하…….”

“영애는 귀족이고, 부인 또한 귀족이지. 모든 귀족에게는 그에 상응하는 책임이 있고, 영애는 그것을 어겼다. 짐은 이 나라의 왕으로서 그 죄질의 엄중함에 깊은 도탄을 보낸다.”

폐하의 뜻은 분명했다. 당연하지만 이사벨을 선처해 주는 일은 없을 것이다. 백작 부인 또한 그것을 알고 있고.

그럼에도 이렇게 와서 동아줄을 잡을 만큼, 가능성이 없는 일이라도 해 볼 만큼 그녀는 분명 필사적이었다.

모두가 탄식했다. 우리는 모두 백작 부인의 모습을 보면서 기묘한 느낌에 휩싸여야 했다.

이를 응시하던 셀린느가 입술을 꽉 깨물며 낮게 읊조렸다.

“이사벨은 알까요?”

“뭘?”

“모든 사람이 침을 뱉고 욕해도, 끝까지 자기 손을 잡아 주는 사람이 있다는 사실을.”

나는 셀린느를 보았다. 그녀는 무슨 생각을 하는지 눈물을 글썽거리고 있었다. 나는 길게 한숨을 쉬었다.

“아마도 모르겠지. 아니면 아는데 외면하거나.”

폐하는 우리가 신이 되어야 한다고 했지만, 정작 우리는 인간이었다. 그래서 이 상황에 분노를 느끼면서도, 다른 한편으로는 눈물을 흘리며 잘못을 뒤집어쓰려는 백작 부인의 행태에 이상한 감정을 느낄 수밖에 없었다.

셀린느는 훌쩍거렸다. 태어날 때부터 생모에게 버려졌던 이 아이가 보는 장면과, 내가 보는 장면이 같을 리가 없었다. 코르켈이 그녀를 감싸 안았다.

나는 단상 위에서 폐하 옆에 있는 칼리드를 보고는, 그 어두침침한 눈빛에 기분이 이상해졌다. 그는 위더 백작 부인을 보며 입을 꾹 다물고 있었는데 차분한 눈길에 이는 것은 분명 분노였다. 그가 분노하는 것이 무엇인지는 모르겠지만, 분명 어떤 이유가 있음은 확실했다.

곧 폐하가 백작 부인을 끌고 나가라 명한 뒤 자리를 떴다. 문이 닫히고 대부분의 사람들이 떠날 준비를 하는 걸 보며 나 또한 길게 한숨을 내쉬었다.

그때였다. 마틸라 선배가 조용히 말을 내뱉었다.

"위더 영애의 가정 환경은 대충 알 것 같구나."

"네?"

"위더 백작이 어떤 사람인지도 알 것 같고."

"어……."

나는 눈을 깜박거렸다. 이 와중에 몇 번 본 적이 없는 위더 백작가의 상황을 판단하다니. 그런 것도 가능해? 내가 아리송해서 미간을 찌푸리는데, 마틸라 선배가 피식 웃음을 흘렸다.

"인간의 오만함은 언제나 자신이 약자일 거란 편견에서 오지."

"어……."

"백작 부인은 자신의 행동이 아이한테 가해 행위였다는 것을 영원히 모를 거야."

마틸라 선배는 알 듯 말 듯 한 표정을 지으며 자리를 떠났다. 곧 사람들이 흩어지고, 나는 그녀의 뒷모습을 홀린 듯이 보다가 복도로 나갔다.

그런데 알현실에서 나오기가 무섭게 누군가가 내 손을 잡아끌었다. 거기에 저도 모르게 끌려가며 품에 안기자, 순간 칼리드가 자주 뿌리는 코오롱 향수 냄새가 나를 덮쳐 왔다.

"칼리드?"

사람들의 이목이 우리한테 힐끔힐끔 던져졌지만, 그는 여전히 나를 안고 있었다. 그에 나도 얼떨떨하게 그를 끌어안았다.

"무슨 일 있어요?"

단 한 번도 그가 이렇게 불안정한 모습을 보인 적이 없어서 나는 입을 꾹 다물었다. 하지만 칼리드는 고개를 내 목에 묻고는 길게 숨을 들이쉬었다.

"제가, 안정이 조금 필요해서."

"……."

"조금만 안고 있겠습니다."

그의 착 가라앉은 목소리에 나는 얌전히 있을 수밖에 없었다. 그러다 그의 등을 토닥이며 위로를 해 주었다.

약간의 침묵이 흐르고 그가 입을 열었다.

"스칼렛."

"네."

"인간의 악함은 어느 정도일 것 같습니까."

그의 물음은 정말 뜬금없었다. 그래서 답을 구하지 못해 말을 고르는데, 갑자기 칼리드가 부드럽게 나를 품에서 놓았다.

그는 내 머리카락을 살살 쓰다듬고는 내게 입을 맞추었다. 진하지도 않은 가벼운 입맞춤이었다. 입이 떼어지고, 나는 그의 팔을 잡고 물었다.

"칼리드, 무슨 일 있어요?"

"백작 부인을 보니, 백작이 생각났을 뿐입니다."

"위더 백작이요?"

"네. 그자가 대체 얼마나 많은 사람을 불행으로 밀어 넣었는가 하는."

"……"

"그리고, 그자한테 당신마저도 잃지 않아 너무 다행이라고."

'도'?

나는 미간을 찌푸렸다. 언제나 내 앞에서는 부정적인 감정을 짓지 않는 그의 얼굴에는 희미한 분노와 안도감이 서려 있었다. 하지만 곧 언제나 그랬냐는 듯이 다시 부드럽게 미소를 지으며 내 뺨에 키스했다.

"괜히 걱정하지는 마십시오. 별것 아닙니다."

"진짜요?"

"네."

그의 대답에 마음이 놓여 나는 활짝 웃었다. 그런 내 미소를 보며 그가 다시 나를 품에 안았다.

그 뒤로도 칼리드는 아무 말이 없었다. 그저 괜찮다고만 할 뿐인지라, 나 또한 그에게 더 많은 것을 물을 수가 없었다.

사실 그가 괜찮다고 하니 나 또한 웃긴 했지만…… 그렇다고 해서 그걸 진짜로 괜찮다는 말로 알아들을 만큼 나는 멍청하지 않았다. 그의 말 뒤에 뭔가 더 있다는 건 아무리 무딘 사람이라도 알아차릴 게 분명했다.

하물며 그의 복잡한 눈빛을 그대로 본 내가 아니던가.

그가 나한테 짐을 얹히고 싶지 않아서 나한테 함구하고 있다는 사실을 잘 알았다. 다른 한편으로는 어쩌면 증거가 없는 문제라 괜히 나한테 입을 놀려 내가 불안하게 하지 않으려고 그러는 것 또한 이해했다.

하지만 그런 그의 생각과 별개로, 나는 그의 그 눈빛을 잊을 수가 없어서 결국 온종일 생각에 잠겨야만 했다.

뭔가 직감이 내게 알려 주고 있었다. 위더와 프로디아드가 엮여 있고, 위더 백작 부인이 가져온 그 밀서에 답이 있다고.

올리비아에게 찾아가 묻고 싶었으나 검증 기간에 외부인은 출입이 금지되어 나는 결국 일이 끝나면 내게 답신을 달라는 쪽지 한 장만 남겨 두고 다시 집무실로 와야 했다.

그 뒤 프로디아드와 위더 사이에서 고민하던 나는, 일단 내 앞의 일부터 마무리를 지은 뒤 칼리드를 찾아가 조용하게 대화라도 하기로 했다. 그에게 캐물을 생각은 없었지만, 그래도 어떻게든 그에게 힘이 되어 주고 싶어서.

칼리드는 내가 말하기 어려운 일이 있으면 조용하게 기다려 줬다. 나를 다그치지도 않았고, 윽박지르지도 않았다. 그래서 나 또한 그처럼 그의 뒤에서 그의 버팀목이 되어 주고 싶었다.

물론, 그에 대해 내가 굉장히 무력감을 느낀 건 또 다른 일이다.

그리고 오후, 위더 백작 부인이 제공한 새로운 증거 자료 때문에 며칠 더 미뤄진 위더 백작의 심문으로 인해 나는 마틸라 선배의 집무실에 앉아 있었다.

"시스트 자작과 위더 백작이 오랜 교우 관계를 유지하고 있었어.

두 가문 사이의 거래 중에서 가장 큰 거래가 바로 실크 무역."

"실크에 관한 무역 장부는 증거 자료에 포함되어 있어요. 부록 3을 보시면 거기 세 번째 줄부터 공개 장부와 다른 부분이 보이실 거예요."

"그럼 실크 무역을 앞세워 수입과 수출 사이의 가격 차를 이용해 자금을 축적하고, 그 자금을 시에라에 제공한 것이로군. 이 부분에 대해서는 따로 증거가 있어?"

"직접적인 장부는 없지만, 11번 증거 자료 다섯 번째 줄에 관련 수치가 적혀 있어요."

"그럼 이 부분은 간접 증거로 제출하고……."

나는 이번 반역에 엮인 가문과 그에 연관된 증거를 다시 한번 확인하고는 서류를 내려놓았다. 그때 마틸라 선배가 소파에 기대면서 한숨을 내쉬었다.

"생각보다 엮인 문제가 많지? 사실 심문이 시작되면 네가 알지 못했던 사실들이 더 튀어나올 거야."

"네."

"위더 백작의 반역은 거의 11년 전부터 계획되었어. 어마어마한 정보들이 쏟아져 나올 것이고, 어쩌면 그건 네 생각 이상으로 잔인할 수도 있어."

"예상했어요."

"놀라는 건 상관없지만, 감정적으로 대하지는 마렴."

말을 마치고 마틸라 선배는 한쪽에 놓인 물을 한 모금 마셨다. 그런 그녀의 아리송한 말에 나는 고개를 끄덕였다. 사실 어느 정도 예상했던 일이기도 하고, 그 정도 준비는 하고 있었다.

하지만 왠지 모르게 마틸라 선배의 그 말을 듣는 순간 칼리드의 표정이 다시 떠올랐다. 그가 나한테 숨기고 있는 것, 그 혼자 감당해야 하는 것, 어쩌면 그는 내가 감당하기 힘들다고 생각해서 일부러 말해 주지 않는 걸까?

하지만 그는, 혼자 감당하는 게 힘들지 않을까?

나는 잠시 말을 고르다가 다시 고개를 들었다. 마침 마틸라 선배와 눈이 마주치자 그녀를 보며 조심스럽게 입을 열었다.

"저, 선배. 그 백작 부인이 가져온 밀서요, 그거 보셨어요?"

"아니, 왜?"

"아니에요. 혹시 뭐 특이한 건 없나 해서요."

"밀서 해독이 되면 외교부에도 가져올 거야. 그때 네게도 하나 전해 줄 테니 급해 마렴."

그에 나는 고개를 끄덕였다. 사실 공적으로 굳이 급해할 필요는 없지만, 사적으로는 무척 급했다.

내 남자의 기분이 달려 있단 말이야.

그렇게 생각하며 나는 어깨를 축 늘어뜨렸다. 그런 내 기분을 알았는지 마틸라 선배가 내게 물었다.

"왜, 무슨 일 있어?"

"아니에요. 그냥, 마음에 걸리는 게 있어서요."

"마음에 걸리는 게 있으면 해결을 봐야지. 혼자 고민하지 말고."

"그거야 그렇지만, 상대방이 말을 안 해 줘요."

"그럼 묻고."

"그게 상대의 기분을 상하게 할까 봐 걱정이에요."

내 대답에 마틸라 선배가 빙그레 웃었다.

"많이 좋아하는 사람인가 보구나?"

"그런 것도 있지만, 워낙 자상한 사람이라서 내가 꼬치꼬치 물어보면 분명 대답해 줄 거예요. 하지만 내게 대답을 해 주면서 그 또한 상처를 받지 않을까 걱정이 되어서……."

"그게 많이 좋아하는 거야. 보통은 내 기분, 내 호기심이 먼저인데 상대방의 기분부터 생각하게 되잖니?"

나는 고개를 끄덕였다. 사실 다른 사람이라면 탈탈 털어서 당장 말하라고 윽박질렀을 테지만, 칼리드는 달랐다.

"그럼 그때는, 그냥 옆에 있어 주는 것만으로도 큰 힘이 되지."

그녀의 말에 나는 눈을 동그랗게 떴다. 그러고는 미소를 짓는 그녀를 보며 고개를 끄덕였다.

사실 그것밖에 할 게 없긴 했다. 지금 이 시점에서는 일단 문서 검증이 나온 뒤 다시 다른 걸 조사해 보든지 해야지. 그것도 칼리드의 기분을 건드리지 않는 선에서.

그렇게 생각하며 나는 입을 꾹 다물었다.

＊　＊　＊

저녁 시간이 훨씬 지난 뒤 코르켈이 집무실에 와 셀린느를 데려가고, 나 또한 코트를 집어서 집무실을 나갔다. 칼리드와 퇴근을 동시에 하려고 했지만, 예상보다 훨씬 더 늦게 끝나 나는 결국 연무장 대신 그의 타운 하우스 쪽으로 발걸음을 하기로 했다.

하루 종일 심문에 정신을 쏟긴 했지만…… 사실 그것보다 칼리드 생각이 더 많이 나서 약간 집중이 안 되었다. 그 모습을 보며 코르켈이 '세상에, 그 스칼렛이 일에 집중을 못 하다니, 공작이 대단하긴 해?'라고 호들갑을 떨었으나, 그런 농담에도 반응을 못 할 만큼 나는 진지했다.

위더, 프로디아드. 이 사이에 무슨 일이 있나? 백작 부인이 가져온 서류는 지금까지 공개되지 않은 가문과 위더 가문과의 교류 서신이다. 그리고 칼리드는 그 서신을 봤을 게 분명했다. 제1기사단이 폐하께 와서 알렸으니까.

그럼 그 서신이 문제라는 건데.

"그리고, 그자한테 당신마저도 잃지 않아 너무 다행이라고."

그자한테 당신마저도…… 당신, 마저도, 도…….

내가 위더 백작에게 당할 뻔한 건 맞으니 일단 넘어가고, 그 '도'가 굉장히 걸리는데……. 어쩌면 칼리드가 위더 백작에게 잃을 뻔한 것이, 아니, 잃은 것이 있을 수도 있다. 그리고 나와 같은 선상에서 '도'라는 말을 썼다면, 그건 분명 사람일 터.

누구지? 그게 누가 되지? 칼리드가 그토록 짙은 분노를 감내할 만한 사람이라면 일단 친인척. 그러면…… 부모님?

프로디아드 공작 부인은 폐렴으로 돌아가셨으니 아닐 테고, 공작은 클로레이타 폭동 때 우연하게 돌아갔다. 아, 잠깐만, 클로레이타 폭동.

나는 멈칫하고 말았다. 클로레이타 폭동. 샤먼 후작을 필두로 한 반역. 그리고 클로레이타는 위더 영지의 옆에 있었다. 어쩌면 그게 위더 백작과 연관이 있다면? 그리고 샤먼 후작의 그 폭동에서 선대 프로디아드 공작의 죽음이 우연이 아니라면?

나는 입을 틀어막았다. 설마, 아닐 것이다. 그게 진짜로 성립이될 리가 없다. 그렇다면…… 그렇다면…….

아니, 그럴 리가 없다. 아니, 그래서는 안 된다. 그게 진짜라면, 그럼 칼리드는–

순간 짙은 분노와 슬픔이 나를 감싸 안았다. 우연하게 뻗은 상상은 그칠 줄을 몰랐고, 어제 백작 부인을 보던 칼리드의 그 눈빛이 강렬하게 내 가슴에 박혔다.

설마, 아닐 거야. 아니어야 해. 만약 진짜로 그렇다면–

너무 잔인하잖아.

뭐가 되었든 그는 한때 이사벨과 약혼을 했었다. 그게 파기를 위한 약혼이든 아니든, 그것과 무관하게 두 사람의 이름이 쓰인 약혼서가 만들어지고, 두 가문의 이름이 쓰인 문서 위에 두 사람의 사인이 쓰였다.

칼리드는 이사벨과 약혼 관계였고, 그로 인해 프로디아드는 한때 위더와 함께 사람들 입에 오르내렸다.

그리고 더불어서 위더 백작가와 거래를 하고, 사업 관계를 맺고, 그리고…….

그 무수한 관계들.

프로디아드와 위더가 맺었던 수많은 관계는 무엇인가. 그것들을 맺으며 칼리드는 대체 어떤 생각을 해야만 했나. 진짜로 위더 백작이 그런 음모를 꾸몄다면, 그렇다면 위더는 프로디아드와는 영원히 적이 될 수밖에 없는 관계인데, 그런 관계인데.

아, 잠깐만, 어쩌면 그래서…….

순간 머릿속을 스쳐 지나가는 가설에 숨이 막혀 왔다. 굳이 프로디아드여야 했던 이유. 굳이 위더를 감시하는 데 프로디아드여야 했던 이유가 설마—

위더를 감시하는 데 필요한 가문은 반드시 두 가지 조건이 필요하다. 하나는 위더가 당시까지 저지른 활동을 엎어 버리고 얌전히 윈체스터에 숨죽이고 있을 만큼 대단한 가문, 그리고,

—절대 위더와 손을 잡지 않을 가문.

굳이 위더를 감시하는 데 프로디아드여야 했던 이유는, 선대 프로디아드 공작의 죽음에 위더 백작이 연루되어 있어서. 칼리드가 미치지 않고서야 위더 백작과 손을 잡을 이유가 없어서.

폐하 입장에서는 가장 훌륭한 선택이다.

순간 온몸에 소름이 돋았다. 그럼 이게 어떻게 되는 거지? 아버지의 죽음을 사주한 가문과 약혼 관계를 맺었는데, 그 끝이 아무리 파기였다고 해도 그렇지, 나 같으면 끔찍함에 일찍이 분노했을 것이다.

그리고 이사벨. 내 아버지를 죽인 이의 딸이 나를 사랑한다고 말하고, 자신이 사랑하는 여자는 그 딸의 가장 좋은 친구다.

세상에, 말도 안 돼. 인간이 어떻게 그걸 혼자 감당하지? 그 무게를 어떻게 혼자 견디지? 그 아픔을 어떻게 혼자 이겨 내지?

그게 가능한가?

어떻게 그렇게 잔인할 수가 있어.

순간 쓴 물이 올라왔다. 칼리드는 스물한 살에 공작이 되었다. 어린 청년이 감내해야 하는 그 시선 속에서 그가 의지할 만한 사람은 없었다. 아버지는 돌아가시고, 오가던 혼담은 끊기고, 혼자 남

은 청년에게는 온통 적뿐이었다.

아버지의 죽음에 관련해 물증은 없고, 심증만 있는 상태. 위더 백작을 죽여 버리고 싶으나 필요 때문에 손을 잡는 척해야 하는 상황.

앞이 희부예졌다. 눈물이 툭툭 뺨을 타고 흘렀다. 이게 전부 진짜라면―

아니야, 아닐 거야. 아니어야 해. 그게 진짜라면 너무 잔인하잖아.

여기까지 생각을 마친 나는 급히 발걸음을 옮겼다. 밖에서 나를 기다리던 마차의 문이 열리고 나는 빠르게 마부를 향해 입을 열었다.

"프로디아드의 타운 하우스로 가 줘."

말을 마치고 나는 시선을 밖으로 돌렸다. 그리고 한쪽으로 빌었다.

제발, 내 추측이 틀렸기를.

* * *

"짠! 누가 왔게요?"

마차 안에서 나를 최대한 추스른 뒤, 프로디아드의 문을 두드린 나는 집사에게 칼리드를 불러 달라 말했다. 그러고는 접대실에서 급히 문을 열고 들어온 그를 보며 활짝 웃었다.

사실 속은 여전히 엉망이었지만 나는 그래도 웃었다. 웃지 않으면 당장 그를 잡고 내 말이 옳은지 틀리는지부터 물을 것 같았기 때문이다.

칼리드는 내 얼굴을 보더니 바로 부드럽게 웃었다. 그러고는 나를 소파에 앉히고 내 옆에 앉았다.

"무슨 일 있으십니까?"

"우리 사이가 무슨 일 있어야 보는 사이예요?"

"아니, 늦은 밤에 찾아온 적은 없지 않으십니까."

"원래 늦은 밤일수록 연인이 필요한 법이죠."

내 말에 칼리드는 묘한 표정을 지었다. 그에 나는 자리에서 일어나 그의 다리에 떡하니 앉았다.

"스칼렛?"

"왜요, 싫어요?"

그의 목을 감고 어깨에 기대자, 칼리드가 약간 당황하는 듯하더니 곧 순순히 내 허리를 감아 왔다. 그 모습을 보며 옅게 웃음을 흘리자 그가 마주 웃음 지었다.

"좋습니다."

"진짜?"

"네."

"얼마나?"

"제 품에 모든 것을 다 안은 것 같습니다."

나는 입꼬리를 말아 올렸다. 내가 그의 모든 것이라는 그 말이 아주 좋았다. 그리고 다른 한편, 그럼에도 그의 무게를 함께 나누어질 수 없는 이 상황이 무척 안타까웠다.

나는 조용하게 읊조렸다.

"나 가지 말까요?"

"방을 준비하라 이르겠습니다."

"말고, 영원히."

"……."

"그냥 여기서, 당신이랑 영원히 살까?"

"스칼렛."

"칼리드."

순간 칼리드가 멈칫했다. 하지만 나는 무척 차분하게 그를 부르며 고개를 들었다.

문득 이런 생각이 들었다. 그는 언제나 내 옆에 있어 주었다. 그 어느 순간에도. 내가 불안해하면 내 불안을 풀어 주었고, 내가 힘들어하면 나를 안아 주었고, 내가 싫어하면 치워 주고, 내가 하고자 하는 일은 전부 도와주었다.

그래서 나는 오롯이 스칼렛으로 있을 수 있었다. 스칼렛 디르난트. 내가 가장 명예롭게 여기는 귀족으로서의 이름을 지키고, 외교관으로서의 긍지를 수호하고, 매 순간순간마다 내 의지를 관철할 수 있었다.

나는 그의 연인이었지만 그 어떤 순간에도 그의 부속품이 아니었다. 마찬가지로 그 또한 내 부속품이 아니었다. 우리는 서로 속한 관계가 아니었다. 서로 손을 잡고, 같은 높이에서, 서로 마주 보는.

그래서 나는 그와 눈을 마주쳤다. 그리고 손을 뻗어 그의 뺨을 어루만졌다.

"나는 당신과 함께 걸어가고 싶어요."

"저도 마찬가지입니다."

"내 순간순간마다 당신이 있다는 게 아주 고맙고, 다행이고, 행복했어요."

"그건 저 또한 마찬가지입니다. 어쩌면 당신보다 더."

"그러니까 칼리드, 이번에는 내가 당신 옆에 있어 주면 안 될까요?"

"……."

"힘들면 강요하지 않을게요. 싫으면 강요하지 않을게요. 억지로 묻지도 않을 거고, 내 호기심을 만족시키려 조사를 하지도 않을 거예요. 귀족의 무지는 죄지만, 당신을 위해서라면 한 번쯤 더 죄인이 되는 것도 나쁘지 않아."

"……."

"그러니까, 날 믿어 줄래요?"

나는 그의 눈을 똑바로 보며 부드럽게 읊조렸다. 그리고 고개를 숙여 그의 입술에 가볍게 입을 맞추었다.

쪽- 하고 부드러운 소리가 나자 나는 방긋 웃었다. 사실 울컥 울음이 올라왔던 것 같다. 그럼에도 나는 계속 웃었다.

칼리드가 내 허리를 감싸 안은 손에 힘을 주던 것도 잠시, 갑자기 한쪽 손을 들어 내 뺨을 쓸었다. 그 순간에야 나는 내 뺨이 축축하게 적셔진 것을 알았다.

칼리드는 시선을 아래로 깔더니 다시 나와 눈을 마주쳤다. 그 또한 내가 말하는 게 뭔지 깨달은 듯했다.

그리고, 곧 그가 조용하게 입을 열었다.

"위더와 프로디아드는 오래전부터 불미스러운 일에 엮여 있었습니다."

"네."

"선대 프로디아드 공작의 죽음을, 위더 백작이 사주했습니다."

"……."

나는 입을 꾹 다물고 그의 어깨에 얼굴을 묻었다. 방금까지 억지로 참고 참았던 둑이 무너지고, 나는 이유 모를 눈물을 뚝뚝 흘리고 있었다.

그의 셔츠가 젖어 들어갔다. 나는 어깨를 들썩이며 훌쩍거렸다. 사실 나도 내가 왜 우는지 모르겠다. 이 시점에서 나보다는 칼리드가 더 고통스러워야 하지 않는가. 그럼에도 왜 내가 눈물이 나오는지…….

"……칼리드."

나는 울음이 섞인 목소리로 그를 부르며 다시 고개를 들었다. 그에 칼리드가 손을 들어 내 뺨을 닦으면서 부드럽게 웃었다.

"저는, 괜찮습니다."

"괜찮긴 뭐가 괜찮아요."

나는 괜히 그에게 책망 아닌 책망을 했다. 칼리드는 여전히 웃고 있었고, 뚝뚝 떨어지는 내 눈물을 연신 손으로 닦아내고 있었다.

얼굴에 붙은 머리카락을 떼어 주며 그가 차분하게 말했다.

"저는 괜찮습니다. 오늘 오전에 증거를 보았지만 사실 이미 심증은 있었습니다. 그리고…… 이 또한 오래전 일이고, 무엇보다도…… 제가 감당해야 하는 일이었으니까."

"혹시…… 이사벨과 약혼한 것도 그것 때문이에요?"

내 물음에 칼리드가 고개를 끄덕였다. 그에 다시 한번 속이 무너져 내리는 것 같았다.

아, 이건 말도 안 돼. 그런 걸 어떻게 견딜 수가 있어.

"칼리드."

"네."

나는 그를 보았다. 여전히 뺨을 타고 눈물이 흘러내렸지만, 사실 나조차도 왜 흐르는지 몰랐다. 그냥, 슬퍼서. 그가 혼자 견뎌 왔다는 그 사실이 슬펐던 것 같다.

내 부름에 그가 내 뺨을 감싸 쥐었다. 그리고 나와 시선을 맞추었다. 그 부드러운 눈빛을 보면서 내가 입을 열었다.

"우리 꼭 행복해져요."

우리가 불행해지길 바라는 사람들에게 보란 듯이 아주아주 행복해져요.

사실 조금 더 위로의 말을 건네고 싶었다. 그에게 괜찮다고 말하고 싶었다. 그만큼 가슴이 찢어졌으니까.

하지만 내가 우는 모습을 보면서 칼리드가 행복해할 것 같지 않았다. 위더 백작을 함께 욕해 준다고 풀릴 만한 일이 아니었다. 동정? 그것은 오히려 그가 여태껏 견뎌 낸 시간에 대한 모욕이다.

지금이야 담담하게 말하지만 그가 얼마나 저 자신을 다잡았을지, 얼마나 분노를 삭였을지, 속으로 얼마나 칼을 갈았을지……. 모든 것들이 상상이 가면서도 감히 그 아픔이 짐작되지 않았다.

그래서 나는 그저, 그렇게 그에게 속삭였다. 우리 행복해지자고. 서로의 상처를 치유하면서 꼭 행복해지자고.

그건 내가 지금 그에게 줄 수 있는 가장 큰 위로였다.

예상 밖의 말을 들은 듯 칼리드가 조금 놀란 표정을 지었다. 하지만 곧 고개를 끄덕였다.

"네, 꼭."

나는 웃으며 다시 그의 어깨에 기댔다. 이전보다 조금 더 힘을 주어 나를 끌어안은 그의 품에 안기면서, 내가 흐읍- 숨을 들이쉬고 말했다.

"폐하 미워."

내 말에 칼리드가 옅게 웃는 것이 들려왔다. 하지만 이는 단순한 투정이 아니라 진심이었다.

살면서 이렇게 폐하가 원망스러울 때가 없었다. 칼리드를 이렇듯 이용하여 상처를 주었다는 게 마음이 아팠다.

물론 귀족으로서 그건 당연한 일이었다. 정치의 세계는 원래 서로 이용하고 이용당하는 사이다. 일국의 주군으로서 옳은 선택이긴 하지만…… 그래도 칼리드에게는 지나치게 잔인했다.

"폐하 미워."

다시 한번 말을 내뱉자 칼리드가 내 머리를 감싸 안았다.

"폐하께서는 당연한 선택을 하셨습니다."

"그래도, 그런 게 어디 있어요."

"사실 아시잖습니까. 위더 백작을 이끌어 내서 그 죄를 묻는 것이 오히려 더 낫다는 것을. 대의를 위해 잠시의 고통은 괜찮았습니다."

"그건 칼리드 당신이고, 나는 안 그래요."

"……."

"난, 난 당신 아픈 것밖에 못 보겠단 말이야."

내 말에 그가 고개를 살짝 돌려 내 이마에 키스했다. 그러고는 낮게 깔린 목소리로 내게 말했다.

"그래도 폐하께서는 제게 다른 것도 약조하셨습니다."

"뭘요?"

"당신."

나는 입을 꼭 다물었다. 폐하 두 번 미워. 날 이용하는 건 상관없지만 칼리드한테 그러는 게 어디 있어. 무슨 채찍 하나에 당근 하나로 말을 길들이는 것도 아니고.

사실 폐하의 시각에서 보면야 가장 훌륭한 선택이겠지만, 그래도 나는 폐하가 야속했다.

나는 고개를 들고 칼리드와 시선을 마주했다. 나를 향한 부드러움이 담뿍 담겨 있는 그의 눈을 보며 내가 물었다.

"그럼 사실 우리는 어차피 함께할 사이였네요?"

"꼭 그렇지도 않았습니다."

"뭐야, 설마 폐하의 제안을 거절한 건 아니죠?"

"거절했습니다."

칼리드의 말에 나는 어리둥절한 표정을 지었다. 왜? 왜 거절했지? 그때 나한테 호감이 있다고 하지 않았나? 뭐야, 호감만 있지, 결혼은 싫다 그거야?

전혀 그럴 리가 없지만, 이상한 상상을 하며 점점 험악한 표정을 짓는 내 얼굴을 보면서 칼리드가 웃음을 흘렸다. 그리고 곧, 그가 내 입술에 쪽 입을 맞추었다.

"당신을 사랑해서."

"……."

"제 감정과 별개로, 선택권은 당신 손에 쥐여 드리고 싶었으니까."

"그럼……."

"사실 혹하지 않았다면 거짓입니다. 귀족가의 결혼이란 원래 정략적으로 이루어지는 것이라, 언젠가는 상대가 제가 아니더라도 당신은 결혼을 할 것이라고, 그렇게 저 자신을 설득하기도 했습니다."

그 말을 들으며 나는 고개를 끄덕였다. 사실 내가 원하든 원하지 않든 귀족이라면 언젠가는 결혼을 해야 한다. 최소한 내가 디르난트의 핏줄인 이상.

"하지만 그래도 당신 손에 선택권을 쥐여 주고 싶었습니다."

그의 대답에 나는 또 울컥 울음이 흘러나왔다. 왜 이 남자는 나한테 이렇게 다정할까. 왜 나한테 이렇게 한도 없이 모든 것을 허락할까. 왜 단 하나의 이기심도 나한테 강요하지 않는 걸까.

나는 손을 들어 눈물을 감추었다. 그에 칼리드가 내 입에 다시 한번 입을 맞추자, 나는 훌쩍거리며 물었다.

"……그러다가 내가 먼저 결혼해 버리면 어쩌려고 그랬어요?"

"아, 사실……."

내 물음에 칼리드가 묘한 웃음을 지었다.

"폐하께 다른 것을 약조 받았습니다."

"뭘요?"

"전쟁이 끝나기 전까지는 당신을 정략결혼 시키지 말아 달라고."

"……."

"사랑하는 사람이 있다면 어쩔 수 없지만, 정략결혼은 절대 시키지 말라고."

……아, 내 감동 돌려내. 이런 쓸데없이 똑똑한 남자야.

나는 풋 웃음을 흘렸다. 그래, 이런 남자였다. 나한테 한없이 다정하고, 한없이 배려심 깊으면서도 한쪽으로 또 손해 보는 일은 하지 않는다. 나는 그의 치밀함에 혀를 내둘렀다.

어쩐지 스물여섯이 다 되도록 결혼 재촉을 하지 않는다 싶었다. 비올레타야 내놓은 자식이니 그렇다 쳐도, 나한테까지 결혼 얘기를 꺼내지 않는 건 꽤 의외였다.

난 그게 아주 오래전 이사벨 때문에 약혼이 파기된 뒤 충격을 받은 나를 배려하는 폐하와 어머니의 행동인 줄 알았다.

내가 지나치게 순진했어.

"그런데 내가 사랑하는 사람이 생기면 어쩌려고 그랬어요?"

"그거야…… 그때는 놔주는 게 옳다고 생각했습니다."

"혹시 이사벨이 내 애인 뺏는 거 속으로 응원했던 거 아니야?"

"……."

"잠깐만. 왜 말이 없어요? 진짜 응원했어요?"

칼리드가 잠시 침묵했다. 내가 그의 셔츠를 잡고 미간을 찌푸리자, 칼리드는 떨떠름한 표정으로 말을 골랐다.

"물론 그때는 당신이 상처받고 아파하는 모습을 상상하면 가슴이 아프긴 했습니다만, 사실 지금 생각해 보면 아주 조금, 아주 조금 다행이라는 생각이 들기는……."

"그럴 줄 알았어."

나는 그를 흘겼다. 하지만 곧 다시 웃음을 흘리고 말았다. 사실 나도 그렇긴 했다. 진짜, 그때 그 남자들과 함께하지 않아 다행이라고.

그러나 사실 곰곰이 생각해 보면 내가 그 남자들과 결혼할 가능성은 또 없긴 했다. 나와 사귄 남자들 중에 가문이 맞는 남자는 리스터와 몇몇 후작 영식들밖에 없었고, 이 몇몇과는 대부분 평화롭게-어쨌든 이사벨의 개입이 없었으니- 헤어졌으며, 그렇다고 가문이 맞지 않는 사람과 결혼하겠다고 죽네 사네 할 정도로 그렇게 진지하지는 않았던 것 같다.

어, 그러고 보니 나도 참…… 이사벨의 말을 긍정하는 건 아니지만, 내 연애 태도도 한 번쯤 반성해 볼 필요가 있지 않을까.

어쨌든 다른 쪽으로 간 생각을 다시 칼리드에게 돌린 나는 미소를 지으며 입을 열었다.

"사실 생각해 보면 우리는 함께할 확률이 그렇지 않을 확률보다

더 높았던 것 같아요."

"운명인 겁니다."

"참, 그렇게 말하면 내가 좋아 죽는 거 어떻게 알고."

나는 그를 흘겼다. 그러고는 그의 뺨에 입을 쪽 맞추었다. 내 입이 떼어지기가 무섭게, 칼리드가 내 뺨을 부드럽게 감싼 뒤 내게 키스했다.

그의 목을 감싸고 나는 눈을 감았다.

그는 나를 자신의 품에 꼭 끌어안았다. 그 맞닿은 체온이, 그의 손짓 하나하나가 나를 부드럽게 쓰다듬고 있어서 순식간에 평온해졌다.

그렇게 얼마나 지났을까, 입술을 뗀 칼리드가 내게 속삭였다.

"스칼렛."

"네."

"사랑합니다."

"나도요."

닿을락 말락 하는 거리에서 내가 낮게 답했다. 그런 내 대답이 만족스러운지 그가 입꼬리를 말아 올렸다.

나는 그와 눈을 마주쳤다. 아, 좋다. 오직 나만을 향한 열정, 오직 나만 볼 수 있는 열정.

"칼리드."

"네."

"이제 무슨 일 있으면 우리, 서로에게 솔직하게 털어놓아요. 기쁜 일, 슬픈 일, 화난 일. 아무거나."

"네. 꼭 그러겠습니다."

"그리고 칼리드."

"네."

나는 눈을 감고 그의 입술에 가볍게 입을 맞추었다. 그리고 살짝 떼고는 낮게 속삭였다.

"우리 꼭 행복해져요. 꼭."

"네."

말이 끝나고 곧, 다시 한번 달콤한 공기가 우리를 감았다.

＊　＊　＊

다음 날 아침, 나는 칼리드와 함께 왕궁에 출근했다. 사실 집에 들어가야 하는 것 아니냐고 칼리드가 걱정하긴 했지만, 상관없다고 내가 고집을 부리는 바람에 나는 온밤을 그의 옆에서 지킬 수 있었다.

사실 칼리드도 은근하게 나를 보내고 싶지 않은 눈치긴 했고.

어쨌든 간에 달짝지근한 밤을 보낸 나는, 나를 향해 뻗은 칼리드의 손을 잡고 마차에서 내렸다.

그리고 그 순간, 출근하던 모든 사람의 시선이 우리에게 박혔다.

나는 해맑게 웃으며 뭐가 문제냐는 듯이 주위 사람들에게 웃어주었다.

사람들의 반응은 제각각이었다. 손으로 입을 가리며 방실방실 웃는 사람들이 대다수였고, 몇몇―제1기사단으로 추정되는― 기사들이 쩌적 굳은 채 우리를 보고 있었으며, 마침 지나가던 외교부의 사람들은 아주 세상 재밌는 웃음을 지으면서 우리를 보았다.

예전 같았으면 또 가십거리에 휘말리게 생겼다고 귀찮아할 법했으나, 이제 칼리드를 따라 적당하게 얼굴에 철판 까는 법도 배운 나는 대체 뭐가 문제냐는 표정으로 그들을 쭉 훑었다.

아니, 외박하고 온 사람 처음 봐요? 아니, 같이 밤을 보내고 온 연인 처음 보나요?

내 완벽한 뻔뻔함에 칼리드가 옅게 웃음을 흘렸다. 그리고 곧 그가 내 뺨에 입을 맞추었다.

"그럼 저녁에 뵙겠습니다."

"네, 저녁에 봐요."

말을 마치고 기사단으로 향하는 그의 뒷모습을 보면서 나는 주위 사람들에게 웃어 주며 집무실로 향했다.

"아, 왔네?"

"어, 올리비아."

집무실에 들어가자마자 나를 반기는 건 의외로 올리비아였다. 그녀는 차분하기 그지없는 표정을 지으며 나를 보고 있었으나, 눈빛에 은근하게 분노가 서려 있어서 대충 무슨 일인지 예상할 수 있었다.

그녀의 손에는 종이 뭉치가 들려 있었는데, 내가 의자에 앉자마자 그녀가 내 책상 위에 종이 뭉치를 내려놓았다.

"어제 백작 부인이 가져온 밀서의 복사본이야. 문서의 진실성 검증은 마쳤어. 그리고 일단 심호흡 한번 하고 봐."

"프로디아드에 관한 문제야?"

"어떻게 알았어?"

"샤먼 후작이 엮였고?"

"······너 어제 공작이랑 같이 있었어?"

"응."

한껏 진지하던 올리비아가 한숨을 푹 쉬었다. 방금까지 잔뜩 굳어 있던 그녀의 표정이 조금 풀리더니, 내 책상에 기대 입을 열었다.

"쓰레기도 이런 쓰레기가 없어. 네가 직접 봐. 다섯 번째 페이지."

그녀의 말에 나는 차분하게 종이를 펼쳤다. 그리고 그 위에 쓰여 있는 내용을 보고 얼굴을 굳혔다.

[존경하는 샤먼 후작께-

클로레이타에는 봄이 찾아왔습니다. 하지만 우리의 봄은 아직이지요. 아름다운 클로레이타에서 우리의 봄을 맞이하기 위해 이 서신을 보냅니다.

북방의 사자가 우리의 봄을 방해하려 하고 있습니다. 조속히 사냥을 제안합니다.

위더로부터.]

클로레이타의 봄은 곧 반역을 위한 폭동.

북방의 사자는 프로디아드.

나는 차분하게 손에 들린 종이를 내려놓았다. 그리고 길게 숨을 들이쉬었다 내쉬었다.

이미 알고 있던 일이나 그래도 분노가 치밀어 올랐다. 지금쯤이면 아마 칼리드도 이 문서를 받아 들었겠지. 그도 짐작은 했을 테지만, 그럼에도 눈으로 증거의 진실성을 다시 한번 확인 받는 건 다른 문제였다.

그때 올리비아의 목소리가 들려왔다.

"위더 백작가의 혈관에 흐르는 건 피가 아니라 구정물인가 봐."

"글쎄. 혈관에 흐르는 게 구정물이든, 아니면 핏물이든 이런 일을 저질렀을 때는 그 결과를 예상하고 있었겠지."

나는 침을 꿀꺽 삼키고 말을 이었다.

"내통, 반역…… 그래, 인간이 살다 보면 권력욕에 미칠 수야 있지. 그것까지는 이해해."

"……스칼렛."

"하지만 아무리 그렇다고 해도 누군가의 살인을 사주하고, 제 딸과 그 아들의 약혼을 보면서 한 가닥의 자책도 없을 수 있나?"

"그 새끼는 대체 무슨 생각으로 제 딸의 약혼을 묵인했지?"

"이사벨이 칼리드를 충분히 유혹할 수 있다고 생각했겠지."

"……."

"세상 인간들이 다 저처럼 눈깔이링 뇌가 같이 붙어 있는 줄 아나 봐. 개새끼. 이사벨은 인간의 범주 내에서 쓰레기였는데, 저 새끼는 인간이라는 명칭도 아까워."

내 말에 묻어나는 짙은 분노를 읽어 낸 올리비아가 한숨을 푹 쉬곤 내게 물었다.

"이사벨은 알아?"

"그건 후에 알아보는 걸로 하고. 뭐, 사실 알든 말든 상관없어. 어차피 바닥인데 거기서 더 추락해 봤자지."

"……."

"하지만 뭐가 됐든 부녀가 아주 쌍으로 역겨운 짓거리를 하고 있어."

"그래서 어떻게 할 건데. 사실 위더 백작은 이쯤이면 사형이야."

"알아."

위더 백작의 반역과 내통은 확정되었다. 그런 의미에서 사형임은 확실했다. 하지만 사형에도 방법이 있고, 이는 죄질에 따라 갈린다.

위더 백작의 심문과 마지막 재판에서 외교부는 처벌 의견을 폐하께 올린다. 그것과 법무부, 추밀원의 의견을 통합해 폐하께서 고려하신 뒤 처형 방법을 결정한다.

법무부와 추밀원이 어떤 결정을 내릴지는 모르겠으나, 내통죄 하나로도 충분히 지옥을 경험하게 할 수 있다. 이사벨은 질척질척 걸리는 게 많아서 끊어 내는 데 엄청난 시간이 걸렸지만, 위더 백작은 달랐다.

폭력은 문제를 해결해 주지는 않지만, 쓰레기는 해결해 주니까.

거기까지 생각하며 나는 이를 갈았다.

* * *

"……하여서, 위더 백작에게는 사형 중 최고형인 공개 참수를 제안합니다."

말이 떨어지기가 무섭게 사람들의 눈길이 내게 모였다.

"흐음…… 공개 참수라."

"그거, 40년 전을 마지막으로 쓴 적이 있나요?"

사람들의 웅성거리는 목소리 속에서 나는 차분하게 자리에 앉았다. 위더 백작의 심문에 들어가기 전, 몇몇 사람들이 모여 폐하께 드릴 위더 백작의 처형 의견을 짜고 있었다.

사실 원래라면 조금 더 극적인 심문 상황이 있은 뒤 결정되어야 할 일이지만, 이미 증거까지 완벽하게 나온 터라 위더 백작의 사형은 정해진 것이나 마찬가지였다.

나는 내 손에 들린 서류를 빤히 보았다. 10년 전부터 시에라와 내통한 모든 사항, 프로디아드 공작의 죽음 사주, 그 외 양국의 전쟁 중에서 군수 물자, 자금, 정보의 유출죄를 탈탈 털어 공개 참수를 제안했다.

하루 동안 중앙 광장에 달아 놓고, 저녁에 참수한다.

사실상 시민에게 분노의 기회를 주는 것이나 마찬가지였다. 윈체스터의 수많은 사람이 전쟁터에서 목숨을 잃을 때 위더 백작은 야금야금 윈체스터의 정보를 시에라로 팔았다. 그 사실을 아는 이상 시민이 단순히 욕만 하고 지나갈 것 같지는 않았다.

하지만 그때 누군가가 중얼거렸다.

"하지만…… 너무 야만적인 건 아닌지."

나는 길게 한숨을 쉬었다. 그럴 줄 알았다. 점차 치형 방법에서 불필요한 잔인성은 피하자는 논조가 점점 거세지는 오늘날이다. 사람을 중앙 광장에 매달아 놓고 공개 참수를 하는 건 어쩌면 야만적일 수도 있었다.

하지만-

"반역은 무거운 죄입니다. 게다가 시에라와 내통을 했죠."

"……그렇긴 하지."

"위더 백작을 본보기 삼아 불필요한 잡음은 잘라 내는 게 좋습니다. 실제로 폐하께서도 이런 효과를 원하실 겁니다."

"하긴, 반역죄이니 조금 세게 갈 필요가 있겠어. 심지어 공작의 죽음을 사주하지 않았나. 추밀원을 우습게 보는 행위지."

"그리하여 저는 공개 참수를 제안합니다. 위더 백작 하나를 죽임으로써 모두에게 경각심을 심어 줄 수 있어 예방 작용과 동시에 위더 백작의 엄중한 죄질에 대한 충분한 처벌이 될 것 같습니다."

내 말에 몇몇 사람들이 고개를 끄덕였다. 이 자리에 있는 것은 대부분 견고한 왕실파. 설사 그렇지 않더라도 위더 백작의 죄질이 엄중하다는 것을 부정하는 이는 없으리라.

결국 의논은 추밀원에서 다시 한번 생각해 보겠다는 말과 함께 끝을 맺었다. 이제 곧 위더 백작의 심문에 들어가야 하는 나와 마틸라 선배가 서류를 정리하고 있을 무렵, 칼리드가 우리에게 말을 걸어왔다.

"위더 백작의 심문에 들어가시는 겁니까?"

나는 그를 향해 고개를 끄덕여 주었다. 마틸라 선배가 나와 칼리드를 보고는 웃음을 흘리며 먼저 회의실을 떴다.

"네. 오늘은 법무부에서 두 명, 우리 쪽에서 두 명이 나서서 먼저 심문에 참석하기로 했어요. 최종 심문은 폐하가 참석하시는 모레지만."

"……괜찮으십니까?"

"내가 안 괜찮을 게 뭐가 있죠?"

나는 눈을 동그랗게 떴다. 내가 안 괜찮을 게 뭐가 있나. 죄를 저지른 인간은 위더 백작인데.

그런 내 얼굴을 보며 칼리드가 부드럽게 웃었다. 그 모습에 나는 활짝 웃었다.

"빨리 끝내고 올게요."

"네."

"좋은 소식 들고 올게요."

사실 그래 봤자 증거과 증언을 하나하나 맞추는 것뿐이라 생각처럼 그렇게 긴장감과 박진감이 넘칠 것 같지는 않지만.

　칼리드는 고개를 숙여 내 입술에 입을 맞추고 낮게 속삭였다.

　"무사히 다녀오십시오."

　"겨우 첫 번째 심문인데 뭘. 알잖아요, 이미 증거도 나와서 굉장히 쉽다는 거."

　"그래도…… 웬만하면 곁에 있어 드리고 싶지만 추밀원의 심문은 비공개라……."

　"어휴, 걱정하지 마요. 그 사람이 나 뭐 죽일까 봐? 기사도 있고, 심지어 묶어 놓았는데?"

　"그래도 가까이 가지는 마십시오. 저는 그자에게 다시는 누군가가 상처 입는 모습은 보고 싶지 않습니다. 특히 당신이라면 더."

　나는 칼리드의 쓸데없는 걱정에 웃음을 흘렸다. 하지만 그럼에도 그가 얼마나 위더 백작에게 경계심을 가졌는지, 그리고 증오하는지 보여서 결국 알겠노라고 얌전하게 고개를 끄덕였다.

＊　＊　＊

　위더 백작의 첫 번째 심문에서 법무부가 파견한 사람은 다름 아닌 조지 필립이었다. 카펠라에서 그를 본 전적이 있는 나는 꽤 반갑게 그에게 인사했다. 그리고 다른 한 사람은 나도 처음 보는 이였는데, 그는 알렌 로스라고 자신을 소개했다.

　곧 심문실의 문이 열리고 위더 백작이 끌려 들어왔다. 며칠 동안 지하 감옥에 갇힌 것치고는 아직도 살아 있는 뱀처럼 흉흉한 눈길에 나는 기분이 팍 나빠졌다.

심문이 시작되자 우리는 차분하게 준비한 것들을 그에게 하나하나 물었다. 10년 전부터 시작된 내통, 반역 등 어마어마한 것들을 하나하나 탈탈 터는데, 줄줄이 새어 나오는 정보에 나는 그제야 마틸라 선배가 내게 말한 그 경고가 무슨 뜻인지 알아차릴 수 있었다.

"……하여서, 프로디아드 공작을 '제거'했나요?"

"네. 하지만 샤먼 후작이 먼저 제안한 일입니다."

"죽은 자는 말이 없다, 그래서 지금 발뺌을 하시는 것 같은데. 저희 손에는 백작이 당시 샤먼 후작에게 보낸 밀서가 있습니다. 내용은 아시니 굳이 말하지 않을게요. 혹시 '제안'이라는 단어의 뜻을 모르는 건 아니죠?"

"……."

위더 백작은 죽일 듯이 나를 노려보았다. 저 새끼의 뇌 속이 궁금했다. 하지만 어쩐지 알 것 같기도 했다.

제 딸과 비슷한 연령대의 계집애. 제가 함부로 휘두를 수 없는 계집애. 그 사실이 그의 속을 얼마나 쓰리게 했을지 상상이 가서 나는 헛웃음을 흘릴 수밖에 없었다.

"시에라와의 밀서 중에서 윈체스터의 전쟁 준비 사실을 흘렸더군요."

그때 마틸라 선배가 입을 열었다.

"흘린 게 아닙니다. 당시 윈체스터가 전쟁 준비를 하고 있다는 건 다 알고 있는 사실이 아닙니까?"

"하지만 보통은 군대의 상황과 총사령관의 정보까지 세세하게 알리진 않습니다."

"……."

"백작께서는 무슨 생각으로 그 총사령관과 따님을 약혼시켰습니까?"

마틸라 선배의 말에 위더 백작의 얼굴이 일그러졌다. 그가 이를 갈듯 나와 마틸라 선배를 번갈아 보더니, 낮게 갈린 목소리로 대답했다.

"그게, 제 일과 무슨 상관입니까?"

"상관이 있느냐 없느냐의 문제는 저희가 판단하는 일입니다, 백작. 백작은 그저 성실하게 대답만 하면 됩니다."

위더 백작의 비꼬는 듯한 말투에 마틸라 선배가 차분하게 대답했다. 하지만 이 지경까지 와서도 끝까지 턱을 쳐들고 있는 백작을 보며, 나는 미간을 찌푸릴 수밖에 없었다.

무슨 상관이냐고?

당연히 상관있다. 우리는 위더 백작이 칼리드와 이사벨을 약혼시킨 게 프로디아드의 정보를 시에라로 팔아넘기기 위함은 아니었는지 생각하고 있으니까.

"백작, 백작은 현재 죄인의 신분이랍니다. 솔직히 말씀하는 게 신상에 이롭다고 생각하지 않나요?"

내 말에 위더 백작이 비릿하게 웃었다. 예전에는 언제나 정중한 얼굴로 정중하게 말을 해서 몰랐는데, 저 간신배 같은 표정이 정말 잘 어울리는 남자였다.

"그 계집애가 하도 결혼시켜 달라 노래를 부르길래 시켰습니다."

"그 계집애? 아, 따님을 말씀하시는군요."

"……."

"안타까우시겠어요. 약혼이 파기되어서."

나는 일부러 한껏 비꼬는 말투로 말했다. 그에 위더 백작이 미간을 찌푸렸다.

"하여튼 할 줄 아는 게 없어서. 그 반반한 얼굴로 남자 하나 유혹 못 해서…… 몸뚱어리 뒀다 뭐에 쓰는지."

"백작! 영애는 백작의 소유물이 아닙니다!"

백작의 중얼거리듯 내뱉은 말에 조지 필립이 책상을 탕 쳤다. 그 옆에서 심문을 기록하던 기록관마저 한숨을 푹 쉬며 고개를 절레절레 저었다.

나는 위더 백작을 빤히 보았다. 폭력, 외도, 반역, 내통…… 인간이 저지를 수 있는 죄는 다 저지르고 다녔다. 그런데 지금 와서 이사벨이 몸뚱어리로 칼리드를 유혹하지 못했다고…… 저게 지금 뚫린 주둥아리라고……!

나는 얼굴을 일그러뜨렸다. 그리고 입꼬리를 말아 올리며 그를 응시했다.

"백작께서 평소 영애를 어떻게 생각했는지 빤히 보이는군요."

위더 백작이 무슨 소리를 하느냐는 표정으로 나를 보았다. 그에 내가 미소를 띠며 빠르게 쏘아붙였다.

"밖에서는 무능한 백작, 집에서는 강압적인 폭군. 밖에서 받은 스트레스를 집안에서 벌벌 떠는 두 사람에게 풀고, 이거야 뭐…… 희대의 폭군인 알렉산드리아 왕 뺨치는군요. 그래도 그 사람은 밖이나 안이나 다 폭군인데."

"……"

"밖에서는 그렇게 무시당하고 힘없이 지냈는데, 집에 가면 왕처럼 받들어 줄 가족이 두 명이나 되죠. 그래서 그 사이에서 카타르

시스를 만끽하며 즐거우셨나요?"

"……닥쳐."

"본인이 굉장히 훌륭하다는 환상에 사로잡혀서 아내와 딸에게 폭력을 쓰고, 거기서 자신이 굉장히 훌륭하다고 생각했나 본데……."

"……."

"그래 봤자 당신은 일개 백작일 뿐이고, 당신이 머리를 조아려야 하는 상대는 이 세상에 많고도 많아. 최악이지. 강한 자에게 약하고, 약한 자에게 강하고."

"입 다물어!"

"최소한 이사벨은 자기보다 높은 사람한테 덤벼들기라도 했지. 당신은 결국에 그럴 담도 없고 능력도 없어서, 딸을 앞세워 뒤에서 정신 승리나 하고. 이렇게 보니 이사벨이 당신보다 백배는 용감해. 지키고 싶은 사람을 위해 잘못을 인정하며 머리를 조아리는 백작 부인이 당신보다 훨씬 강하고!"

"그년들이 내 인생을 어떻게 망쳤는데!"

순간 위더 백작의 갈라진 목소리가 심문실을 메웠다. 그의 눈동자는 핏줄로 가득 차 있었고, 입에서는 거친 숨소리가 흘러나왔다. 포효하듯 지독한 목소리가 터지고 그가 앉은 의자가 덜컹거렸다. 그것을 보며 나는 느긋하게 의자에 기댔다. 웃음이 나왔다.

세상에, 어떻게 아비와 딸이 저렇게 똑같을 수 있어.

이사벨, 넌 진짜 실패한 인생을 살았구나. 나를 이기지 못해서가 아니라, 겨우 저런 인간을 닮아 가고 있어서.

"그년들이 내 인생을 망쳤어! 반반한 얼굴에 할 줄 아는 거라고는 방긋방긋 웃는 것밖에 못 하고, 하나는 제 어미를 닮아서 무식하기 짝이 없고! 어떻게 된 게 약혼자 하나 유혹하는 것도 못 할 수가 있어!"

"……."

"내 인생에 도움이 되지 않는 것들이야. 그런 계집이 아니라 더 똑똑한 계집과 결혼했으면, 나도……."

"그게 그렇게 억울해서, 기껏 정보를 빼 오라고 약혼을 시켰는데 결국 아무것도 못 한 딸에게 손을 댔나요?"

"그래, 그런 계집애는 맞아야지."

"그 말인즉슨, 정보를 빼 오기 위해 약혼을 허락한 게 맞다는 거군요."

"그……."

내 말에 위더 백작이 얼굴을 찌푸렸다. 나는 한숨을 쉬었다. 그래, 저런 인간이야 밥 먹듯이 딸에게 손을 댔을 것이니, 때렸냐 안 때렸냐가 문제가 아니었다. 핵심은 그 전제가 성립이 되느냐, 안 되냐인데……. 이런 식의 유도 신문은 사실 법정에서는 금기지만, 개인적인 심문에서는 충분히 이용할 수 있었다. 최소한 심증은 남겨 놓을 수 있으니까.

그리고 그 심증은 분명히 처벌 수위에 영향을 줄 것이다.

내 말에 위더 백작이 이를 악물었다. 이사벨과 칼리드가 약혼한 이유는 위더 백작의 야심 때문이었으나, 그 모든 건 폐하의 손바닥 위였다. 승산도 없는 도박이었다.

나는 고개를 절레절레 젓곤 서류를 펼쳤다. 그리고 마지막으로 그를 보며 한마디 내뱉었다.

"아, 그리고 백작. 이 부분은 사실 심문과 상관없는 말이긴 하지만, 그래도 제가 꼭 하고 싶어서 하는데……."

"……."

"몇십 년 전으로 돌아가서 백작 부인을 만나게 된다면, 정말 당신과는 결혼하지 말라고 옆에서 따라다니며 말리고 싶네요. 그녀가 당신 인생을 망친 게 아니라, 당신이 그녀의 인생을 망쳤어."

그에 위더 백작의 얼굴이 붉으락푸르락해졌다. 하지만 나는 개의치 않고 말을 이었다.

"그리고 밖에서 열심히 일하면서 가정을 지키기 위해 노력하는 가장들을 모욕하지 마요. 제대로 된 사람이라면 집에서 아이를 키우고 안살림을 도맡아 하는 배우자에게 고마움을 느끼지, 너희가 내 인생을 망쳤다고 하지 않거든요."

아, 진짜, 온종일 앞에 놓고 욕과 설교만 하고 싶네.

내 기준으로 위더 백작 부인은 분명 그다지 이해할 수 없는 가치관의 사람이었지만, 그렇다고 해도 악랄한 사람은 아니었다. 그녀를 아껴 주고 이해해 주는 배우자를 만났더라면 아마 이렇게 되지는 않았을 것이다.

나는 고개를 털었다. 위더 백작과 백작 부인의 관계에서 백작 부인은 피해자였다. 그리고 백작 부부와 이사벨의 관계에서 백작 부부는 가해자고 이사벨은 피해자다. 그리고 이사벨과 내 관계에서 이사벨은 가해자고 나는…….

아, 복잡해.

나는 생각하는 것을 멈추고 다시 위더 백작을 보았다. 법무부에서 이제는 반역 건에 관한 문제로 그를 심문하고 있었다.

방금과 달리 분명하게 감정에 물들어 있는 그 눈동자를 보며, 나는 진심으로 역겨움을 참지 못해 얼굴을 찌푸리고 말았다.

* * *

"역겨워서 원."

뭐지?

나는 스테이크를 잘라 입에 넣다가, 맞은편에서 어머니가 중얼거리는 말을 듣고 눈을 깜박거렸다. 내 눈길에 그녀가 잠시 멈칫하다가 고개를 저었다.

"별것 아니야."

"어…… 무슨 일 있으셨어요?"

"심문 기록이 생각나서 그래."

아— 나는 속으로 탄식했다. 오늘 나와 마틸라 선배가 들어간 그 심문은 내가 위더 백작을 몰아붙인 뒤에도 몇 시간 동안 진행되었다. 덕분에 몇십 장이나 되는 기록이 생겼고, 아마 어머니는 추밀원의 장으로서 그것을 보시고 하는 말씀일 것이다.

나는 오늘 위더 백작의 입에서 나온 말을 곱씹다가 쓰게 웃었다. 10년 전부터 시작된 반역, 중간마다 엮인 일이 한없이 많았고, 그중에는 그 인간의 절절한 권력욕에 관한 내용이 얼기설기 얽혀 있었다.

하지만 그럼에도 사실 우리를 가장 놀라게 한 건 다름 아닌 위더 백작의 인간성이었다.

미친 새끼. 그러고 보니 조지 필립이 나오면서 그렇게 말했던 것 같다.

"추밀원에서는 위더 백작에게 어떤 처벌 결정을 내리려고 하나요?"

"네 의견과 비슷해. 아직 결정은 나지 않았지만. 결국에는 모레 폐하께서 결정하실 일이야."

"아…… 그래도 다행이네요."

"뭐, 선대 프로디아드 공작의 죽음이 가장 큰 영향을 끼쳤지. 보통 반역은 바로 참수인데, 공개 참수를 할 정도라면…… 어느 정도 추밀원 귀족들의 분노를 건드린 것은 맞아."

"그렇군요."

"선대 프로디아드 공작은 평판이 좋은 사내였거든. 네 아버지도 이 부분은 인정하시고."

나는 눈을 깜박였다.

"선대 프로디아드 공작께서는, 어떤 분이셨어요?"

"서글서글했어. 친절하고 적이 없는 성격이었고. 귀족들 중에서도 보기 드물게 친화력 있는 성격이었지."

"어, 뭔가 생각과 다르네요."

나는 칼리드를 떠올리며 고개를 갸웃거렸다. 뭔가 잘 상상이 가지 않는다. 그의 부모님은 어떤 분이셨는지.

"현재의 공작은 어머니를 많이 닮았어."

"그래요?"

"아델리나가 딱 그랬거든. 무뚝뚝하고, 차분하고."

그렇게 말하는 어머니의 입꼬리에는 미소가 떠올라 있었다. 뜻밖에 어머니와 프로디아드 공작 부인이 아는 사이였나 보다. 아, 어쩌면 당연한 건가, 어머니는 그래도 사교계 활동을 꽤 활발하게 하셨다고 했으니.

잠시 생각에 잠기신 어머니의 모습에 나는 고개를 떨구었다. 칼리드에게도 어린 시절이 있었을까. 서글서글한 아버지와, 차분한 어머니 사이에서 사랑을 받은 그런 시절이.

그걸 생각하자 더욱더 위더 백작에게 분노가 치밀어 올랐다. 나는 울컥 솟아오르는 눈물을 애써 삼키곤 꼭 복수하겠노라고 속으로 다짐했다.

그때였다. 갑자기 주스를 마시던 어머니가 웃음을 흘렸다.

"그러고 보니, 네 아버지가 선대 프로디아드 공작을 그렇게 싫어했는데."

"네?"

"둘이 만나기만 하면 싸웠어. 선대 프로디아드 공작이 네 아버지를 놀리고, 네 아버지는 질색하고."

"어, 음······."

"스칼렛, 기억은 나니? 어렸을 때 네 아버지가 무슨 일이 있어도 프로디아드는 절대 안 된다고, 그 집 아들만큼은 꼭 피하라고 하던 거, 소지까지 걸고 약속했잖아."

······미안해요, 아빠. 기억이 안 나.

나는 어머니의 눈치를 슬금슬금 보며 고개를 저었다. 대체 언제 적 일인지 기억도 나지 않는다. 그런 나를 보며 어머니가 그럴 줄 알았다는 듯이 옅게 웃었다.

"하여튼, 너희 아버지는 선대 프로디아드 공작만 보면 으르렁대고, 선대 공작은 그게 웃긴지 또 와서 너희 아버지한테 장난질이고······."

"그런데 왜 아버지가 선대 공작 각하를······ 음······ 안 좋아했는데요?"

"좋아하지 않았다기보다는 그냥 못마땅했던 거지. 선대 프로디아드 공작이 나와 잠깐 혼담이 오간 적이 있었거든. 물론 무산되었지만."

"아⋯⋯."

"그래도 보기 좋았어."

마치 아스라한 기억을 회상하듯 어머니가 미소를 지었다. 그런 그녀의 미소는 정말 처음이라서 나는 조금 의외인 듯한 표정을 지을 수밖에 없었다.

"어쨌든 좋은 사람이었어. 아델리나도, 루이스도, 서로한테 충실했지. 정략결혼이었지만 사이도 좋은 편이었고."

"그렇군요."

"그냥, 그럴 때가 있었네."

"⋯⋯."

"그런데 결국에는 이렇게 갈 사람은 가고, 남을 사람은 남는구나."

어머니는 쓰게 웃으며 주스 잔을 들었다. 그 모습을 보다가 나는 고개를 끄덕였다.

갑자기 그런 생각이 들었다. 나뿐만 아니라 모든 사람의 인생은 사실 소설이고, 그저 장르가 다를 뿐이라고.

문득 나는 선대 프로디아드 공작과 공작 부인이 궁금해졌다. 그리고 그 사이에서 자랐을 칼리드도. 그의 어린 시절은 어떠했는지, 어떤 생각을 하고 어떤 꿈을 꾸었는지.

그렇게 생각하며 계속해서 식사를 이어 가는데, 어머니가 계속해서 입을 열었다.

"하여튼 이런저런 이유로 위더 백작에 관한 처형은 공개 참수 쪽으로 의견이 많이 기울어지는 편이야."

"그러면 위더 일족은 어떻게 되는 거죠?"

"보통 직계 혈족은 사형이지."

"아……."

"하지만 위더 백작 부인과 영애에 대해서는 폐하께서 고려하고 있어."

어머니의 말에 나는 고개를 들었다. 이해가 안 된다는 듯한 내 눈빛에 어머니가 웃음을 흘렸다.

"위더 백작 부인이 가져온 증거들이 어마어마한 공로를 세웠거든. 그리고 백작 부인은 현재 제 딸의 선처를 바라고 있고."

"아."

"알잖니. 직계 혈족의 반역에 대해 증거를 제공한 귀족에 한해서는 공로가 인정되어 감형이 적용된다는 거. 물론 위더 백작이 저지른 일이 워낙 커서 처형을 면할 수는 없겠지만, 상황에 따라 감형 없는 종신형까지는 생각해 봄직해."

"그렇군요."

잠시 고민하던 나는 이내 고개를 끄덕였다. 뭐, 이 부분에 대해서는 폐하께서도 생각이 있으시겠지. 실제로 반역의 우두머리를 잡기 위해 직계 혈족의 내부 고발이나 증거 제출에 대해서는 왕실은 후하게 공로를 인정해 주는 편이었다. 그만큼 어려운 일이기도 했으니까.

"넌 어떻게 생각하니?"

그렇게 이해하는 나를 향해 어머니가 묻자 나는 고개를 갸웃거렸다.

"뭘요?"

"이사벨 말이야. 어느 정도 감형이면 될 것 같아?"

"글쎄요…… 그냥, 상관없을 것 같아요. 폐하께서 정도에 따라 결정하시겠죠."

"흐음…… 네 개인적으로 생각 같은 건 없고? 꼭 사형해야 한다거나, 그런 거."

"사실 제가 당해 온 걸 생각하면 치가 떨리지만……."

나는 머리를 긁적였다. 당연하지만 나는 아직도 이사벨이라는 이름만 들어도 치가 떨렸다. 그리고 갈기갈기 죽여 버리고 싶었다. 그녀가 나한테 얼마나 상처를 주고, 얼마나 크게 악의를 품었는지 상상만 해도 속이 울렁거렸으니까.

하지만 나는 그저 웃었다.

"저는 할 만큼 한 걸요?"

"흐음?"

"저는 할 만큼 했어요. 그 아이를 괴롭혀 보기도 했고…… 아, 이건 저도 반성하고 있지만 어쨌든 괴롭히기도 했고, 반역 사실을 까밝히기도 했고, 그 아이에게 하고 싶은 말까지 다 했고……."

나는 냅킨을 들어 입을 닦았다. 그리고 말을 이었다. 조용하게.

"이사벨을 더 괴롭혀 봤자 딱히 더 즐거울 것 같지도 않고. 칼리드도 있고, 비올레타도 있고, 올리비아도 있고, 어머니도, 폐하도, 다 있는데…… 그래서 별 상관없어요."

"그 아이를 용서한 거니?"

"아니요. 절대. 저는 이사벨을 절대 용서하지 않을 거예요. 한평생. 이사벨은 그녀가 했던 짓에 대한 죗값을 톡톡히 치를 필요가 있어요."

"……."

"하지만 그렇다고 해서 이사벨을 상대하는 데 제 시간과 힘을 낭비하고 싶지는 않아요. 사실 할 만큼 했고."

내 말에 어머니는 무슨 생각을 하는지 고개만 끄덕였다. 그러다 웃으며 입을 열었다.

"위더 백작은 권력욕이 엄청난 사람이었어. 똑똑한 사람이었지만 욕망에 눈이 멀어 결국 멍청해질 수밖에 없었지."

"사실 열에 아홉은 실패할 반역 아니었나요?"

"원래라면 폐하께서 더 고려할 필요도 없이 바로 위더를 잡아 족쳤을 거야. 일국의 공작 죽음을 사주했잖니."

"그러게요."

"하지만 당시 위더 백작은 시에라와 내통하고 있었고, 폐하는 시에라와 전쟁을 준비하고 있었지. 바로 위더 백작을 족칠 수도 있었지만, 그러면 어차피 두 번째, 세 번째 위더 백작이 나타날 거야. 그래서 기다린 것뿐이고."

나는 고개를 끄덕였다. 폐하가 어떤 생각을 하였는지 세세하게 다 알 수는 없었지만, 그래도 폐하께서 원하시는 것이 뭔지는 이해할 수 있을 것 같았다.

"하여튼 그런 위더 백작 아래서 백작 부인과 영애가 제대로 된 삶을 살았을 리가 없으니…… 가엾지, 그만큼 가증스럽고."

"그러네요."

"그래서 네 마음은 백번 이해해. 네가 낭독회를 열 때 뭔가 감이 오긴 했어. 하지만 일부러 말리지 않은 건 네 행동에 관한 판단은 네가 해야 한다고 생각했단다."

"······네."

"그때도 말했지만, 그래서 잔소리 같겠지만– 그래도 그런 식으로 사람을 공개적으로 조리돌리는 건 옳은 일이 아니야. 교양도 없는 짓이고."

"네······ 죄송해요."

어머니의 말씀에 나는 어깨를 축 늘어뜨렸다. 사실 그녀의 말은 백번을 들어도 다 맞는 말이라서 뭐라 반박할 수도 없었다.

변명하자면 당시 나의 목적은 이사벨에게서 반역에 대한 말을 이끌어 내는 것이었지만······ 그 사이에서 나도 즐기긴 했으니, 그리고 확실히 행위 자체가 선행은 절대 아니므로.

그리고 다른 한편으로는, 내 모든 행동에 엄격하게 말해 줄 수 있는 어머니가 계셔서 다행이라는 생각이 들었다. 그녀가 아니었다면 어쩌면 나 또한 이사벨처럼 그렇게 악질적인 행동까진 아니라도, 그래도 어느 정도 엇나가긴 했을 것 같다는 생각이 들었다. 내 반항기가 워낙에 거셌어야 말이지.

그런 내 기색을 살피다가 어머니가 계속 말을 이었다.

"하지만 뭐가 되었든 네게 용서와 선처를 강요하는 사람은 없어. 용서 여부는 네 몫이니까."

"알겠어요."

"조금 교훈적이고, 공허하고, 설교처럼 들릴지도 모르겠지만, 그래도 네 삶은 계속 살아야 하고, 그걸 책임지는 건 너야."

"······."

"나는 네가 원하는 대로, 편하게, 행복했으면 좋겠어."

어머니의 말에 나는 조금 멈칫하다가 고개를 끄덕였다.

＊　＊　＊

위더 백작의 심문 겸 심판 당일.

나는 바쁘게 스카프를 다시 고쳐 맸다. 정장까지 어깨에 걸친 뒤 급히 마차에 오른 나는, 셀린느와 함께 빠진 서류는 없는지 몇십 번째로 검토했다.

"긴장되세요?"

"설마."

"되게 긴장해 보이시는데요."

"폐하께서 무슨 결정을 내리실지 걱정이 되는 건 사실이야."

듣기로 법무부는 그 뒤에 이사벨과 위더 백작 부인, 하베르 백작 등 이번 사건과 연관된 사람들을 더 심문했다고 한다. 그리고 결과는 예상한 대로.

윈체스터의 현 왕실 체제에 상당한 반감을 품은 위더 백작은 10년 전부터 윈체스터 왕실을 전복할 계획을 세웠다.

원래라면 일개 백작 따위가 감히 왕실 전복을 꿈꾸는 것 자체가 웃긴 일이지만, 당시 마틸라 선배가 외교부로 오게 되면서 윈체스터와 시에라 사이의 외교 관계에 크나큰 변화가 일어난 게 그 시발점이었다.

과거의 영광에 취해 윈체스터가 제게 상대가 되지 않으리라 판단한 시에라는 마침 준왕족급인 위더 백작 부인과 결혼한 위더 백작에게 제안을 하고, 위더 백작은 윈체스터의 왕권을 조건으로 시에라와 손을 잡고 윈체스터의 정보를 야금야금 흘린다.

중앙 귀족에 이름을 올린 가문이며 추밀원에 입김까지 끼치는 위더 백작은 핵심은 아니더라도 중요한 정보는 충분히 빼 올 수 있었다.

그렇게 일이 진행된 것이었다.

나는 위더 백작의 지능에 심각한 우려를 표하는 동시에, 그의 사고 방식에 어마어마한 감탄을 보낼 수밖에 없었다.

상식적으로 근래에 가장 번영한 시기를 누리는 윈체스터와, 이미 쇠락의 길에 접어든 시에라 중 누가 더 승산이 있을지는 둘째 치고, 설마하니 폐하께서 눈치를 채지 못하리라 생각한 걸까.

─라고 생각하다가, 나는 문득 위더 백작이 젊은 시절 시에라에 유학을 다녀왔고, 그때 위더 백작 부인과 만나 사랑에 빠졌다는 사실을 전해 듣고는 이해할 수밖에 없었다.

저 인간이 왜 혼자만 국적이 다른 생각을 하고 있나 했더니.

노종의 의미에서 시에라도 참 대단했다.

고개를 내저으며 길게 숨을 내쉬는데 갑자기 마차가 멈추었다. 그리고 마차 문이 열리고 발을 내딛는 순간, 누군가가 손을 내밀었다.

고개를 들지도 않고 그 손을 잡은 뒤, 나는 바닥에 안전하게 내려왔다. 그에 위에서 익숙한 목소리가 들려왔다.

"누군지 보지도 않으시고 이렇게 덥석덥석 잡으시는 겁니까?"

"우리 사이가 꼭 얼굴을 봐야 알아차리는 사이예요?"

고개를 들자 희미하게 웃고 있는 칼리드가 보였다. 그런 우리 곁을 지나가며 셀린느가 '먼저 들어가 있을게요.'라고 작게 속삭였다.

"오늘 무슨 결과가 나올지 상상해 봤어요?"

"글쎄 말입니다."

"당신은 어떤 결과가 나왔으면 좋겠어요?"

"저는……."

내 물음에 칼리드가 길게 한숨을 쉬고는 피식 웃음을 흘렸다.

"자연스러운 결말이 나왔으면 좋겠습니다."

"자연스러운 결말?"

"네. 악행은 벌을 받고, 선행은 상을 받는."

그의 대답을 들은 나는 피식 웃었다. 해피엔딩을 원한다, 그거지. 뭐, 사실 우리 모두가 그런 결말을 원하니 어쩌면 당연할지도.

나는 고개를 들고 칼리드를 응시했다.

"위더 백작이 밉지는 않나요?"

"증오스럽습니다."

"그에게 사적으로 복수할 생각은 하지 않았나요?"

"제 복수는 완성하지 않았습니까?"

"흐음?"

"오랜 시간을 기다려 위더 백작의 반역을 감시하고, 그 많은 증좌를 하나하나 모아 두었습니다. 연루된 귀족들 전체를 뿌리 뽑고, 덕분에 윈체스터는 근 10년에서 20년간의 무사와 안녕을 가졌습니다."

"……."

"받은 그대로 갚아 주는 것만이 복수는 아닙니다, 스칼렛. 아시지 않습니까."

나는 칼리드의 얼굴을 보다가 고개를 끄덕였다. 그래, 사실 받은 그대로 갚아 주는 것만이 복수는 아니다. 원래 복수에는 여러 가지 형태가 있지 않은가. 그는 그만의 복수를 했고, 나는 나의 복수를 한 것뿐이다.

거기까지 생각하고 팔을 뻗어 그의 품에 안겼다.

한데 그때였다.

"아, 프로디아드 공작 각하, 디르난트 영애."

익숙한 듯 익숙하지 않은 목소리에 고개를 돌리자, 내 뒤편에는 필레르 후작이 서 있었다. 그는 우리 둘을 보더니 얼굴에 미소를 띠고 말을 이었다.

"사이가 좋으시군요."

"좋은 편이죠."

"보기 좋습니다."

"감사합니다."

나는 필레르 후작의 얼굴을 빤히 보았다. 왠지 모르게 예전에 볼 때보다 많이 수척해진 것 같은데. 이분 원래 이렇게 날씬하지 않았던 걸로……?

"제 조카가 서번에 영애님께 결례를 범했다고 들었습니다."

"아, 괜찮아요. 결례는 맞지만…… 사과도 받고 풀었으니까."

"그래도, 곧고 고집이 센 아이라 가끔 선을 넘는 행동을 하기도 합니다. 제가 대신 사과드리겠습니다."

"괜찮아요."

필레르 후작의 정중한 말투에 나는 고개를 저었다. 사실이었다. 재스민 필레르야 뭐, 어쩌겠나. 본인 성격이 그렇다는데. 게다가 사과까지 하러 온 사람한테 굳이 모질 필요가 없으니까.

하지만 필레르 후작은 단순하게 재스민 필레르의 일 때문에 수심에 잠긴 것은 아닌지, 여전히 수척한 얼굴에 근심을 가득 담고 있었다. 그제야 나는 오늘 심문을 진행하게 될 위더 백작과 필레르 후작의 외동딸이 무슨 관계인지 상기하고 어색한 표정을 지었다.

"어차피 영애께서도 아신다고 들었습니다. 그 아이도 제 언니 때문에 많이 민감해서……."

"으음, 영애의 일은 정말 유감이라고 생각해요."

"제 잘못입니다. 딸자식을 제대로 키우지 못한. 그래도 제일 처음에는 딸이라고 꾸짖고 혼내고 달래고 어르고…… 별걸 다 해 보았으나 결국에는 집을 나가더군요."

"……."

"이제는 그런 저급한 극본이나 쓰고 다니면서…… 원, 한심해서. 제어미가 저 때문에 쓰러졌는데 코빼기도 보이지 않는 한심한 녀석……."

마지막은 거의 한탄처럼 읊조리고 있었다. 그 모습이 짠하기도 하고 씁쓸하기도 해서 나는 그저 고개를 끄덕일 수밖에 없었다.

"다행스럽게도 반역에 참여할 만큼 똑똑한 아이가 아니라 이번 일에는 연루가 없는 듯하지만…… 폐하께서 사정을 아시고 비밀에 부쳐 주겠다고 하시더군요."

"네."

"그래도…… 걱정입니다. 폐하께서…… 휴우."

하긴, 이런 일이 벌어진 이상 폐하께서 필레르 후작가를 조금 더 주시하리라는 사실은 변하지 않는다. 아마 이번에는 증거도 없고 법적 관계도 없어서 폐하께서도 그냥 넘어가시는 거겠지.

거참, 딸자식 하나 때문에 모든 게 엉망이 되는구나. 비록 지금 까지는 숨겨 왔지만, 글쎄…… 위더 백작이 이렇게 된 이상 비밀이 과연 영원히 숨겨질까?

곧 필레르 후작은 수척한 얼굴로 심문회장에 들어갔다. 그 모습을 보다가 나는 칼리드의 품에 기대 말했다.

"칼리드, 우리는 애 낳으면 꼭 잘 키워요. 기왕이면 당신 닮았으면 좋겠어. 나 같은 애 셋 낳으면 우리 집 개판 될 거야."

"……."

"왜 말이 없어요?"

"가끔 생각하는데, 스칼렛. 당신은 가끔 아주 예상 밖인 곳에서 혼자 진도를 잘 빼는 능력이 있습니다."

"그래서 싫어요?"

내가 새침하게 묻자 칼리드가 웃음을 흘리며 고개를 저었다. 그리고 웃음기를 담은 채 나와 함께 발걸음을 옮기며 물었다.

"그래서 우리 결혼은 언제 하는 겁니까?"

"흥, 누가 결혼한대."

"이런, 결혼도 안 하고 아이부터 낳는 겁니까? 저는 딱히 이견은 없습니다만."

"그럴 일은 절대 없으니까 꿈도 꾸지 마요."

윈체스터에서 그런 일을 벌였다가 무슨 소리를 들으려고. 나는 심문회장의 문을 보며 고개를 저었다.

그때 내 뺨에 입술이 가볍게 내려앉았다. 그에 고개를 들어 그를 보자, 그가 진한 웃음을 지으며 입을 열었다.

"결혼도 좋고 아이도 좋지만, 전 그저 당신이 제 곁에 있었으면 좋겠습니다."

"나도요."

그의 말에 화답한 나는 심문회장의 문 앞에 서서 길게 심호흡을 했다.

이제 곧 끝이다. 그렇게 생각한 순간, 문이 열리고—

위더 백작의 마지막 심문이자 심판이 시작되었다.

* * *

심문회장 안쪽은 긴장감으로 가득 찼다. 가장 상단에 폐하와 왕비 전하가, 그 아래에 추밀원이 배치되었고, 각 부서가 양쪽에 갈라서 있었다.

"지금부터 위더 백작 및 반역자들의 심판을 시작하겠습니다."

어머니의 목소리가 떨어지자 사람들의 웅성거리는 소리가 잦아들었다. 나는 긴장된 표정으로 추밀원에 앉은 가주들의 얼굴을 보았다. 그때 마침 문이 열리고, 위더 백작과 몇몇 귀족들이 끌려왔다.

그 사이에서 이사벨을 본 나는 얼굴을 굳혔다. 저 얼굴을 보는 것도 오늘이 마지막이겠군.

그렇게 생각하는데, 폐하의 묵직한 소리가 장내를 메웠다.

"백작. 고개를 들라."

그의 목소리가 떨어지기가 무섭게 백작의 뱀 같은 눈길이 사람들에게 꽂혔다. 이 순간까지도 저렇게 뻗댈 수 있는 걸 보면 참 대단하기도 하다. 죽어도 곱게 죽진 않겠다는 시위인 건가.

"백작, 이 며칠간의 심문 기록을 보고 짐은 무척 안타까웠다."

"……."

"경은 꽤 유능한 인재였지. 그 작고 작은 변방의 가문을 이 정도로 키워 냈으면, 주변의 도움이 없다고 해도 언젠가는 그 두각을 드러낼 수 있었을 거야."

"……."

"한데 왜 이런 짓을 저질렀나?"

폐하의 말이 떨어지고, 위더 백작이 한쪽 입꼬리를 말아 올렸다. 그 모습이 흡사 폐하를 조롱하는 것처럼 보여서 우리는 불쾌함에 몸부림을 칠 수밖에 없었다.

심문회장에 정적이 흐르고 위더 백작이 느릿하게 미소 지었다. 밧줄에 포박당해 꼼짝하지 못하면서도, 마치 비극 속에 휘말리는 영웅이라도 되듯 느긋한 그 미소에 역겨움이 치밀어 올랐다.

"······고고한 척은."

"······."

"결국에는 권력자인 주제에, 뭐가 의무고 권리고······ 고결한 척은······."

"백작은 짐의 이념이 마음에 들지 않았던 거로군."

"하아······. 그래그래······ 마음에 들지 않았지. 마음에 들지 않았어. 뭐가 귀족의 의무고 힘이란 말인가······. 우리에게는 힘이 있는데, 왜, 왜 우리가 겨우 그깟 평민들의 눈치를 보면서······."

그의 대답에 나는 미간을 찌푸렸다.

푸른 피, 고귀한 귀족, 그 위에 지어진 의무와 힘, 권력.

저자는 지금 그러한 것들을 부정하고 있었다. 원체스터의 귀족이 가장 자긍심을 느끼는 것들, 그리고 그 위에 지어진 우리의 명예와 긍지를.

폐하는 그런 위더 백작을 응시했다. 마치 북동 끝에서 불어오는 아슬란타의 바람처럼, 차갑기 그지없는 폐하의 눈길에 나마저도 부르르 떨었다.

그리고 곧, 폐하의 묵직한 저음이 회장을 울렸다.

"백작, 한때 백작은 꽤 유망한 인재였지. 아카데미에서 주목받은 인재이기도 하고. 짐은 그래서 백작을 기억해. 언젠가는 꼭, 백작을 짐의 옆에 두어야겠다고 생각했어."

"하아……."

"그리고 시간이 지나 백작이 시에라에 파견을 다녀와서도, 짐은 그 생각을 버리지 않았네."

"……."

"세상에서 가장 슬픈 일은 욕망과 능력이 어긋날 때지. 백작은 유능한 인재였으나 그 차고 넘치는 욕망은 결국 백작을 파멸로 이끌었어. 귀족의 의무? 그것이 곧 왕권을 지탱하는 힘이라는 것을 왜 백작은 모르나."

"……무슨."

"우리의 권력은 곧 그 의무에서 나오지. 신이 되어 모두의 위에서 군림하는 이상, 우리는 신으로서 모두를 살펴야 해."

폐하의 말에 책망의 뜻은 없었으나 우리를 숨죽이게 하기에는 충분했다. 잠시의 정적이 흐르고, 폐하가 다시 말을 이었다.

"윈체스터 170년의 역사는 울분과 분노 위에 지어졌지. 어머니 땅인 벨리체를 빼앗기고, 왕녀는 겁탈을 당해 목을 긋고, 왕의 관은 빼앗기고, 왕비는 적의 침실에 보내져야 했어."

"……."

"짐은 왕 위에 오르는 그 순간부터 이 모든 것들의 죗값을 다짐했지. 물론, 결국 이 또한 더 큰 피해를 예고했지만."

"……."

"그럼에도 짐은 그래야만 했고, 그러고 싶었다. 한데 백작은 그

170년의 시간에 흐른 피와 눈물을 부정하고, 사욕에 더 큰 희생을 종용했어, 백작. 짐은 백작의 그러한 행위에 깊은 도탄을 보낸다."

나는 한숨을 푹 쉬었다. 윈체스터 왕족은 어렸을 때부터 세 가지를 교육받는다.

첫째, 우리가 진 것은 우리가 약하기 때문이다. 그러니 강해져라.

둘째, 우리의 패배에 자아 동정을 하지 마라, 우리는 일어나야 한다.

셋째, 그리고 우리가 강해졌을 때, 새로운 피해자를 만들지 말자. 하지만 받은 것은 꼭 갚아 주어야 한다.

사실 모르겠다. 새로운 피해자를 만들지 않고 받은 것을 갚아 주는 방법이 있긴 한지. 결국에 브룩스 켈트와 같은 희생자가 있었고, 결국에 현재의 시에리가 있지 않았나.

왕들의 싸움이란 그토록 논리가 없고 엉망이다. 듣기 좋은 말로 곱게 포장해 봤자, 결국 그들이 원하는 것은 정의가 아니라 종국에는 승리였으므로.

하지만 동시에, 그럼에도 이미 벌어진 전쟁 그 사이에서 이득을 취하려 더욱 큰 고통을 만들어 낸 위더 백작의 행위에는 염증을 표할 수밖에 없었다. 그가 원하는 것은 백성의 안위나 정의의 실현이 아니라, 그저 의무로 무장한 윈체스터의 귀족 생활이 마음에 들지 않는 것이었으므로.

사실 옳은 사람은 없었다. 그저 덜 틀린 사람과 더 틀린 사람만이 있을 뿐이었다.

그렇게 생각하며 저도 모르게 이사벨을 보는데 갑자기 그녀의 눈이 내게 꽂혔다.

"이사벨 위더."

그리고 폐하의 목소리가 이번에는 그녀를 호명했다.

"영애에게는 무수한 기회가 있었지. 아버지의 반역을 고발할 무수한 기회가."

"네……."

"물론 혈족의 반역을 고발한다는 것이 그리 쉬운 결정이 아님은 짐 또한 알고 있어. 그럼에도 영애의 행동은 실로 추악하기 그지없었다."

"송…… 송구……."

"짐의 조카이자, 디르난트 공작가의 후계자와 가까이 지내면서 어떤 식으로 원하는 것을 얻어 내려 했는지는 모르겠지만, 다행이게도 디르난트 영애가 선을 넘지는 않았지. 덕분에 영애의 행동은 미수로 그쳤고."

이사벨의 눈길이 다시 내게로 꽂혔다. 그녀의 파르르 떨리는 눈가와, 이제 더는 쏟아 낼 눈물도 없는 마른 눈에 나는 고개를 절레절레 저었다.

이사벨은 입을 꾹 다물고 고개를 푹 숙였다.

폐하께서 입을 여시기 전까지는.

"아비가 죽인 이의 아들과 결혼하려 했다…… 보통 사람이면 상상조차 할 수 없는 사항이지."

"……네?"

폐하의 목소리에 순간 이사벨의 고개가 퍼뜩 들렸다. 방금까지 축 늘어져 있던 그녀의 몸이 움찔거리고, 멍하니 초점을 잃은 눈동자에 감정이 서서히 돌아오기 시작했다.

그녀의 경악에 가득 찬 눈길이 위더 백작과 칼리드 사이를 배회했다. 서서히 찌푸려지는 미간, 믿을 수 없다는 듯이 열어진 입, 무슨 소리인지 하나도 모르겠다는 듯이, 믿기 힘들다는 듯이 서서히 차오르는 눈물.

"그게…… 무슨……."

"영애는 몰랐나?"

"그, 그게 무슨……."

"위더 백작이 무슨 일을 했는지?"

"그…… 프로, 프로디아드 공작, 공작은 크, 클로레이타에서…… 클로레이타에서……."

"그래, 그 폭동의 주범이 백작일세."

순간 이사벨의 눈길이 옆에 포박되어 있는 위더 백작에게 꽂혔다. 뺨을 타고 눈물이 주르륵 흘러내린다. 부들부들 떨며 아버지를 보던 그녀의 미간이 움찔거리더니, 순식간에 울음이 터져 나왔다.

"마, 말도 안 돼……."

"믿기 힘든가 보군."

"말도 안 돼! 말도 안 돼, 안 돼, 안 돼, 왜? 왜? 왜? 아니야, 말도 안 돼. 아버지, 아버지……. 그거 아니…… 그거 아니…… 왜, 왜 각하를? 왜? 왜 칼리드…… 왜, 그 사람……. 아…… 아아…… 흐으흑……."

이사벨이 입술을 악물었다. 그녀의 격렬한 반응을 보아하니 딱히 연기 같지는 않았다. 사실 연기라도 별 상관은 없었다. 그게 아니더라도 이미 그녀는 바닥까지 떨어진 사람이었으므로.

그렇게 생각하며 나는 서늘한 표정을 지었다. 그때 폐하께서 한숨을 푹 쉬시더니 말을 이었다.

"위더 백작, 백작 영애, 그리고 이 일이 연루된 귀족들에게 고한다. 짐은 이번 반역을 소탕하는 데 긴 시간을 소모했다. 하여, 디르난트 공작, 추밀원의 뜻은 어떻지?"

"폐하. 위더 백작의 죄질이 엄중함에 따라 사형은 면할 수가 없다는 것이 추밀원의 판단입니다. 나머지는 폐하의 뜻에 따르겠습니다."

"그래. 그럼 법무부의 뜻은?"

"폐하, 위더 백작의 사형에는 이견이 없습니다. 하나 이번 사건에서 백작 부인이 제공한 증거가 큰 돌파구가 되어 이 자리에 수많은 귀족을 꿇렸습니다. 하여 법무부는 위더 백작 부인에 한해 선처를 제의합니다."

"흐음……."

"그리고 백작 영애의 죄질은 엄중하나 백작 부인이 딸의 선처를 요구하고 있다는 점, 그리고 위더 백작 영애가 반역을 시도하려고 한 행동이 전부 미수로 그쳤다는 점을 고려해 선처를 제의합니다."

"그래. 법무부의 의견은 잘 들었다. 그럼 외교부는 어떻게 생각하지?"

법무부는 일관적으로 가장 낮게 형량을 제의하는 것으로 유명하다. 법무부의 책임은 법의 질서를 책임지는 것이므로. 그래도 왕권 아래에 있겠지만.

하여서 나는 법무부의 의견에 딱히 반대를 표하지는 않았다. 하지만 내가 외교부인 이상, 그리고 이 자리에 서 있는 이상 나는 내 생각이 있었다.

나는 안심하라는 듯이 고개를 끄덕이는 마틸라 선배를 한번 보고, 차분하게 입을 열었다.

"폐하. 위더 백작의 죄질은 윈체스터 170년의 역사를 우롱하고, 전장에서 희생한 모든 사람의 생명을 경시하는 행위이며, 동시에 윈체스터 귀족의 긍지를 더럽히는 행위입니다."

"그래."

"더불어 선대 프로디아드 공작의 죽음을 사주하여 감히 추밀원의 권위에 도전하고, 하나뿐인 딸에게 반역에 가담할 것을 강요했습니다."

"강요라……."

"물론 위더 백작 영애의 이후 행동은 강요보다는 자발적이지만, 위더 백작의 폭력적인 성향과 함께 그의 행농거지에서 드러나는 가족에 대한 가치관은…… 위더 백작 영애의 성장 환경에 크나큰 영향을 주었다고 저희는 분석하고 있습니다."

나는 고개를 돌려 위더 백작을 응시했다. 그리고 이사벨에게로 눈길을 한번 준 뒤 다시 폐하에게로 고개를 돌리고 말을 이었다.

"물론 가정 환경이 위더 백작 영애의 면죄부가 되지는 못하겠지만요. 반대로 위더 백작의 악랄하기 그지없는 본성과 윈체스터 전반에 걸친 사회 질서에 대한 위협, 마지막으로 왕권에 대한 불존중은 죄질이 엄중하다 못해 윈체스터 전례에 없는 일입니다."

"그래서, 외교부의 의견은?"

"하여서, 외교부는 이 모든 일이 근원인 위더 백작에게 공개 처형을 내릴 것을 제의합니다."

내 길고 긴 말이 끝나고 장내가 술렁거리기 시작했다. 그 순간 위더 백작의 얼굴이 일그러지다 못해 형체를 알아볼 수 없을 정도로 찌그러졌다.

얼마나 지났을까, 폐하는 어머니와 몇 마디 나누시더니 곧 칼리드와도 의견을 나누었다. 장내는 여전히 술렁거렸고, 폐하는 뭔가를 결정한 듯 고개를 끄덕이고 다시 입을 열었다.

"경들의 의견은 잘 들었네."

"……."

"짐은 이 며칠간 위더 백작과 그 식솔들, 그리고 이 반역에 연루된 귀족들의 처형에 관련한 문제로 추밀원과 함께 생각해 보았다. 그리고 며칠 전 외교부와 법무부에서 올린 의견서 또한 확인했고."

모두가 조용하게 폐하의 말씀에 귀를 기울였다. 긴장이 감도는 이때, 과연 그는 무슨 결정을 내릴까. 나는 숨을 죽였다.

"오늘 이렇게 다시 한번 경들의 의견을 듣고, 비로소 결정을 확신할 수 있었어. 하여서 위더 백작—"

나는 침을 꿀꺽 삼켰다. 심문회장은 찬물을 뿌린 듯이 고요하기 그지없었다. 그리고 모두가 이 몇 년간 진행된 반역의 결말을 기다리고 있었다.

이윽고, 폐하가 말을 이었다.

"짐은 이 반역과 내통, 그리고 살인 사주의 죄를 물어 위더 백작에게 공개 사형을 내리고, 그 외 귀족들에게 참수형을 내리는 동시에 그 일족들의 귀족 작위를 박탈하고 아이실린 섬으로 추방할 것을 명하는 바."

"……."

"동시에 위더 백작 부인의 공로를 고려, 위더 백작 영애의 반역 시도가 전부 미수로 그쳤다는 점, 그리고 직접 위더 백작의 행위에 간섭한 증거가 빈약하다는 점을 감안하여 위더 백작 부인과 위더 백작 영애의 귀족 신분을 박탈하고, 리스탄틴 감옥의 종신형을 내린다!"

"……!"

폐하의 말이 끝나기가 무섭게 다시 한번 장내가 술렁거렸다. 내 옆에 앉아 있던 셀린느가 중얼거렸다.

"차라리 사형이 낫겠네……."

"그러게."

코르켈마저 수긍하는 것을 보고 나 또한 잠시 숨을 멈출 수밖에 없었다. 하지만 폐하의 단호한 목소리에서, 그가 이 결정을 반복할 생각이 없음을 알아차렸다.

"리스탄틴 감옥이라니…… 거기, 한번 들어가면 다시는 못 나온 다는 곳 아닌가요?"

"그거 중범죄자들이 수감당하는 곳이잖아."

"그런데 뭐, 반역이니까 사형이 아닌 것만으로도 감지덕지해야 지. 그런데…… 아, 거기 힘들 텐데. 귀족 영애가 가기에는……. 그 래도 살아 있는 게 중요하지 않겠어?"

"한평생 손바닥만 한 곳에서 나오지도 못하는데요? 전 차라리 죽을래요."

옆에서 수군거리는 소리를 들으며 나는 얼굴을 굳혔다. 그리고 다시 입꼬리를 말아 올려 쓰게 웃었다.

이사벨은 폐하의 말에 부들부들 떨며 울고 있었다. 말이 나오지 않는 듯 '아, 아…….' 감탄사만 반복하면서.

그녀의 모습을 보며 나는 그녀를 동정해야 할지, 아니면 기뻐해야 할지 판단을 내리지 못했다. 우습게도 아무런 생각이 들지 않았다. 나도 참, 메마른 사람인 것 같다. 낭독회가 끝나고 그녀에게 한 마디, 한 마디 쏘아붙이던 게 언제인데.

마지막 결정이 끝나자 폐하는 곧 자리에서 일어났다. 폐하와 왕비 전하가 심문회장을 뜨고, 사람들이 술렁거리며 심문회장을 나가고 있었다. 나 또한 기사들에 의해 끌려 나가는 사람들을 보며 최대한 담담하게 문을 나섰다.

누군가가 나를 부르기 전까지.

"스칼렛!"

귀를 찌르는 목소리는 잔뜩 갈라져 있었지만, 나는 그것이 이사벨의 목소리임을 쉽게 알아차릴 수 있었다. 발걸음을 멈추고 뒤를 돌아보자, 나와 조금 떨어진 곳에서 이사벨이 기사들의 손에 잡힌 채 나를 보고 있었다.

나는 내 주변에 있는 사람들을 힐끔거렸다. 그에 눈치 좋게 사람들이 흩어지고, 나는 조용하게 이사벨을 응시했다.

그녀가 부들거리며 내게 물었다.

"스, 스칼렛."

"……왜."

"그…… 그…… 그, 사실이야? 그, 사실이야? 프로디아드 선대……."

"사실이야."

내 답에 이사벨이 좌절하듯 자리에 주저앉았다. 그 모습을 담담하게 보았지만 묘하게 속에 이상한 감정이 피어올랐다. 기쁨도, 슬품도, 분노도, 그렇다고 두려움도 아닌. 그저, 이상하게 편한 감정.

"그…… 어떻게……."

"하지만 오해는 하지 마. 칼리드는 그것 때문에 널 싫어하는 게 아니니까."

"……하, 하아……."

바닥에 엎드려 부들거리는 이사벨의 모습을 보다가 나는 다시 발걸음을 옮겼다. 하지만 그때, 이사벨이 다시금 나를 불렀다.

"스칼렛!"

"……."

"그…… 그……."

뭔가를 말하고 싶지만 결국 아무런 말도 나오지 않는 듯 이사벨이 꺽꺽거렸다. 그녀의 눈에서 펑펑 솟아오르는 눈물을 보며 나는 입꼬리를 말아 올렸다.

그래, 이건 우리의 마지막이구나.

"아마 리스탄틴 감옥에 가면, 네가 살았던 세상과는 완전히 다른 곳이 펼쳐질 거야."

"……."

"아침에 일어나 밥을 먹은 뒤, 책도, 바느질도, 꽃꽂이도 없는 곳에서 시간을 보내. 그러다가 다시 점심을 먹고, 그렇게 또 온종일 손바닥만 한 창문만을 바라보며 시간을 보내다가 저녁을 먹고, 그러다가 잠을 자고."

"……."

"마법과 경비가 삼엄한 곳이니 도망도 칠 수 없고. 당연하지만 네가 그렇게 좋아하는 좋은 엄마, 좋은 아내도 될 수 없어. 너는 죽을 때까지 그곳에 갇혀서 이사벨로만 남게 될 거야. 어쩌면 죽은 뒤에도 한참 후에나 발견되어서, 가루가 되어 바다에 뿌려지거나 재가 되어 공기 속에 날아가겠지. 뭐, 그것 또한 내 알 바는 아니겠지만."

"……."

"열심히 살아 봐. 그게 사는 것인지는 잘 모르겠지만."

바닥에 주저앉아 오열하는 이사벨을 향해 조용하게 말한 나는 미련 없이 고개를 돌렸다. 건조하기 짝이 없는 내 목소리에 이사벨이 더욱더 처참하게 통곡했다.

이사벨에게 내려진 것은 종신형이었지만, 결국 그것은 사형이었다.

인간이 인간답게 살 권리를 잊고, 생각할 권리마저도 빼앗긴 채 살아가는 그 삶이 그녀에게 어떤 의미가 있는지 모르겠다.

좋은 아내, 좋은 엄마로 살기 위해 한평생 노력해 온 그녀의 꿈은 부서지고, 그녀는 종국에 끝까지 이사벨 그 자체로 살아남게 될 것이다.

이것은 운명의 선물일까, 벌일까.

결국 그녀는 제 손으로 인간답게 살 권리를 버렸다. 조금이라도 똑바로 살았다면 그래도 아버지의 반역에 휘말려 희생한 가련한 귀족 영애쯤으로 남았을 텐데. 그녀는 결국 친구에게 악의를 품고 아버지의 반역을 도우려 한 귀족 영애. 역사서의 한 구절조차 차지하지 못할 비루한 인생을 선택했다.

오후 다과 시간에 씹어 댈 만한 가십거리로 전락하고, 언젠가는 모두의 기억 속에서 잊혀지리라.

나는 그녀를 끝까지 용서하지 않을 테지만, 그렇다고 그녀를 기억하는 일은 없을 것이다. 그녀의 삶과 죽음 또한 모르고 지나가겠지. 대부분 낯선 이들의 삶에 내가 그러한 것처럼.

나는 이사벨의 울음소리가 들리지 않을 때까지 계속해서 복도를 걸어 나갔다. 그리고 나 혼자만의 고요를 찾게 되자 나는 고개를 떨구고 쓰게 웃다가 고개를 들고는 발걸음을 옮겼다.

그렇게, 그녀는 내 무대에서 퇴장했다.

이제는 다시 오롯이 나만의 시간이었다.

* * *

그리고 며칠 뒤, 위더 백작이 중앙 광장에서 공개 처형을 당했다. 중앙 광장에 매달린 그의 죄질을 읽기가 무섭게 돌멩이와 쓰레기들이 그의 몸에 날아왔고, 분과 한을 담은 욕들이 그에게 향했다.

사실은 분풀이였지만 그 또한 우리가 예상한 결과였다. 사람들의 분노와 눈물, 6년의 전쟁에 대한 절절한 한, 슬픔, 해탈, 위더 백작의 불충에 대한 경멸, 그 외 등등 온갖 부정적인 감정이 그에게 쏟아졌다.

인간의 잔인함을 다시 한번 느끼는 순간이었지만, 나는 딱히 위더 백작이 불쌍하게 느껴지지 않았다. 그의 손에 망쳐진 인생이 얼마인지 생각해 보면 사실 내 손으로 직접 목을 비틀고 싶기 때문이었다.

칼리드는 그런 위더 백작의 모습을 의미심장한 눈길로 보다가 한숨을 쉬었다. 그러고는 잔인한 장면이라며 내 눈을 막고 자리를 떴다.

모르겠다. 그가 어떤 마음으로 그랬는지. 하지만 그의 마음을 섣불리 헤집기보다는, 나는 그저 그의 품에 기대 고개를 끄덕여 주었다.

누군가를 죽이고, 두 사람에게 폭력을 가하고, 그렇게 평생을 가해자였던 사람이 종국에 파멸을 맞는 장면.

사람들의 점차 거세지는 분노 속에서 온종일 꿋꿋하게 버티던 위더 백작은 참수를 당하기도 전에 먼저 정신을 잃고, 인간의 몰골을 하지도 못한 채 그날 밤 자정에 목이 잘렸다.

그 모습이 끔찍하다 못해 개새끼인 걸 알면서도 나름 불쌍하더라는 코르켈의 표현에 나는 그저 입을 다물기만 했다.

그리고 그 며칠 뒤, 관련 귀족들이 전부 처형당하고 이사벨과 위더 백작 부인은 리스탄틴 감옥으로 압송되었다.

그렇게 우리를 괴롭히던 일은 종말을 맺었다.

끝이었다.

그리고, 새로운 시작이었다.

제9.5장

칼리드 외전 - 지키기 위한 자의 세레나데(상)

칼리드 외전 – 지키기 위한 자의 세레나데(상)

그는 루이스 프로디아드와 아델리나 프로디아드 사이에서 태어나, 공작가의 유일한 후계자로 길러졌다.

정략결혼으로 이루어진 두 사람은 서로에게 충실하고 사이가 좋았으나 정작 서로 사랑하지는 않았다.

그를 세상에서 가장 사랑해 주고, 그가 세상에서 가장 사랑하는 두 사람이 서로 사랑하지 않았다. 그 사실을 처음 알게 된 것은 그가 책에서 '사랑'이라는 단어를 배웠을 때였다.

귀족의 결혼이란 본래 그런 것이라 사실 이상할 것은 없었다. 하지만 차분하게 진행되는 저녁 식사, 감정 없는 건조한 하루하루는 그를 외롭게 만들기에 충분했다.

공작인 아버지는 바빴고, 교수인 어머니는 더 바빴다. 계속해서 흐르는 시간 속에서 수많은 사람이 제 옆에 있어 주었고, 부모님 또한 대부분의 시간을 서로 함께했지만 그럼에도 뭔가 공허했다.

그렇다고 해서 불행한 가정은 아니었다. 아니, 오히려 화목한 가정이었다. 서로에게 충실한 부부는 사랑만 빼고 모든 것을 서로에게 쏟아부었으며 부부 관계에 충실했다.

그게 나빴다는 게 아니다. 다만 사랑보다는 약속과 책임만 있는 그 관계에서, 조금 메마른 무엇인가를 느끼는 건 어쩔 수 없었다.

그의 아버지와 어머니는 서로에게 따뜻이 입맞춤을 하지도 않았고 사랑한다는 말을 하지도 않았다. 그가 배워 온 부부 사이와는 조금 다른 형태의 관계에, 아이는 다시 한번 다짐했다.

저는 꼭 사랑하는 사람과 결혼하겠다고.

꽤 사치스러운 소망이었다. 귀족, 특히나 프로디아드쯤의 귀족 가문씩이나 되는 후계자가 꿈꾸기에는.

하나 그것을 알기까지 꽤 오랜 시간이 흘렀고, 어머니가 돌아가시고 주위에서 그의 흠집을 어떻게든 잡으려고 호시탐탐 노리는 것을 발견했을 때, 그는 이미 지쳐 있었다.

그쯤 포기했던 것 같다. 그래서 필레르 후작가와 혼담이 오가도, 얼굴 한 번 보지 못한 여자와 한평생을 약속해야 한다는 사실은 이미 그에게 그렇게 큰 타격을 주지 못했다.

그리고 스물한 살의 겨울. 그는 아버지를 잃었다.

겨우 스물한 살. 젊은 청년이 가주의 자리에 앉기가 무섭게 주변에선 공격이 날아오고 오가던 혼담은 끊겼다. 가문의 원로원은 어떻게든 그의 흠을 잡지 못해 전전긍긍하고 있었고, 추밀원의 다른 가문들도 슬슬 움직이기 시작했다.

그 속에서 그는 다시 한번 저를 버렸다. 제 꿈을 버리고, 소망을 버리고, 그곳에 남은 건 오로지 프로디아드 공작이었다.

지켜야 할 게 너무 많았고, 거기서 가장 값어치 없는 건 자신밖에 없었다.

사실은 그게 옳지 않은가. 대부분의 귀족이 그렇게 살아간다. 사랑하지 않은 사람과 결혼해 아이를 낳고, 가정을 꾸리면서 그렇게. 소박한 꿈은 허용되지 않는다. 사랑스럽게 웃는 아내는 없었다. 그저 프로디아드의 공작과 공작 부인만이 거기에 존재할 것이다.

그래서 그는 그냥 그렇게 끝내기로 했다.

그러면 될 줄 알았다. 모든 게 다 끝난 줄 알았다. 자신은 그렇게 죽은 줄 알았다.

라일락의 정원에서, 태양 빛을 그대로 머금은 소녀를 만나기 전까지는.

＊　＊　＊

탕―

수렵용 총의 탄알이 뛰어가던 여우의 몸에 박히자 칼리드는 총을 내려놓았다. 새빨간 피가 흐르는 여우를 거두던 시종의 시선이 공작 옆에 서 있는 중년 남자에게로 향했다.

마치 얼어붙은 듯한 그의 몸에는 일말의 생기도 없었고, 하얗게 변한 얼굴이 그가 얼마나 공포에 질렸는지 알려 주고 있었다.

열세 번째였다.

이 밀림에서 동물 대신 사냥당한 사람이.

죽은 건 여우였으나 정작 겁을 먹은 건 사람이었다. 아무런 표정도 없이 총을 내려놓는 제 주인의 손에서 장갑을 받아 든 시종은 급히 자리를 떴다.

그 순간, 칼리드의 눈길이 옆에 서 있는 하퍼 자작의 얼굴에 꽂혔다.

"자작께서 재미있는 일을 저질렀더군."

"각, 각하."

"감히 공작가의 내무를 빼돌려 원로원의 늙은이들에게 팔았다지?"

"각하, 아닙니다. 아닙니다. 제가 어떻게 감히……."

"그래서 늙은이들이 보수는 톡톡하게 주던가?"

적갈색 눈동자가 하퍼 자작에게 꽂혔다. 바로 그의 목을 그어도 이상하지 않을 정도로 흉흉한 눈길에 하퍼 자작이 침을 꿀꺽 삼켰다.

잔뜩 경직된 하퍼 자작을 보며 칼리드는 입꼬리를 말아 올렸다. 그것을 보며 저도 모르게 하퍼 자작은 얼떨결에 같이 미소를 지었다.

그리고 그 순간-

탕-

"으아아아아아아악!"

처절한 비명이 숲을 메웠다. 남자는 저를 향한 총구와 귀를 메운 섬뜩한 소리에 입을 다물지도 못한 채 꺽꺽거렸다. 말이 나오지 않았다. 죽음에서 헤맨 공포가 그를 감쌌다. 그 모습을 보다가 칼리드가 입을 열었다.

"걱정 마. 죽지 않았어."

"어…… 어억…… 컥……."

"앞으로도 죽일 생각은 없어."

"……사, 살려……."

"하지만 죽는 것보다 못하게 만들어 줄 수는 있지."

"각하, 각하! 죄송합니다! 제가 그만 정신이 나가서, 눈앞의 이익에……."

"그러니 늙은이들에게 전해."

─원하면 직접 와서, 내 눈앞에서 가져가라고. 내 친히 접대해 줄 테니까.

조용하게 읊조린 그가 곧 총을 바닥에 버렸다. 장갑을 끼지 않아 화상을 입은 손을 툭툭 털면서 그는 웃었다.

하퍼 자작은 자신의 발 옆에 박힌 총알에 주저앉고 말았다. 아랫도리가 축축해짐에도 수치심 대신 공포심이 먼저 들었다.

스물둘. 새파랗게 어리다고 얕본 게 실수였다. 차갑게 군은 얼굴을 보면서도 어린놈의 패기쯤이라고 생각했다.

그리고 그 결과, 그는 죽음의 문턱을 넘을 뻔했다.

칼리드는 땅에 주저앉아 부들부들 떨고 있는 하퍼 자작을 힐끔 보고 걸음을 옮겼다. 그리고 멀리에서 그들을 지켜보고 있던 시종이 급히 와서 뒷수습했다.

* * *

하퍼 자작이 돌아간 뒤 칼리드는 오랜만에 나름의 안녕을 맞이했다. 원로원의 늙은이들은 더는 사람을 보내 그를 해할 생각을 하지 않았다.

가문 내에서 위태위태하던 그의 지위는 다시 한번 공고해졌고, 젊은 공작을 무시하던 눈길은 전부 경배로 바뀌어 있었다. 그를 공격하던 언사가 전부 찬사로 되돌아오고, 사람들은 그에게 예쁘게 보이지 못해 안달했다.

귀족의 나약함이란 원래 그러하다. 강한 자에게 빌붙고, 약한 자에게는 되레 위세를 부리는. 그는 그래서 기꺼이 그들의 '호의'를 받아들이기로 했다.

공작으로서의 지위가 공고히 되자 그다음은 결혼 문제였다. 공작인 그는 가문에 도움이 될 만한 배우자가 필요했고, 그로써 그의 위치를 더욱더 공고히 해야 했다. 안으로나 밖으로나 프로디아드에 도움이 될 만한 사람이 필요했다.

사랑하는 사람과 결혼하겠다고 소망하던 소년은 없었다. 남은 건 지독하게 잔인한 세상에 길들어져 버린 공작뿐이었다.

"이게 다 혼담이 온 가문들이라고."

"그렇습니다. 하지만 딱히 눈에 차는 집안은 없습니다. 어쨌든 공작가니 백작 이상은 되어야겠지만, 아시다시피 백작이라고 다 같은 백작은 아닌지라……."

"적당하게 추려."

"진짜 결혼하시려고요?"

"글쎄. 언젠가는 해야겠지."

그래, 언젠가는 해야 할 일이다. 그는 부관의 말에 담담하게 고개를 끄덕였다. 공작가는 공작 부인이 필요했다. 아니, 사실 딱히 공작 부인이 아니라도 상관없다. 그와 결혼해 프로디아드에 이익을 가져올 수 있는 집안이면 된다.

"공작가나 왕실은 생각해 보셨습니까?"

"공작가? 뮐레르에는 아들이 셋밖에 없어. 왕실은 왕녀 둘뿐인데, 그중에서 하나는 한때 태자 후보였고 다른 하나는 이미 약혼자가 있지."

보통 공작가는 태자로 길러졌던 왕족과 결혼하지 않는다. 태자 후보로 길러졌다는 것은 현 태자가 죽으면 바로 왕위를 이어야 함을 의미하고, 윈체스터 법상 왕의 배우자인 왕비와 대공은 독립 작위를 가지지 못하기 때문이다.

즉, 만에 하나 잘못될 경우 그는 공작의 작위를 포기하고 대공이 되어야 할 수도 있었다.

그렇기에 제1왕녀는 애초에 고려 범위 안에 넣지도 않았다. 특히 나 제2왕자가 왕위를 이을 의사가 전혀 없는 이때에는 더더욱.

칼리드에게 있어 프로디아드는 절대 포기할 수 없는 것이니까.

"디르난트는요?"

"디르난트?"

"외동딸이 하나 있지 않습니까. 사교계 활동을 잘 하지 않아서 어떤 분이신지는 모르겠지만, 소문으로는 꽤 괜찮다고 합니다. 아, 다만⋯⋯."

"다만?"

"사생활이 무척 다채로우시다고⋯⋯."

"⋯⋯남자가 많다고?"

"네, 뭐⋯⋯."

"그건 별로 문제가 되지 않아. 문제라면 프로디아드에 어울리느 냐의 문제겠지."

칼리드는 손가락으로 책상을 톡톡 쳤다. 디르난트? 추밀원 원장의 하나뿐인 딸이다. 디르난트의 후계자로 키워진 여자.

그는 길게 한숨을 쉬었다. 나쁘지 않은 선택이었다. 결혼해서 사업적 관계를 맺기에는 좋다. 공작으로 키워진 여자니 흠 잡을 것도 없다. 아니, 사실 프로디아드에게 있어서는 최상의 선택이었다.

왕위 계승 순위로 치자면 6위. 왕이 될 일은 없지만, 왕족으로서 명예는 가질 수 있는 자리. 디르난트의 주인.

그 정도의 타이틀이라면 결혼 뒤에 계속 다채로운 사생활을 이어 가겠다고 해도, 사생아만 없으면 눈감아 줄 수 있을 정도다. 어차 피 애정도 없는 결혼.

다만 국왕이 그들의 결혼을 경계하지 말아야 한다는 전제가 붙지만.

"그건 이후에 더 보도록 하고. 그래서 뭐가 왔다고?"

칼리드는 고개를 들었다. 이에 그의 부관이 그제야 생각난 듯 편지를 내밀었다.

"아카데미 초청장입니다. 창립 200년을 맞아 필히 참가해 주십사 하는."

칼리드는 편지를 받아 들었다. 그러고 보니 아카데미를 졸업하고 단 한 번도 가지 않았다. 졸업 뒤 얼마 지나지 않아 사고가 났고, 그는 공작 위를 이어받아야 했으니까.

한번 가 볼까.

그는 편지를 보며 생각했다.

＊　＊　＊

"이렇게 왕림해 주셔서 영광입니다. 각하."

저를 향해 허리를 굽히는 이사장을 보며 칼리드가 고개를 까닥했다. 졸업한 지 얼마 지나지 않은 것 같은데 웃기게도 그는 벌써 공작이 되었다.

새삼스레 예전이 생각나 주위를 둘러보는데, 이사장이 웃으며 복도를 짚었다.

"걸으시겠습니까?"

"그러지."

아카데미는 변한 게 없었다. 이사장의 집무실이 위치한 본관은 언제나 조용했고, 주변에 피어 있는 라일락들은 여전히 흐드러졌다. 그는 그것을 보면서 피식 웃었다.

"라일락 사랑은 여전하군."

"라일락은 봄꽃이죠. 새로운 시작을 의미하고, 꽃말도 예쁘지 않습니까?"

"젊은 날의 추억?"

"기억하고 계시는군요."

잊으려야 잊을 수가 없다. 이사장은 언제나 아카데미가 청춘이 모이는 곳이라고 주장하며, 아카데미 곳곳에 라일락을 심어 댔다. 이게 바로 젊음 아니겠느냐고.

"제1정원은 여전한가?"

"물론입니다. 안내해 드리겠습니다."

"아, 상관없어. 나 혼자 가지."

사실 아카데미는 모든 귀족 청년들의 젊은 시절이다. 가문과 가문을 제외하고, 그나마 가장 순수하게 서로의 시간을 만끽하는 곳. 그래서 그는 아카데미에 꽤 좋은 감정을 갖고 있었다. 어쩌면, 진짜로 젊은 날의 추억일지도 모른다. 그래서 그는 굳이 이사장에게 안내를 부탁하지는 않았다.

제1정원은 그 입구부터 라일락으로 가득 메워져 있다. 마법부의 학생들과 교수들의 노력으로 봄꽃인 라일락이 제1정원에만큼은 사시장철 흐드러져 있었으며, 이는 아카데미의 명물이기도 했다.

라일락이 만개한 정원 한가운데에 있는 커다란 정자와 분수로 칼리드가 걸어갔다. 바람이 불고, 라일락 향이 다시 한번 진하게 퍼지는 것을 느끼다가 그는 한쪽에 있는 기둥 뒤에 기댔다.

아카데미는 변한 것이 없는데, 그는 변했다. 그는 공작이 되었고, 제게 위협적인 사람들을 제거했으며, 종국에 아무도 옆에 남기지 않았다.

그는 완벽하게 '혼자'였다.

그게 이상하다고 생각하진 않았다. 원래 사치스러운 꿈이었다. 사랑하는 사람과 결혼한다는 것 자체가 불가능했다. 세상에 완벽한 인생이 어디 있나. 원하는 것을 전부 다 갖고 사는 사람은 어디 있나.

그래서 그는 그것에 초탈했다.

그저, 그렇게 사는 거다.

그때였다.

부스럭—

조용하기 그지없는 정원에 인기척이 들려왔다. 잎이 밟히는 소리와 함께 걸음 소리가 점점 가까워지자 그는 미간을 팍 찌푸렸다. 수업 시간이라 학생이 올 리가 없었다. 그럼 누구인가.

학교 내부의 사람이라면 상관없지만 적이라면 곤란하다. 하나 그를 노렸다기에 장소는 지나치게 개방적이었고, 무엇보다도 지금

다가오는 소리는 가볍기 그지없었다.

그는 고개를 슬쩍 돌려 자신이 방금 걸어 들어온 돌길을 보았다.

그리고 그 순간, 눈이 부시게 반짝거리는 것이 그의 시야에 안겨 들어왔다.

눈처럼 새하얀 얼굴을 가진 소녀였다. 곱게 말려 올라간 속눈썹이 파르르 떨리고, 자수정 같은 보라색 눈동자는 분수를 직시하고 있었으며, 오똑한 콧날을 타고 내려오는 분홍빛 입술은 고집스럽게 닫혀 있었다.

동그란 이마를 얇게 덮은 앞머리가 미풍에 살랑거렸고, 뒤로 느슨하게 쓴 리본 달린 검은색 베레모 아래, 화려하게 펼쳐진 백금빛 머리카락이 햇살에 부딪혀 눈이 부실 정도로 반짝거렸다.

소녀는 아카데미의 교복을 입고 있었다. 하얀색 셔츠와 앞섶에 달린 하얀색 리본, 그리고 검은색 스커트, 검은색 에나멜 구두. 딱히 특이할 것도 없는 차림이었다.

잠시 숨을 쉬는 것조차 잊어버렸다는 사실을 알아차린 뒤, 그는 발걸음을 옮기려 했다. 딱히 더 있을 이유가 없기 때문이었다.

하지만 그 순간, 소녀가 빗자루를 바닥에 탕 하고 굴리며 소리를 질렀다.

"아, 진짜! 이사장 영원히 저주할 거야!"

야리야리한 몸에 어울리지 않는 목청에 그가 깜짝 놀랐다. 대장군 못지않은 기백이었다.

누군가가 자신을 보고 있는 걸 모르는지, 소녀는 긴 빗자루를 몇 번 더 바닥에 구르더니 원망에 가득 찬 목소리로 중얼거렸다.

"감히 공작 영애에게 정원 청소를 시키다니, 졸업하면 바로 공작이 되어서 복수하러 올 거야! 아, 뭐야, 이깟 풀떼기가 뭐라고 저렇게 가득 심어 놨어! 나무는 왜 또 이렇게 많아!"

혼잣말을 중얼거리던 소녀의 목소리에 칼리드는 미묘한 표정을 심었다. 공작 영애라…… 그가 알기로 현재 아카데미에서 재학 중일 만한 나이의 공작 영애는 디르난트의 후계자밖에 없었다. 그 사생활이 다채롭다는.

하지만 소녀의 모습은, 사생활이 다채롭다는 말에 칼리드가 상상한 요사스러운 모습과는 아주 거리가 멀었다.

아니, 어디 거리가 멀다뿐인가, 아예 같은 선에 있지 않았다.

"이건 또 뭐야. 바이올렛인가? 아, 이깟 꽃들 진짜…… 아아악!"

……라일락인데.

아카데미에 다니면서 라일락이라는 것도 몰랐다니, 이사장의 담화 시간에는 졸고 다녔나 보다. 칼리드는 저도 모르게 풋 웃음을 흘렸다. 하지만 그런 그의 웃음소리를 듣지 못한 채, 소녀가 이번에는 한숨을 푹 쉬고는 빗자루를 들어 바닥을 쓸기 시작했다.

"아…… 내 인생이야…… 흑, 비올레타, 이 계집애는 도와주지도 않고…… 애인이라는 놈은 잘해 보란 말만 하고…….'

아무도 없다고 생각했는지 원망 어린 혼잣말이 몇 마디 더 들려오고, 방금 바락바락 난리 쳤던 것과 달리 소녀는 풀이 팍 죽어 바닥만 쓸고 있었다.

하지만 공작가의 후계자로 키워진 영애가 바닥을 쓰는 법을 알리가 없었다. 먼지만 풀풀 날리면서 대체 바닥을 쓰는지 헤집는지 모를 동작을 몇 번 하던 소녀가 점점 그가 기대 있는 기둥에 가까이 오자, 그는 누군가를 엿보고 있었다는 당황함을 깨닫고 몸을 움직이려 했다.

왜 당황한지는 모르겠지만—

부스럭—

선명하게 울린 소리에 칼리드는 당황했다. 자리에서 일어나긴 했는데 나뭇잎을 밟았다. 그와 동시에 소녀의 불안감에 가득 찬 목소리가 들려왔다.

"거기, 누구 있어요?"

소녀의 말에 왜 이렇게 당황했는지 모르겠다. 칼리드는 곧장 나가서 그녀를 엿봐 미안하다고 말할 생각이었다. 조금 어색하긴 하겠지만 그래도 여기에 계속 있을 이유가 없다고 판단했다.

소녀가 꽥 소리를 지르기 전까지는.

"아, 잠깐만!"

그는 멈칫했다. 왜 자신이 이런 오리처럼 시끄러운 하이 톤의 목소리에 멈췄는지는 모르겠지만, 일단 그는 다음 말을 기다렸다. 그와 동시에 소녀의 부들거리는 목소리가 계속해서 들려왔다.

"혹시 내 얼굴 봤어요?"

……못 봤을 리가 있나. 그렇게 혼잣말을 해 대면서 오는데.

하지만 그는 말을 골랐다. 솔직하게 봤다고 하고 양해를 구하면 될 것 같긴 한데, 그는 티 나지 않게 소녀를 곁눈질했다. 눈처럼 새하얀 얼굴이 토마토처럼 빨갛게 익어 있었다. 그는 그제야 소녀가 부끄러워한다는 사실을 깨달았다.

하긴, 혼자서 중얼중얼했는데 알고 보니 듣는 사람이 있으면 수치스럽긴 하리라.

그는 그래서 한숨을 푹 쉬고 답했다.

"못 봤습니다. 애초에 잠깐 졸고 있었던 터라."

"아, 아, 그, 그럼 나오지 마요."

"······네?"

"내가 여기서 다 쓸 때까지 거기 얌전하게 있어요. 고개도 돌리지 말고. 어느 학년인지는 모르겠지만, 학생이면 가만히 있고 교수님이면 제발 가만히 있어 줘요."

결국 얌전하게 앉아 있으라는 말이었다. 그는 이 소녀의 말에 잠시 고민하다가, 뺨을 감싸 쥐고 얼굴을 푹 떨군 소녀를 힐끔 보았다. 사실 다 보이긴 하는데 그냥 가만히 있어 줄까. 안 그러면 진짜로 수치스러워서 쓰러질 것 같은 표정을 하고 있었다.

"아, 수업 빼먹고 왔는데····· 어머니한테 들키면 큰일 나는데······."

그는 잠시 할 말을 잃었다. 디르난트의 공작은 엄격한 사람이었다. 그런 사람의 딸이 수업을 빼먹고 정원 청소를 하러 왔····· 잠깐만, 왜 수업을 빼먹고 정원 청소를 하러 오지?

그는 크흠 헛기침을 했다. 그리고 입을 열었다.

"알겠습니다. 빨리하십시오."

"어, 거기 가만히 있어요, 그럼. 빨리 끝낼 테니까."

"그런데 왜 수업 시간에 정원 청소를 하러 오신 겁니까?"

─공작 영애씩이나 되는 분이, 라는 말은 그냥 삼키기로 했다. 제가 자신의 신분을 안다는 걸 눈치채면 기절할 것 같았기 때문이다.

소녀는 그의 말에 눈을 데구루루 굴리다가 툴툴거리며 답했다.

"이사장 담화 시간에 졸았거든요. 그 할망구 진짜. 어떻게 나한테 청소를 시켜."

"······그런데, 굳이 수업 시간에······."

"내 금쪽같은 휴식 시간을 어떻게 청소하는 데에 쓸 수가 있어요?"

그 내용에 칼리드가 기묘한 표정을 지었다.

"수업을 빼먹고 청소를 하러 온 이유가, 휴식 시간을 낭비하기 싫어서입니까?"

"네. 왜요, 이상해요?"

"보통 사람이 할 만한 생각은 아닌 것 같습니다만."

특히나 그 무섭고 엄격하기로 소문난 디르난트 공작의 외동딸이 할 만한 생각은 아니다.

칼리드는 웃음을 흘렸다. 라이슬 후작가의 미카엘이 말하길, 사교계에 잘 나오지는 않지만 소문은 꽤 무성하다고 했다. 디르난트 공작을 닮아 예쁘장한 얼굴에 에리어 후작을 닮아 머리가 좋다고.

뭐, 사교계 가십이란 원래 그렇게까지 믿을 만한 건 아니지만, 그는 최소한 이 공작 영애가 예쁘다는 사실은 인정했다. 하얀 얼굴에 곱게 휘어진 눈가가 유독 사람을 끌어들이는 매력이 있었다.

더군다나 혼자 중얼중얼 투덜투덜하는 게 꽤 신기하고 귀여웠다. 아마 상상했던 모습과 꽤 달라서 그럴지도. 그는 그렇게 생각했다.

그는 이리저리 빗자루를 휘두르며 먼지를 날리는 소녀를 보다가 길게 한숨을 쉬었다. 소녀는 뭐가 마음에 들지 않는지 입을 뿌루퉁한 채 바닥을 쓸고 있었다. 그러다 갑자기 고개를 들고 입을 열었다.

"그런데 그쪽은 왜 여기에 있어요? 이 시간에?"

"청소하기 싫으십니까?"

"……거참, 쓸데없이 정곡을 찌르시네."

"그저, 생각이 나서 왔을 뿐입니다."

"생각이 나서 정원에 와요? 목소리랑 다르게 되게 감수성 풍부하신 분이시네요."

"……으음."

"어우, 이깟 풀떼기들. 내가 졸업하면 다시 보러 오나 봐라."

칼리드는 옅게 웃음을 흘렸다. 혼자서 중얼거리는 모습이 상당히 웃겼다. 공작이 된 뒤부터, 아니, 사실 애초에 누구한테 관심을 주지 않았던 그의 시야에 갑자기 불쑥 튀어나온 소녀는 상당히 신기한 사람이었다.

그는 기둥에 기대 얌전하게 소녀를 기다려 줬다. 굳이 나가서 그녀를 수치사시키고 싶지도 않고, 언젠가는 사교계에서 혹은 추밀원에서 봐야 하는 사이인데 여기서 난감한 장면을 만들 필요가 없다고 판단했기 때문이었다.

게다가 어쩌면, 결혼할 수도 있는 사이였다.

가능성은 낮았지만.

그렇게 상당히 정략적인 이유로 그는 기둥 뒤에 가만히 서 있었다. 머지않아 소녀가 정원을 다 쓸고는 우아하게 빗자루를 바닥에 버렸다.

"저기요, 저 다 쓸었거든요? 제가 떠나고 가셔도 돼요."

"이게…… 다 쓴 겁니까?"

칼리드는 잔뜩 엉망이 된 정원을 보며 미묘한 표정을 지었다. 정원을 쓴 게 아니라 더 헤집어 놓았다. 한쪽에 쌓여 있던 낙엽은 전부 흩어져 있었고, 이게 프로디아드의 정원사가 한 짓이라면 아마 바로 잘랐을 정도로 형편이 없었다.

하지만 소녀는 꽤 떳떳했다. 뭐가 문제냐는 듯한 눈빛에서, 그는 그녀가 진심으로 본인의 노동에 자랑스러움을 느낀다는 사실을 깨달았다.

잇새를 비집고 웃음이 나갔다. 아, 뭐 이런 사람이 다 있어?

"왜 웃어요?"

"웃지 않았습니다."

"아닌데? 방금 웃음소리 들렸는데?"

"웃지 않았습니다."

"웃었다니까. 내가 웃겨요?"

"그냥 가십시오."

"아, 별사람 다 보겠네."

말을 마친 뒤 스칼렛은 새침하게 앞머리를 획 쓸고는 정원을 나갔다. 생긴 건 세상 도도하게 생겨서, 허술하기 짝이 없었다. 우기는 실력이 참 대단하다고 생각하며 그제야 칼리드는 기둥 뒤에서 나왔다.

그게, 그녀와 그의 첫 번째 만남이었다.

* * *

사실 처음에는 별생각이 없었다. 조금 특이하긴 하지만 그래도 굳이 그의 주의를 일으킬 정도는 아니라고 생각했다. 하지만 첫 번째 만남이 두 번째가 되고, 두 번째가 세 번째가 될 쯤, 그는 자연스럽게 그녀의 목소리와 얼굴을 찾는 저를 발견했다.

흥미가 재미가 되고, 재미가 곧 취미가 되었다.

우연하게 만난 소녀를 찾는 것은 그의 일상이나 마찬가지였다.

사실 어렵지도 않았다. 소녀의 생활 방식은 꽤 규칙적이었으므로.

그리고 굳이 변명하자면, 스칼렛 디르난트는 꽤 톡톡 튀는 존재였다. 어디를 가나 절대 파묻히지 않는 재능을 가졌다. 그건 칼리드가 아카데미에서 1달 동안 머무르면서 얻어 낸 결론이었다.

스칼렛 디르난트는 일단 예뻤다. 얼마나 예뻤느냐면, 수많은 인파들 속에서 딱 눈에 잡힐 정도로 예뻤다. 특히 곱게 휘어지는 눈가가 특별히 매혹적이었다. 그렇게 예쁜데 그 예쁜 입으로 조목조목 따박따박 말은 어찌나 잘하는지.

올리비아인지 뭔지 하는 친구를 놀린 것으로 추정되는 남학생 11명을 세워 놓고 그녀가 욕할 때, 그는 세상에 비속어 하나 섞지 않고 사람을 그렇게 잘 욕할 수 있는 방법이 있다는 사실을 깨달아야 했다.

그는 한평생 살면서 그녀보다 더 욕을 잘하는 사람은 없다고 자부할 수 있었다. 아, 물론 거기에 반했다는 건 아니고.

그리고 스칼렛 디르난트는 똑똑했다. 가끔 이사장과 우연찮게 수업 중인 교실을 지나갈 때면 언제든지 그녀의 목소리가 들려오곤 했다. 교수님과 눈을 맞추고 반짝거리는 그 눈동자를 보자면 기이한 감각에 휩싸이곤 했다.

아, 그리고 스칼렛 디르난트는 먹기도 잘 먹었다. 가장 친한 친구라는 왕녀와 있을 때의 얼굴을 보면, 백이면 백 뭔가를 먹고 있었다. 한쪽으로 살찐다고 툴툴대면서도 왕녀가 입에 넣어 주는 건 다 먹고 있었다. 열 번 정도 마주쳤다 치면 거기서 여덟 번 정도는 뭘 먹고 있었다. 참, 오물오물 잘도 먹지.

그리고…… 스칼렛 디르난트는 사랑스러웠다. 웃기도 잘 웃고,

짜증도 잘 내고, 그래도 달래면 또 풀어져서 웃는다. 본인 딴에는 굉장히 도도하고 차갑다고 여기는 것 같았지만, 아무리 봐도 주변에서 귀엽게 보는 걸로밖에 보이지 않았다.

속을 알 수 없는 것이 가문의 특징인 발터르 백작가의 차녀도 스칼렛 앞에서는 풀어져서 함께 웃고 떠들었다. 왕녀도, 연금술의 천재라고 왕실에서 눈독을 들이는 릿지 자작가의 사생아도, 그 잘난 아스터 상단의 장남도, 그리고…… 수많은 사람이 그녀 옆에서 맴돌았다.

그 정도로 주변에 사람이 많다는 건 꽤 신기한 일이다. 사교계에서야 원래 다들 웃고 떠들지만, 그런 것에 자유로운 아카데미 안에서 그렇게나 대단한 사람들이 그녀를 싸고도는 것은 꽤 희한한 일이었다.

스칼렛 디르난트는 그리고 꽤 오만했다. 사실 귀족가의 장녀로 태어나 당연한 일일지도 모른다. 그럼에도 그녀는 제 옆에 있는 사람들이 공격을 받는 건 절대 보지 못했다.

제 사람이라고 생각되는 순간 꼭 앞에 나서서 보호했다. 모르는 사람에게 날을 세우다가도, 제 사람이라고 생각되면 바로 헤실헤실 풀어졌다. 한평생 사랑을 듬뿍 받고 자라 사랑을 받는 것도, 주는 것도 익숙한 사람이었다.

그와는 달리.

그리고…… 그 뮐레르 공작가의 셋째 아들. 그녀는 그와 사귀고 있었다. 가시가 돋치다 못해 갸르릉거리는 고양이 같은 그녀는 유독 리스터 앞에서만큼은 해맑게 웃었다. 가끔 애교도 부리고, 사랑스럽게 웃었다.

몇 번 싸운 것 같은데 다음 날 아침이면 다시 붙어 있었다. 그 모습을 보며 씁쓸하기도 하고, 그래도 사랑스럽기도 해서 그는 웃을 수밖에 없었다.

뮐레르 공작가라면 꽤 좋은 집안이다. 둘이 이대로 쭉 간다면 아마 결혼도 하게 될 것이다. 그래서 그는 슬금슬금 고개를 드는 욕심을 이만 죽이기로 했다.

욕심은 무슨. 사실 그저 몇 번, 아, 열 몇 번 만났을 뿐이었다. 그리고 혼자 봤을 뿐이었다. 그걸로 절절한 사랑을 하기도 어렵지 않은가.

그래야 하는데…….

갖지 못하는 것들에 대한 욕심을 죽이는 방법은 간단하다. 사람의 정신 승리란 원래 그런 것이다. '사실 생각해 보면 별거 아니었어.', '그냥 추억일 뿐이야.' 따위로 저 자신을 위안하면 된다.

하지만 웃기게도 그건 그렇게 쉬운 일이 아니었다. 그쯤, 그는 뭔가를 깨달았다.

"어, 오늘도 있어요?"

칼리드는 고개를 돌렸다. 익숙한 목소리. 1달 동안 정원 청소를 담당한 소녀는 매주 고정된 수업 시간마다 와서 정원을 손질했다. 제일 처음 빗자루를 휘두르던 것과 달리 꽤 진보는 있는데…… 여전히 능숙지는 않았다.

그는 한숨을 푹 쉬었다. 자신은 계속 여기 와서 뭘 하고 있는 건지.

"오늘도 혼자이십니까?"

"네, 그렇죠! 뭐."

"……친구나…… 애인이나, 도와주실 분은 없으십니까?"

그는 먼지 구덩이에서 손을 휘휘 젓는 스칼렛을 걱정스레 보았다. 먼지, 몸에 좋지 않은데. 이사장한테 말이라도 해야 하나…….

"어휴, 게네들이 나 도와주러 올 사람으로 보여요? 아, 내가 누군지 모르지. 하여튼 그런 사람 없어요."

벌써 세 번째나 봤는데 아직도 자신이 누군지 모른다는 말을 아주 순수하게 믿는 스칼렛을 보며 헛웃음을 지었다. 그러고 보니 오늘이면 마지막이겠구나. 그는 씁쓸함에 웃었다.

반면 스칼렛은 여전히 해맑기만 했다.

"제가 누군지 궁금하지는 않으십니까?"

"딱히요. 사실 정원에서 혼자 노는 사람이 당신 혼자인 건 아니거든요. 가끔 그런 사람 있어요. 연속으로 마주친 건 오랜만이지만. 그리고 이렇게 혼잣말할 때…… 아, 하여튼요."

"아……."

그렇구나. 그녀한테는 그저 제가 수많은 사람들 중의 하나였구나.

"그러니까 뭐. 그쪽도 나름대로 고민이 있으니까 계속 오는 거겠죠. 무슨 일 있어요?"

"뭐, 그렇게까지는……."

"그래요?"

스칼렛이 중얼거리며 대답했다. 제일 처음 보았을 때와 다름이 없었다. 다른 게 있다면, 뒤로 풀어헤친 머리를 오늘은 양 갈래로 땋아서 늘어뜨리고, 검은 베레모 대신 빨간 머리띠가 그 위를 차지하고 있다는 것일까.

그는 다시 눈길을 돌려 스칼렛을 보았다. 그는 그녀를 근 1달을 보았다. 이쯤이면 스토커라고 해도 할 말이 없지만, 그렇다고 해서 갑자기 불쑥 나타나 자기소개를 할 수는 없는 노릇이었다.

그러고 보니 스칼렛을 몰래 보고 있을 때마다 몇 번 왕녀를 마주치긴 했는데, 묘한 눈길로 저를 본 것도 같다. 그때가…… 도서관이었나.

모르겠다.

어찌 되었든 1달 사이에 사람이 좋아진다는 게 가능한가? 운명적이고 격렬한 사랑을 원한 건 아니었지만, 그렇다고 제대로 알지도 못하는 사람을 짝사랑할 수 있다는 게 신기했다.

짝사랑?

그는 불쑥 튀어나온 단어에 놀랐다. 말도 안 된다. 무슨 짝사랑 같은 소리를…… 그는 짝사랑이라는 게 있다는 것을 믿지 않는 사람이었다. 사랑은 원래 오가는 것이다. 한쪽이 일방적으로 보내는 건 사랑보다는 숭배라거나, 존경이라거나, 내지는 믿음, 그런 것 아닌가?

그게 사랑이 되나? 말 한마디 못 해 봤…… 아, 그러고 보니 말 한마디도 못 해 본 건 아니었다. 다만 상대가 몰라서 그렇지.

"그러고 보니, 그쪽은 왜 하필 딱 이 시간이 여기 있어요?"

그거야 당신이 이 시간에만 여기에 오니까.

그는 속으로 대답하다가 길게 한숨을 내쉬었다. 이런 식으로 말하면 놀라지는 않을까. 얼굴도 보지 못한 남자가 갑자기 당신을 보려고 왔다고 하면 놀라서 당장에 스토커라고 신고할 것 같았다.

그래서 그는 말을 골랐다.

"그저, 우연입니다."

그래서 그는 그것을 그저 운명이라고 포장하기로 했다. 그것이 그가 만든 운명이라고 할지라도.

"그래요?"

우습게도 스칼렛은 아주 쉽게 그의 말을 납득했다. 그리고 다시 바닥을 쓱쓱 쓸었다.

정원에 고요함이 가득 찼다. 칼리드는 기둥에 기대 길게 한숨을 쉬었다. 아, 지금 내가 뭐 하는 거지. 우습게도 자꾸만 눈이 가고, 눈이 가다 보니 예쁜 구석이 한두 가지 아님을 발견했다.

제일 처음에는 소문과 다른 모습에 놀랐고, 그 모습이 꽤 사랑스럽다는 것을 발견하기까지 오랜 시간이 걸리지 않았다.

그리고 그와는 다른 모습이 부럽기도 했다. 그녀는 누군가에게 애정을 퍼부을 수 있는 사람이었다. 제 울타리 안에 있는 사람에게는 한도 없는 믿음을 주는 사람이었다. 그는 문득, 그 울타리 안에 제가 있었으면 좋겠다고 생각했다.

사랑하고, 사랑받고, 그 구김살 없이 환하게 웃는 모습이 굉장히 사랑스럽다고 생각했다.

그는 다시 한번 한숨을 내쉬었다. 그래 봤자 제가 어떻게 해 볼 수 있는 영역이 아니다. 그녀에게는 사랑하는 남자가 있었고, 둘은 사이가 꽤 좋았다. 가끔 입을 맞추기도 하고, 환하게 웃으며 안기기도 하고, 그 모습을 보며 기분이 묘하지 않았다면 그건 거짓말이리라.

그는 그래서 한숨만 쉬었다. 가질 수 없는 건 욕심내는 게 아니었다. 아니면 자신만 고달프니까. 그럼에도 그는 살면서 사치를 딱 한 번만 부릴 수 있다면 꼭 스칼렛 디르난트의 옆에 있게 해 달라고 빌고 싶었다.

그의 한숨을 느꼈는지, 옆에서 바닥을 쓸던 스칼렛이 고개를 들었다. 그리고 그녀의 목소리가 조용하게 들려왔다.

"무슨 일인지 모르겠지만, 그래도 풀어요."

"네?"

"정원에 와서 고민할 정도라면 사실 꽤 큰일인 것 같기도 한데. 그래도 풀어요. 혼자 고민하면 머리만 아프니까."

"……혼자 풀 수 없는 난제임에도?"

"무슨 일이에요? 짝사랑?"

그는 뜨끔하고 말았다. 어떻게 그걸…….

"벌건 대낮에 남자가 정원에서 한숨을 쉬고 있을 만한 일이라면 짝사랑밖에 없죠. 그래서, 뭐. 그 여자가 당신 싫대요?"

"……."

"말해 봐요, 이래 봬도 내가 그쪽에는 전문가니까."

그는 피식 웃고 말았다. 저 여자는 죽어도 모를 거다. 그 상대가 자신이라는 걸.

"그저, 이미 사랑하는 사람이 있는 분이라."

"헉, 유부녀?"

"아니, 그건 아니고."

"아아, 애인이 있다?"

스칼렛은 고개를 끄덕였다. 그러던 그녀가 곧 고개를 갸웃거리더니 한숨을 푹 쉬며 입을 열었다.

"이거 정말 방법이 없네요. 그렇다고 뺏으라고 할 수도 없고. 내가 너무 많이 당해 봐서 그건 좀…… 어쨌든 빼앗지는 마요."

"당연합니다."

애초에 그런 방법을 써서까지 손에 넣고 싶지는 않았다. 저 착한 성격에 누군가를 배신하면 아마 죽을 때까지 죄책감에 절어서 살지 않을까. 그런 모습은 보고 싶지 않았다.

"마음 정리를 하는 게 좋을 것 같습니다."

"······흐음."

"어쨌든 그러려고–"

"그래도."

그의 말을 자르며 스칼렛이 입술을 떼었다.

"그래도, 너무 슬퍼하지는 마요."

"······."

"지금 인연이 아니라도, 이후에 인연이 아니라는 법도 없잖아."

환생도 있고, 다음 생도 있고, 뭐 그런 거–라고 뭐라 덧붙이긴 했으나, 칼리드에게는 오직 그 한마디만 들렸다. 그녀는 모르고 한 말이겠지만, 그래도 순간, 그 순간 그는 조금 위안을 얻고야 말았다.

그게 그와 그녀의 아카데미 마지막 만남이었다.

* * *

아카데미에서 돌아온 뒤에도 칼리드의 일상은 딱히 변하지 않는 듯했다. 하지만 그에게 변화가 있다는 건 그뿐만 아니라 주변 사람들도 다 알아챌 수 있었다. 그저 공작의 사생활이라 입을 다물고 있을 뿐.

그럼에도 사람들은 평소에 관심이라고는 티끌만치도 없는 보석이나 구두, 꽃 등에 관심을 두는 공작의 모습을 보며, 괴상한 눈빛을 할 수밖에 없었다.

"둘 중 하나야."

자수정이 곱게 세공된 목걸이에서 눈을 떼지 못하는 칼리드를 보며, 라이슬 후작가의 장남인 미카엘이 입을 열었다.

"반짝거리고 하늘하늘한 것에 관심이 없던 사람이 갑자기 여성용 보석과 구두에 관심을 둔다. 가능성은 둘, 하나는 공작이 갑자기 새로운 취미에 눈을 떴거나."

미카엘의 말에 칼리드의 부관인 아이딘이 손사래를 쳤다.

"에이, 그건 아닐 거예요."

"두 번째, 저걸 주고 싶은 사람이 생겼다는 것이겠지."

어렸을 때부터 남녀 간의 사랑에 눈치가 빠르기로는 누구도 따라갈 수가 없는 미카엘이었다. 그에 아이딘이 고개를 갸웃거렸다.

"딱히 없는 것 같…… 아, 그러고 보니 서번 아카데미에서 돌아오고 열린 왕실 데뷔탕트에서 위더 백작 영애와 춤을 추셨는데."

"오오, 그 미모로 소문이 자자한?"

"그런데 딱히 흥미 있는 표정은 아니었어요. 춤도 그냥 데뷔탕트를 맞이하는 사람의 춤은 거절할 수 없으니까 추시던데. 그쪽은 진짜 각하한테 반한 모양이었지만."

아이딘의 말에 미카엘도 고개를 갸웃거렸다. 그럼 뭐지. 진짜 새로운 취미에 눈을 뜨셨나.

그렇게 주변 사람들을 미궁에 몰아 놓은 칼리드의 모습에 모두가 의문을 제기할 무렵, 어느 날 공작가로 청혼서 하나가 도착했다.

"위더 백작가?"

"네, 기억나시죠? 저번 데뷔탕트에서 춤추신, 그 갈색 머리 숙녀분."

하나 칼리드는 고개를 저었다. 위더 백작가는 알고 있지만 그 여식은 기억이 나지 않는다.

그런 그의 얼굴에 아이딘이 고개를 갸웃거렸다.

"어, 음…… 기억 안 나세요?"

"별로."

"그 얼굴이 한번 보고 잊어버릴 만한 얼굴은 아닌데."

데뷔탕트 장소에 나오자마자 모든 사람의 주목을 받았던 소녀였다. 한데 그런 미모를 잊다니, 참 대단도 하시지.

아이딘은 어떻게든 제 주인의 기억을 돕고자 열심히 머리를 쓰다가, 곧 생각났다는 듯이 활짝 웃었다.

"아, 그 왜, 사파이어 목걸이."

"사파이어 목…… 아, 그 영애?"

"네, 친구가 사교계 데뷔 선물로 주었다고 은근하게 자랑하고 다녔잖습니까. 각하께서도 예쁘다고 하셨고. 그때 드물게 웃으시고는."

칼리드는 그제야 생각이 나 고개를 끄덕였다. 그러고 보니 스칼렛이 줬다고 자랑하던 게 생각이 났다. 그 시끄러운 와중에도 귀에 정확하게 박힌 이름에 고개를 돌려보니, 그 소녀가 사파이어 목걸이를 만지작거리고 있었다.

두 사람이 가장 친한 친구라고 누군가 흘린 것 같기도 했다.

"어쨌든 그분이 각하께 청혼서를 보냈습니다."

"거절해."

더는 여지도 없이 단칼에 대답이 흘러나왔다. 일단 스칼렛과 친구인지는 둘째 치더라도, 위더 백작가는 그에게 있어 상당히 불쾌한 가문이었다.

선대 프로디아드 공작의 죽음에 위더 백작이 엮여 있을지도 모르는 일인데 애초에 약혼을 받아들여야 할 이유가 없었다.

칼리드의 대답에 아이딘이 고개를 끄덕였다. 딱히 이상할 건 없었다. 그도 굳이 위더 백작가와 프로디아드가 관계를 맺어야 할 이유가 없다고 생각했으니까. 비록 근래 들어 위더 백작가가 부상하기는 했지만 프로디아드와 어울리지는 않는다.

무엇보다도 위더 백작 영애는 사교계에서 그렇게까지 평판이 좋은 편은 아니었다. 뭐, 디르난트가 하도 싸고돌아서 다들 입을 다물고 있지만.

그렇게 생각하며, 아이딘이 칼리드의 지시에 따라 청혼서를 거절했다.

* * *

하지만.

"위더 백작가에서 온 청혼서를 받아들이게."

국왕 에드워드의 목소리에는 웃음기가 서려 있었지만, 정작 칼리드는 그의 말에 얼굴을 찌푸렸다. 그에 에드워드가 느긋하게 창밖을 바라보다가 다시 고개를 돌렸다. 그의 눈빛은 다소 예리해져 있었다.

칼리드는 본능에 따라 알아차렸다. 단순한 명령이 아니었다.

에드워드가 칼리드의 얼굴을 빤히 응시하더니 느긋하게 의자에 기댔다. 두 손을 무릎에 가볍게 걸친 그가 천천히 입을 열었다.

"짐은 곧 시에라와 전쟁을 선포할 예정일세. 이 점은 경뿐만 아니라 우리 모두가 알고 있지. 그래서 그러는 걸세. 짐은, 지금 위더 백작을 잡아 놓을 쇠고랑이 필요하거든."

"그 역할을 제가 하라- 그런 말씀이십니까?"

"위더는 프로디아드에 큰 빚이 있지."

"……."

"목숨값, 받아 내야 하지 않겠는가?"

에드워드의 말에 칼리드는 얼굴을 일그러뜨렸다. 하지만 곧바로 국왕의 앞임을 상기하고는 다시 얼굴을 폈다. 그럼에도 그 찰나 스쳐 지나간 그의 지독한 증오와 염증을 못 읽어 낼 정도로 에드워드는 바보가 아니었다.

"위더 백작이 무슨 짓을 했는지는 사실 경도 잘 알지 않나."

"심증일 뿐입니다."

"심증도 증거지. 상황 증거도 증거고."

칼리드는 그제야 에드워드가 무엇을 말하려는지 알았다. 위더가 반역을 꾀하고 있다. 어쩌면 시에라와 내통하고 있을 수도 있다.

추밀원에서 이 사실을 눈치챈 가문은 얼마 없지만 일단 디르난트는 반드시 알고 있을 것이다. 그다음은 클로레이타 폭동으로 우연하게 그 뒤를 파게 된 프로디아드 정도 되려나.

"짐은 이 일을 조용하게 처리하고 싶네."

"송구하오나 폐하. 위더 백작은 백치가 아닙니다."

"하나 그리 똑똑하고 심지가 곧은 이도 아니지. 마침 그 집 딸이 경에게 청혼서를 보냈다지? 왕비가 말하길 위더 영애가 꽤 경을 마음에 들어 하고 있다던데."

"다른 더 좋은 방법이 있다는 걸 폐하께서 모르지 않을 거라 믿습니다."

"하나 짐으로서는 이제 가장 간단한 방법이다."

칼리드는 미간을 찌푸렸다. 순간적으로 그 이름도, 얼굴도 모를 영애와 백금발을 한 소녀의 모습이 떠올랐다. 어떻게 이런 말도 안 되는 우연이 있을 수 있나. 이건, 좀…… 끔찍하다.

쓸데없는 도덕 따위를 말하려는 게 아니다. 하지만 그는 최소한 이렇게 엮이고 싶지는 않았다. 좋아하는 사람의 가장 친한 친구와 약혼이라.

그는 주먹을 꽉 쥐었다. 사실 위더 백작가와는 엮이고도 싶지 않 았다. 위더 영애도 스칼렛과 친구라는 사실을 몰랐다면 그렇게 호 의적으로 대하지는 않았을 것이다. 심증일 뿐이라곤 하나 위더를 떠올리면 기분이 더러웠다. 더럽다뿐이 아니다, 상당히 혐오스러 웠다.

칼리드의 얼굴에 비낀 기색을 읽어 낸 에드워드가 흐음- 하고 길게 한숨을 쉬었다. 그로서는 칼리드가 바로 알겠다고 승낙하리 라고는 생각하지 않았다. 아델리나를 닮아 쓸데없이 바르고 곧게 자랐다. 뭐, 조금 냉정하긴 하지만.

"이건 부탁이 아니다. 명령이지."

"애초에 선택지마저 없는 것이라 그다지 놀랍지도 않습니다."

"경도 알다시피 프로디아드는 한동안 왕실과 혈연관계 없이 쭉 내려왔어. 그럼에도 왕실이 프로디아드를 가만히 내버려 둔 건 프 로디아드의 그 충성심 때문이야."

"폐하."

"그러나 반역자와 내통자를 소탕하는 일에 협조를 해 주지 않는다면, 짐은 합리적 의심을 해 볼 수도 있지 않겠나."

그 합리적 의심이 무엇인지 굳이 말하지는 않았지만, 칼리드는 쉽게 그것이 무엇인지 알아차릴 수 있었다. 왕실의 혈통과 꽤 떨어진 공작가, 왕실에서 경계할 만도 했다.

생각에 빠진 칼리드의 얼굴을 찬찬히 보던 에드워드가 웃음을 흘리며 말했다.

"그래서 짐의 뜻은 이러하네. 마침 위더 백작가에서 약혼을 추진하기도 하니…… 뭐, 그 집이야 딸의 미모가 가장 큰 자랑거리니까."

"폐하께서 말씀하시는 일은 일어나지 않습니다."

"물론 경은 별로 관심 없을 거야. 마음에 두고 있는 사람이 따로 있으니까."

"……네?"

"경. 경을 협박하는 내 마음도 그다지 편하지는 않아. 하여서, 경에게 제안을 하나 더 주지."

칼리드는 미간을 찌푸렸다. 이번에는 또 무슨 말을 하려고 그러나. 방금 그에게 위협을 가하던 에드워드의 입가에는 묘한 미소가 걸려 있었다. 그리고 곧, 에드워드가 말을 이었다.

"스칼렛을 만났다지? 예쁘고 사랑스러운 아이야. 경도 그것을 알 테고."

그는 그제야 국왕이 내놓은 가장 큰 수가 무엇인지 깨달았다.

"위더와 약혼해. 이 전쟁은 어차피 빨리 끝날 전쟁이야. 길어야 10년을 절대 넘지 않아. 그리고 승산이 있는 전쟁이지."

"……"

"전쟁에서 승리를 거두고 오면 디르난트 영애를 경에게 주지."

에드워드의 말에 칼리드는 멈칫했다. 상당히 유혹적인 제안이다. 하지만–

"송구하오나 폐하, 디르난트 영애는 밀레르 공자와 교제하고 있습니다."

"상관없어. 어차피 왕실의 명령에는 무조건 복종할 아이니까."

"폐하, 영애는 물건이 아닙니다. 폐하께서 주고받을 수도 없는 사람이고, 제가 갖고 싶다고 가질 수 있는 사람도 아닙니다."

"그래서 거절할 텐가?"

"거절하겠습니다. 제 일방적인 의지로 영애와 약혼하는 일은 없을 겁니다."

단호한 칼리드의 말에 에드워드가 눈썹을 꿈틀거렸다. 하지만 그 모습이 묘하게 웃음기를 담고 있는 건, 분명 칼리드의 착각이리라.

"송구하오나 이 명령에 대해 고려할 시간을 주십시오."

"그건 어렵지 않아. 하나 공작, 쓸데없는 데에 정을 주지는 말게. 경을 이해하지 못하는 건 아니지만, 어쨌든 공작가가 먼저 아닌가."

그 말은 거의 협박이나 마찬가지였다. 사실 칼리드는 이 명령을 들었을 때부터 어렴풋이 거절할 수 없다는 사실을 깨달았다.

그럼에도 불구하고 모든 것들이 얼기설기 엮여 있었다. 위더 백작의 야비함, 그 딸과 스칼렛, 에드워드의 명령, 그리고 그에 따른 대가.

솔직히 말하자면 상당히 유혹적이었다. 좋아하는, 아니, 사실 사랑한다는 말을 붙일 수도 있는 여자와 결혼시켜 주겠다. 그저, 그 단기간의 시간을 인내하면.

전쟁 기간에 수도로 돌아오지만 않으면 위더와 볼 일은 없었다.

그러니 약혼을 해도 그에게 실질적으로 해가 되지는 않을 것이다.

그럼에도 불구하고 이런 식으로 누군가의 삶을 흔들어 놓는 건 꽤 꺼림칙했다. 특히, 그게 스칼렛의 친구라면 더욱더.

햇살을 받아 새하얗게 빛나던 얼굴이었다. 그리고 화려하게 퍼진 백금발. 그 반짝거리던 소녀의 가장 친한 친구. 그 우정을, 그 감정을 이런 식으로 깨고 싶지는 않았다.

사실 다른 방법이 전혀 없는 건 아니었다. 위더 백작을 감시하는 건 굳이 그가 직접 나서지 않아도 된다. 그러나 국왕이 이렇게 나오는 건, 다른 한편으로 프로디아드의 충심을 시험해 보려고 한다는 사실을 그는 잘 알았다.

그럼에도-

그는 일단 눈앞의 일을 해결해 보기로 했다. 그래서 위더 백작 영애를 찾았고, 소문대로 말쑥한 얼굴로 그를 응시하는 눈빛을 보며, 그는 단숨에 이 영애가 저를 마음에 두고 있다는 사실을 깨달았다.

안 그래도 스칼렛과 친구라는 말에 심란했던 마음이 더 곤혹스러워졌다. 예전이라면 그저 비웃고 넘겼을 감정이, 정작 제가 겪어 보자 그리 쉬이 보이지 않았다.

그래서 그는 단호하게 쳐 내릴 수밖에 없었다. 그건 그 나름의 배려였다. 설사 약혼을 무르지 못한다고 해도, 그래도 최소한 제게 쓸데없는 환상은 품지 않게 하는 게 중요했다.

"영애와 저는 결혼할 일이 절대 없을 겁니다."

"어른들의 정치판에 희생양이 되고 싶지 않다면, 당장 멈추십시오."

"영애, 저는 마음에 둔 사람이 있습니다."

"영애……."

…….

얼마나 많은 말이 오갔는지 모르겠다. 약혼을 끊어 내려 설득했
으나 위더 영애는 말을 듣지 않았다. 짜증이 났지만 어쩌면 그럴
수도 있겠다 싶었다. 그래도 사람 마음이라는 게 쉽게 끊어질 수
없는 것이라.

그래서 더 단호하게 쳐 냈다. 쓸데없는 환상을 안겨 주는 것이
얼마나 위험한 짓인지 알고 있으므로.

하지만 그의 노력이 무색하게 결국 약혼은 성사되었다. 그날 그
약혼서에 이름을 써 넣으면서 그가 얼마나 이를 갈았는지 아는 사
람은 없을 것이다. 이 상황 자체가 마음에 들지 않았다. 그리고 그
다음에는 입을 열고 헤벌쭉하게 웃는 위더 백작의 얼굴이 그를 역
겹게 만들었다.

분노가 치솟아 올랐다. 모든 게 엉망이었다. 그가 사랑하는 여자
는 그의 존재조차 모르고 있고, 어쩌면 해맑게 웃으며 제 친구의
약혼을 축하하고 있을지도 모른다.

제 아비를 죽인 자의 딸과 약혼을 하고, 한순간이지만 가문이 얽
힐 수밖에 없었다. 한동안 사람들의 입에 오르내릴 건 자명한 일이
었다.

굳이 그런 의미 부여를 할 필요가 있나 싶다가도, 기분이 복잡했다.

국왕은 약혼서를 보며 의미심장한 표정을 지었다. 그것이 함정을
파 놓고 기다리는 사냥꾼의 얼굴이라는 것을 모르지 않았다. 그 모

습을 보며 칼리드는 얼굴을 굳혔다.

그리고-

"폐하. 약조해 주십시오."

"……."

"제가 전쟁에서 오기 전까지, 디르난트 영애의 정략결혼만큼은 보류해 주십시오."

이 말을 맺는 순간마저도 그는 스칼렛에게 미안했다. 언제 끝날 지도 모르는 전쟁이다. 그사이에 아무리 정략결혼이라도 하지 말라니, 꽤 잔인하지 않은가. 어쩌면 그녀는 가정을 꾸리고 싶어 할지도 모르니까.

그래서 그는 이 죄책감을 딱 마음속에 간직하기로 했다.

만약, 진짜 만약에 그가 전쟁에서 돌아올 때까지 스칼렛이 혼자라면…… 꼭 이 마음을 담아 그녀에게 몇 배로 더 애정을 퍼붓겠노라고.

그리고 약혼을 한 지 얼마 뒤, 그는 총사령관이 되어 전쟁터에 나갔다.

승산이 있는 전쟁이었으나 그렇다고 죽음이 없을 리 없었다. 단순하게 역사서에 몇 줄로 기억될 만한 내용치고는 지독하게 잔인했다.

모든 사람의 분노와 눈물로 얼룩진 전쟁터에서 그나마 정신적 지주가 되었던 것은 공작으로서의 책임감, 총사령관으로서 절대 쓰러지면 안 된다는 막중한 의무감, 마지막으로 전쟁이 끝나면 수도로 돌아가 약혼을 파기할 수 있다는 희망 때문이었다.

그럼에도 여전히 고통스러웠다. 그 와중에 틈틈이 이사벨에게서 오는 편지를 보며 기가 막히지 않았다면 거짓말이었다.

짜증이 났다. 화가 났다. 분노가 일었다.

제일 처음에는 그저 우연이겠거니 했다. 그래도 순진하게 웃고 있던 소녀였으니까. 그럼에도 편지의 내용은 교묘하게 쓰여 있었고, 스칼렛을 모르는 이가 보았더라면 아마 스칼렛의 매정함을 탓할 만큼 잘 짜여 있었다.

[스칼렛은 참 매정한 아이예요. 제 마음도 몰라주고 그 남자들한테도 사실 꽤 무심했죠.]

모든 내용 하나하나가 그가 알고 있던 스칼렛과 달랐다. 친구라면서 이렇게 써도 되나? 싶을 정도로 편지의 내용은 어처구니없었다. 그래도 처음에는 좋게 좋게 생각해 보려 했으나, 날이 갈수록 심해지는 험담의 수준에 그는 비로소 깨달았다.

"위더 영애의 취미는 디르난트 영애의 애인을 빼앗기라고 사교계에 소문이 자자합니다. 참고로 말씀드리자면 그럼에도 디르난트 영애가 친구를 용서해 주었다고 해요. 거참, 착한 것인지, 속이 없는 건지."

미카엘이 고개를 저으면서 하던 말이 생각이 났다. 이런 친구도 친구라고 믿으면서 그 사이에서 혼자 상처를 받고 아파할 소녀가 생각났다.

그가 본 그녀는 밝고, 환하고, 다정하고, 누구보다도 제 사람을 아끼는 사람이었으니까.

그런 사람이, 제 사람한테, 그것도 20년 지기 친구에게 배신을 당했다.

기분이 더러웠다. 사실 그로서는 스칼렛이 매번 실연해 결혼을 하지 않는 게 더 좋을 법함에도 기분이 더러웠다. 그녀 혼자 오롯이 받아야 했던 악의가 얼마나 무서운지 그는 이미 경험해 보았으므로.

부녀가 똑같이 역겨웠다.

칼리드는 6년의 시간 동안 수도로 단 한 번도 돌아가지 않았다. 보고 싶다, 결혼하고 싶다, 여러 가지 말을 담은 편지가 쏟아졌지만, 애초에 스칼렛에 관한 내용만 쏙쏙 뽑아 보는 데 도가 튼 그로서는 그다지 감흥도 없었다.

그사이에 어쩌면 위더 백작 영애가 아버지의 반역을 알고 있을지도 모른다는 소식이 들려왔고, 그게 그를 더 역겹게 만들었다.

그렇게 6년의 시간이 흐르고, 전쟁이 마무리되었다. 윈체스터의 승리가 확정된 뒤 시에라에서는 백기를 들었고, 비로소 전쟁은 끝이 났다.

그리고—

"아, 그리고 보니 이번 협상단의 리더가 디르난트 공작 영애라고 합니다."

그 소식을 듣고 그는 긴장하고야 말았다. 갑작스러운 등장이었다. 생각지도 못한 것이었다. 그 소식에 얼마나 놀랐는지, 그는 협상단이 오는 날 아침 하마터면 컵을 바닥에 떨굴 뻔했다.

그리고 그날 오후—

펄럭거리는 드레스 자락이 눈에 보였다. 새하얀 발목이 아른거리고 구두의 굽이 바닥에 닿았다. 조금 더 갸름해진 얼굴은 살짝 변한 것 같기도, 변하지 않은 것 같기도 했다.

18살의 소녀가, 26살의 여자가 되어 그의 앞에 서 있었다.

8년은 꽤 긴 시간이었다. 사실 거의 잊었다고 생각했다. 이사벨의 편지로 간간이 확인했던 안부, 그것을 보며 그저 미소 지었던 하루하루. 어쩌면 추억이 되어 사라질지도 모른다고 생각했던 그 순간.

살랑거리던 앞머리 대신 옆으로 넘긴 구불거리는 머리카락이 자리 잡았다. 위로 묶어 늘어뜨린 머리카락이 넘실거리고, 석양빛을 맞아 우아하게 빛나고 있었다.

눈가가 곱게 휘어진다. 입꼬리가 말려 올라갔다. 라일락 정원에서 툴툴거리던 소녀가, 여자가 되어 그의 앞에 서 있었다. 우아하고 고혹적이게 웃으며.

"왕실 파견 외교관, 스칼렛 디르난트입니다."

그는 언제나 신이 잔인하다고 생각했지만, 이 순간 문득 깨달았다.

신은 그에게 자비로웠다. 모든 것을 가져가는 대신, 가장 귀하고 예쁜 것을 그에게 안겨 주었으니.

대체 무슨 정신으로 그녀의 인사를 받고, 무슨 생각으로 그녀와 말을 나누었는지 모르겠다. 그저 그 와중에 허리를 굽혀 인사하는 그녀가 꽤 예뻤다는 것만 기억이 났다.

그녀와 눈을 마주치기가 무섭게 속이 떨려 왔다. 토론 중에서도 그녀의 목소리가 저를 향할 때면 미간을 움찔거리다가, 여기가 주둔지라는 사실을 떠올리며 저를 자제했다.

아카데미의 라일락 정원에서 그녀는 그의 존재조차 몰랐다. 하지만 지금 그는 엄연히 그녀의 앞에 서 있었다. 그 사실을 상기하기가 무섭게 그는 일말의 기대감을 품고 있는 자신을 발견하고야 말았다.

"영애님께서는 호수로 가셨습니다."

"그 호수는 물이 깊어 위험한 곳이다. 그런 곳으로 그녀를 보냈다고?"

으르렁거리듯 내뱉는 말에 기사가 놀란 표정을 지었다.

"네? 아니, 눈이 멀지 않고서야 빠질 수가 없…… 각하!"

기사의 말이 끝나기도 전에 칼리드는 급히 발걸음을 옮겼다. 아무리 달빛이 환하다지만 혹시라도 발을 삐끗해서 호수에 빠지면 어쩐단 말인가.

조금 급하게 뛰던 그는 곧바로 호숫가에 퍼질러 앉아 있는 스칼렛을 발견하고 길게 안도의 숨을 내쉬었다. 하지만 그녀의 얼굴에 깔린 수심을 발견하고는 다시 미간을 찌푸릴 수밖에 없었다.

"공작 영애?"

그의 부름에 그녀가 고개를 돌렸다. 어떻게 여기 왔느냐는 듯한 표정이었다. 하지만 그런 그녀의 의문스러운 표정에도, 그는 왜 그녀가 차가운 바닥에 혼자 앉아 있는지가 더 신경 쓰였다.

또 무슨 일이라도 있나.

순간 머릿속에 '혹시 또 이사벨이─'라는 의문이 스쳐 지나갔지만, 그는 고개를 털었다.

그는 조금 말을 고르다가 결국 가장 무난한 질문으로 골랐다.

"늦었는데 뭐 하십니까?"

그의 물음에 그녀가 눈을 깜박거렸다. 그리고 언제 그렇게 걱정스러운 눈빛을 했느냐는 듯이 다시 배시시 웃음기를 배었다.

그 모습을 보다가 칼리드는 최대한 담담하게 말을 이었다. 둘 사이의 어색함을 깨기 위해 몸부림을 치는 그녀를 보며 웃고 싶어 미치는 줄 알았다면, 아마 주변 사람들 전부 미친놈 보듯 그를 보겠지.

하지만 두 사람의 말이 동시에 떨어지기가 무섭게 스칼렛의 눈빛을 스쳐 지나간 그 절망의 눈빛은 실로 웃기기 그지없었다.

여전히 사랑스럽고, 밝고, 천진해서 다행이다. 아카데미에서 볼 때보다 조금 더 성숙해진 얼굴 위에도 감출 수 없는 사랑스러움이 흘렀다. 차분한 얼굴에도 눈만큼은 여전히 반짝반짝 빛났다.

그 속에 저를 담아 주면, 아마 저는 행복해서 미칠 것 같을지도.

자신이 그녀의 호위를 맡게 된다는 말에도 별다른 싫은 기색이 없는 것을 보며, 칼리드는 안도하고 있는 자신을 발견했다. 객관적으로 애초에 싫어할 이유가 없음에도 그러했다.

사실 왕의 명령은 '제1기사단에서 공작 영애를 잘 보호할 것' 한 줄이었지만, 기사단장이 직접 호위하겠다는데 반대할 인간은 없었다.

대화가 끝나고 막사로 돌아가는 그녀의 작은 뒤통수를 보며, 그는 방금부터 흘러나오는 미소를 미미하게 지었다.

아마, 그녀는 모르겠지만.

* * *

애초에 소렐의 성에서 협상이 진행되는 것은 오래전부터 정해진 일이라 놀랍지 않았지만, 그는 제 명령을 깡그리 무시한 소렐 영주의 작태에 상당히 기분이 나빴다.

하지만 다른 한편으로는 부들부들 떨면서도 끝까지 2층을 고집한 소렐 영주의 행위에 의심이 가기도 했다. 그가 보기에도 3층 방이 훨씬 더 좋았으므로.

스칼렛이 괜찮다고 하니 일단 허락은 하긴 했으나, 그렇다고 기분이 좋을 리가 없었다. 뭔가 찝찝한 기분이 들었고, 동시에 제가 눈치챈 이질감을 스칼렛이 모를 리 없을 거라고 생각했다.

"소렐 영주가 이 몇 달간 접촉한 사람들의 기록을 뽑아 와."

"네?"

그의 명령에 제1기사단의 베르가 미간을 찌푸렸다. 갑작스러운 명령에 당황하긴 했지만, 심각하기 그지없는 단장의 말에 고개를 끄덕였다.

전쟁은 끝났으나, 협정이 맺어질 때까지 총사령관의 명령은 절대적이다.

명령을 받고 집무실을 나간 베르의 뒷모습을 보다가, 칼리드가 길게 한숨을 쉬었다. 그저 간단하게 일이 흘러갈 줄 알았는데 느낌이 이상했다.

그저 저 혼자라면 차분하게 해결하겠지만…… 스칼렛이 걸려 있는 일이라 차분하게 있을 수가 없었다.

8년. 기껏 8년 만에 만났는데 사고를 동반하고 싶지 않았다. 귀하디귀하게 모셔서 무조건 머리끝 하나 다치지 않은 채 수도로 돌려보내고 싶었다.

하지만 그런 그의 다짐은, 꽤 쉽게 깨졌다.

그것도 스칼렛에 의해서.

(당신의 눈동자에 건배를 4권에서 계속)